La belleza oscurece

Zapatos rojos de muñeca

JOSS DESCHAMPS

OSCURIDAD

Su belleza hizo historia en el pequeño pueblo campestre que la vio nacer Cibao adentro, así como en el barrio a donde creció hasta los dieciocho años; le llamaban la belleza encarnada, eso hacía que a sus enemigas les crujieran los dientes de rabia. A medida que pasaba el tiempo, ella se transformaba en una flor cada vez más hermosa, adulada por todos en un escenario compuesto por seda, luces y colores brillantes. Cuando llegó al país se convirtió en una bailarina exótica, pero ahora estaba retirada con su propio negocio, era dueña de un bar y un restaurante. Su mundo se había oscurecido en tan solo un día, negros nubarrones y un futuro incierto surcaban los cielos de su vida. Las luces de la oficina estaban apagadas, la oscuridad era un reflejo de los pensamientos que cruzaban por su mente. Reclinada en el sillón de cuero detrás de su escritorio, por momentos pensaba en la vida sencilla de su pueblo natal, con el deseo de volar bien lejos en cuanto sus alas fueran lo suficientemente fuertes, ahora creía que todo eso fue una mala idea. También añoraba sus años adolescentes que pasó en San Carlos, a pesar de que las viejas chismosas en el vecindario no la vieran con buenos ojos, a ellas no les gustaba como se vestía y se maquillaba. La vida se le había complicado en los últimos meses, su espíritu frívolo hizo pensar a unos hombres malos que sería una presa fácil, no sabían que tenía un rio caudaloso y profundo de aguas negras corriendo en su interior. Mató al Sapo, la noche que fue a matar a Rolando lo encontró muerto en su cama con un tiro en la frente; Si el «desgraciado» que mató a su madre hubiera estado vivo, ella lo hubiera matado. Cuando la instruyo en cómo usar su viejo revolver, ella veía en el blanco de práctica el cuerpo de... «Ese hijo de perra». Creció con ese deseo de venganza incrustado en el pecho, lamentado que su tío decapitó al asesino de su madre la mañana siguiente al incidente. Ahora, Ricardo creyó que la podía intimidar. La tía Mila se lo dijo cuando llegó a los quince, creía que la vida era un juego en un carnaval: «La vida está llena de sorpresas que no se pueden evitar, así como no es posible huir de la muerte. El oro y la belleza no te pueden ayudar. Aprender a como fortalecer tu espíritu es más importante que aprender a ponerte pintalabios; pero, no te confundas, no se trata de una fuerza bruta, es más bien un talento para transformar tus pensamientos y tus estados de ánimo. Tus pensamientos son tú destino, y más que nada, el único puñal capaz de lacerar tu corazón. Todo lo que ves ahí afuera, es tan solo un holográfico de lo que llevas en tu interior; tú lo vez afuera, pero eso es tan solo una ilusión; cambia tu mundo interno y el mundo que te rodea cambiará, los chismes de las viejas brujas del barrio te van a importar menos que un comino. También vas a necesitar mucho coraje y determinación, de modo que puedas empujar fuera del camino las piedras que se puedan interponer a tu paso por la vida». Claro, ella nunca le hizo caso, ella era inmortal, pero ahora intentaba desesperadamente recordar las palabras de la tía. Eso fue un lunes a las cinco de la tarde, su espíritu estaba en una completa oscuridad. Mientras permanencia ensimismada en sus negros pensamientos, unos leves toques en la puerta de la oficina la devolvieron a la realidad. Era la Boxeadora, su amiga y confidente más cercana después de la China. El apodo se lo dieron sus amigas en la escuela superior; tenía cinco pies con once pulgadas, y un perfil que hacía pensar en un campeón de los medianos. Era el marido de la Pava. Eran vecinas y tenían veinte años cuando se conocieron, la Pava fue compañera de trabajo de Muñeca y de la China; bailaban en el tubo en un club privado para viejos verdes, pero ellos lo denominaban un establecimiento para caballeros exclusivos.

— Dime que soy una metiche, si quieres — le dijo a manera de saludo cuando entró en la oficina —, vine a ver cómo te acabó de ir con Humberto el resto de la semana ¡Es guapísimo! En otro tiempo, la Pava y yo te lo hubiéramos pedido prestado por un fin se semana.

— Pasé una semana maravillosa; pero, a última hora, el maldito Gacho me dañó la fiesta. Esta mañana yo conduje a Humberto al aeropuerto a las seis, cuando llegué a la taberna el Gacho estaba esperando por mí en su guagua estacionada frente al negocio.

— Ese Gacho es un pájaro de mal agüero — dijo la Boxeadora — ¿Y qué carajos quería contigo tan temprano en la mana? ¡Yo no creo que hayas venido a darte los buenos días!

— Me trajo un mensaje de su jefe que me quitó el apetito el día entero, me lo tuve que pasar como un perro con pulgas. Me amenazó de muerte de manera soslayada, me dio a entender que me podía quemar el negocio.

— ¿Y eso, por qué? Ricardo y el Gacho saben que no son tu copa de vino favorita, pero no es para tanto.

— Ricardo se peleó con Virginia, ella le hizo pasar un mal rato que lo dejó marcado por el resto de su vida. Él no se vas a quedar con esa ofensa, no la vas a dejar en paz mientras no se pueda vengar. El pertenece a una mafia narcótica, toda esa gente no se conforma con matar a sus enemigos, también persiguen y acaban con toda su familia. Me da la impresión, de que yo voy a ser un daño colateral de su venganza. Pero yo me le voy a tomar la delantera, le pienso dar una sorpresa. Le voy a dar a beber la misma medicina que le di al Sapo, ¿te acuerdas? Hice una cita con él para el próximo sábado, lo quiero agarrar desprevenido en su propia casa. Le hice creer que me lo voy a coger, y de paso también me voy a llevar al gacho entre las uñas.

La Boxeadora le dijo, en vez de intentar disuadirla de tan negras intenciones:

— ¡Yo quiero ir contigo, mama! Hemos estado juntas en las buenas y en las malas, yo no te voy a dejar sola en estas horas tan negras.

— Tu no me vas a servir de nada en esta ocasión — dijo Muñeca

— Nos van a echar el guante si tenemos que salir corriendo, tu aun esta convaleciente por causa de la operación en la columna.

— Yo puedo conducir el coche, para la fuga.

— Tampoco puedes permanecer sentada por mucho tiempo en la misma posición; y, además, el zangoloteo y la vibración de la maquina te puede quebrar la columna otra vez.

— Vas a tener que llamarme o textearme a cada momento, para yo saber que aun sigues con vida — observó la Boxeadora.

— Cualquiera pudiera pensar, que solo al demonio se le puede ocurrir un plan como el yo he concebido, pero no cuento con otro camino.

— No hay evidencia de que solo al demonio se le pueden ocurrir canalladas — dijo la Boxeadora —, él no es dueño de una sola tumba de todas las que les han colgado en los chachos; la ira de dios es la que siempre le ha traído hecatombes y miserias a la humanidad, ya sea por sus propias manos o en su nombre por aquellos que le adoran. Fíjate bien. Reyes, presidentes y ministros, aún hoy en día, no han acudido ni acuden al diablo para traer miserias, guerras y muertes al mundo, todos van a las iglesias para que dios bendiga sus ejércitos para ejecutar sus macabras intenciones. Todos sus lemas bélicos llevan el sello de lo divino, por ejemplo: "Dios lo quiere, las cruzadas; dios con nosotros, inscripto en las hebillas de todo solado Nazi. Gengis Can declaró ser el castigo que dios envió a los malos: «Si tu no hubieras cometido pecados, dios no hubieras mandad un castigo como yo sobre ti». Por lo tanto, no me parece que tu estes cometiendo un pecado tan grave con tu plan para matar a Ricardo y al Gacho, el cual pudiera ser apoyado por el mismo dios. Tu plan es justo y una defensa personal. Claro, a menos que la ira de dios no sea una excusa de canallas para justificar iniquidades.

El jueves por la noche, antes de irse a la cama, Muñeca introdujo en una mochila negra de cuero: una pistola calibre 38, un revolver del mismo quilate, y un chaleco a prueba de balas que le robó a Rolando. Rolando era un traquetero del «tráfico», fue su novio algunos años atrás, pero la relación culminó en tragedia. Colocó encima del chaleco el camuflaje de color negro que usaría el sábado por la noche, el cual consistía en unos pantalones de vaquero, un suéter y una cachucha; a estos les puso encima ropa interior térmica, ropa interior regular, artículos para el maquillaje, un cepillo, pasta de dientes y una toalla. El día siguiente la sorprendió a las cinco menos diez mirando los números digitales de su reloj despertador, al cual todos los días se le adelantaba con diez minutos; en esta ocasión pasó la noche despertándose a cada momento, con un sobresalto en el pecho y el corazón acelerado. A las siete de la mañana, camino al trabajo, arrastraba una pequeña maleta roja de vinil, con la mochila enganchada en la espalda. A las cinco de la tarde canceló una cita que tenía con sus amigas, se reunían todos los viernes por la tarde para cacarear y tomar vino, luego salió de la ciudad con el sigilo de una pantera en acecho sin revelar a nadie cuál sería su destino; sus amigas y las empleadas en la taberna quizás no iban notar su ausencia, tenía por costumbre perderse por unos días sin que nadie conociera su paradero. Llevaba un torbellino de ideas y un volcán en el pecho, con la esperanza de regresar el domingo por la madrugada si no era ella quien se moría la noche del sábado. A las dos horas de viaje fue alcanzada por la oscuridad de la noche y una horrenda tormenta, para salvar la vida se dirigió al estacionamiento de un motel a esperar que amainara; la lluvia y la oscuridad no le permitían ver la carretera, mientras los vientos amenazaban con virar su coche bocarriba. Se asustó mucho cuando un relámpago la cegó durante unos segundos, el cual pareció fulgurar encima del parabrisa, seguido por un poderoso trueno que sintió como si se hubiera desatado su furia adentro del vehículo; en ese instante se le atravesó a un enorme camión de veinte llantas que no vio venir, y poco faltó para que semejante animal le pasara por encima. Llegó a pensar que las poderosas fuerzas de la naturaleza habían detectado su macabro plan, y ahora buscaban por todos los medios evitar su ejecución; pero, si así fuera, pensaba: «La oscuridad en todas partes del mundo seria total, y un huracán joviano se movería perennemente por la faz de la tierra. El hombre no es una buena cosa». La tormenta que giraba en su interior no era menos escabrosa, había concertado una cita con la muerte para la siguiente noche. Al final del viaje fue a parar bajo un aguacero a una ciudad separada por tres cientos kilómetros del hogar, llegó empapada, esquiva y desconfiada; no era conveniente que personas conocidas notaran su presencia en la ciudad, el domingo por la mañana le podían enredar los muertos en la cola.

HUMBERTO

A pesar de los estragos del viaje, de lo que pensaba fuera el día más largo de su vida, concilió el sueño con facilidad. Estaba entre dos aguas mientras descendía lentamente a los brazos de Morfeo, podía escuchar el murmullo de los coches sobre la carretera, mojada por una llovizna fina que aún seguía cayendo. Eso le hizo evocar la imagen de Humberto, su espíritu fue a parar de inmediato a Rio de Janeiro cuando lo conoció hacia más o menos un mes; llovió los tres días que pasaron juntos en el último piso de un hotel frente a una playa, la cual podían ver a través de las ventanas. Prefería estar en sus brazos, y no en camino para vérsela con la muerte. Dormitaba, mientras que por la pantalla de su mente pasaban las imágenes de la vez en que se conocieron, así como de la primera noche que pasaron juntos. Estaban sentados frente a una chimenea con una botella de vino y dos copas, mientras veían la lluvia caer por el cristal de las ventanas. Humberto era un joven de veinticinco años, director de turismo, y el pasatiempo más reciente que había conquistado en sus viajes por el mundo mostrando su arte y su cuerpo desnudo. Conocer a diferentes hombres era uno de los atractivos en sus viajes, detestaba tener novios en la ciudad de su propia residencia; luego de la mala experiencia que le tocó vivir con Rolando, no quería que anduvieran fuñendo el parto detrás de su rabo cuando ya no los quería ver más; a los amantes internacionales los veía cuando ella quisiera y no empujada por sus demandas, organizaba viajes extraoficiales para irlos a ver si alguno le gustaba demasiado.

Humberto la vio por primera vez una noche que bailó en «Sebo Vivo», uno de los clubes exóticos para caballeros más famosos que había en «La ciudad Maravillosa». Salió al escenario dando brincos, al compás de una de sus canciones favoritas: «Bailando con la noche». Tenía puesto un vestido gris claro medio transparente, adornado con ramos verdes y rosas rojas, con el ruedo un poco más arriba de la media pierna; por debajo se puso un bikini compuesto por un triángulo rojo, sujeto por un hilo fino del color de la piel incrustado en la raja. Se despojó del vestido entre un tongoneo y el otro, para el momento en que dejó caer la última pieza ya Humberto estaba hipnotizado. Eso fue otro sábado a las doce de la madrugada, era la tercera presentación ese día, las otras tuvieron lugar a las tres de la tarde y a las ocho de la noche. Humberto fue invitado por un amigo para que viera debutar a una bailarina local, de la cual había obtenido el «sí» en esos días; Muñeca fue la única por la que se sintió impresionado, la creyó estar entre los treinta y los veintiocho años; su interés no fue tanto porque fuera dueña de la estatura más elegante, o porque tuviera el mejor cuerpo, el más tenso, el más ágil y con las mejores nalgas de todas las que salieron a bailar. Las bailarinas fueron escogidas a adrede por el club, con la intención de hacerla resaltar entre todas las demás. Todo eso tenía su valor, pero lo que más le atrajo al joven fue la madurez que le notó en la mirada, la cual pensó era debido quizás a un caudal de buenas experiencias, que también podía ser dureza por el tren en que se imaginó corría su vida; en ese momento no sabía por qué a pesar de su juvenil apariencia, la expresión en su mirada le daba la idea de ser una señora curada por los años. Fue la última en salir al escenario, era la estrella invitada ese fin de semana, llegó desde Nueva York el vienes por la mañana para bailar en «Cebo Vivo». Las mujeres mayores eran su pasión, especialmente por encima de los cuarenta. No tenían que ser bellas, veía con buenos ojos uno que otro kilo de más y un estado civil comprometido. Quedó fascinado con las mujeres maduras, desde que a los diecisiete fue violado por la mujer de su tío, Jacinto. Irasema tenía cuarenta y seis años, el tío había ya contado sesenta y siete. Ahora, ya

Humberto con veinticinco años, todavía la mujer seguía con el mismo maltrato del muchacho, le tenía que pasar la mano cada vez que a ella le daba calor. Las bailarinas fueron transportadas en helicóptero a Sao Paulo el domingo por la mañana, para una presentación similar en un club llamado «Medias Finas», ella les hizo la invitación a todos en «Cebo Vivo» la noche anterior. Se volvieron a ver por casualidad el martes a las diez de la mañana, en una excursión dirigida por Humberto a bordo en un yate conocido como, «Cisne Blanco». Por intermedio a su amigo, Juan, Humberto logró que su novia la invitara para dar un paseo en el yate, aunque ya ella lo tenía fijado en su itinerario. Se sintió atraída por el joven en cuanto pisó la cubierta en compañía de Juan, su novia y una joven bailarina que llevó consigo de Miami; no fue porque lo haya recomido, coqueteaba con codos en el pequeño anfiteatro la noche que la vio bailar; le atrajo su estatura de seis pies y tres pulgadas, su piel atesada, su cuerpo atlético y el corte militar del cabello. Él tenía puesto unos pantalones de vaqueros de color azul marino, una camiseta blanca de algodón con las mangas por la mitad de su fuerte brazo, y el nombre de la compañía de turismo de su tío escrito con letras rojas en el pecho. A los quince minutos de viaje se abrió paso a través del

17

grupo, se le posó al frente y le dijo en el idioma del país:

— Hola, Yo soy Muñeca ¿Y tú?

— ¿Qué tal? Yo soy Humberto, Mucho gusto.

— El gusto es mío, amor.

— ¿Está disfrutando el paseo?

— ¡Claro que sí, el panorama es excitante! Aquí se siente una sensación de pureza y de libertad que, a pesar de ser tan maravillosa, no se aspira en el centro de la Ciudad. Esto es como estar en otro mundo.

No le dijo que había hecho el mismo recorrido muchas veces disque para flojear un poco las presiones de la vida, esta vez le había prometido el paseo a María Teresa, un «pescadito» nuevo que le llevó desde Miami a sus amigos en «Sebo Vivo» y «Medias Finas».

— Mi amiga y yo — señaló a María Teresa con su mano izquierda en el otro extremo —, regresamos el próximo sábado a los estados en el norte, no queremos irnos sin visitar este restaurante que tú ves aquí, me cuentan que se trata de una experiencia culinaria maravillosa —

se le arrimó al costado izquierdo y le rozó el brazo con el pezón derecho, al tiempo en que le señalaba el sitio en un panfleto —. Tenemos problemas para movernos en la ciudad ¡Es tan enorme, y es tan complicado navegar por ella! Una puede perderse con mucha facilidad.

Se lo dijo con una inocencia que cualquiera se lo hubieras creído, pero a Humberto no le pasó desapercibido que la oyó decir el pasado sábado lo siguiente: «Esta ciudad que yo amo tanto es como si fuera mi segunda casa, conozco sus calles, su gente, su arte culinario y su cultura tan bien como la tierra que me vio crecer...». Humberto no le hizo comentario al respecto y solo se limitó a sonreír, no era conveniente echar a perder un polvo nuevo por una indiscreción.

— ¡Oh, es uno de mis lugares favoritos! No te han mentido sobre su reputación. Yo las puedo acompañar sí es que no encuentran una guía mejor, será un honor darles un paseo por la ciudad.

— Nosotras estaríamos encantadas si no te forma un rollo con tu esposa o tu novia, ella puede acompañarnos si te parece bien invitarla.

— No tengo novia y mucho menos esposa, yo soy un indefenso pescadito a la deriva en este inmenso mar de la vida, no tengo nadie que acoteje a su antojo mi vida.

— Eso es lo que dicen todos, vamos a ver qué hay de cierto en todo eso.

En ese momento ella miró a María Teresa, a la cual le sonrió en señal de triunfo. Se fueron a cenar el miércoles con Humberto, un amigo suyo que se llamaba Rainiero, Juan y su novia; esa misma noche, Humberto le confesó entre un beso y el otro cuando ya estaban desnudos:

— ¿Sabes?, me hubiera gustado seguirte a Sao Paolo el domingo pasado.

— ¿Y por qué no lo hiciste? ¡Ah, ya sé! Yo fui montada en un helicóptero, por tierra te hubiera tomado casi medio día llegar. Cuando a un hombre le interesa una mujer, él cruza el océano a nado en caso de que fuese necesario; si el destino hubiera sido cruel contigo — como casi siempre lo hace —, te hubieras `pasado el resto de tus días pensando en mí con el dolor de no haber gozado este cuerpo.

No había nada más que hacer ni a donde ir por motivo de la lluvia, pasaron los días comiendo en el restaurante del hotel en el primer piso, durmiendo y repitiendo el ritual de la primera noche hasta el sábado por la mañana. La condujo al aeropuerto al medio día junto con su amiga, María Teresa, y le juró ir a buscarla si no regresaba pronto a la ciudad. Humberto estaba en son de mudanza, su madre había contraído matrimonio por segunda vez — tenía cincuenta y tres años — y su hermana, Irania, de veintitrés se había ido con su marido a vivir en Miami. La vieja casona en las afuera de Rio era demasiado grande, oscura, solitaria y llena de unos recuerdos que deseaba olvidar; un departamento, en un elevado edificio en el centro de la ciudad era un lugar más adecuado para su estilo de vida. Escarbando en un viejo baúl en un cuarto abandonado para decidir qué consagrar al basurero, descubrió en un álbum unas fotos de la bailarina pelirroja que acabó de conocer; en algunas estaba con su padre y su tío Jacinto en la playa, en la piscina del club o montando caballos en la finca de su padre; en otras la mujer estaba con su padre y un embarazo avanzado, frente a unos altos edificios que había visto una vez en Nueva York: «¡No es posible!», se dijo en un susurro mientras las alas del corazón se les iban al piso. Desde pequeño siempre oyó decir a su madre que su padre tuvo una hija con una bailarina en Nueva York, en los últimos años previos a su muerte a cada rato le decía: «¡Dime la verdad, Rosendo! Ya no es necesario que la esconda por más tiempo. Tu hijo es un mujeriego, le gusta mucho viajar y el demonio se divierte vengando las malas acciones de los hombres; así es que un mal día Humberto puede conocer a su hermana por allá, entonces ocurre una desgracia». A su madre nunca le pasó por la mente, que la hermana se lo podía traer a la ciudad. Antonina había sido bailarina en el club «Sebo vivo» cuando Rosendo era uno de los dueños, tenía veintiocho años y Rosendo cincuenta y dos cuando se casaron. Humberto colocó las fotos en el maletín, tenía pensado consultar a su tío durante las primeras horas de labores al día siguiente; sin embargo, parece que no era su destino conocer la verdad en ese momento, Irasema lo llamó a las cinco de la mañana, le informó que su marido había sufrido un derrame y a esa hora lo tenían en cuidados intensivos. El pronóstico no era muy halagüeño. Mientras tanto, Muñeca llegó a su departamento el domingo a las dos de la mañana, media hora más tarde se había quitado la ropa y ya iba camino a la bañera, cuando en ese momento escuchó la campanilla colgada en la puerta: había llegado la China. La campanilla tenía por misión, espantar los malos espíritus y alejar de sus vidas las malas vibras. Muñeca se fue a esconder detrás de la puerta, en el momento en que la China entró al cuarto — había visto la luz encendida — ella le atajó el paso y le hizo: «¡BU!». La China la miró de pies a cabeza:

— ¡Boba! Es verdad que tú eres fea, pero yo no me asusto fácilmente ¿Por qué no me avisaste para irte a recoger?

— Eso no era necesario, cuando salí había más de cien taxis esperando por mí ¿Quieres tomarte una ducha conmigo?

— ¡Claro que sí!, de paso me relata tu aventura en Rio de Janeiro. Tu tía Pocha me preguntó que a dónde tu sale casi todos los meses, también agregó lo siguiente: «¡No me digas que todavía sigues bailando!» ¿Será por la vejez? Se ha vuelto metiche últimamente, dice que lo hace con las personas que ama y solo por su bien.

— Mi tía ya está chochando. A todos los viejos se les aflojan las tuercas, eventualmente.

La China se quitó la ropa en un santiamén, Muñeca dejó caer al piso la bata de algodón de color blanco, y mientras caminaban hacia el cuarto de baño — un poco más allá del pie de la cama —, la China le dio una palmada por las nalgas:

— ¡Coño mami, es verdad lo que dice la gente! Tú está buena todavía, y dura como una piedra. Tus vecinos en San Carlos se van a morir de la envidia si te ven, no has cambiado en nada.

Muñeca se viró, y le dijo:

— ¡Coño, maldita! ¡No me dé cachetadas en las nalgas! Eso me calienta, me da como un latigazo eléctrico en la pepita.
Intentó darle un pellizco en los pezones, pero la China reculó un paso y no se los pudo agarrar:

— ¡Oh no, a mí no! — le dijo — Yo no fui quien heredó a tu abuelo — don Pucho —; también te gusta que te peguen, que te pellizquen y te machuquen cada vez que te cogen.

Cuando entraron en la bañera la China le preguntó, a medida le pasaba por la espalda una esponja enchumbada con jabón líquido perfumado:

— ¿Cómo te trató Rio?

— Muy bien, no tengo ninguna queja de mi gente. María Teresa quedó fascinada, se quería quedar a vivir en la ciudad; conoció a un muchacho de su misma edad — veintidós añitos —, no se lo dio para que no la viera como una mujer fácil, quedaron de verse cuando ella regrese de nuevo para ejecutar ese ritual.

— ¡Eso no tiene sentido! ¿El muchacho sabe que se quita la ropa con la velocidad del rayo, bailando frente a un grupo de hombres?

— No en el momento que cenamos en tu restaurante favorito: «Aires de Brasil».

— Ya veo ¿Te despediste de todos tus amigos?

— Si, nadie quería que yo me fuera.

— ¿Cuántas veces te ha retirado, te acuerdas?

— Lo de ahora va en serio, esta gira fue como el último cáliz en mi carrera. Tú sabes que yo acepté la oferta para bailar cada cinco semanas en una ciudad diferente, primero para viajar con todos los gastos pagos, y para utilizarlo como un incentivo para mantener todas mis curvas intactas. Pero, ya me aburrió la rutina.

— ¿Y no se olvida una cosa?

— No, mami, no se me olvida nada.

— También para conocer a nuevos machos. Pero todo eso no pasa de ser excusas, tú eres como el perro huevero: «El día que no se los come los huele». Ese retiro te vas a durar hasta que vuelvas a entrar en calentura y decida, que solo el baile te puede apagar todo ese fuego; a ti te vas a suceder lo mismo que a Tamara, tenía las nalgas y las tetas en el piso y todavía seguía bailando, los clientes querían que se apeara tan pronto subía en tarima; ella parecía no darse cuenta o se hacía la loca, dado el entusiasmo con que ejecutaba su función; le ayudaba mucho que fuera prima de la dueña, la mujer de quien tu sabe.

— ¿Y por qué tu no dice su nombre, todavía les tiene miedo a los muertos? — preguntó Muñeca —. Ya lo hemos conversado, el trabajo de Tamara no era bailar sino hacer chistes malos, ella era como la payasa de la función ¿No viste como se maquillaba?
Muñeca le recapituló su aventura mientras se turnaban para estregarse una y la otra, dejando

26

en la oscuridad lo acaecido con Humberto. Sospechaba que la China tenía un enamorado en Orlando y no le habías dicho nada, guardar secretos a espaldas una de la otra era una ofensa, se habían jurado no tener secretos entre las dos.

— Tomate algunos días libres por haber cubierto mi turno en la taberna — dijo Muñeca —, debe sentirte agotada.

Se lo dijo, para ver si organizaba uno de sus viajes relámpagos para irse a ver con Francisco.

— ¡Ay sí, yo necesito despejarme un poco! Quiero ir a ver a mi hermano, de paso superviso los arreglos en uno de los departamentos en el edificio, los nuevos inquilinos se quieren mudar al final del próximo mes ¿Te parece bien a fin de mes?

— Como tú quiera, mi vida.

La China se abrazó a su cuerpo mojado y le dijo, al tiempo que le daba un beso seco en la boca:

— ¡Muchas gracias, mi amor! Eso es por lo que yo te quiero tanto, por todo lo buena que tú eres conmigo; tu bien sabes que a mí no me molesta quedarme sola en el negocio y no tienes que darme nada, te lo acepto esta vez por lo de mi hermano — esta delicado de salud — y por los arreglos en el departamento.

Al día siguiente a las diez de la mañana el teléfono substrajo a Muñeca de los brazos de Morfeo, era la Tula:

— ¡Buenos días, mi amor!

— ¡Buenos días! ¿Cómo va todo por allá?

— Por aquí todo está bien, ¿a qué hora llegaste anoche?

— Llegué a las dos de la mañana.

— ¿Y cómo te fue?

— Muy bien, no me quejo.

— ¿Hoy no te vas a venir por aquí?

— Sí, dentro de un rato estoy ahí.
— Entonces, me lo cuentas todo cuando llegue.

Al momento en que la China se despertó Muñeca estaba preparada para salir, tenía puesta las mañanitas en un tocacintas y un pequeño pastel en la mesita de noche a mano derecha de la cama: era el cumpleaños de la China.

Ese mismo domingo por la noche, cuando salió del trabajo fue a visitar a la Boxeadora y a la Pava. Eran sus confidentes más cercanas después de la China, les confiaba secretos que no les revelabas a la China, ella era cobarde y las aventuras peligrosas le acusaban diarrea por varios días.

— Mi tía Mila siempre me decía — agregó Muñeca en el transcurso de su relato —: «Tu no necesitas un hombre tan rudo que sea capaz de cortar leña y de matar leones con sus manos; te vas a ir mejor, si te consigues uno que pueda mover montañas con su mente y conmover a las fieras para que sean sus amigos»; sin embargo, yo creo que una mujer puede hacer uno que otro desarreglo de vez en cuando, mientras llega ese portento que mi tía mencionaba, si acaso existe; una necesita haber nacido como la auyama — con una flor en el trasero —, de modo que pueda tener la suerte para encontrar un hombre así, porque deben abundar tanto como las muelas de las garzas. No se lo vayan a contar a la China, yo no quiero que lo sepas todavía.

— ¿Y por qué no? Ella no es celosa, pero no te perdona que tenga secretos con ella.

— Yo creo que también juega cucara macara con un enamorado en Orlando, y todavía no me has dicho nada. Yo la estoy dejando quieta para ver hasta dónde piensa llegar con el secreto, no le voy a decir ni qué negro tiene tú los ojos.

— La China tiene los ojos azules, mami — dijo la Pava.

— Es un decir, cuando no se quiere hablar de algo.

— ¿Y cómo tú sabes que tienes un enamorado en Orlando? — preguntó la Boxeadora —. Los celos hacen ver bultos que no son reales, luego una tiene que arrepentirse de lo que hizo y dijo; quizás no es nada serio y es por lo que no te ha dicho nada, las cosas cuando no tienen importancia una las deja pasar inadvertidas.

— Desde hace dos meses ha venido enfermando a su hermano, cada vez que desea irse a ver con su enamorado. Joaquín cuenta con setenta y siete años, pero todavía está fuerte como un toro, es la estrella de un equipo de softball compuesto por un grupo de ancianos, además yo tengo mis espías en la ciudad quienes me lo dicen todo. Anoche le dije que se tomara una semana de vacaciones, por haberme aguantado el turno en la taberna por una semana — me parece justo, ¿no es verdad? —, ella lo aceptó sin pensarlo dos veces y por poco me besa el trasero de lo contenta que se puso.

El martes Muñeca llamó a Humberto a las cinco de la mañana, luego de pensar durante unos momentos si quería o no seguir con su nuevo juego. La China dormía en habitación separada, Muñeca era como un huracán por la mañana, se venía despertando a las diez. Se turnaban para cubrir el turno de la noche:

— Buenas días, papasito ¿Has pensado mucho en mí?
— ¡Eres inolvidable!

— ¡Oh! ¿Te gustó?

— ¡Muchísimo!

— Yo lo quiero hacer otra vez; los tres días que pasamos juntos, no fueron suficientes para yo exprimírtela como a mí me hubiera gustado; me quedé con todas las ganas, ahora me muero por volver a verte; me pasé todo el vuelo pensando en los momentos que vivimos, en todos estos días no me ha sido posible sacarte de mis pensamientos.

A pesar de todo lo notó un poco taciturno y no muy seguro de volver a verse con ella, no había podido hablar con su tío y los doctores no estaban seguros si se podía recuperar, él no podía separar el pensamiento de que la mujer quizás fuera su herma. Sacudía la cabeza y pensaba en cualquier otro disparate cada vez que le asaltaba su imagen, algunas veces deseaba confesarle sus dudas; quizás lo mejor era dejar eso así, cambiar el número de su teléfono y romper el contacto.

— ¿Qué te sucede?, te noto algo raro — le preguntó al sentirlo dudoso — ¡No me digas que no me volver quieres ver!

— ¿Cómo se te ocurre, mi amor? No veo la hora en que te pueda quitar los pantis, para entonces comérmelo a besos una vez más.

— ¡No, digo yo! Porque si yo no te gusté, si tú no me quieres volver a ver, dímelo de una vez y yo no te vuelvo a molestar jamás.

— Siento mucho haberte dado esa impresión, lo que pasa es que mi tío — el único que aún me queda por la corriente de mi padre

—, sufrió un derrame y los doctores no saben si se vas a recuperar. Eso me tiene pensativo.

Hablaron por espacio de una hora, y al momento en que la conversación finalizó, Irasema presionaba el timbre de la puerta en la casa de Humberto:

— ¿Con quién hablabas por teléfono?, estoy marcando tu número desde hace una hora — le dijo ya en la sala de la casa.

— Asuntos de negocios de larga distancia.

— ¿No quieres verme? ¿Con quién estuviste anoche? Me desvelé hasta la madrugada esperando tu llamada.
Se fue a sentar en el sofá, se quitó los zapatos y extendió los brazos en dirección de Humberto, él aceptó la invitación y fue a sentarse a su lado. Ella lo abrazó, lo besó en la boca y le preguntó:

— ¿Tú me quiere?

— Si — dijo él.

— ¡Mentiroso! ¡Quítate de mí vista, no te quiero ver! Anoche me dejaste plantada — Lo empujó suavemente por los hombros, pero al instante le sonrió y lo atrajo de nuevo hacia su cuerpo — ¡Mentira, yo te quiero mucho!, tú le da sentido a mi vida. Has aprendido bien las lecciones que te vengo enseñando desde que tu tenías diecisiete años, pero no me voy a ilusionar pensando que con nadie más pones en práctica el fruto de mi trabajo.

El intentó decir algo, pero ella colocó su dedo índice de la mano derecha encima de sus labios:

— No digas nada, es mejor que lo dejemos así; ya sé que me vas a mentir, tus pupilas se dilatan cuando miente mucho antes de que pronuncies la primera palabra. Por lo menos me queda un consuelo.

— ¿Qué será? — preguntó él.

— Tu no vas a encontrar fácilmente una mujer como yo, a la mayoría la vas a sentir demasiado estrujadas y flojas. Yo era señorita cuando me fugué con Jacinto a los dieciocho años, nunca nadie más tocó este cuerpo hasta que yo te violé cuando tu tenías diecisiete. Hacía dos años que, por su enfermedad, a Jacinto ya no se le paraba. Me sorprendió mucho que esa tierna edad tu fueras tan dotado, y el hecho de que no la flojeaste hasta después de media hora. Yo nunca había tenido una experiencia igual.

LA MUERTE DEL SAPO

En lo último del baúl de su vida, guardaba una noche similar a la que tenía por delante, la cual se le había casi olvidado, ahora desde hacía unos días le venía pellizcando la sien de manera intermitente. Fue la noche más azarosa que hubo en su vida, pero eso cambiaria en cuanto llegara la noche. A veces pensaba en regresar al calor y a la comodidad de su departamento, peros su vida corría mucho peligro. Se Moria la siguiente noche, o Ricardo y el gacho se irían al infierno. Ella y la China bailaban en el tubo desde la noche del viernes al lunes por la madrugada, en un burlesco del cual Freddy Jones era uno de los dueños; Muñeca le apodó el Sapo debido a su cuerpo rechoncho, con la cabeza incrustada en el cuerpo como si no hubiese tenido cuello. Las dos amigas se unían una vez al mes en la tarima, para presentar una función de sus respectivos actos. Les iba muy bien. Eran alquiladas periódicamente a otros establecimientos, se divertían viajando por todo el país y a través del mundo, y los hombres con mucho dinero las paseaban por las ciudades en los mejores coches. La China era novia del Sapo, y Muñeca usualmente le decía: «¡Yo no sé qué tú le ve a ese maldito Sapo, tan feo! Debe ser demasiado bueno en la cama». Él vivía celoso del apego que había entre las dos, sospechaba que su amistad era más íntima y profana. Un día le dijo a la China que tenía ganas de formar un triángulo con las dos en la cama, la China enfureció y no le habló durante una semana. Tanto jodió el Sapo hasta que una noche que hacía mucho frio, se le fue la «guagua». La nieve caía como gruesos copos de algodón, la ciudad tenía el aspecto como si hubiera sido tapizada por un manto blanco. La China y el Sapo conversaban en la esquina más oscura de un lugar, a donde los clientes estacionaban sus coches para ir a ver el espectáculo. La China lo citó con la idea de pasarle unas nuevas que tenía entre los dientes hacía tres meses, las cuales trajo de Santo Domingo cuando Mirian se casó. Mirian era una de las amigas de la infancia de Muñeca. Cuando el Sapo llegó a su lado comenzó a rezongar entre dientes con tono de malos amigos, parecía estar borracho, se fumaba unos cigarros que ponían a la gente loca:

— ¿No podías esperar hasta mañana? — dijo el Sapo — Mi mujer está en el club iniciando a una prima, por eso te dije que no vinieras a trabajar esta noche. Tu siempre hace lo que te da la gana y nunca escucha lo que yo te digo, es por lo que a cada rato peleamos y luego tu dice que yo tengo un mal carácter, que debo controlarme. Yo debo de controlarme, y tú tienes que hacer lo que yo te digo. Ya no sé qué a hacer contigo, parece como si tuvieras la cabeza llena de mierda ¿Por qué tu no me oye cuando yo te hablo, es que yo soy un mojón para ti? Yo soy un hombre y tú tienes que respetarme, tu no puede seguir así, haciendo lo que a ti te da la gana. Estoy casi al punto de cansarme de ti.

— Pues vete y atiende a tu mujer si es que le tienes miedo y deja ya de joderme la vida, yo estoy harta de andar escondida en esta relación.

— Precisamente, es lo que yo siempre te digo, todo lo resuelve con un berrinche, un día que yo no me haya confesado te dejo tirada en la cuneta como si fueras un trapo sucio que nadie quiere ¡Cuídame, porque hombres como yo no aparecen todos los días!

La China dio media vuelta con la intención de marcharse, pero el Sapo la detuvo agarrándola por el brazo:

— ¡Espérate un momento, mi amor! tú eres mi único tesoro y mi vicio. No me hagas caso. Vámonos para un hotel y que se joda mi mujer, su prima y el club: me tienes a dieta ¿Qué tiempo hace que no te siento?

La China lo miró con desprecio de pies a cabeza, Muñeca pensaba que hacía «mala barriga» y la cogió con el Sapo, su mamá sufría de un mal similar cuando salía encinta.

— Yo tengo una mejor idea — dijo la China —, le vengo dando vueltas en mi cabeza desde hace un tiempo acá, y ya me llegó la hora de tomar una decisión. Esta relación se debe acabar esta misma noche; hay otro asunto que te vine a decir, y es que no 13 puedo seguir bailando. Primero porque me duelen mucho las coyunturas, el doctor dice que tengo comienzo de artritis y debo descansar; por otro lado, no quiero que se me caigan las nalgas bailando como le ha sucedido a Tamara, los clientes quieren que se baje de la tarima cada vez que sube a bailar; y, por último: estoy embarazada, y ya no puedo seguir más con esta maldita brega. El Sapo dio un salto y retrocedió un paso, tal como si le hubiese picado un abejón en el ano. Se puso pálido, la observó por un momento sin pronunciar ni una palabra, después de un minuto le dijo:

— Yo te amo, no lo dudes ni por un segundo, pero eso es un tranque al que yo no me puedo enfrentar por ahora; mi mujer me puede matar, y lo peor de todo es que me deja en la calle con lo que llevo encima únicamente; fue quien me prestó el dinero para comenzar el negocio, y es la dueña de todo mientras yo no le pague. Tú debes comprender mi situación, debes de tener un poco de paciencia si es verdad que tú me amas y abortar esa criatura, tenemos una vida entera para tener todos los niños que tu quiera.

En realidad, ya la China y Muñeca sabían el secreto; la mujer del Sapo, un hermano y un primo eran los verdaderos dueños del establecimiento, el Sapo no tenía voz ni voto en el funcionamiento del negocio.

— Tú no tienes que preocuparte por nada — dijo la China —. Yo no te voy a pedir que la represente, que le dé tu apellido y mucho menos que le regale migajas de tu mugroso dinero; yo no quiero seguir trabajando en tu negocio ni en ningún otro similar, me voy a retirar por los motivos que ya te dije. Yo soy una profesional, puedo trabajar en cualquier empresa y defenderme a como dé lugar, si es que tú no puedes hacer nada por mí; por lo tanto, lo mejor es que nos digamos adiós para siempre ahora mismo, y no quiero que me vuelvas a buscar a menos que sea por algo serio.

Lo de hacer algo serio por ella fue con la idea de salir del paso, la verdad era que no deseaba continuar su relación con el Sapo.

— Yo sé lo que aquí está pasando — dijo el renacuajo, otro apodo que Muñeca le tachó —, todos en el negocio saben que tú y la prieta del cabello colorado se cogen, fue por lo que te negaste a vivir conmigo en el departamento que yo te quería comprar; la 14 excusa que ahora me da es la más pendeja, entre todas las excusas pendejas que tu mes has dado para todo; aquí la pendeja eres tú si crees que no me doy cuenta de cuál es tu juego, yo sé que tan solo te aprovechas de mí porque soy el dueño del club, así como te aprovechabas de Micky en el «Bolas de Fuego» ¿Tu pensaba que yo no lo no lo sabías? ¡No mi amor, yo sé bien lo que tú eres, y no es verdad que yo soy un pendejo! ¿Me oíste? ¡Yo no soy un pendejo! Tú no eres nadie, debería estar agradecida de que un hombre como yo te quiera poner a valer haciéndote una señora. Le gritaba en un tono bajo, visiblemente incómodo, salpicando con saliva el rostro de la China.

— ¡No seas mentecato y no me hagas reír pedazo de idiota, tú no tienes que gritarme! ¡Yo no soy tu hija, come mierda! Yo sé que tú no eres dueño de nada, la dueña del club es tu mujer, su primo y su hermano, tú eres tan solo un sapo sucio y un mantenido por tu mujer ¿Tú no te ha visto en un espejo? A un sapo asqueroso es a lo que tú te pareces.

«Es verdad lo que dice la gente, bromeaba Muñeca después del evento, se dice que al hombre hasta el miembro se le pone chiquito cuando la mujer ya no lo quiere: ahora el Sapo es feo. Yo siempre te lo dije, pero tú nunca me hiciste caso». Muñeca estaba escondida detrás de unos matorrales secos por el invierno y ahora copados por la nieve, tal vez el Sapo no la detectó debido a su embriaguez. Le dio un empujón y una bofetada cuando la China le dijo que se podía ir al infierno, luego la tomó por los hombros, la zarandeó violentamente y le dio una segunda galleta con el revés de la mano; en ese momento, empuñando un revólver, Muñeca extendió su mano izquierda fuera del matorral, apretó el gatillo y el plomo le salió por el otro lado en la sien envuelto en un chorro de sangre y seso, que salpicaron el pecho y el rostro de la China; ella quedó paralizada por un momento, sin aliento, al tiempo que dejaba escapar un leve chillido y colocaba las palmas de las manos en las mejillas, con la mirada fija en el cuerpo del Sapo y el charco de sangre bajo su cabeza. Muñeca reaccionó, la tomó por el brazo y huyeron hacia un coche a tan solo unos pasos, en el cual esperaba La Boxeadora con el motor en marcha. La China, engurruñada en el asiento trasero, temblaba de pies a cabeza sin 15 atreverse a mover ni un solo dedo. La máquina era robada. En una noche de parranda en la que Muñeca perdió las llaves de su auto, Julio, quien era su compañero de juerga esa noche, le regaló tres llaves que podían operar cualquier vehículo. Las tres amigas dejaron el automóvil a media hora de viaje, no sin antes limpiar el interior con alcohol y un par de toallas; Muñeca y la Boxeadora fueron quienes realizaron la operación, la China permanecía engurruñada en el asiento de atrás en el otro coche. Al tercer día mientras la China se bebía una taza de café, y Muñeca le acariciaba los cabellos en señal de consuelo, fue cuando entonces vino a balbucear algunas palabras. Seis meses más adelante dieron a luz el mismo día dos niñas hermosas, coligieron que habían quedado embarazadas si no la misma noche, separadas por no más de veinticuatro horas en la misma parranda cuando Mirian se casó. Al finalizar la cuarentena del parto, Muñeca se fue a trabajar a una organización sin fines de lucro, para subsanar con buenas obras los «pecados» que sus enemigas le tenían prendidos en la blusa, mientras que la China cuidaba de las niñas. La experiencia del trabajo concluyó en un fiasco y su cinismo se fortaleció, descubrió que la corporación era un negocio, la sombrilla para una serie de operaciones compuestas por una cadena de iglesias; el capital empleado en buenas obras era mínimo, como sancochar una olla de frijoles para dos o tres desamparados y repartir trapos viejos que la gente donaba, todo lo recaudado se quedaba en los bolsillos de los directores. El salario de los empleados era pobre, el cielo era quien debía de cubrir sus necesidades; los jefes eran los únicos que comían bien y vivían en mansiones de lujo, viajaban en aviones privados y sus coches eran de los más lujosos. Un domingo por la mañana — habían ya recuperado sus figuras —, la China le dijo a Muñeca en la cocina:

— ¡Ay, yo no sé! Yo no quiero volver a bailar, ya no me agrada tanto como antes; al otro día me siento molida, y no quiero llegar a la situación de Tamara.

— ¿Es por lo del Sapo? Ese desgraciado te pudo haber matado, así fue como se murió mi madre a manos de un mal parido similar; lamentablemente, a su mejor amiga quien le acompañaba esa 16 noche no le fue posible defenderla. Yo pensaba en ella, mientras tu conversaba con el Sapo.

— No es por el Sapo, y no me lo vuelvas mencionar, me dan escalofríos cada vez que pienso en el susto que me hiciste pasar, quedamos en que no íbamos a recordar el episodio jamás en la vida.

— Si tú te va yo también me voy contigo, tú fuiste quien me puso en este camino y ahora me quiere dejar sola.

— ¡Oh no, ahora no vengas a echarme a mí la cuaba! Tú fuiste quien quiso entrar en el oficio, yo me acuerdo como ahora que me opuse a esa decisión; tu querías ganar dinero con la idea de ayudar a tu abuela pobre del campo y a tus primas gemelas, Isabel y Sabela; pero ya eso te venía trabajando por dentro — me refiero a lo de bailar en el tubo —, desde la noche que la tía Mila te llevó a ver el espectáculo en «Caprichos de Hombre». ¿Te acuerdas? Yo me acuerdo como si hubiera sido ayer.

— Eso fue para no dejarte sola con toda esa recusa de lobos, ahora nosotras somos de la universidad y podemos trabajar en cualquier empresa, podemos atender a los papeles y llevar las cuentas de algún viejo que tenga muchos billetes.

— Sea como sea, eso vas a ser una esclavitud, no vamos a poder viajar como antes. Yo necesito trabajar, en cambio tú eres una princesa y tienes una fortuna esperando por ti.

— No me digas eso, porque tú y yo somos una. Lo mío es tuyo también ¿Somos o no somos amigas?

Se fueron a trabajar a una compañía importadora de bebidas: «Perlas Antillanas». A Muñeca no le agradó el ambiente, había poca iluminación y no tenía la más remota semejanza con el ambiente de luces, de colores y de seda con el cual se había encariñado; estaba inquieta sentada en el vestíbulo el día de la entrevista, moviendo nerviosamente su pierna izquierda casi a punto de ponerse de pie y salir corriendo, mientras la China le agarraba la pierna para que dejara de moverse. Cuando el dueño las vio desde lejos, ya estaban contratadas. Llegaron vestidas como si hubieran ido a una entrevista para un desfile de modas, no sabían vestir ni caminar como la gente normal. La China fue instalada en la oficina, Muñeca fue a parar al almacén recibiendo mercancías, despachando los 17 camiones y atendiendo a los que iban por sus propios artículos. Bruno, un vecino suyo de veintidós años fue quien las recomendó con su jefe, manejaba un camión repartiendo mercancías.

Despertó a las cinco y media con el espíritu lleno de moretones, ya fuera por la cita pendiente o por el viaje de la pasada noche. A las ocho revisaba «La Cocina de la vieja Caridad» — un restaurante de su propiedad con menú caribeño —, utilizando su tableta y unas cámaras colocadas estratégicamente. Ahora, gracias a la tecnología moderna, era posible vigilar el negocio a control remoto. El nombre del establecimiento fue por una de las abuelas de María Mercedes Caridad — la China —, quien además de su compañera inseparable, amiga del alma en las buenas y en las malas: también era su socia en el negocio, en un edificio de seis departamentos en Orlando, y en el condominio donde vivían en un edificio de lujo. Conversó a las ocho y media con la Tula, coordinadora de los turnos del día y por la noche, la responsable de todo cuando ella y la China estaban ausentes, quien abría el negocio todos los días por la mañana. Fue la primera de todas sus amigas, habían sido inseparables a partir del primer momento en que se vieron. Desde que llegó la observaba en el otro extremo del salón, de vez en cuando la Tula izaba la vista y le ofrecía una sonrisa, y ella entonces le reciprocaba con una más amplia; sin pensarlo dos veces, en el primer receso de la mañana fue a su encuentro con mucho disimulo: «Hola, yo soy Muñeca; y tú, ¿cómo te llamas?» En la segunda intermisión fue a su encuentro una vez más, y al rato de la conversación le dijo: ¿Quieres venir a mi casa el próximo sábado a jugar, a comer arroz con leche y helados en el patio? Mi abuela es la mejor cocinera del mundo, yo le voy a decir que llame a tu mamá para que te de permiso». La institución era un colegio para niñas dirigido por unas monjas, estaban comenzando el primer día escolar de sus vidas.

También era dueña de un bar en el recinto contiguo en el mismo edificio: «Zapatos rojos, Taberna y Parrilla». Los clientes le llamaban: «Los zapatos rojos de Muñeca». La taberna comenzaba sus labores a la hora del almuerzo y el restaurante a las siete de la mañana, el menú y la clientela eran diferentes. Con un remolino de ideas cruzándoles por la frente — ya eran las nueve —, recordó unas conversaciones con la tía Mila un poco antes de irse a vivir al Extranjero. Fue su consejera, pero sus palabras se les fueron olvidando a medida que mudaba sus alas de ángel por alas de avispas, relampagueaban en su mente solo cuando atravesaba por algún momento difícil, ahora necesitaba conversar con ella una vez más. En esta ocasión, dado a que andaba poseída por el espíritu de la venganza — pero ella pensaba que solo era una defensa personal —, recordó haberle preguntado en el patio de la casa mientras se bebían unas tasas de té, y comían galletitas saladas y queso geo:

—Tía, ¿la venganza es mala? He oído comentar que no trae la satisfacción esperada y que, por el contrario, la persona siente como si fuera una cucaracha.

— Así es, pero es una cuestión de la cultura, y no del cielo imaginario que a la gente les han empujado por la cabeza.

— ¡No comiences con tus adivinanzas, yo solo quiero saber si todo eso es o no es verdad!, tú nunca me da una respuesta sencilla que yo pueda ver fácilmente.

— Una pregunta como esa yo no te la puedo responder en blanco y negro sin un argumento, y a ti parece que te sale por un oído lo que yo te digo por el otro. Te voy a explicar tu pregunta una vez más, y ponle atención esta vez porque no voy a estar viva si algún día regresas del Extranjero.

— ¡Si, mejor explícamela! Yo soy mala para eso de las adivinanzas.

— Lo que te han dicho es una treta para suprimir la voluntad humana, sellada con la doctrina de la otra mejilla, con la esperanza, con el amor a los enemigos y la promesa de futuras recompensas en cielos imaginarios; no creo que cometa un error si te digo, que todo eso es un producto de los enemigos del mundo, de los perros que cuidaban el rebaño, de los invasores y de los amos; la idea siempre ha sido evitar una revuelta, lograr que las personas soporten sin quejas todo tipo de ultraje, con la idea de mantenerlas estacionadas en la esclavitud y la miseria.

— ¿Y por qué tu incluye la esperanza, acaso no es un soporte y una luz para los días negros?

— No si se trata de una esperanza inútil y un deseo sin fundamento, algo así como las argucias de charlatanes a quienes vemos componer obras con títulos llamativos: «La magia de la esperanza». Es un ardid. La «magia» funciona, únicamente para charlatanes que viven de pendejos que aceptan sus falsas promesas. Las personas que hacen preguntas, así como tú han comenzado a salir del armadijo; pero debes de tener mucho cuidado porque te puede costar, la gente se mata con cualquiera que intente zafarla de las trampas que les tienden charlatanes, ladrones y criminales. Dudar y hacer preguntas capciosas es un pecado para la iglesia e ilegal para el estado, una te puede llevar al infierno y el otro al cadalso. ¿Y por qué motivo te interesa el tema de la venganza? Si amenazan para que aceptes o sostengas una idea, en vez de convencerte lo medio de lógica y razón, eso es una señal de que la idea carece de valor. Ahora ¡No me digas que les piensas quitar el caramelo al régimen, a los jueces, a los fiscales, a los abogados, a la iglesia y a todos los demás verdugos! No es una buena idea por lo que ya te dije, lo puedes pagar con creces.

— Es que algunas veces me dan ganas de acechar un par de víboras lenguas largas, darles un par de pedradas o partirles dos o tres costillas con un bate.

— ¡Ah, ya veo! Quizás no sea necesario exponerte, no es el cielo quien pudieras arreglar las cuentas contigo; el viento esfuma las palabras si tú las ignoras, no es necesario que les formes nidos en tu corazón; únicamente las personas inmaduras y flojas temen a las palabras, se fastidian por lo que la gente piense o diga sobre su persona, y por las opiniones contrarias a las propias. Lo que te duele no es lo que dicen de ti, sino tus propios pensamientos al respecto. Si logras cambiar tus ideas y convencer a tu corazón, te harás invulnerable no solo al veneno de todas las culebras del mundo, también te puede ayudar a cruzar caminando las aguas de ríos crecidos en cualquier tormenta.

Temprano en la mañana, mientras Muñeca pensaba en la noche que tenía por delante, y mientras repasaba episodios pasados en su vida, la tía Pocha le dijo a la China por teléfono a manera de saludo:

— ¿Tú y la niña están peleando?

El sobrenombre fue idea de la sobrina cuando empezó a balbucear sus primeras palabras, no podía pronunciar el nombre de la tía — Rosa — y todos creyeron que decía Pocha; su abuela — Antonia Salomé Altagracia D'Leon, Toña —, le dio el mismo apodo al nacer por el parecido con su padre — don Pucho —, pero nadie le hizo caso entonces, ahora la gente le había seguido la corriente al pequeño angelito; era la monería de la familia y el único recuerdo que su abuela tenía de Ramoncito, nunca dejó de ser la niña para su abuela, Toña y la tía

Pocha; los demás le decían Muñeca, cuando creció los hombres le llamaban la Muñeca del barrio dado su belleza y su cuerpo escultural.

— ¿Quién? ¿Pocha? — dijo la China.

— Si, soy yo: ¡Pocha! ¡Ya son las diez de la mañana! ¿Todavía tu está durmiendo? Perdón, te llamo luego, sigue durmiendo.

— No te preocupes, ya necesito salir de la cama, tengo pendiente algunas diligencias para dentro de un rato; hoy es el último día disponible que me queda, salgo de regreso a casa el próximo lunes después del mediodía ¿Qué sucede? ¿Y que tu hace a estas horas de la mañana, despierta?

— ¿Por dónde andas, si es que se puede saber?

— Estoy en Orlando ¿Quién se murió para que tú me llames un sábado a esta hora, tu no duermes tarde sábado por la mañana?

En ese momento Francisco entró al recinto, la China de inmediato empezó a surcar señales en el aire para que guardara silencio; le traía el desayuno a la cama, una costumbre que venía observando a partir de la primera vez que durmieron juntos, era dueño de un ventorrillo localizado a dos calles del hotel: «El Chorizo Cubano». Francisco le señaló el reloj en la muñeca izquierda con el índice de la otra, indicándole que ya era hora de lo que tenía pendiente.

— ¿Con quién tu estas ahí? — dijo la señora en ese instante, como si hubiera presentido el meneo de señas entre los dos amantes.

— ¿Con quién voy a estar, Pocha?

— ¡Me pareció ver a otra persona contigo, ahí! ¡No me lo esconda, tu no está sola!

— ¡Estoy sola en un hotel! Pero ¿Qué importa si yo tuviera compañía? Es verdad lo que dice Muñeca, ella dice que ya tu está chochando.

Mientras ella conversaba con la doña, Francisco depositó la funda con el desayuno en una mesita de noche a mano derecha en la cabecera de la cama; le dio un beso en la boca y luego se marchó, no sin antes volverle a señalar con el índice de su mano derecha el reloj en la otra. La China quería cortar la llamada, pero la señora no le daba ni una sola tregua:

— ¿En un hotel, por qué? Tú tiene suficientes amigas y familias en Orlando ¡Yo te conozco, no me hagas cuentos monos!

— En un hotel llego a la hora que yo quiero, me acuesto y me levanto cuando me da la gana, cosa que no puedo hacer en ningunos de los hogares que yo conozco; en cada uno hay unos niños jodones que se la pasan brincando, tu bien sabes que a mí los niños me dan salpullidos ¿Qué fue lo que tú me dijiste cuando respondí a tu llamada?, todavía yo estaba en una soñolencia pesada y no te pude oír con claridad.

— Te pregunté, que si tú y la niña están peleadas.

— Nunca peleamos, tan solo discutimos de vez en cuando, aunque no te lo voy a negar: muchas veces me dan ganas de cogerla por las greñas y barrer el patio con ella, tu sabe cómo es de caprichosa, cuando algo se le siembra entre una ceja y la otra no hay quien se lo pueda sacar fácilmente.

— Tú no tienes patio, vives en el décimo piso de un edificio de lujo y vas a perder la pelea: ella practica las artes marciales, y tú cuenta con algunas libras de más.

— ¡Mira, carajo! ¿A quién tú le dice gorda? ¿Quién te dijo que yo estoy gorda?

— Yo no estoy diciendo que tu está gorda, mi amor ¡Entiéndeme!

— ¿Tú me despierta sábado por la mañana, para decirme que yo estoy gorda en mi propia cara? Yo no estoy gorda, lo que yo estoy es voluptuosa y más deseable que nunca; pero, lo mejor de todo, para que lo sepas si todavía no te has dado cuenta, es que aun sigo más apretada que un andullo ¿A cuántas flacas tú conoces por ahí que a pesar de ser de la nueva ola se vean así, tiesa como yo? Y déjame preguntarte algo, ¿tú nunca me ha visto encabronada, verdad que no? A mí se me salen unas fuerzas cada vez que se me calienta la pepita, como si el demonio que todas llevamos dentro se me sacudiera en el centro del tuétano.

A medida que hablaba, podía escuchar por el auricular la típica risilla de la señora.

— ¡No te rías, coño! — exclamó la China.

— No te niego que todavía te ves, así como tú dices, pero no es para fajarte cuerpo a cuerpo con la nena; y en todos estos años, nunca he visto que se te haya escapado esa fiera que tú dices llevas por dentro; tú eres una pava, es por lo que aquella te domina, te manipula y hace contigo lo que a ella le da la gana ¿Me lo vas a negar? A cada rato yo te oigo, sumisa como si fuera una perrita relamida: «¡Si, mami, lo que tu diga está bien!».

— Tu lo dices porque no te has dado cuenta de algo: yo le permito creer que me domina.

— ¡Claro que sí! Eso es lo mismo que yo digo cada vez que la gente lo menciona, yo no soy la única persona que lo ha notado.

— ¡No me joda, Pocha; todavía es demasiado temprano! Tu siempre andas averiguando las vidas ajenas, te pareces mucho a las culebras en la «Iglesia de Jesús Salvador»: el cuartel general de nuestras enemigas, a muñeca la vienen persiguiendo desde antes de nacer: al parecer, no era hija de su padre.

— ¡No me compare con esas cuervas, que no somos iguales! Ellas se inmiscuyen en las vidas ajenas por malicia, mientras yo lo hago con las personas que amo únicamente y solo por su bien; deben estar de plácemes en estos días, ya el veneno de sus lenguas no es un juego de niños y no pueden ser ignoradas como antes, con la esperanza de que dios se las cobre allá en el cielo cuando se mueran.

— ¿Y eso a qué se debe? A mí no me importa que se les pudran las lenguas, a ese tipo de persona lo mejor es ignorarla.

— El orden nuevo del mundo les ha otorgado autoridad a todos los metiches para vigilar a sus vecinos, y para delatarlos si los notan demasiado sospechosos, hasta un slogan de lo más cuchicuchi les han compuesto: «Si ves algo sospechoso di algo, quien calla se vuelve sospechoso también». O sino este: «Si yo veo algo, yo digo algo». Se los recuerdan por los altoparlantes en el transporte público, en grandes pancartas en las calles, a través de comerciales en la radio y en la televisión, las corporaciones tienen guías de cómo sus empleados deberían proceder al respecto. Quieren convertir a la población en alcahuetes y hacerles sospechar de sus vecinos, y hasta de su propia familia; eso se llama sembrar cizañas, y dividir para vencer. Así el pueblo no se une, para luchar por una causa común.

— ¿Y cuáles deberían ser las sospechas? — preguntó la China.

— Para mí que se trata de personas de colores raros, de forasteros, y si por la manera en que visten se les nota que no son de las filas del señor o de su hijo; una persona pudiera perder todos sus derechos si la consideran sospechosa, la pueden matar sin recibir siquiera los buenos días de un juez. A cada rato dicen las noticias, que las gentes de las armas acaban de matar a una persona o a un grupo sospechoso; los que tienen el encargo de limpiar al mundo de tales inmundicias, estacionan un avión invisible sobre una nube y ametrallan a grupos de personas en un cementerio, ya sea rezándole o enterrando a los muertos; en el patio de una casa celebrando un cumpleaños, o en el parque participando en una boda.

— La idea no me parece tan descabellada — comentó la China —, porque hace tan solo algunos años en vez de carta blanca para los chismosos», el gobierno les pagaba recompensas a los ciudadanos más respetables para que salieran a matar a esa misma gente; para cobrar el botín, los matones debían desollar el cuero cabelludo a los muertos, luego llevarlos chorreando sangre al precinto más cercano.

— Cuando la delación era considerada un pecado propio del «Imperio del Mal» — recordó Pocha —, los delatores eran tratados como chotas, soplones, ratas, alcahuetes y sapos, hoy en día son considerados héroes nacionales en el «Imperio del Bien». El gobierno de mi país hacía circular unas caricaturas en la década del sesenta, las cuales hablaban de un comité delator en cada esquina de las ciudades rojas; decía que a los niños se les instruía en las escuelas para vigilar y delatar a sus padres si hablaran mal del partido, los cuales eran conducidos al paredón o encarcelados por más de veinte años; los niños eran considerados propiedad del gobierno, se los podían quitar a los padres que no simpatizaban con el partido.

— Yo fui a la escuela hasta los diez años en el Colegio San Lorenzo — dijo la China — y a mí nunca me hablaron de tales cochinadas.

— La realidad es que por este lado no ha transcurrido nunca nada que sea muy diferente, a lo que se cuenta era colado al brincar la valla — subrayó Pocha —; el error de los rojos fue no incluir a dios en sus retóricas y sus promesas, por aquí nada es inmoral, ilegal o cruel si es ejecutado en nombre de dios o de su hijo; por ejemplo, pueden mantener vivas instituciones que silgan a sus niños sistemáticamente, o pueden ver con buenos ojos cuando son asesinados en masas. En una ocasión en que fue cuestionada la secretaria de cierto presidente, acerca de la masacre más reciente de medio millón de niños, dijo que todo resultó ser un buen negocio para el país.

— ¿A cuál de las dos se le ocurrió la idea? — preguntó la China — El presidente contaba con dos secretarias, tenía una joven y una vieja.

— ¡Tú eres como loca, China! ¿Cuál pudo ser sino la vieja? Tu sabe que la otra, únicamente le abría la cartera y le sobaba la cabeza al gallo presidencial.

Las dos mujeres rieron hasta que les dolió el cuero de las barrigas, cuando se calmaron aun intentando contenerse, Pocha prosiguió con su interés original:

— Ya no me les dé más vueltas al tema, dime porqué te has escurrido en secreto por dos ocasiones en un mes, a mí me parece que hay un problema del que no quieres hablar. Te voy a llamar «Barajita» de ahora en lo adelante, cambia el tema de las conversaciones cuando no te apetece hablar de algo.

— ¿Quién, yo? Tú fuiste quien le dio un giro a la conversación sin poner la señal, yo tan solo te seguí la corriente ¿Y qué te hace pensar que Muñeca y yo estamos de balas?

— Hace una semana que no te veo en el negocio, la otra está insoportable con un humor de perro malo, y esta es la segunda vez que te va de paseo sin ella en tan solo un mes ¿Por qué te dejó ir sola si no están de mala? Ella nunca te pierde las huellas.

— Es verdad que somos uña y carne desde la primera vez que nos vimos — eso fue un amor a primera vista —, siempre vamos juntas a todas partes, pero no es por lo que tú te imaginas; quizás no te dado cuenta de que me sigue solo a donde hay playa y agua, eso es para exhibirse con poca ropa y compararse con las machucadas pollitas de la nueva ola; usualmente se pone un bikini con un triángulo rojo encima de la cuca, sujeto por un delgado hilo del color de la su piel incrustado entre las nalgas, luego se pasea por el frente de las pollitas que se imaginan ser la fruta más fina del huerto. Yo la miro desde lejos y me salen los orines de la risa, hay que dejarla con su tema si eso le hace bien.

— No se le puede quitar su engreimiento, ella también está como una roca. Algunas «Leonas» lucen veinte años menos de su edad, se les nota mejor después de los cuarenta; yo vine con los genes de mi padre, la única herencia que tengo de mi familia es el temperamento y la virtud aquella que ya tu conoces.

— Nunca dejas de alabarte con los dientes que se dice tienen las «Leonas» en el medio de las piernas, yo creo que todo eso es una leyenda y autos alabanzas de putas.

— Esa no es una idea mía — recalcó Pocha —, me lo repiten cada uno de los que han pasado por aquí a cada rato cuando me ven: «¡Como tú, ninguna!»; ellos darían sus vidas, para que yo les deje pasar sus manos a este rabo una vez más.

— Eso serán los que todavía quedan vivos, y no me parece que a esa edad puedan levantarse; a ti no te gusta que te digan vieja, pero ya tú cuenta con setenta y tres años.

— Es verdad que no pueden conmigo y no es por los años, nunca pudieron abatirme ni en sus menores tiempos y aquí aún queda mucha leña por quemar. Yo necesito sangre nueva. Un vecino mío de cincuenta y dos años a cada rato me anda «echando los perros», pero yo no le veo que tenga suficientes bríos para lidiar conmigo; me da la impresión de que me lo voy a beber en los primeros jamaqueos, luego me voy a quedar aclamando por más fuego para toda esta leña.

— Dime una cosa pocha, todos esos hombres que has tenido y que todavía te persiguen, yo me imagino que debe ser el pueblo entero ¿No verdad que sí? Y, ¿fueron antes, después o mientras estabas casada?

— A mí nada más me han tocado veintidós hombres en todos estos años, lo cual me hace una virgen, si me comparas con el millaje de algunas de las pollitas más nuevas de hoy ¡Y ya no me dé más carreta, dime por qué te has escurrido en secreto por dos ocasiones en un solo mes! Yo creo que tú tienes un embullo en Orlando.

— Mis viajes no han sido un secreto, aunque no es necesario que yo le anuncies al mundo los itinerarios de mi vida. Los viajes de que hablas no fueron por el placer de cambiar la rutina, y mucho menos porque tenga problemas domésticos o un enamorado en Orlando; con el primero vine a revisar unos arreglos, en uno de los seis departamentos en el edificio que Muñeca y yo tenemos aquí, lo de ahora fue por un infarto que mi hermano Joaquín sufrió — por poco se me va —; tu «nena» y yo no podíamos ausentarnos a un mismo tiempo, a causa de los preparativos que tenemos pendientes sobre la inauguración del edificio del negocio ¡No me diga que se te olvidaron esos detalles!

Lo de Joaquín era cierto en esta ocasión, en otras lo usaba como una excusa para verse con Francisco, algo que ya Muñeca venia sospechando y había comentado con la tía, lo cual era uno de los motivos de su acoso con tantas peguntas.

— Siento mucho lo de Joaquín, le deseo una pronta recuperación, pero trata de venirte lo más pronto que te sea posible; esta muchacha está como loca y tú eres la única persona que la puede controlar, yo la verdad es que ya no puedo con ella.
— Aún no me has dicho qué hizo ahora y por qué te preocupa tanto esta vez, tú siempre le ha celebrado todas las travesuras que a ella se les han ocurrido.

— A partir del pasado lunes comenzó a llegar al negocio envuelta en un vestuario negro, desde los zapatos a un sombrero de alas anchas, una peluca y unas gafas oscuras; se pasó la semana encerrada en la oficina, no quiso bajar del segundo piso ni hablar con nadie. Es la mujer más mañosa que yo haya conocido.

— ¿Y eso te asusta? Esa es una de sus personalidades, y no es la primera vez que se disfraza. Cuando se viste de negro se pinta los labios y las uñas del verde oscuro de sus ojos, del granate profundo que tienen las cajas de los muertos o de un color morado, y ese día no se ríe ni habla con nadie: ya tu deberías estar acostumbrada.

— Es que ahora le añadió una maña nueva que yo no le había visto nunca, el miércoles fue al salón y le pidió a Nancy que le cortara el cabello a ras del cráneo, ahora se pone una peluca de color negro.

— ¡Eso es grave! Debe ser algo serio esta vez, su abundante cabellera siempre fue uno de sus atractivos fuertes, no habían sentido nunca el filo de una tijera excepto en las puntas. Yo hablo con ella todos los días y no he notado en ella nada fuera de lo común, el miércoles me dijo que ibas camino a cortarse los pelos, pero no me pasó por la mente que fuera el cabello: tiene por costumbre podarse la chichi. A mí me parece que no tienes de qué preocuparte, dale unos días y vas a ver que pronto se le pasa.

La China le recordó el apodo que sus amigas le tacharon a los trece años, le decían la «Diabla Cojuela» porque muchas veces andaba disfrazada según fueran sus estados de ánimos, y los acontecimientos importantes que ocurrían en su vida; en una ocasión se vistió de blanco durante una semana, después de sostener una pelea de lengua con una enemiga; la gente le preguntaba, para joderla, cuando se topaban con ella en las calles:

— ¿Qué pasó, mama? ¿Cambiaste las materias para estudiar enfermería o experta en la belleza? Creí que ibas en serio en eso de los negocios, tu quería ser una mujer empresarial; no te aconsejo el cambio, las personas que saben de negocios son las más inteligentes y las que dominan el mundo.

— Yo no he cambiado nada, todo sigue igual, lo que pasa es que yo soy blanca nieve si me comparan con todos los piojos que me rodean.

En otra estuvo ataviada como una princesa por más de una semana, similar a esas que aparecen en las novelas árabes, ahora había soñado ser la preferida en el harén de un sultán, lo cual le causó una fuerte impresión; pero, en realidad, había comenzado a leer las «Noches Árabes». Todos en el barrio conocían sus caprichos, sentían curiosidad por saber si le veían un cambio.

— Entones, ¿no me vas a decir en qué lio se ha metido la nena esta vez? — preguntó Pocha luego de las anécdotas sobre la mujer — Tú eres la única persona que sabe cada una de sus intimidades.

— ¡No te crea! Me da cuenta únicamente lo que a ella le conviene, y muchas veces después de los hechos, me hace los cuentos muerta de la risa como si todo hubiera sido un chiste.

— No te hagas la inocente que ustedes son tal para cual, son distintas por fuera y gemelas en su forma de ser, las dos tienen las mismas malas mañas: tienen por costumbre desaparecer, sin que nadie les pueda coger la seña.

— ¿Y por qué no le haces una llamada, le preguntas por donde anda y cómo se siente?

— Desde temprano la estoy llamando, también fui al departamento y no me quiso abrir la puerta. A mi tú no me vengas a decir que no está pasando nada entre las dos, ella no es la única bruja en la familia, yo también me las huelo cuando algo anda mal en el ambiente; yo creo que la pelea va en serio esta vez, también me parece que tú tienes un enamorado en Orlando.

— Pocha, te queremos mucho; pero no es necesario que tu estes enterada sobre todo lo nuestro, lo tuyo es curiosidad más que preocupación; tu no vas a cambiar a tu sobrina, suéltala que ya ella no tiene arreglo ni es una niña.

— ¿Tú sabes cuál es el triquitraque de ustedes? Todo lo ven como si fuera un juego y no se toman nada en serio, eso de que no vale la pena porque no van a vivir para siempre, es tan solo una excusa para no aceptar responsabilidad por lo que hacen.

— ¡Deja ya de hacerme sombra, Pocha! Se me hizo tarde para lo que tenía pendiente, luego te llamo si descubro algo nuevo acerca de tu… «nena». ¿Okey?, ¡Chao!

La señora no se dio por vencida, llamó por teléfono a toda la que podía ofrecerle alguna pista, y luego se dirigió al restaurante a preguntarle a la Tula, con quien no debía desconectarse por motivos del negocio.

— Ella está bien — le dijo la mujer —; hablé con ella por la mañana, pero no me dio sus coordinadas.

— A mi esa muchacha me preocupa, ella está como loca últimamente ¿No viste como se cortó el cabello el miércoles? Siempre fueron para ella un tesoro.

— Eso es una buena señal. Yo creo que ya no quiere ser el pajón loco de siempre, yo creo que ahora busca una personalidad nueva. No te preocupes, mañana la vas a ver que llega con un vestido rojo, riéndose con todo el mundo como si nada hubiera transcurrido, aún sigue siendo la misma niña que yo vi crecer en San Carlos: caprichosa y traviesa.

— Todas ustedes le apoyan sus caprichos, en vez de ayudarle a cambiar.

— La gente no cambia porque tú se lo pida, todo lo que tú le diga se le queda enredado en las neuronas y no le llegan al fondo; ella no vas a tomar la decisión de cambiar hasta que no esté madura, y eso tu no se puede regalar ni la puedes obligar.

LA CHINA

Muñeca y la China creían ser almas gemelas, tenían la misma forma de pensar, los mismos gustos y preferencias, y hasta compartían un nacimiento dramático similar. La madre de la China murió de complicaciones de parto, a los siete años huyó del régimen en una yola en compañía de su hermano mayor, y una prima de la misma edad junto a otras cinco personas; en cuanto a Muñeca, a los dos meses de su nacimiento ya era huérfana, sus padres murieron de manera trágica en ese mismo intervalo. La china era fea cuando nació, los vecinos le decían Gengis Khan, otros le decían la china, su tía le llamaba la Chira, y ella se hizo llamar la Chichi de Oro cuando comenzó a bailar en el tubo. Además de fea, los vecinos decían que ibas a tener un temperamento de toros, tocaba el grito si alguien que no fuera la tía la miraba o intentaba tomarla en sus brazos; Comenzó a cambiar a los trece años, vivía en Miami con su tío y unas primas. Se le cerró un espacio entre los dientes, y el ojo izquierdo que lo tenía escondido en la esquina de afuera volvió a la normalidad. Algunas veces, si estaba cansada o pasando una resaca el ojo recobraba su defecto; ese día se lo pasaba de mal humor, no salías de la casa, o si no, se ponía unas gafas oscuras, no se reía con nadie y al cualquiera llenaba de insultos como si hubiera sido una longaniza.

Se conocieron cuando la China llegó a la capital para bailar en el club «Caprichos de Hombre», un establecimiento para caballeros del que una prima de Muñeca era la dueña. La descubrió en uno de sus viajes buscando nuevos talentos, bailaba en un bar en la «Plaza del Tiempo» reuniendo plata para pagarse los estudios. Las chismosas del barrio, cuando se dieron cuenta que la China y Muñeca eran amigas, para joder a Muñeca de una vez comenzaron a decir: «En su país hubiera podido estudiar gratis, hasta la podían mandar a estudiar a Moscú; pero como el que nace para carpintero del cielo les caen clavos, martillos y serruchos: allá lo hubieras dado por un pollo, un bisté con cebolla o por arroz con habichuelas». El club fue uno de los primeros establecimientos en su clase, inaugurado en la capital un poco después de que se comieran al «chivo» en una velada; el generalísimo era un hombre recto y de una moral intachable, jamás hubieras aceptado una poca vergüenza similar, comentaban los más viejos en el vecindario que jamás dejaron de ser trujillistas. El grueso de la clientela era turista, muchos hacían sus reservaciones previo a su arribo en la ciudad, y nunca faltaban dos o tres anuras gringas rubias y de ojos azules, o de cualquier otro país de una pureza similar. De acuerdo con la dueña, eran las preferidas de los prietos criollos. La decoración del lugar daba la impresión de ser un casino lujoso, como esos que se ven en las películas Hollywoodenses; estaba equipado con un bar, una vellonera terciada en una esquina y una pista de baile. Había una habitación para una mesa de billar y juegos de salón, otra para baños de sauna y una para el servicio de masajes; los tímidos, los altos oficiales de las fuerzas armadas, la clase más alta de la capital y cualquiera que tuviera una buena cartera, recibían los masajes en privado en el segundo piso. Las bailarinas hacían sus presentaciones en el bar, encima del mostrador con un tubo improvisado en el medio de la pista, poniéndoles punto final a sus actos como dios las trajo al mundo: desnudas. Bailaban jueves y viernes a las nueve de la noche, sábados y domingos a las tres de la tarde y a las nueve de la noche. Los miércoles eran para ensayar, no participaban en actividades diferentes a menos que así lo decidieran y si el precio era de lo más atractivo. La dueña las traía de todo el mundo, como consecuencia de los contactos establecidos en los años que fue una estrella exótica; las criollas eran entrenadas para bailar en el club, las que sobresalían podían ser contratadas para salir del país, mientras las capitaleñas de recato chirreaban ya fuese por envidia o por celos. Las que se dedicaban a otros menesteres trabajaban todos los días después de las tres excepto lunes y martes, los cuales eran para descansar, salir de compras o ir a la playa. Los pasadías en las playas, en ríos aledaños y en el campo, acompañados por las mujeres del negocio que fueran sus preferidas.

Una brisa leve mitigaba las últimas horas de calor el día en que la China llegó al club, era un domingo a las cinco de la tarde cuando el mes de agosto iba por medio camino; Muñeca se dirigía con unos primos entre los cuatro y los seis años, a comer helados en el colmado de don Pedro dos calles más allá del club. Cruzaba la calle por la mano izquierda, cuando vio venir en la vía contraria en la otra esquina el coche que transportaba las chicas del club: era un «Chevrolet Belair» del año cincuenta y seis. Había oído comentar a las muchachas en el club, que por ahí venia esa misma tarde una bailarina bellísima — según les había informado la dueña del establecimiento —, y de inmediato me dispuso a descubrir qué tan bella era en realidad. El coche se detuvo frente a la mansión, localizada unos cincuenta metros más allá de la calzada; la máquina era de color granate con el techo, el bonete y la cajuela de color blanco;

había pertenecido a un tío de la dueña del club, quien lo trabajó por muchos años en el concho, ella se lo compró y lo remodeló por dentro y por fuera. La mansión tenía un rosado tenue con el caballete trabajado con tejas planas de color vino, y una marquesina que abarcaba el frente completo de la casa. Las empleadas entraban por el patio, pero en esos días el jardín y la entrada estaban siendo remodeladas. Carmelito — el chofer del club — dio la vuelta por el frente de la máquina, se dirigió a la puerta derecha de atrás y una mujer joven sin color en la piel, esbelta, de una cabellera abundante del color de la ceniza se irguió fuera del vehículo, y luego estiró su cuerpo con movimientos felinos como hacen los gatos para sacudir la pereza. Tenía puesto un vestido negro ceñido al cuerpo con el ruedo a media piernas, completaban su ajuar unas zapatillas del mismo color, un sombrero de alas anchas tejido con hebras de guano y unas gafas oscuras. Se quitó los espejuelos al momento de salir del coche, fijó su atención en la quinta, y cuando se dispuso a inspeccionar el vecindario, su mirada chocó en el medio de la calle con los ojos de Muñeca, y al instante una y otra se inspeccionaron de pies a cabeza. Muñeca lucia unos pantaloncitos blancos tan cortos, que se le podían ver fácilmente los primeros rasgos de su trasero, no había otro igual en todo

San Carlos según decían los hombres. El resto de su atuendo era una blusa roja por encima del ombligo, unas zapatillas del mismo color y un brazalete de oro en el tobillo derecho, del cual pendía un azabache para evitar el mal de ojo: fue un regalo de su abuela, cuando a los ochos meses de nacida la fue a conocer. Prosiguió su camino con los niños y la China se dirigió al interior de la vivienda, voltearon a verse al mismo tiempo antes de que la China pudiera entrar en el inmueble. Cuando Muñeca regresaba canino a su casa — tres calles más abajo en la otra calzada —, miró disimuladamente al segundo piso del club, y no le fue posible contener una sonrisa que se le zafó sin querer; pudo ver detrás de unas cortinas rojas decoradas con ramos verdes y flores negras, a la rubia que vio llegar hacia tan solo una hora. En lo adelante, cada vez que pasaban por algún momento difícil, pensaban que la cortina fue un presagio por eso de las flores negras.

— ¿Te gusta? — le preguntó a la China una de las que le acompañaban —, es lo más bello y coqueto que hay en el barrio, de acuerdo con «ellos», mientras ella se divierte vistiéndose provocativamente para calentarlos; sin embargo, sale corriendo si la persiguen en serio.

— Esa niña pudiera ser la reina del club — observó una segunda.

— Solo cuenta con diecisiete años — agregó una tercera —; su abuela es prima hermana de la dueña, se atreve a dinamitar el club si le pervertimos a la nieta, le tiene prohibido caminar por la misma calzada frente al club; pero ella no le hace ni una chispa de caso, hasta viene a desayudar los domingos al club cuando hay chicharrones para el desayuno.

— ¿Y vas a tener diecisiete para siempre? — dijo la China — ¡Mírala bien! Es dueña de unas alas enormes, las cuales a la hora que se desplieguen, el poder de todas las abuelas del mundo no la van a contener; a mí también me tuvieron amarrada por muchos años, mientras yo sentía un fuego intenso creciendo poco a poco dentro de mí; yo sabía que mi cautiverio tenía un límite, me dispuse a esperar pacientemente a que me crecieran las alas.

— ¡Cómo se ve que no la conoces! — dijo la primera en hablar — Sus alas están completamente formadas, y son de avispas.

— ¿Y esos niños? — volvió a preguntar la China.

— Son primos y amigos de la familia — dijo una de las muchachas —, vienen de comer helados en el colmado de don Pedro, dos esquinas más arriba en el otro lado de la calle; es un ritual que aprendió de su abuela, quien algunas veces le acompaña vestida elegantemente. Cuando la nieta nació — tenía ella cuarenta y nueve años —, me cuentan en el barrio que todavía se paseaba con el mismo swing que tú le ves ahí a la muchacha; tenía el perfil, los movimientos y los bríos de una mujer de veintiocho años; las mujeres de su familia tienen la virtud de no ponerse viejas tan rápido, pueden lucir hasta veinte años menor de su verdadera edad. Sus enemigas en el barrio decían al verla pasar: «¡Mírala como va por ahí, vieja sinvergüenza, dándole malos ejemplos a las niñas buenas del barrio! El marido es un pelele, y el revólver que no se apea del cincho no me cabe la menor que sea de juguete; en vez de darle una pela cuando la encuentra "denuda" en la calle, se pone a elogiar lo bien que se ve la vagabunda». Dejó la práctica, después de que le mataron al hijo en la revolución de abril en el año sesenta y cinco.

— ¡Ya veo! — dijo la China — Este parece ser un lugar interesante, creo que me voy a divertir mucho.

Dos semanas después, paseando por el malecón acompañada por la Tula y Mariana, vio a la China y dos compañeras del club venir por la vía contraria, comenzaron a sonreír al momento en que se vieron a esa distancia, y cuando llegaron una frente a la otra la China le dijo:

— ¡Hola! ¿Te acuerdas de mí?

— ¡Claro que sí!, te vi cuando llegaste al vecindario el otro día.
— El otro día no fue, hace ya quince días — dijo la China.

— Para mi parece que fue ayer — dijo Muñeca.
Se abrazamos y se besaron como dos viejas amigas, que luego de mucho tiempo volvían a encontrarse.

— Cuando yo te vi me dieron muchas ganas de conocerte — dijo la China.
— A mí me dio la impresión, como si te hubiera visto antes — dijo Muñeca.

Se presentaron mutuamente a sus amigas, un rato después las seis jóvenes cruzaron la calle a comer helados en el «Nápoles». Muñeca y la China escogieron una mesa diferente y se pusieron a conversar, al cabo de un rato las otras se fueron con sus helados a tomar fresco al cruzar la calle. La Tula y Mariana tenían mil preguntas, querían saber del mundo exóticos de las mujeres, de dónde venían, de sus nacionalidades y sus culturas; solo una conversaba el español, la otra tenía que traducir la conversación.

— ¿Cuántos años tienes? — preguntó la China.

— Yo tengo diecisiete.

— Yo tengo diecinueve. Cuando yo te vi me dije: «Esa es la mujer más hermosa, y su cuerpo tiene las mejores curvas que yo haya visto en cualquiera otra mujer, pudiera ser fácilmente una diosa en el mundo en que yo vivo». ¿Quién fue que hizo así tan... tan elegante? Tus cabellos del color de una manzana roja, que por la espalda veo que la trenza te alcanza la punta de las nalgas; tus ojos de un jade profundo, y el tono acanelado que hay en tu piel le dan a tu personalidad un toque mágico, propio de las princesas en los cuentos de hadas. En algunas culturas pudiera ser una mulata bellísima, y extremadamente cotizada por todos los hombres. Tú eres una «india» exótica. Yo sé que así le dicen en tu pueblo a las personas de piel atesada: «India clara o india oscura». A mí me fascina el matiz de tu piel ¡Mírame como yo soy! — extendió ambos brazos encima de la mesa — No tengo ni una gota de color en el cuerpo, la gente me dice que soy una rana blanca sin sazón; cuando trato de coger color con Sol y playa, solo consigo ampollas en todo mi cuerpo y cambiar la piel como una culebra.

— No le hagas caso a la gente. Esas facciones orientales, tus ojos azules, tus cabellos del color de la ceniza y ese cuerpazo, la verdad es que hacen de ti una mujer encantadora.

— Gracias por esos piropos — dijo la China —. Y hablando de cuerpos divinos, que Dios te bendiga y te libre de todo lobo maligno que anda por ahí. Tienes el clásico cuerpo de guitarra con cintura de avispa, con un ligero pandeo como si hubiera sido esculpido con cierta posición en la mente; por encima de todo eso, ha sido agraciada con una cola y unas caderas preciosas. Esos pantalones de vaqueros de color azul, combinados con esa blusa blanca se ven divinos en ese cuerpazo. Debes de cuidarte mucho, cualquier sapo viejo sería capaz de cometer una locura, por el placer pasarle sus manos sucias a un rabo así. A los viejos verdes con mucho dinero les encanta comprarse uno igualito, eso es para guardarlos como un trofeo y dar la impresión de que todavía siguen vivos, así tengan un pie dentro de la tumba. No te los recomiendo a menos que seas una necesidad, y únicamente hasta que a ti te convenga. Y no digo que todos son iguales. Mi amiga tenía un viejo verde que le pagaba todo, sin embargo, yo le noté que, a pesar de no saber mucho de letras, llevaba entre los huesos la esencia de algo escrito por uno de los mejores poetas. Déjame ver si me acuerdo... ¡Ah, ya lo tengo!: «Ella tiene la luz, el perfume, el color y la línea, la forma engendradora de deseos, la expresión, fuente eterna de poesía ¿Qué es estúpida? ¡Bah! Mientras callando guarde oscuro el enigma, siempre valdrá lo que yo creo que calla más de lo que cualquier otra me diga» ¿Entiendes lo que yo te quiero decir?

— ¿Te gusta leer poesía? — le preguntó Muñeca —. Mi tía me ha dicho que leas poesía para desarrollar la imaginación.

— Yo deseaba escribir versos cuando era más joven — tengo algunas estrofas —, ahora me inclinaría por algún otro estilo si tuvieras el alma de un escritor, he leído lo que dicen los que son pingües: disque se trata de una brizna que les viene del cielo.

— No te desanimes, la gente suele ser alabanciosa. Quizás no tengas muy claro a donde puedes llegar, pero no lo vas a descubrir si no empiezas a caminar. A mí también me gusta escribir, lo hago en mi diario acerca de mi propia vida, sobre mi familia y personas que yo conozco a las que les cambio los nombres, y sobre lugares a donde me gustaría volar libre como un pajarito.

— Ya veo que tenemos inclinaciones gemelas, ahora déjame que te siga contando, eres nueva y necesitas conocer la vida; yo, aunque sea igualmente nueva, he rodado más que tú. Como te venía diciendo. Un trasero como ese, puede transformar fácilmente al más inteligente y al más fiero en una estatua de piedra; muchos han perdido la cabeza, su libertad, sus fortunas y han sido capaces de las peores locuras por las nalgas de una mujer. Y si aún no te convence, de todo el poder que dios te puso ahí atrás, Mira como Adán perdió su paraíso, por eso el mundo está casi al caer en el infierno si no hace serias penitencias; no podemos pasar por alto la humillación de Aristóteles, ni dejar de mencionar a Sansón y a Marco Antonio ¿Y troya? Troya es inolvidable. Las nalgas de la mujer es lo que le da sentido a la vida de los hombres, ha sido la inspiración de los cancioneros más premiados, y de todas aquellos que son recordados con el mejor de los cariños; Los poetas no se han quedado rezagados, los más pingües les han dedicado sus mejores poemas; uno de los más agraciados al final de uno de sus versos dijo lo siguiente: «…y podrá no haber jamás ni un solo poeta; pero, mientras exista una sola nalga hermosa ¡habrá poesía!».

— En realidad, así no es que reza el verso —le corrigió Muñecas —; yo también lo he leído, escucha como es que dice: «… mientras exista una mujer hermosa ¡habrá poesía».

— ¡Los poetas hablan en clave, mi amor!, una debe de tener casi el mimo talento para saber lo que dicen ¡Hazme caso, yo sé lo que te digo!
— Cambiando el argumento — agregó muñeca — ¿A qué se deben esas facciones orientales?, cualquiera diría que vienes de algún país extraño y exótico en el oriente lejano.

— Mi perfil viene por mi abuela materna, mi mamá no podía ser distinguida entre una oriental de pura sangre; yo no la conocí, solo tengo algunas fotos, ella murió de complicaciones de parto cuando yo nací; sin embargo, acerca de mi perfil, para que tu vea como son las cosas: mi abuela es rusa; ella es alta y fuerte, así como yo.

— ¿De dónde tu eres? ¡Tú no eres de aquí! — preguntó Muñeca.

— Yo nací en un pueblo que se llama «Cien Fuegos», pero vivo en una ciudad que le dicen el «Bron» en el norte; el nombre del pueblo a donde yo nací se debió a las mujeres que nacen allí, pero los que siempre cambian la historia, le han hecho creer a la gente que fue por causa de un viejo feísimo ¿Y tú? ¿Eres de la Capital?

— Yo soy de un pequeño villorrio en la sierra en el centro de unos picos azulejos, con nubes blancas y un cielo azul todo el año; se pasa todo el día con olores agradables. Temprano en la mana, como a eso de las cinco, el lugar huele a café recién colado; a las ocho huele a cebolla, huevo, salchichón y longaniza fritas, eso es porque las mujeres están preparando el desayudo de sus maridos, los cuales a las nueve se los llevan al trabajo en las fincas del lugar; a las once de la mañana el pueblo está impregnado con los olores del sazón del almuerzo — sus maridos vienen a comer a la una —, y a las cinco de la tarde vuelve a tomar los mismos olores que tuvo durante la preparación del desayuno. Me cuentan que yo nací antes de tiempo, por causa de un susto que me madre sufrió un día temprano en la mamana; un caballo y su jinete por poco le pasa por encima, intentando esquivar el animal calló

91

sentada en la orilla del camino, luego se pasó el día con fuertes dolores de barriga y dio a luz a las dos de la mañana el día siguiente. Se llama «Los Cambrones» por el árbol del mismo nombre que abundaba por allí, ahora mismo solo quedan unos cuantos a varios kilómetros uno del otro; las corporaciones internacionales han talado el lugar, para sembrar y llevarse al extranjero en furgones gigantes lo que aquí debería de alimentar a los niños.

— ¡Ay! ¡Tienes alma revolucionaria!

— Se van a seguir saliendo con la suya, mientras hayan en el mundo sátrapas y lacayos — prosiguió la joven, visiblemente incomoda, la idea le calentó las orejas —. Aquí se vive una situación graciosa, que también provoca mucha pena. A la gente se le ha hecho creer, que los comunistas vienen a quitarles bienes y libertades que no tienen; la situación en las zonas rurales es aún más penosa, le han hecho creer que los comunistas les vienen a quitar tierras que no tienen, y las cuales jamás van a poseer; primero porque le pagan una miseria, y porque todas están en manos de los herederos que se las quitaron a los «indios», o pertenecen a corporaciones extranjeras. Los temores de la gente han sido enfocados en la dirección equivocada, las bolsas de valores, las corporaciones y los imperios internacionales son los verdaderos buitres que saquean las tierras, los culpables de que sus hijos no reciban educación, de que se mueran por falta de medicina y de qué comer... Si mi abuelo me oye, me capa.

— ¿Y eso por qué?

— Es dueño de muchas tierras, cosecha tabaco, arroz, plátanos y guineo.

— Además de bella y revolucionaria, también eres princesa ¡Es muy extraño! Las princesas viven tan solo para ser bellas, arreglarse las uñas, el pelo, y no les importa quien vive o se muere.

NACIMIENTO DE MUÑECA

Cuando llegó al medio día, ya estaba pensando que a lo mejor era ella quien se moría la siguiente noche, no dejaba de pensar en su diario y en los acontecimientos más importantes de su vida. Desde pequeña oyó decir, que la gente desanda sus pasos poco antes de morir. Su mente voló a la noche de su décimo tercer cumpleaños. Sus dedos se movían raudos sobre las teclas de su maquinilla, el sonido de los tipos martillando el rodillo a través del papel interrumpían el silencio de la noche.

Aquí estoy, alumbrándome con una vela quemándome las pestañas —introducía el tema que le preocupaba esa noche —; ya son las diez de la noche, a las dos de la mañana estaré cumpliendo trece años. La luz se fue hace ya unas horas y no vas a regresar hasta el mediodía cuando no la necesito, me basta con la luz solar. El sentido común que tiene la compañía eléctrica es una cosa de locos. Sin embargo, a fin de mes hay que pagar por una electricidad que no se recibe. Abuela me ha dicho, que no escriba ni lea bajo la luz de una vela porque me voy a quedar ciega; pero, para mí eso es un mito de viejos. Estoy dando inicio al diario de mi vida siguiendo los pasos de la tatarabuela de mi padre, dejó escrita en un diario las vicisitudes que sufrió hasta los quince años cuando logró escapar: nació esclava en el norte. Voy a llamar a mi diario: «Zapatos rojos de muñeca». Es en honor al «Clan de las Leonas», las mujeres en mi familia. La mayoría tiene la personalidad de un salero sin igual, casi todas tienen una historia picante. Yo no soy una excepción, con tan solo trece años dentro de unos días, he venido picando carretera y dando qué hablar desde antes de nacer. Así lo cuentan las viejas chismosas del barrio. Decían que yo no era hija de mi padre, que mi madre le tachó el embarazo porque su papá tiene mucho dinero. El es dueño de casi todas las tierras de la región, cosecha tabaco, arroz, plátano, guineo, tiene mucho ganado y un criadero de puercos. Pero, para mi suerte y de mi madre, yo soy el vivo retrato de mi abuela materna, excepto que al parecer yo fui tiznada con una estilla de canela clara, y ella es «blanca». Tengo su estatura, su cuerpo y hasta su forma de caminar; nací con sus ojos verdes, grandes y hermosos, así como sus cabellos del color de una manzana roja. Igualmente, se me resbalan como una cascada por la espalda y los hombros a un punto por debajo de mis nalgas. A las viejas brujas del barrio les pica mucho que la gente me llame: «La muñeca del barrio». Yo tengo una mejor estatura, y soy más robusta que todas mis amigas. También critican el color de mi piel, pero ellas se parecen a las ranas blancas y a los gusanos blancos que yo veo en el jardín de la casa de campo de mi abuelo. Dicen que yo no valgo nada porque soy una campesina, pero si no fuera por los campesinos ellas no tuvieran qué comer.

Yo comencé a luchar por la vida mucho antes de nacer. A los tres meses del embarazo, sin ir más lejos, mi mamá se bebió una tisana con la idea de abortarme; sufrió tan solo un pequeño derrame, diarrea, dolores de barrigas el día entero, y no pudo conciliar el sueño hasta las tres de la mañana. A la hora de la verdad, yo nací en un pequeño caserío al pie de una loma Cibao adentro, a las dos de la mañana. Para cuando salió el Sol ya la gente había incorporado mi nacimiento, a un reportorio de cuentos extraños que han venido almacenando desde que fuera formado en la era colonial. Los habitantes del sitio recapitulan estas leyendas en los velorios, en las novenas de los muertos, o matando el tiempo y mosquitos en los patios de las casas por las noches frente a una fogata, fumando tabaco y bebiendo café. Nunca falta uno, quien dice haber tenido un encuentro frente a frente con un ser del otro mundo. Allí la gente se muere después de los cien años. Periódicamente la muerte pasa por el pueblo, y se lleva más de cuatro ancianos en un solo mes. Cuando un anciano enferma, los demás de la misma edad salen corriendo con la excusa de visitar algún pariente lejos del sitio. Uno de los cuentos más redichos en toda la comarca, es el susto que Tito sufrió a manos de una ciguapa en el monte, con el cual las madres asustan a los niños y advierten a los jóvenes sobre los peligros que acechan en los bosques. Tito es hijo de la Cinqueña, la hija de Nana. Se cuenta que fue perseguido por una ciguapa monte adentro, que jadeaba con la lengua afuera, como los perros, cuando al fin llegó a la carretera principal al cabo de una larga y agonizante carrera. Tenía ramalazos en el rostro y en los brazos, ocasionados por las ramas de los árboles a medida que corría, desesperado. La ciguapa es una criatura mitológica de forma femenina, de piel azul o marrón, con los pies al revés, con una crin larga y suave de cabellos brillantes cubriendo su cuerpo. Se piensa que las ciguapas secuestran a los hombres en el bosque y los llevan a sus cuevas, cuando se aburren los matan y arrojan sus cuerpos al rio. Otro cuento en boga en la región es la historia del viejo Chepo, quien hace como cien años luchó con el demonio en la vieja zanja de los muertos, desde las doce de la noche hasta las cinco de la mañana. Chepo había salido de su casa, enfadado, a causa de una discusión que sostuvo con su padre. El viejo no quería que salieras a la calle a esas horas de la noche. El diablo estaba escondido tras unos matorrales. Cuando Chepo le pasó por el frente dio un salto, le atajó el paso y lo arañó en la cara seguido por un fuerte regaño: «¡A papá se le respeta, carajo!» — dijo el diablo —. La gente no cruza por la zanja maldita después de las cinco de la tarde, otros prefieren vadearla medio kilómetro más abajo a cualquier hora del día. Chepo se volvió loco a raíz de la experiencia, se pasó el resto de sus días recapitulando el cuento en los velorios y durante los nueve días de los rezos a los muertos. Murió a los noventa y ocho años, se cuenta que durante los últimos días se despertaba dando alaridos a medianoche, decía ver al diablo en una esquina esperando su alma. A la hondonada se le comenzó a llamar la zanja del diablo a partir del cuento del viejo Chepo, la cual era previamente conocida como la zanja de los muertos. Sucedió que los esclavos, luego de vencer a Napoleón y obtener a sangre y fuego su libertad, invadieron la otra parte de la isla con la intención de liberar a los que aún permanecían esclavos, lo cual acaeció luego de que tomaran control del país. La esclavitud fue abolida. Cuando llegaron a Los Cambrones, decapitaron a unos hacendados blancos y los enterraron al final de la cañada. Les rompieron el ojo izquierdo para que sus almas no pudieran ver a sus asesinos desde el más allá, y enterraron las cabezas y los cuerpos en tumbas separadas para confundir a sus almas, lo cual haría que perdieran el rumbo y no pudieran encontrar el camino hacia el paraíso. Ejecutaron el mismo ritual con cuatros hacendados en el siguiente pueblo, los enteraron en los jabillos a la orilla del rio. Después del noveno aniversario del crimen, todos los años a las doce de la noche, con la sangre congelada en las venas y con piel de gallina, la gente dice ver desde lejos cuatro luces dando vueltas en los jabillos; se piensa, que las almas prenden velas y oran todos los años tratando de hallar el camino hacia el paraíso. De la misma manera, muchos aseguraban haber visto al final de la zanja del diablo a jinetes sin cabezas galopando de un extremo a otro, con una vela encendida en su mano derecha frente a su pecho.

Retornando a la noche que yo vine al mundo, la gente decía que no habían visto jamás a una recién nacida tan hermosa como yo en el pueblo; juraban que yo era tan preciosa como las muñecas que veían en las vitrinas de las tiendas cuando iban a la ciudad, o como las que los Reyes Magos les dejaban a las niñas con sus familiares que vivían en Nueva

York. Anoche nació una muñeca en el pueblo, decía la gente a la mañana siguiente, y cuando se topaban una con otra en las polvorientas calles se preguntaban entre sí: «¿Ya fuiste conocer a la muñequita de Luz María? Así es como todo el mundo me ha conoce a través de todos estos años, únicamente las personas más cercanas y mi familia están al corriente de cuál es mi verdadero nombre: Salomé Altagracia Reyes D'Leon. Todos me dicen, Muñeca. Todo el pueblo convergió que yo al crecer sería una india clara, así les llamaban a las personas de piel tiznada producto de la mezcla étnica: india clara o india oscura. En otras culturas hubiera sido una mulata hermosa. A las dos de la tarde casi todos los habitantes habían ido a conocerme. Yo nací entre un par de tragedias, que también impactaron a todos los moradores del lugar. Mi padre murió trágicamente al tercer día de mi nacimiento, a los dos meses del parto mi madre murió en otro evento dramático. Por otro lado, las más chismosas del sitio no creían que yo fuera hija de mi padre. Ya lo expliqué al principio. Cada vez que se formaba un grupito siempre había una quien se persignaba, se daba tres golpes con el puño en el pecho y luego agregaba: «Dios que me perdone, pero esa niña es una calamidad. A mí me dan unas malas espinas del carajo. Ella es demasiado fresca, se ríe a carcajadas con todos, y extiende sus abrazos a cualquiera que la mire aun sin conocer a la persona; si alguien la toma en sus brazos ríe, da brincos, patalea, le da palmadas en la cara con ambas manos, la besa en la boca y le muerde la nariz; parece como si fuera un huracán, está demasiado despierta para su edad, y me parece que vino con el espíritu de su madre». Para los demás en el caserío, yo era un encanto, se cuenta que los conquistaba desde la primera vez que me veían.

Algunas veces me dejaban sola durante un rato y luego me observaban desde lejos, yo entonces pataleaba, movía los brazos, hacia gorgoritos bocarriba muerta de la risa, como si alguien o algo me hubiera estado cayendo en gracia. Cuando caía la noche, los más jóvenes de la familia no entraban solos al aposento en que dormía con mis abuelos, débilmente alumbrado por la tradicional lamparita de querosén; habían visto el celaje de una figura, ya fuese caminando por la estancia o inclinada sobre la cuna de palo que me construyó mi abuelo, con las manos sujetas en la espalda mientras yo me desternillaba de la risa; todos pensaban que se trataba de mi madre, quien para ellos recorría la casa cuidando a la pequeña. La gente allí desconocía que las mujeres en la familia D'Leon — se hacen llamar el «Clan de las Leonas» —, en su mayoría son simpáticas, pícaras y risueñas; ríen a carcajadas por cualquier motivo, muchas veces sin causas que sean aparentes, y caminan por las calles con una perenne sonrisa de caballo de carrusel. Los más atrevidos les preguntan al verlas pasar así tan risueñas: «¿De qué ríes?». Un domingo por la mañana partí para ir a vivir con mi abuela materna en la capital, a todo aquel que me despidió se le aguaron los ojos. Mi belleza causó la misma sensación cuando llegué al vecindario, la envidia hizo que me ganara unas cuantas enemigas. Los vecinos me fueron notando algo raro: «Esa niña tiene una doble personalidad — decían unas viejas religiosas, que siempre son las más perspicaces y todo lo saben en cada vecindario —. Yo he notado que, unas veces paseando con su abuela por las calles, anda con el temperamento de las «Leonas» encima de la piel, y en otras ignora todo el que le propine un elogio: no se ríe con nadie, se oculta detrás de su abuela, para luego atisbar con una mirada fría y medio rostro fuera de las faldas de Altagracia; aunque no es algo tan raro, para decir la verdad, las mujeres de su familia son un poco atronadas». El problema es que yo siempre vi desde pequeña más allá de las apariencias, puedo presentir cuando la persona es falsa y poco digna de confianza. Mi abuela es conocida como: «Doña Altagracia, la mujer de don Pucho».

La realidad es que la historia de mi vida comenzó un lunes por la mañana como a eso de las diez, con un grupo de revolucionarios que llevaba dos horas despotricando al triunvirato en una emisora en la capital. Unos hombres armados — se dijo luego que pertenecían a la policía secreta —, irrumpieron en el recinto y ametrallaron a través del cristal a todos en la cabina. Hubo dos muertos y varios heridos, mi padre sufrió un rasguño de bala en el brazo izquierdo. Mi abuela se asustó mucho cuando llegó a la casa, le curó la herida y luego le dijo: — ¡Arregla tus maletas, que ahora mismo te voy a llevar al Cibao para que ayudes a Pucho en las fincas! Tu no haces nada, ni tampoco tienes futuro en la ciudad. Después de que yo me sacrifiqué para mandarte a la universidad, ahora no te dan trabajo en ninguna parte debido a que te han fichado por tus ideas políticas, esa es la clase de libertad y democracia que defienden: metiéndole miedo al pueblo con la idea de que, los comunistas les vienen a quitar riquezas, libertades y tierras que no tienen. Yo no quiero que vuelvas a caer preso, que te desaparezcan para siempre, o que amanezca un día cualquiera en una cuneta con dos tiros en la cabeza. Esa es la suerte que han corrido casi todos tus compañeros.

— Mami, yo no le voy a salir corriendo como un cobarde a estos hijos de la gran puta — dijo mi padre.

— Cuidarte y protegerte no es una cobardía, pero eres un pendejo si te quedas aquí para que te maten ¡Arregla tus maletas que nos vamos, carajo! Todavía tú no te gobierna, tu vives en mi casa, no te has casado, no tienes hijos ni un trabajo estable que te de tu independencia ¡Y óyeme bien lo que te voy a decir! Yo no quiero que te pongas a dar discursos de política en el campo, esa gente ni siquiera sabe leer, no conoce nada sobre política y, sin embargo, odian a los comunistas; les han dicho que les vienen a quitar unas tierras que no tienen, y que jamás van a poseer por el camino que van.

Conoció a mi madre un poco después de llegar al campo, mis abuelos estaban contentos, y aunque no era lo que deseaban para él, por lo menos parece que se le había olvidado la política. La triste realidad era otra. Salió hacia la capital tres semanas antes de que yo naciera, había recibido la noticia de que la revolución estallaría dentro de unos días, y él no se la quería perder por nada en el mundo. Guardaba unas cuentas pendientes en contra del gobierno, ahora había llegado la hora de cobrárselas todas juntas; no podía olvidar las humillaciones, las persecuciones y la muerte de sus compañeros. No le había dicho ni aún a sus amigos cercanos que tenía una mujer embarazada en el campo, y todos reconocieron después cuál fue la causa: no estaba seguro de que yo fuera su hija.

— Yo sé que tú no crees en mí, pero yo estoy segura de que la niña es tuya — le dijo mami antes de partir.
Así es como lo cuenta Diomar, quien fue la mejor amiga que tuvo y quien la vio morir.

— ¿Y cómo tu puede saber si es niña o niño? — pregunto mi padre.

— ¡Oh, por la forma de la barriga! Las barrigas de las niñas se forman diferentes a las que hacen los varones, es por lo que todos me dicen que yo tengo una tigra en el tanque; doña Chona me dice lo mismo, ella es la comadrona de toda esta región, tiene mucha experiencia, no ha fallado nunca en adivinar el sexo de las criaturas antes de nacer, y sabe cómo ensalmar los embarazos para que todo salga bien en el parto.

A los tres días de mi mancamiento mi papá cayó acribillado en el aeropuerto viejo en la capital, en las inmediaciones del Palacio de la Policía Nacional; tenía en sus manos una carabina San Cristóbal, estaba luchando en los bandos revolucionarios en contra de los imperialistas, quienes invadieron el país ese mismo día, disque para salvarlo del mal de ojo comunista de acuerdo con el presidente Johnson. Leo, un primo de mi padre, lo vio cuando cayó abatido bajo el fuego de los gringos. Estaban escondidos entre una elevada yerba, todos los «Muchachos» avanzaban arrastrándose hacia el Palacio de la Policía Nacional, el cual pensaban tomar por asalto cuando Leo le dijo a mi padre:

— Esos guardias no son los de Wessin y Wessin, esos tanques y esos uniformes son gringos.

— ¡Coño, no jodas! — le dijo al primo —. Esta pelea se pone buena, esos pendejos también me las deben. Vamos a escondernos en una de esas casas a medio construir, aquí estamos expuesto ¡Mira, allí están Nelson y Jobito! Ellos tienen un par de bazucas para esos tanques.

Leo corrió hacia la mencionada casa, y cuando llegó le hizo señas a mi papá que se diera prisa; pero cuando empezó a correr, agachado con la carabina San Cristóbal en sus manos, fue alcanzado por el fuego de los maniros gringos. Unos días después, con el permiso de los marinos imperialistas, mi abuela y los familiares de los caídos quemaron los cadáveres ahí mismo a donde cayeron. Dos meses después del parto, mi madre conversaba con Zeferino en un rincón en el bar de Gerardo, Zeferino era un joven de veintidós años quien fue su novio cuando ella tenía dieciséis. Acorraló a mami en un rincón — ella tenía diecinueve años —, y le dijo con la lengua estropajosa debido a que se había tomado unos tragos y estaba medio borracho:

— Luz María, yo quiero hablar una cosa contigo.
Eran las dos de la mañana, sonaba en la vellonera la canción favorita de Zeferino — «Cuando se quiere mucho» —, la cual hacía sonar en cuanto la veía llegar.

— Esta noche no te puedo atender, ya estoy comprometida — dijo mami.

— Tu no necesita estar comprometida con esta chusma que tú ves aquí, yo te quiero para que seas mi mujer, solo mía y de nadie más; yo estuve sacando cuentas el otro día, y pude llegar a la conclusión, de que Marilú es hija mía y no de la mujercita comunista de la capital, a quien tú le has endonado la paternidad solo porque su papá tiene mucho dinero. ¡Mi mamá se puso furiosa!

— ¡Mira, coño! ¡Óyeme bien lo que te voy a decir pedazo de pendejo, idiota, vago! Yo no quiero que me vuelvas a molestar nunca más, cuando tú tengas un trabajo y una casa donde tú me puedas llevar, entonces hablaremos de lo que tú quiera; yo no puedo irme a vivir contigo a la casa de doña Elva, para que la pobre vieja nos mantenga con los pocos chelitos que consigue cuajando dulce de coco y friendo empanadas; tú tienes que volverte un hombre si es verdad que tú me ama, mira a ver cómo te consigues un trabajo para que así me puedas mantener con Marilú; eso es lo que hacen los hombres de verdad ¡Tú eres el mujercita, y no el padre de la niña!
— Ya te dije mi hermana está preparado mi viaje para irme a Nueva York, allá la gente se hace rica de la noche a la mañana; ya vas a ver cómo te mando a buscar con Marilú, como construyo una casa para mi vieja y otra para tu mamá. Yo te quiero mucho, vámonos a casa esta noche y mañana veremos lo que dios quiere hacer con nuestras vidas ¿Tu quiere qué yo te lo ruegue de rodillas delante de todos, eso es lo que tú desea?

Diomar le dijo, con mi madre cogida por el brazo intentando sacarla del apuro en la esquina del salón:

— ¿Y por qué no pedírselo de rodilla si es verdad que tú la quieres tanto, y por qué no te busca un trabajo para que la puedas mantener con la niña? Tu quiere que te lo de gratis cada vez que a ti se te para, mientras que otros hacen el esfuerzo y pagan por ella. Tú solo eres un vago sin ningún beneficio. Así si es bueno cogerla, sin ninguna responsabilidad ¿Verdad que sí?

— No le hagas caso — dijo mami —; vámonos, ya deben estar preocupados en la mesa.

Zeferino la tomó por el brazo y la intentó sacar del bar por la fuerza, nadie más se dio cuenta de lo que sucedía en la esquina, había mucha gente y la canción de Zeferino seguía sonando a todo volumen en la vellonera, podían escucharse por la proximidad que había entre los tres.

— ¡Suéltame, pedazo de pendejo! — dijo mami — ¡Vete de aquí maldito vago, me vas a dañar lo noche con tantos lloriqueos! Mañana, si tú quiere, yo te voy a ver a tu casa ¡Ya te lo dije! ¿Es que tú no entiendes ni un solo carajo?

— ¡Yo te lo advertí! — dijo Zeferino — Si tú no eres mía, no vas a ser de ningún otro hombre jamás. Yo no puedo soportar que tú te vayas con otro esta noche.

— ¡Te dije que me suelte, maricón! — repitió mami —. Voy a gritar, para que todos estos hombres te caigan encima y te maten como lo que tú eres: Un perro sucio sin clase; yo no estoy sola, y no quiero volver verte jamás en la vida ¡Lárgate ahora mismo, vago desgraciado!

Zeferino la soltó, pero extrajo un puñal que llevaba escondido debajo de la camisa y le dio una puñalada en el pecho. MI mare se desplomó al instante, se puso tan pálida como una hoja de papel mientras Diomar, con mucho esfuerzo, intentaba sostenerla en sus brazos; no le fue posible olvidar durante mucho tiempo, la expresión en el rostro de su amiga mientras ella iba perdiendo el sentido: se puso blandita de inmediato, viraba poco a poco las niñas de los ojos hacia el interior mientras se moría. Un grupo de hombre salieron a perseguir a Zeferino, pero había huido a través de un platanal que había detrás del bar.

Don Gerardo, quien era el dueño del establecimiento, la declaró muerta en cuanto la vio. Era un señor muy inteligente, había vivido en Nueva York durante algunos años, y el cerebro le había crecido considerablemente. Desde niña oí decir que toda esa gente por allá tienen el cerebro de mayor volumen en todo el mundo, y que todo a que se vas a vivir allí se contagia y el cerebro se les pone grande.

Un primo suyo, se montó de inmediato en un caballo y le avisó al hermano mayor de mami, quien vivía como a una hora de camino. MI tío, Aurelio, apareció a las cinco de la mañana en la casucha de Zeferino, se apeó del caballo con un machete en la mano y lo llamó a grandes voces: «¡Zeferino, hijo de tu maldita madre! — con todo mi respeto a doña Elva — ¡Sal de la casa, maricón! ¡Yo te voy a enseñar cómo es que pelean los hombres, y cómo es que se matan a los perros sucios como tú! Eres una gallina y un marica, y solo puedes pelear con una pobre mujer indefensa. Ya vi tu burro detrás de la casa, todavía no ha salido corriendo como lo que tú eres: una gallina, un cobarde, un pendejo... ¡Sal ahora mismo de la casa, cabrón!» Zeferino salió al portón con el puñal asesino en su mano derecha, entonces fue atacado por mi tío sin mediar ni una sola palabra; con la rapidez de un tigre, le propinó un machetazo que le tumbó el hombro derecho, Zeferino reculó un paso y soltó el puñal inclinándose un poco en esa dirección; mi tío le propinó un segundo tajo entre el hombro izquierdo y el cuello, Zeferino entonces cayó en el suelo bocarriba como un palo seco. Tan pronto el espinazo del muchacho besó tierra, mi tío lo decapitó de un solo machetazo. La cabeza brincó a unos pies más allá del cuerpo con la boca bien abierta, la cual se movía como si hubiera estado buscando aire o quizás intentando pronunciar algunas palabras, con los ojos espantados casi fuera de sus órbitas. Entonces, mi tío, de pie frente a la cabeza, sosteniendo con su mano derecha el machete le dijo mirándole a los desorbitados ojos: «¡Yo te lo dije, hijo de la gran puta! ¡Desgraciado ¡" Te dije que te ibas a demostrar cómo es que pelean los hombres de verdad, y como es que se mata un perro sarnoso como tú». Se montó en su caballo, y se fue a entregar a un destacamento de policía en el siguiente pueblo. La historia todavía corre de boca en boca en toda la región; se dice que, al enterrar a mi madre como a eso de las dos de la tarde al día siguiente aún estaba tibia, blandita, la barriga no se le aventó como a todos los muertos después de veinticuatro horas. Cuando Papin se murió a las dos de la mañana, en el entierro a las dos de la tarde al día siguiente, ya estaba duro y la barriga le había crecido considerablemente. Hubiera sido un problema sacar a mi madre del pueblecito camino al hospital, había llovido por espacio de tres días consecutivos, y todos los caminos estaban empantanados; era necesario sacarla montada en un caballo a la carretera principal, luego esperar a que pasara un coche, lo cual a esa hora era casi una imposibilidad. después del entierro, la gente comenzó a decir que yo nací con la muerte detrás de las orejas.

Un poco más adelante, ya contaba con un año de nacida, mis abuelos fueron a conocerme, ellos querían cerciorarse de que yo era hija de mi padre. Llevaron una comitiva de familiares y amigos, mi abuela quiso llevar el mayor número de testigos posible, para luego no tener que mocharle un par de lenguas a las chismosas en al barrio, ya fueran de la familia o de las viejas chismosas que vivían aquí. Mi bisabuela era como la matrona de la familia — una señora de setena y seis años —, era quien debía examinarme y dar el visto bueno. La tía Mila fue la persona quien la descubrió, había ido al campo a exhumar los restos de su marido, quemarlos y llevarse las cenizas consigo a la capital; fue lo primero que hizo a la semana de su regreso del exterior, donde se pasó varios años entre París y Milano. La vieja Chona — quien fue mi paltera —, fue quien le dio la noticia de que yo existía cuanto la vio. En cuanto mi tía me conoció, no le cupo la menor duda que yo era de su propia sangre. Mi bisabuela me colocó encima de una mesa, cubierta por un mantel de algodón con cuadros blancos, rojos y negros; me abrió la blusa y examinó mi pecho, luego la espalda una pulgada por debajo y a la izquierda en la nuca, entonces exclamó con lágrimas en los ojos: «¡Santo cielos, parece como si fuera una muñequita! Es el vivo retrato de Altagracia cuando tenía esa edad. Nació hasta con ese lunar en la forma de medialuna encima del pezón izquierdo, el cual tienen todas las Leonas; a medida que vaya pasando el tiempo, se le irá subiendo hasta llegar a la mitad del seno, también cuenta con el otro en la espalda un poco más debajo de la nuca ¡Ahí la tienen, esa sí es una «Leona» de verdad! Ella no es como todas esas impostoras hijas de cuernos que andan por ahí diciendo que son de la familia, pero no cuentan ni con una sola seña que las pueda identificar; esto es para que se jodan y se callen la boca todas esas culebras que tienen lenguas de puya». Los lunares son la señal de reconocimiento de las mujeres en la familia D'Leon, no siempre aparecen los dos a un mismo tiempo, y ay de la que olvide traer las contraseñas del grupo; ha sido la causa de muchas desavenencias, las cuales han estado vigentes por más de medio siglo. Las personas estallaron en un aplauso luego de que mi bisabuela pronunciara su discurso, y de inmediato corrieron a los jeeps, a las camionetas y a los automóviles a buscar la bebida y la comida que habían llevado para la celebración. yo estaba eufórica en medio de tantra gente, mirando en todas direcciones buscando cuál sería el próximo que me tomaría en sus brazos; a cualquiera me le tiraba encima con tan solo una mirarla, lo cual muchos vieron y aun ven como una mala señal.

— ¿Y qué nombre le pusieron a mi muñequita? — preguntó mi bisabuela.

— Su mamá le puso Marilú, aunque todavía no la hemos declarado — dijo mi otra abuela.

Mi abuelo, le dicen don Pucho, no perdió el tiempo. Se rasgó la garganta, luego dijo enérgicamente:

— La niña se llamará: Salomé Altagracia Marilú Reyes de D'Leon.
Todos guardaron silencio y se miraron unos a los otros en espera de cuál sería la reacción de mi bisabuela, porque, aunque nadie le hacía caso, había dicho que no quería ver en la familia otra Salomé. Cuando mi abuela tenía tan solo seis años — ella se llama Salomé Altagracia —, su mamá le cogió animadversión a su primer

nombre y comenzó a llamarla por el segundo, así es como todo el mundo la conoce: «Doña Altagracia». Muchas veces le llamaba Tago y Taguito, que son apodos personales de Altagracia. El padre Carrión, quien andaba en busca de fondos y almas para construir una iglesia, la convenció para que fuera de la religión. Una vecina suya le jugó una broma, le dio a leer una novela llamada «Salomé» de un autor llamado, Vargas Vilas. En la obra, la princesa Salomé bajó de su cielo a Juan el Bautista, lo secuestró y lo hizo beber del pozo donde habita la gloria de los hombres. Arrepentido — al final de la historia —, el pobre Juan se lanzó de lo alto de una torre: «Ese día — concluyó el autor — el cielo perdió un santo, pero el mundo ganó a un hombre». El padre Carrión comentaba con mi bisabuela, con un pesado acento catalán: «Ese libro es tan solo una fantasía, nuestro Juan murió santo, eso yo te lo juro con toda mi alma». Al día siguiente, yo partí con mi abuela para vivir con ella en la capital.

CALAMIDAD

Recordó que comenzó a fuñir cuando alcanzó los ocho años, por esa fecha decidió irse a vivir al Norte con su tía Pocha, influenciada por las leyendas que acerca del gran país norteño volaban por el barrio, y por los personajes de las caricaturas que veía en la televisión los cuales quería ir a conocer. Había notado que las personas en por allá eran inteligentísimas; notó que hasta los perros eran sabios, que un perro aun así fuera sin clase y el más vagabundo entre todos los puchos, también podía ser un héroe, dos de los más famosos eran mis héroes caninos favoritos: Rin tintín y Lassie. No le fue difícil convencer a la Tula para que además de mi compañera de juego, también fuera su compañera de viaje: «Yo me quiero ir a trabajar al Extranjero — le dijo —, necesito ganar dinero para construirle una casita mejor a mi abuela del campo, y luego llevarme a mis primas gemelas, Isabel y Sabela; la casa de mi abuela es un bohío de yagua en la loma con el piso de tierra, con el caballete de guano, y no siempre tienes qué comer. A mí me da mucha pena cada vez que la voy a ver». Por esos días, escucharon la conversación de un grupo de hombres bebiendo romo en la sala de la casa de la Tula, estaban despidiendo a un primo de la Tula llamado Albertico. Había sido visado en esos días, el barrio entero estaba celebrando la visa. El más viejo del grupo — el tío de Albertico —, le hablaba sobre las maravillas que lo esperaban en el Extranjero. Todos en el barrio señaban con un viaje similar: «El Norte es el país de dios y la salvación de todos los pobres en el mundo — rezongaba el tío de Albertico—; el oro se recoge por las calles, así como nosotros recogemos arenas y piedras en las cunetas, además toda la gente posee libertades que no tenemos aquí. Nosotros nos quedaremos con el pico abierto — como los pichones —, en espera de las boronas que usted nos quiera jondear por este lado». Decía la gente, que una visa para irse a trabajar al Extranjero era como ganarse una lotería, casi una carrera universitaria y el comienzo de una vida llena de lujos. Albertico siempre anduvo enamorado de una joven un amor mayor, el problema era que para ella él era un casabe: comida para los pobres. Una lonja de aguacate arropada con un pedazo de casabe mojado en agua de limón, si no había nada qué comer daba un tipo de hartura que la persona queda hipando por varias horas. Cuando Ana María descubrió que lo habían visado, al instante organizó una fiesta en su honor. Se casaron al siguiente año. La Tula y Muñeca se mirábamos y sonreían mientras escuchaban la tertulia del tío de Albertico. Estaba llegando a su noveno cumpleaños cuando conoció a una compañera de juego nueva, Mariana se había mudado recientemente al vecindario. Luego de muchas deliberaciones fue invitada por la Tula para el viaje:

— No cuenten conmigo, yo no les voy a ir a mendigar a los imperialistas — dijo Mariana —, prefiero morirme y comer tierra en mi país si fuera necesario — se lo había oído comentar a sus padres, toda su familia es comunista —; cuando invadieron el país mataron a mi tío, a mi primo y a mi hermano; al año siguiente dos de mis primos fueron asesinados por el doctor, quien es ahora el muñeco de trapo de los imperialistas; a Tito lo mataron un lunes por la madrugada y a Yeyo el sábado a esa misma hora, fueron encontrados en una cuneta con dos tiros en la cabeza cada uno.

— Nosotras no vamos a mendigar — dijo la Tula —, nosotras vamos a estudiar y a trabajar, como toda la gente. Nosotras somos como uña y carne, tú tienes que venirte con nosotras.

— ¡Eso es irles a mendigar los imperialistas, y a mí no hay quien me diga que no! — ella estaba visiblemente incómoda — Mi papá dice que allá tratan a los forasteros como si fueran puercos, que la mayoría se vuelven locos por el maltrato que reciben; la mujer de Toño — un primo mío — se volvió loca de remate a los cinco años de llegar al país, cuando se la trajo a su mamá para que descansara por un tiempo; al mes de llegar, un domingo por la madrugada, se ahorcó en una mata de tamarindo que hay en el patio de la casa; su mamá fue la primera quien la vio, en cuanto salió al patio por la mañana para echarle maíz a las gallinas, y a eso agrégale que por allá odian a los prietos. Mi papá es blanco, pero mi mamá es morena ¿Cómo tu piensa que yo me voy a sentir? El que no quiere a mi mamá, tampoco me puede querer a mí en su país.

Muñeca pensó que su tía Mila, quien vino del Extranjero enferma de la mente después de unos años en el Extranjero, pero no dijo nada para no darle a Mirian la razón. Las tres nacieron en el mismo año. Mariana llegó en enero veintiuno, la Tula el veinte de marzo y yo el veinticinco de abril; Mariana es el tipo al que le dicen blanco, hermosa, con los ojos marrones y el cabello castaño; la Tula es medio morena, un poco rolliza, bonita de cara, con el cabello y los ojos negros; Muñeca tenía una especie de tizne ligero, de mayor estatura, con el cabello del color de una manzana roja y los ojos verdes.

Mariana es la revolucionaria, la Tula es la comelona, y Muñeca era la belleza encarnada. Su abuela y su tía Mila no vieron con buenos ojos su deseo de irse del país, y una tarde cuando llegó de la escuela, entre las dos me dieron una clase de tollina de lengua que jamás se le olvidó. Doña Altagracia fue quien empezó, se la sentó en sus piernas y comenzó a decir:

— Yo no sé por qué tú quieres irte a vivir a un lugar tan azaroso como es el Extranjero, poblado por una raza de un corazón negro a pesar de ser jincha por fuera, con los ojos claros y el cabello amarillo. Mi bisabuela nació esclava en el país, salió huyendo a los quince años por lo mal que la trataban esos degenerados, ya tenía un embarazo de tres meses de su amo; ella temía por su vida, se rumoraba que otra niña desaparecida de su misma edad fue asesinada por su amo, en una granja no muy lejos de allí debido a un motivo similar; además contaba para huir con un motivo aterrador, las mujeres de los mayorales decapitaban en cuanto nacían a todos los hijos de las concubinas esclavas y sus maridos. En un diario que dejó escrito, les llamó demonios amarillos por la palidez de su piel y el color de sus cabellos, los veía como demonios porque los creyó venir del infierno: mataron a casi todos los nativos, les cogieron sus mujeres, sus hijas y todas sus tierras. Imagínate que al poblado a donde tu naciste llega un comando armado hasta los dientes, que matan a tu abuela, a tus primas y queman tu casa; tú, como andabas por el campo cortando flores, al ver todo ese rebú y el humo de tu casa cogiendo fuego, saliste corriendo y tuviste que deambular por el mundo sin rumbo fijo, sin un hogar seguro a donde pudieras descansar. Yo te lo voy a decir porque algún día lo tienes que saber, los extranjeros fueron quienes mataron a tu padre cuando invadieron al país a tan solo unos días de tu haber nacido; mataron a los dos hijos de tu madrina y al papá de Nina. Fueron como cinco mil muertos que se llevaron entre las pezuñas, en otros países han arrasado con millones de vidas.

Mi tía decidió hablar sonre una tragedia que sufrió cuando vivió en el país:

— Cuéntale también que un grupo de policías mató a palos a mi marido en una esquina de la ciudad, porque Nacho era negro; dile que por allá desprecian a los prietos, que no le irá muy bien si se vas a vivir al Extranjero; pueden ver desde lejos que no es de la raza, los ojitos y el cabello no la van a sacar de pena.

— Aquí tu eres una princesa y el matiz de tu piel es cotizado, mientras que allá tú no vales nada — continuó mi abuela —; a la gente como tú las escupen en la cara, les dan una galleta o una pela por nada en las calles, hasta las pueden ahorcar en la vía pública sin ningún motivo; si te montas en una guagua y un extranjero no encuentra donde sentarse, vas a tener que cederle tu asiento así sea un gusano que no merece viajar sentado, caso contrario te pueden apalear o ahorcar en la guagua entre todos. Cuando te case y tenga tus hijos vas a vivir eternamente preocupada, porque no sabes si van a regresar a la casa con vida, en cada esquina los van a esperar gusanos blancos para darle un tiro. Es un lugar aterrador y extremadamente violento, a donde la vida de la gente como tú vale menos que la de una cucaracha; es un lugar a donde aquel que no sea de la raza tiene la vida en un hilo, eso es como vivir en el centro de un nido de víboras y lobos con mucha sed de sangre. A mí no me parece que tu pueda ser feliz en ese país.

La tula llegó un poco más tarde, pero yo le dije nada. Se quedaron jugando en el patio como si la tertulia se le hubiera olvidado. Eso fue un viernes, a partir del siguiente lunes jamás le volvió a sonreír a su maestra de idiomas, conversaba con ella solo cuanto era necesario. El miércoles la Tula llevaba unos dulces de coco y una manzana para la maestra, cuando se los mostró Muñeca le dijo:

— Yo no quiero que tú se los de a la maestra, nos los vamos a comer en el recreo.

— ¿Por qué, ya tu no quiere a Miss Newark? — le preguntó la Tula
— Su gente fueron los que mataron a mi padre — le dijo —, mataron a los dos hijos de mi madrina, al hijo de Nina, a casi toda la familia de Mariana y al marido de mi tía Mila; y, además, ellos no quieren saber de los prietos; ahora que lo pienso mejor, tú y yo somos las únicas negras en la clase, yo he notado que les pone más atención a los blanquitos.

— Tú no eres negra, tú eres una india clara.

— ¡Oh, si! Dice mi tía que para ella lo soy, aunque solo tenga dos o tres gotas de la «sangre mala». Dice mi tía que piensan en blanco y negro y en una sola dirección. Unos de sus héroes que hizo fortuna arreando vacas en el cine, dijo una vez: «Si todo no es en blanco y negro, yo me pregunto, ¿Por qué rayos no?, dice mi tía.

Para el siguiente año hubo que sacarla del colegio hacia un docente secular sin nada que ver con religión, monjas y sacerdotes, ella no quería seguir viento todos los días a su maestra de idiomas. Ese mismo año, estaba entre los nueve y los diez años, escogió a la tía Mila como su consejera espiritual, aunque a esa temprana edad lo no lo tamizara en esa forma; eso fue un error, su temperamento irreverente requería una dirección distinta. La tía estuvo loca durante unos años en su juventud, por causa de la muerte a polos de su marido a manos de unos policías frente a Macy's, una tienda de moda famosa en Nueva York; los vecinos todavía no confiaban en ella, la señora era hereje, una vieja rebelde y la más cascarrabias en el barrio; no había tenido hijos y no sabía cómo a los niños se les debe de hablar, todos los consejos que le dio a la niña fueron al revés: «A los niños hay que hablarles con la verdad — decía —, caso contrario pueden crecer envueltos en nubes de fantasías, propensos a morir o a matar sin una razón que valga la pena y a odiar a todo aquel que sea diferente». Cuando Muñeca nació ya la señora estaba fuera de peligro, aunque para los vecinos había comenzado a patinar de nuevo y esta vez la culpa era de los libros: «El que lee mucho se vuelve loco — decía la gente —, ella siempre sale con disparates que no se le oyen a ninguna otra persona, por ejemplo: disque «la palabra de dios» es una colección de cuentos de hadas, y copias de leyendas aún más antiguas». Pasaba los días encerrada en su habitación leyendo a medida que salía de su mal, no tenía muchos amigos para conversar y no se fiaba de nadie. Aunque no podía reaccionar como la gente normal, se daba cuenta de todo en medio de la crisis; ahora, mientras poco a poco escapaba de su trance, recordaba los que se reían de su quebrando aun en su presencia. Ella decía que se curó sola. Tenía una pesadilla recurrente con un toro de color negro que la perseguía, muchas veces despertaba señalando una esquina: «¡El toro, el toro, el toro! ¡Míralo ahí, él toro me quiere comer! Una noche se detuvo y giró sobre sus pies, apareció en su mano derecha una espada y le cortó al animal la cabeza. No volvió a tener la pesadilla, en lo adelante comenzó a ver todo con más claridad y a salir poco a poco de su mal: «La vida está llena de «toros» que te van a perseguir — comentaba con la sobrina —, mientras tu más huye más te persiguen, tú tienes que pararte firme y cortarles la cabeza ya sea figurativamente o en la realidad».

Sucedió que para esa fecha cuando la niña la escogió como su consejera, un tío llamado Marcos fue desahuciado a causa de una enfermedad en el hígado, era su tío favorito después de la tía Pocha, su relación con la tía Mila todavía no era tan estrecha.

Marcos era el hermano mayor de su abuela, quien a su vez era la menor de tres hermanas. La familia no quiso dar su brazo a torcer, fueron con el pobre hombre a San Juan, hogar de los mejores curanderos del país; luego lo llevaron al oeste de la isla, cuna de los brujos más poderosos del caribe; y, por último, se lo entregaron al padre Pelayo para que oficiara unas cuantas misas y rogara mucho a dios por su salud. Entre la bisabuela y el sacerdote le habían hecho creer a la muchachita, que todas las niñas buenas son «Hijas de María», que si se portan bien no existe nada que dios no les conceda si se lo piden con fervor a su madre, María. Ella le tenía mucho miedo al padre Pelayo, su tía le había dicho lo siguiente: «No te quedes a solas con Pelayo en ningún rincón oscuro de la iglesia, no te le siente sobre las piernas como los demás niños, tú no tienes que hacer lo que otros niños hacen, y no deje que te toques aquí, aquí, ni por aquí; si te toca tu vienes y me lo dices, entonces yo voy y le corto la cabeza con un machete que yo tengo detrás de la puerta para los ladrones ¡Espera, yo te lo voy a mostrar! — se puso de pie, y buscó el machete — ¡Míralo, aquí esta! Yo lo tengo bien afilado, a cualquiera yo le puedo cortar el pescuezo de un solo tablazo». Todos los domingos la llevaban ataviada en blanco a la iglesia desde los zapatos a la mantilla, el uniforme le daba picazón en todo su cuerpo y se pasaba la misa visiblemente incómoda. Le dio mala espina desde la primera ceremonia oficiada, debido a que al tío no se le quitó un mal humor que había notado en la gente cuando se iban a morir. El señor cada vez se ponía más pálido, y ella no dudaba de que se ibas a morir en cualquier momento, el desenlace ocurrió la noche después de la tercera ceremonia; algo que también le dolió mucho, fue cuando el sacerdote le aceptó a su bisabuela una funda de papel color marrón, con el dinero de las misas que debieron de salvar a su tío y su excusa le pareció una mentira: «Nosotros hicimos todo lo que pudimos, dios lo necesitaba en el cielo más que nosotros aquí en la tierra; la conformidad frente a los deseos de nuestro padre celestial es una de las mayores virtudes cristianas, yo te prometo que voy a rezar todos los días por su alma, en mi altar siempre habrá una vela encendida para que alumbre su camino». Ella pensó que la tía Mila era quien la podía sacar de la confusión; no confiaba en nadie, creía que toda la familia y los vecinos eran incondicionales al padre Pelayo. Además de los cuentos que le había oído a la señora en el patio de su casa, ya sabía de antemano que la tía no quería saber de los sacerdotes, de las monjas y mucho menos de la iglesia, por unas malas experiencias sufridas cuando su padre la encerró en un convento en la capital a los diecisiete años. Una semana después de los nueve días de los rezos del tío, le dijo a su abuela una mañana en la cocina mientras se tomaba una tasa de chocolate:

— Mamabuela, yo quiero ir a ver a mi tía Mila; tengo mucho tiempo que no la voy a visitar, ella vas a pensar que yo la olvidé.

— Primero tenemos que llamarla por teléfono, y preguntarle si vas a estar de buen humor el próximo sábado; ya tu sabe cómo es ella, no te abre la puerta si está de mal humor y si no le anuncia tu visita.

— Mi tía no es así conmigo, lo que pasa es que la gente no la entiende.
El sábado su abuela se fue de compras, y aunque ya conocía la casa, de inmediato comenzó a husmear por todos los rincones; ahora venia picada, con mucha curiosidad y con las preguntas que les pensaba proponer a la señora ya preparadas.

— Tía, ¿por qué tú tienes un altar en tu habitación, esas velas son para los muertos? Mi bisabuela dice que tú no crees en dios.

— Los espíritus no necesitan velas de los vivos — la idea es ridícula —, cada uno lleva su propia luz por dentro dependiendo como hayas vivido; y eso que tú ves ahí no es un altar — no en la manera en que tú lo entiendes —, es tan solo un lugar para yo pensar y estudiar; los elementos encima de la mesita como el espejo y una vela en cada lado, el incienso, la rosa, la cruz; la espada, la máscara y las barajas del tarot en esta otra mesita redonda son símbolos con un significado que me ayudan a meditar; estos cuadros que tú ves aquí de motivos astrológicos, el cuadro de San Miguel Arcángel, este y aquel, para mi representan ideas diferentes a como la mayoría de la gente los ve. Por otro lado, no es que yo no creo en dios, el problema es que yo tengo mis propias ideas; yo no veo la necesidad de aceptar ciegamente un libro de la prehistoria, ni mucho menos las opiniones de le gente de la iglesia porque no estoy segura de que sean reales; me resulta sospechoso, que todos los dioses de los pasados diez mil años tengan los mismos vicios que los humanos, me da la impresión de que fueron creados por las diferentes culturas a su imagen y semejanza. Fíjate bien. Todos los dioses eran mujeriegos, crueles, violaban a las humanas con las que tenían hijos, les gustaba el vino, eran sanguinarios, vengativos, déspotas, intolerantes, coléricos y genocidas. Yo acepto la idea de que a lo mejor hay una inteligencia o arquetipo cósmico del que todo se ha formado, pero me parece que por ahora somos criaturas limitadas incapaces de sondear su verdadera identidad. Las presentaciones que le hacen las religiones, no me convencen. En cuanto a la iglesia de Pelayo se refiere, se trata de un culto de sangre, y el culto a una persona por los que yo no siento ninguna simpatía.

— ¿Qué cosa es un culto de sangre?

— Se trataba de una cruel práctica en tribus y culturas primitivas, mataban a personas y animales en una ceremonia religiosa, con la intención de alagar y obtener favores de dioses imaginados por las tribus. Cuando nació el culto de Pelayo la idea estaba en uso, a sus creadores no se les ocurrió una mejor idea para subsanar las miserias del mundo; no está claro, de cómo esa muerte puede realizar el milagro de salvar al hombre de sus males, a mí me parece que la empresa requiere un mejor argumento. Yo no aceptaría un sacrificio semejante, prefiero emanciparme por cuenta propia de mis vicios y mis errores. Yo prefiero realizar mis propios sacrificios.

— Mamabuela dice que dios está dentro de la gente y no en la iglesia, que las ideas de la iglesia no tienen realidades fuera de la fe, que una idea es tan buena como la otra, dice que prefiere buscar a dios en su interior y no en las ideas de otras personas en la iglesia.

— Decía un filósofo llamado «Niché», que si deseamos respirar aire puro no debemos entrar en una iglesia; a mí se me clava más de una espina en el corazón, cada vez que yo veo a las madres llevando sus niños a rezar en la iglesia. Ahora, eso de que una idea es tan buena como la otra no es verdad, algunas requieren el asesinato de personas, en masa si fuese necesario, con la excusa de que viven fuera de la gracia de algún dios imaginario; yo he oído a predicadores glorificar más de una hecatombe, ya sea ejecutada por su dios o por un grupo de creyentes en nombre de dios; si tú ves a una religión promoviendo la idea de castigar a los que no siguen sus creencias, creyendo que deben ser lanzadas en un lago de fuego en el infierno, lo cual de vez en cuando hacen realidad en la tierra para los enemigos de alguna fe; en ese caso no estamos hablando de un dios, sino, de un demonio y de gente malvada.

La niña no cesaba de preguntar:

— Tía, ¿por qué hay que rogarle tanto a dios para curar y ayudar a la gente? Si yo fuera dios puedo curar a todos los enfermos sin que nadie me lo pida, ¿eso no es lo que hace la gente buena? El padre Pelayo hacia una misa todos los domingos, y la gente rezaba mucho para que dios pudiera sanar a mi tío. Pero ¡Mi tío se murió!

Posó sus manitas en la cintura en señal de sorpresa con la última expresión, la señora lo pensó por un momento y al cabo de un minuto le dijo:

— Quizás tu no entiende mucho de lo que yo te voy a decir, y mucho lo que ya hemos conversado, espero que todo sea como una semilla que pueda fructificar en tú mente algún día en el futuro; pero eso no importa, porque tú no entiende los disparates que Pelayo predica, tu bisabuela no los entiende, ni los entienden las personas que van a la iglesia; Pelayo no predica el entendimiento, su trabajo es promover la fe, lo cual no tiene que ver nada con el entendimiento y la inteligencia. Primero que nada, ese dios al que la gente le reza no existe o no es bueno; aprueba el vino, la esclavitud, los sacrificios de sangre, las concubinas, el genocidio y el asesinato de niños inocentes; segundo, Pelayo no tiene poderes para salvar a las personas cuando se van a morir, y mucho menos para curar a los enfermos, los milagros de que su libro habla no fueron de verdad porque no se trata de una historia verídica; su libro es alegórico y espiritual, y tiene dos versiones: una es para las personas que aprendieron a pensar. Es una grosería convertir la idea del «Mesías» en un curandero común, en el exorcista y en el brujo de la tribu. El mesías no es una persona, es un ideal. Tú tienes que saber todos estos detalles, está rodeada por demasiada ignorancia y superstición, las cuales pueden actuar como virus malignos que van a entorpecer tu crecimiento mental y espiritual. No les contradigas a Toña y a Pelayo, te pueden regañar y hacerte la vida imposible; así es como se inculca el fanatismo religioso, me puedes venir a preguntar cuántas veces Pelayo y Toña te confundan.

Más adelante, un sobrino del marido de la tía relató lo sucedido el día que mataron a su tío en el Extranjero, lo cual presenció a la edad de quince años. Ya era una costumbre cada vez que Yayo venia de vacaciones al país, siempre había jóvenes deseosos de conocer la verdad — como se dice — directamente de la boca del caballo; nadie creía que un país de tantas maravillas fuera como una fiera cuya crueldad espanta, según era descripto por la tía Mila:

«Cuando Mila se fue a vivir al Extranjero — comenzó Yayo — a las personas que no eran de la raza dueña del país los trataban como chanchos, y no como se tratan a los seres humanos; Mila podía pasar como una de la raza por el color de su piel y de sus cabellos, la descubrían solo cuando sacaba la lengua en público. Como Nacho era negro, no recibía el mismo trato. Si caminaban juntos por las calles era preciso que lo hicieran uno delante del otro, les podían dar una golpiza si se daban cuenta que andaban juntos, peor si sabían que su relación era de marido y mujer. Hubieran puesto el grito en el cielo, podían patalear, dar brincos y halarse los cabellos enloquecidos por la rabia, luego los podían sacar de su casa y ahorcarlos en plena calle; había una ley que prohibía la mezcla racial, los ciudadanos tenían el derecho a tomar la ley en sus manos. El que propuso la ley en el congreso decía lo siguiente: «Nuestras mujeres son las más hermosas en todo el mundo, hasta el mismo dios hubiera querido ser hombre; cuando los hombres de las razas indecentes ven el tongoneo de sus caderas sacan la lengua, se ponen a jadear como los perros, y no ven la hora de conseguirse unos chelitos para comprarse a una rubia. Yo voy a poner fin a esas uniones impías fuera de la gracia de dios, por medio de una ley que voy a exponer frente a este sagrado cuerpo de legisladores». En una ocasión en que regresaban del médico — Nacho ardía de una fiebre altísima — le tuvo que ceder su asiento a un extranjero, caso contrario podía caer preso, y entre todos le podían dar una paliza o lincharlo ahí mismo en la guagua. Mi tío por poco se desmaya, mientras Mila temblaba llena de pánico sin atreverse a darle una mano. El día que sucedió la tragedia, estábamos con unos amigos en una esquina esperando a Mila quien andaba de compras, solo ella podía entrar en la tienda. El hijo de ocho años de una familia extranjera que les paso por el frente se quedó mirando a Nacho, luego le dijo a su madre: ¡Mami, mami, ese negro está mirándote por atrás! Yo miré a la mujer, y la verdad no es que tuviera mucho para ser admirado, no era ni el más mínimo asomo de la hembra que Nacho tenía en casa. El marido, quien sintió su amor propio mancillado se devolvió, encaró a Nacho y le preguntó por qué diablos miraba las nalgas de su mujer. Nacho era el más corpulento del grupo, dueño de una figura imponente, pero el orgullo y los delirios de grandeza era tal en toda esa gente, que jamás les podía pasar por la mente que un negro los pudiera enfrentar con valentía suficiente. Mi tío le respondió algo que nadie pudo entender, debido a que no hablaba bien el idioma. El hombre intentó darle una tabaná, pero como nacho había sido boxeador con varias peleas semi profesionales sin perder ni una, cuando el extranjero levantó la mano ya estaba en el piso inconsciente de una pescozada, un segundo individuo corrió la misma suerte. En ese momento, un policía se le acercó por la espada y lo agarró por el hombro izquierdo, cuando Nacho se viró con la velocidad del rayo si saber quién lo agarraba, el policía cayó sentado en la calle fulminado por una buena trompada: «¡Ahí fue que Troya cogió fuego!» Se le fueron encima como diez policías, lo tiraron entre todos en el piso, y hasta la mujer del primer tipo que tumbó le dio a mi tío con la cartera por la cabeza. Se lo llevaron preso y a los dos días lo encontraron muerto en la celda, dejó una carta escrita en maquinilla, en la cual decía estar apenado por la ofensa que le ocasionó a la mujer extranjera. No se sabe a donde consiguió la maquinilla ni cómo fue que pudo escribir la carta, estaba más muerto que vivo y no conocía el idioma del país. Le mostraron el documento a Mila, pero no le dieron una copia. A nadie le cupo la menor duda de que lo mataron o lo dejaron morir por falta de atención, lo cual venía siendo lo mismo. Nacho nació libre, y no era del temperamento sumiso que debía tener una persona de un color ilegal, para que no lo mataran o lo apalearan en plena calle. A las personas de su color, no les permitían ni siquiera mirar a los dueños del país a los ojos, no les permitían sugerir o pensar que tuvieran un defecto; si por algún motivo uno estaba en medio de un grupo de blancos, debía de quitarse y sujetar el sombrero con la mano izquierda, colocar su mano derecha encima del pecho en señal de sumisión y respeto, y mantener su mirada fija en el suelo. Así de profundo, era el respeto demandado a las razas «inferiores».

Una joven de quince años le preguntó a Yago:

— ¿Y cómo fue que todo comenzó entre doña Mila y Nacho?

— Mi tío fue un peón del padre de Mila — don Ramón Antonio Reyes —, era quien cuidaba del caballo negro de Mila, llamado Ventarrón. Mila tenía diecisiete años, cuando un lunes don Ramón regresó a la casa después de la siesta en busca de unos granos que olvidó para los puercos; al pasar por el costado este del granero escuchó en el interior unos alaridos de mujer, parecidos a los ataques de histeria que sufrían las mujeres en los velorios: «¡Guay, guay, guay, guay!». Don Ramón se detuvo y luego dijo en voz alta: «¿Qué diablos es lo que sucede ahí adentro, carajo»? Empujó la puerta, pero no la pudo abrir debido a que los amantes la tenían condenada con un tarugo; entonces le dijo a Venancio quien lo acompañaba en ese momento, contaba con diecisiete años igual que doña Mila y era cómplice del noviazgo: «Venancio ¡No te quedes ahí como un mojón, ayúdame a empujar la puerta, carajo!». Cuando consiguieron entrar, Nacho salía con los pantalones en las manos por un hueco en la parte de atrás del almacén, lo habían hecho para entrar y salir cubiertos por unos matorrales. Don Ramón le disparó con su viejo revólver, pero como nunca tuvo una buena puntería — la gente decía que tenía el revolver solo como un lujo —, el tiro fue a parar donde Mila tenía puesta la cabeza hacia un segundo. Don Ramón sacó a Venancio del almacén, dejó las espaldas de Mila descubiertas, y le dio una golpiza con un chucho de azuzar a los bueyes. La pobre Mila se pasó dos semanas con fiebre, la espalda le quedó marcada para siempre, y ella dice que también su alma. Don Ramón la internó en un convento, y a los dos años la envió a estudiar al Extranjero. Nacho, escondido en un barco mercante, hacia un tiempo que había llegado al país. El padre de Mila era uno de los amigos del gobierno, Nacho temía que lo mandaran a matar. En toda la región se regó la noticia de que don Pucho — todavía le decían Puchito, tres años mayor que Mila —, andaba en busca de Nacho con la idea de matarlo. Mila y Nacho nunca perdieron el contacto, se comunicaban por intermedio de mi tía, Teresa, quien vivía en la capital. Ella la visitaba cada vez que tenía noticias de Nacho. Mila recibió con entusiasmo la noticia de irse a estudiar al Extranjero, Don Ramón se alegró pensando que había recapacitado, y que le había hecho mucho bien el castigo del convento. Cuando la trajo al país después de la muerte de Nacho, ella estaba ya completamente loca. Durante mucho tiempo hubo que amarrarla con sogas a la pata de la cama, cuyos nudos zafaba con los dientes luego deambulaba por el campo llamando a Nacho, recogiendo flores silvestres para su tumba sin saber a dónde lo habían enterrado; a los pocos días la encontraban en algún velorio haciendo cuentos, o algún vecino del lugar le mandabas a decir a don Ramón que Mila estaba en su casa y no se quería marchar. Su animadversión hacia los Sacerdotes, las monjas y la iglesia es debido a lo mal que dice la trataron en el convento, y por los abusos de los sacerdotes con los niños en el colegio de varones al cruzar la calle. El día comenzaba en el colegio con una misa, luego los estudiantes se dirigían a sus clases. El padre consejero, de pie frente a la entrada en el colegio, a los que llegaban tarde los recibía con un regaño y un par de tabaná. El Chino Chan, tenía diez años, llegaba tarde todas las mañanas; el día se lo pasaba con las mejillas coloradas como un tomate, y cuando llegabas a la casa recibía otro regaño, su mamá pensaba que cogía mucho sol en el patio del colegio. Si los niños les contaban a sus padres acerca de los maltratos que recibían en el colegio, si estos reclamaban sus hijos podían ser expulsados. Había un sacerdote de seis pies, fuerte y de una musculatura de fisiculturista: le decían «Supermán». Era el director de fisicultura, había sido boxeador cuando era más joven y ahora tendría unos treinta y seis años. Levantaba pesas, corría en el patio del colegio, practicaba con la pera y un saco de arena en el gimnasio. El padre Marino era el más temible de todos, sus manos tenían una velocidad increíble y pegaba igual de fuerte con las dos a un mismo tiempo, los estudiantes percibían una sola galleta en ambas mejillas; ellos decían que la visión se les oscurecía y veían estrellas cuando el padre Marino les pegaba, lo cual no les pasaba con los demás sacerdotes. El único recuerdo bueno del convento que aún conserva es un puré de papa que las monjas preparaban, su madre lo hacía con un tipo de mayonesa que le provocaba vómitos, luego le querían dar una pela porque al parecer era tan solo era una niña mañosa. Se lo hacían comer con frecuencia, disque para enseñarle a comer como la gente. Después que Mila se curó se fue a vivir a Paris, también vivió en Milano; aprendió francés, italiano y portugués. Jamás volvió a visitar a los imperialistas, y no quiso aprender su idioma. Cuentan sus amigas que tuvo algunas aventuras, pero no se comprometió ni se casó, eso hubiera sido como serle infiel a Nacho. Solo a Mila se le puede ocurrir»

La muerte del padre de Muñeca, la rebeldía de Mariana y la historia de su tía Mila hicieron mellas en su temperamento, por lo que a los once años le dijo a su abuela:

— Mamabuela, ya yo no quiero ir al Extranjero; prefiero ir a ver la tumba de Lenin, la plaza roja, Leningrado, Cuba, el Coliseo y los Campos Elíseos.

— A la órbita roja está prohibido viajar, le han hecho una mala propaganda y ahora no quieren que la gente vaya y vea la verdad — dijo la señora —. Dicen que por allá no se disfruta de las libertades que tenemos por aquí, como si esta no fuera una tierra donde se cosechan los peores dictadores, apoyados y creados por los imperialistas; el pueblo que se libera de uno de sus dictadores favoritos, como premio se gana su tirria, y si no asesinan a sus lideres así hayan sido elegidos por sus pueblos: matan al pueblo de hambre como una venganza, le dan un golpe de estado al gobierno, o le crean una revolución civil artificial con un grupo de mercenarios. Ya tu conoce lo que le hicieron al profesor, y la revolución en que tu padre perdió la vida, pero eso no te lo van a enseñar en la escuela especialmente si los educadores contratados vienen del Extranjero.

AZABACHE

En ese mismo año de su décimo tercer cumpleaños, una prima de su edad le hizo una revelación que transformó su forma de caminar, comprimió sus pantalones de vaquero, le recogió el ruedo a sus faldas y a sus pantalones cortos:

— No le hagas caso a esas rameras de la familia Carmena — dijo Miladis —, no le perdonan a titi Altagracia la pela que le dio a la vieja Lagutina, cuando ella tenía diecisiete años y la vieja veinte, además de que son todas unas envidiosas. La belleza no es en ellas un punto fuerte, la mayoría es mal tallada, gambada, gorda y con las piernas como las vacas; no perdonan que seamos las mujeres más bellas en más de dos barrios a la redonda, con el mejor cuerpo, las pantorrillas más bien formadas, con las piernas más bellas y con las mejores nalgas; a eso agrégale que somos estrechas de una manera endemoniada — dicen los hombres —, y que tenemos algo que se llama cocomordan; eso, más que nada, es lo que a todas ellas les pica en la pepita; se sabe con seguridad que son anchas y aguadas, lo dicen todos los hombres que les han pasado por ahí.

— ¿Qué cosa es cocomordan? Yo lo he oído mencionar, pero no sé de qué se trata.

— Eso es algo que les quita el sueño a los hombres porque los exprime, los chupa, los ordeña y los muerde ahí abajo; las mujeres hacen ejercicio para fortalecer los músculos y usarlos al momento de la verdad, pero lo de nosotras es natural. Los hombres se ponen como locos al ver una «Leona» caminar por las calles, reconocen a la mujer que tiene cocomordan por la forma de sus nalgas y por la manera de caminar ¿Tú no te has fijado? Todas nosotras tenemos el mismo swing, el trasero grande y más o menos en la misma forma. Las Carmena son todo lo contrario ¡Ya tú sabe por qué a la vieja Lagutina le dieron el apodo!, le da el coraje de todos los demonios cuando la gente se lo menciona.

— Yo no sé por qué a la vieja le dicen, Lagutina.

— ¿En qué mundo vives, mujer? ¡Hasta los gatos lo saben en el barrio! Los hombres del lugar donde nació se lo tacharon en la blusa cuando ella tenía dieciocho años, con la idea de compararla con una laguna; vendía polvos a un peso con cincuenta centavos, los hombres aseguraban que no sentían nada cuando se lo

145

pasaban por ahí ¿Tampoco sabes qué cosa es un polvo?

— ¡Eso sí lo sé, yo no soy bruta!

— El primer novio de titi Altagracia se acostó con Lagutina y su herma una sola vez, no regresó porque al parecer no tienen el sabor de las verdaderas mujeres, lo tienen demasiado ancho y aguado. Eso es otro rencor y celos que la vieja guarda en contra de mi tía; casi todas las mujeres Carmenas llegan a viejas sin marido, no tienen esas fuerzas en el medio de las piernas que amarran a los hombres; el que no las conoce las compra cuando las ven con esos vestidos y pantalones apretados, haciéndoles creer a los hombres que son mujeres de verdad; como personas valen mucho menos, tienen lenguas de culebras con triple figa, maldicientes y más venenosas que las cobras.

— Iluminada vivió toda su vida con Isidoro, ella parece que si tienes dientes por ahí abajo.

— Su historia es bien conocida en el barrio, Isidoro no fue su primer marido; aunque no es tan mala como las primas, es igual de floja; Isidoro no la dejó porque sufre del corazón y no la quería dejar sola con los niños, no porque fuera el tipo de mujer que buscan los hombres según dice titi Altagracia; los hombres buscan una mujer apretada, que cocine y que rape bueno, y que sea una buena persona. Cuando los niños hicieron sus vidas no los quiso indisponer dejando en sus manos una mamá enferma, y luego porque ya era vieja y enferma; y para colmo, Isidoro se murió y su mujer quedó viva. A Iluminada, a los hijos y a la familia de Iluminada nunca se les ha escuchado ni una palabra de agradecimiento. Ella no se merecía el sacrificio.

— Mamabuela dice que las otras dos primeras mujeres de abuelo son igual de flojas — dijo Muñeca —, dice que no saben cómo una mujer se le debe de mover a su marido, ellas dicen que mamabuela tiene a mi abuelo amarrado con brujerías.

— El año pasado oí que les mandó a decir con una de las que llevan y traen los cotilleos de la gente — agregó Miladis —: «¡Óyeme lo que te voy a decir, Carmencita! Dímele a este par de flojas, que mi brujería es lo bueno que yo se lo hago a Pucho, lo bueno que yo se lo chupo y lo bien que yo lo trato en general; ya Pucho no vives con ellas desde hace muchos años, pero aún me siguen fuñendo la paciencia. Yo no fui quien les quitó el marido, ellas lo perdieron por flojas; diles que no me jodan, porque un día que yo me levente arrebatada voy y les corto las lenguas ¡Que no me jodan!».

— Dice mi tía Migdalia que los hombres no se amarran por la cocina — agregó Muñeca — y que todo eso en un mito, ella piensa que los hombres se amarran con las sábanas en las patas de la cama, que te perdonan casi todo si tú se lo hace bueno.

— Eso es verdad — asintió Miladis —, mi mamá dice que te perdonan hasta si no sabes cocinar. Las «Leonas» tenemos todo lo bueno que les gustan a los hombres: somos de temperamentos afables, cocinamos bueno, somos buenas personas y excelentes majadoras; no somos gruñonas, no le peleamos al marido, somos apretadas y la mayoría tenemos cocomordan. Dice que todo está conectado, la mujer que cocina bueno lo hace bueno y viceversa.
Muñeca todo lo consultaba con la tía Mila, ni con su abuela tenía la confianza que ponía en la señora, el sábado cuando la fue a visitar le preguntó:

— Tía, ¿tú has oído hablar del cocomordan? Me dicen que les roba el sueño a los hombres, que las pueden identificar por la forma de caminar que tiene la mujer, y que la mayoría de las «Leonas» tenemos cocomordan.

— ¡Niña! ¿De qué labios indecentes oíste caer semejante palabra?

— Del pico de un pajarito que oí cantar el otro día en el jardín; eso es para que tu vea, que hasta las aves me cuentan los secretos de la vida.

— El cocomordan es una virtud que abunda mucho en las mujeres de tu raza... Bueno, en una de tus razas. Tienes tantas mezclas que se hace una tarea difícil saber quién eres: tienes algo de «india», de rubia, de negra y hasta de gitana.

— ¿No se te olvida nada?

— No creo, mi amor.

— De acuerdo con las culebras del barrio, disque que yo tengo algo de diabla.

— ¡Ah, eso! Las chismosas del vecindario son los únicos demonios, que hay en toda la capital. Tu pudieras heredar el cocomordan a través de las «Leonas» y por tu propia madre, todavía es recordada en más de tres pueblos a la redonda en el lugar donde nació.

— ¿Será eso a lo que la tatarabuela de mi papá se refería en su diario? — dijo la joven con un brillo de sorpresa en sus ojos —. Dice que las mujeres de su raza tenían una virtud, la cual era muy apreciada por los amos, la cual no podían encontrar en sus propias mujeres. Eran cotizadas porque, además, las podían obligar a lo que sus mujeres les negaban, tales como el oral y entrar por la puerta del patio trasero. Empecé a leer el diario hace poco, aunque algunas veces tengo que dejarlo por unos días después de dos o tres páginas, mientras se me pasan el coraje y los escalofríos ¡Es una historia de horror! En la primera página de color rosado, ya descolorida por los años le llamo: «Historia de un azabache», y más abajo agregó lo siguiente: «El azabache es una piedra preciosa, que además de adornar la belleza de la mujer sierve para evitar el mal de ojo, y no pierde su magia por caer en manos criminales que no se lo merecen». Mamabuela me regaló el mío cuando me fue a conocer a los ocho meses de nacida, me lo prendió en la muñeca derecha en un brazalete de oro. Estoy leyendo el diario despacio porque no es fácil entender lo que dice, contiene algunos garabatos difíciles de leer; lo leo a escondidas cuando mamabuela sale de compra o juega bingo en la iglesia, mientras Porfiria vigila su regreso a través de las ventanas; ella no quiere que yo lo vea por dentro, dice que tiene ideas y palabras que los niños no pueden leer ¿Te imaginas? ¡Disque yo soy una niña! Así como tú me ve yo sé casi de todo lo que se puede saber, ahora solo me hace falta la experiencia; tú me has abierto los ojos, mis primas y mis amigas de más edad que yo también me han amolado las espuelas.

— Vas a tener que aplazar la obtención de toda esa experiencia, no hay prisa y no es que sean una gran necesidad en tu vida; los dolores de cabezas que usualmente le acompañan, son mayores de las pocas satisfacciones que puedas obtener, y a destiempo es igual a cortar el capullo antes de que se convierta en una rosa.

Se pasaron la tarde comentando el diario, en lo que la muchacha pudo recordar decía como sigue:

«Yo nací en el zaguán del infierno en el año mil ochocientos cuarenta y cinco, esclava de una raza infame; mi papá fue un marido que los amos le impusieron a mi madre, a los dos años no había salido encinta y no estaba cosechando esclavos para los amos, su dueño se imaginó que a lo mejor el problema era su marido. Me contó mi abuela, que una noche trajeron de otra granja un esclavo por encima de los seis pies, fuerte como un toro y obligaron a que mi mamá pasara la noche con él, a su marido lo amarraron en el tronco de un árbol al frente de la choza donde vivían; perece que no fue bien abrigado, por la mañana el pobre hombre amaneció engurruñado protegiéndose del frio: estaba muerto. El hombre que le trajeron esa noche a mi madre se convirtió en su marido, tuvieron dos hembras y un varón; a los veintisiete años hacia dos que no salía encinta, esta vez le trajeron un joven de veinticinco años. Con este nuevo marido tuvo dos varones, y entonces la dejaron en paz. A los doce años era yo la niña esclava más cotizada en varias granjas en toda la comarca, le había oído comentar a los amigos de mi dueño; yo contaba con una mayor estatura que las demás adolescentes, los hombres veían en mi cuerpo las curvas y los movimientos de una futura sensualidad brutal; ni siquiera las jóvenes de mayor edad, decían con frecuencia muchos de los invitados, no tenían mis cadencias cuando me veían caminar por la granja, cada vez que Mr. Wilson celebraba una barbacoa, lo cual hacia con mucha frecuencia en el patio trasero de la casa; nunca faltaba uno que me quisiera comprar, pero el precio que Mr. Wilson pedía por mí era demasiado alto, algunos comentaban que me quería conservar para su uso personal. Las niñas esclavas eran cultivadas para el consumo del mayoral, y para ser vendidas a los que no tenían sus propias crías; los amos las comenzaban a coger tan pronto les comenzaban a brotar los pezones, los cuales a esa tierna edad consideraban un manjar exquisito para ser chupados; yo podía escuchar sus comentarios, mientras me movía entre la multitud cumpliendo mis deberes, acerca de lo que harían con mis pechos si lograban tenerme desnuda entre sus brazos; hablaban en voz alta para que yo los escuchara, se me notaban claramente por encima del vestido. Mis primas hacían historias de que algunas niñas eran cogidas por sus dueños, dos o tres años antes de que les comenzaran a crecer los pechos y el vello pélvico. Mi hermana, Yalí, tenía quince años, y a los trece ya era la concubina de Mr. Wilson. El sueño de todo jincho era coger a una esclava joven que no había sido «picada», los que no contaban con medios para comprarse una las acechan escondidos en los matorrales y las violaban. Unas nalgas esclavas, ya fuera señorita o no, era un plato exquisito por lo que ya mencioné al principio. A partir de los doce años, escondidos en el granero, Mr. Wilson me besaba en la boca, me mordía los labios, me acariciaba y me besaba los pezones, me habían comenzado a crecer y me dolían mucho; me pasaba las manos y me besaba las nalgas, hacia lo mismo con mis partes debajo del vientre, me obligaba para que yo le hiciera el oral, en otras ocasiones me agarraba por la cola. Nunca me hizo mujer, con eso hubiera mermado el precio que pedía por mí. Me había comenzado a decir poco nates de venderme, que me amaba más que a cualquier otra mujer en la granja, y que deseaba que yo también fuera su mujer; sin embargo, fue convencido por un hermano, me vendió por tres mil pagados en pepitas de oro. Mi segundo dueño me violó en el granero un domingo mientras su familia rezaba en la iglesia, eso fue después de varios intentos porque terminaba en la puerta cada vez que lo intentaba. Mi primer amo aguantaba como tres minutos, ya fuese que con el oral o con la cola...»

— La suerte del tercer presidente aún se recuerda con el mejor de los cariños — interrumpió la tía —; tenía una concubina de catorce años, y a mí no me parece que la comenzó a coger a esa edad.

— «Los amos ternaban casi al momento de subirse — prosiguió la joven con el relato —, no se volvían poner de pie durante la noche y lo tenían chiquito; yo nunca me pude sentir como una mujer hasta conocer a mi marido — él es de orígenes haitianos —, dos años después de llegar a Puerto Plata. Polito lo tiene grande, gordo y dura mucho. Los esclavos les cantaban decimas a las flojeras de los amos en la cama, por las noches frente al fuego para espantar el frio, y por el día para disipar los rigores de los trabajos en el campo; eso arreciaba en los amos la maldad, la crueldad, el odio, los azotes y los maltratos a los esclavos. Aunque las decimas hablaban de soslayo, era una cosa fácil interpretar la zurrapa detrás de las palabras, principalmente porque la situación era bien conocida por todos; hacían referencias a la flojera del mayoral en la cama, a que su mujer soñaba todas las noches con ser atravesada por unos ojos negros, grandes y brillantes, en vez de los ojos claros y débiles del mayoral. Una de mis favoritas hablaba de una chiva de color amarillo — eso era por los cabellos de los amos —, la cual soñaba todas las noches ser atravesada por los ojos grandes, negros y brillantes del chivo del vecino, los ojos de su marido eran demasiado claros, chiquitos y flojos. Tanto jodieron los amos hasta que las décimas fueron prohíbas por la ley, bajo amenazas de azotes y hasta con la pena de muerte.

«A los quince años salí embarazada, y a los tres meses me fugué con mi hermana, una prima, un tío, un hermano, dos amigos y el novio de mi prima. Emprendimos el viaje al puerto a las doce de la noche, pretendiendo ser los esclavos del novio de prima quien era de la raza. Llegamos al puerto a las tres de la mañana, el barco estaba listo para zarpar y por poco nos quedamos. La niña nació igualita que su padre: pelirroja, con los ojos verdes y algunas pecas en la mejilla derecha; a mí se parece un poco en los labios y en la nariz, también tiene mi cuerpo, mi forma de caminar y el timbre de mi voz. Le puse por nombre Salomé Altagracia, en honor al barco en el cual llegué a Puerto Plata: "Salome, la Reina del Mar", el segundo se debe a la patrona del país. Todos en el barrio le decían la «Gringa», es así como ha sido conocida en la familia todos estos años. Yo tuve tres hijos con Polito: Rigoberto, Alejandro y Alejandrina en honor a mi madre. Ella se llamó, Andrina...». Cada uno contábamos con un talento, comenzamos a trabajar en cuando llegamos a la ciudad, mi tío y mis dos amigos encontraron amores en la ciudad. Al grupo le ha ido muy bien, no tenemos quejas de cómo nos han tratado aquí, no se ve el odio que sienten los gringos hacia los negros. Todos trajimos oro. Mr. Wilson tenía en el aposento una cacerola casi llena con unas pepitas pequeñísimas; yo cogí dos puñados, lo introduje una de sus medias y lo escondí. Yo temblaba de miedo, cada vez que Mr. Wilson o su mujer me llamaban para darme alguna orden. Compramos un terreno en cuanto llegamos a Puerto plata y construimos una casa, yo me compré una máquina de coser y me puse a tejer ropa de hombre y de mujer; las mujeres me traen vestidos que ven en las revistas de modas, y yo les hago uno igualito. También hago cachuchas que vendo en toda la ciudad, de otras partes me hacen pedidos para vender en los negocios. Sin embargo, todos vivíamos con el miedo de que los amos nos encontraran y nos mandaran a buscar, nos hubieran flagelado hasta la muerte. Yo me acuerdo de Tana, una joven esclava en una plantación no muy lejos de la granja; ella huyó con su hermano, pero la encontraron la trajeron de regreso. La desnudaron al frente de todos en el patio de la casa, y le dieron una zurra tan grande que al tercer día se murió. La niña nació igualita a su padre, nació hasta con unas cuantas pecas en el pómulo derecho. Yo la bautice con el nombre que la embarcación que me trajo a Puerto Plata: «Salomé, la Reyna del Mar». El segundo nombre se debe al santo patrono del país...»

— Ahora ya conoces porqué hay en tu familia tantas Salomé Altagracia — interrumpió la tía una vez más —, Altagracia Salomé o alguna otra combinación; para diferenciarlas unas de las otras, tu ve que les dicen Salomé Altagracia o Altagracia Salomé la hija de fulano, la mujer de perencejo, la hermana de aquella o de la otra. Hay dos corrientes que llevan el mismo nombre, la otra es las que son de apellido Bernard: son negras y mestizas, vienen por parte de Kara y su marido; las Leonas, quienes se parecen mucho a las extranjeras, vienen por la hija del amo de Kara; fue la mujer de un gitano, tuvieron un varón y tres mujeres de las que tu bisabuela es la más joven. Las Bernard no son tan risueñas y simpáticas como las «Leonas», ustedes lo heredan por la corriente gitana.

— Las mujeres no son las únicas que llevan el mismo nombre, mi papá se llamó Ramón Antonio Salomé Reyes D'Leon, el hermano de mi abuela era Marcos Altagracia Salomé Martines D'Leon; y el hijo de Chincho, es José Salomé D'Leon Pérez. Vamos a seguir con el diario:

«Por encima de los beneficios sexuales que tenían los mayorales con las mujeres de mi raza, especialmente con las niñas en cuando llegaban a los doce — quizás mucho antes —, y las riquezas acumuladas con la mano de obra gratis, también eran el instrumento sobre los que desahogaban su rabia; eso era una enfermedad similar a la que sufren los perros, con la diferencia de que a los caninos los ataca ocasionalmente y no a todos, mientras que la misma infección en los amos era general y permanente; la manifestaban en la forma de un placer profundo provocándole sufrimientos al prójimo, sin ningún tipo de remordimiento; yo lo vi en las muescas de sus rostros, en la manera que torcían la boca y en el rechinar de sus dientes cada vez que paporreaban a un esclavo, me dio la impresión de que tenían el demonio incrustado entre las entrañas. Flagelar a los esclavos era un deporte favorito, así como pescar o ir a cazar liebres y pájaros en el monte. La mujer de mi primer amo le dio una zurra en una ocasión a un esclavo, al cual le amarraron en un tocón en el centro del patio, porque al parecer se fijó en las nalgas de su hija: un fleje de trece años, sin nalgas y sin nada que pudiera ser deseado por un esclavo. El frenesí que la embargó fue tan fuerte que daba unos alaridos enormes como una loca, se parecían mucho a los míos cada vez que mi marido me la saca dos y tres veces en una sola cogida. Los hombres se saben controlar, se les nota solo en las muescas de sus rostros. Cada vez que había un linchamiento, ya fuese de un alma solitaria o en masa, el pueblo entero se reunía para presenciar el evento; traían a toda la familia; incluyendo a los niños; hacían barbacoas, bebían romo, cantaban, bailaban el día entero, los enamorados se juraban amor eterno al compás del bullicio de una multitud sedienta de sangre y de muerte; el cura los casaba frente al cadalso mientras los cuerpos colgaban amarrados por el cuello, al mismo tiempo en que otros fornicaban en callejones oscuros.

— ¿Tu maestra de idiomas en el Colegio Sagrado Corazón, nunca te relató esas historias?

— «Miss. Newark» me hablaba de la historia de su país, y la verdad es que a mí me fascinaban esas aventuras, pero nunca se refirió a tales episodios; sus relatos estaban relacionados a hechos «gloriosos» asociados con la guerra, con hazañas de hombres que tenían bolas de acero defendiendo la fe, la bandera y la libertad.

—Yo conozco algo de la historia y la cultura de toda esa gente. Ellos creían que todas las personas fuera de su raza carecían de alma, y si acaso tenían algo por dentro, eso debía de ser el alma de las vacas; por tal motivo miraban a los esclavos como si hubieran sido el ganado, los podían vender, intercambiar o matar sin ningún tipo de remordimiento, así como tú mata las cucarachas en la cocina de tu casa. Todavía hoy se les puede oír ostentando esa misma sabiduría y superioridad moral, se les ha escuchado a dignatarios del gobierno, refiriéndose al ministro principal de algún país que les lleva la contraria: «Yo lo tuve frente a frente, hablé con él mirándole a los ojos y no pude ver que tuvieras un alma». Por eso los esclavos no debían ser tratados como seres humanos, y mucho menos permitirles que fuesen ciudadanos del país; cuando hablaron de que todos los hombres fueron creados iguales, conversaban consigo mismos y no con el resto de la gente. Para ser considerado un ser humano y un ciudadano la persona debía tener un buen carácter — ¿te lo puedes imaginar? —, poseer muchas tierras o cualquier otro tipo de bienes; pero, lo más importante, y por encima de todo eso, la persona debia ser la imagen viviente del creador; no se callaban con el tema en sus discursos políticos, y en cualquiera otra reunión de carácter oficial: «Dios es un anciano bonachón con los ojos azules, las mejillas rosadas, los labios parecidos a una rosa roja, con los cabellos de un blanco tan puro como el algodón, lo cual podemos ver en la belleza de su hijo a quien frecuentemente se le oía decir: «El que me ve a mí, ya vio al Padre».

MUERTE DEL MAYOR

Al poco tiempo de su dieciocho cumpleaños, un sábado a las cuatro de la tarde, a doña Altagracia le pareció extraño que no había pedido permiso para salir de casa. La señora estaba en la cocina tomando café, cuando recordó que la Tula y Mariana se pasaron la semana entrando y saliendo de la casa, envueltas en un misterio que a ella le dio mala espina en cuanto las vio llegar el primer día; durante la fiesta del año nuevo la semana pasada, celebrada en la casa de su hermana, Migdalia, se pasaron la mayoría del tiempo en los rincones cuchicheando en secreto, guardaban silencio en cuanto algún extraño se les acercaba y no buscaron ser el centro de atención. Durante la semana permaneció en su habitación — estabas en vacaciones navideñas —, la señora llegó a pensar que a lo mejor estaba enferma y a cada rato le preguntaba: «¿Tú te sientes bien, mi amor?». Le ponía la palma de la mano en la frente para verificar si tenía fiebre, le preparaba te de canela con limón, le cocinaba sopitas de pollo con fideo y hasta llegó a pensar que a lo mejor estaba encinta. Vigilaba todo lo que bebía y comía temerosa de que se pudiera envenenar con alguna de las tisanas, que las mujeres utilizaban con la intención de abortar los embarazos. Ese mismo sábado por la mañana concertó una cita con el doctor para el lunes, la cual incluía una entrevista con el ginecólogo. Estaba ensimismada en sus pensamientos cuando llegó una sobrina — se veía inquieta y azorada —, quien le traía una noticia insólita enredada entre los dientes. Después de que le coló café, ya un poco más calmada, la sobrina le preguntó:

— Tía, ¿usted oyó la noticia, de los dos militares que se dieron unos tiros por culpa de una mujer?

— ¡Imagínate, como si ella fuera la única en el mundo! Eso pasa con los hombres, cuando los valores de sus vidas los tienen enredados entre un grano y el otro.

—La capital está vuelta loca y llena de una enorme sorpresa, ¿qué les vamos a decir a los niños ahora?

— Yo no creo que sea necesario tratar un tema tan delicado con los niños, primero porque no lo van a comprender y no creo que les importe ni una sola cucaracha; no es una buena idea inyectarles miedos, prejuicios y pendejadas que azotan a los llamados adultos, van a pasar mucho trabajo si algún día intentan limpiarse de tantas zanganadas.

— Yo lo digo, porque los militares han sido todo el tiempo un ejemplo y un caudal de buenas influencias para los niños, es la razón por la que los padres de familia envían sus hijos a estudiar en academias militares. Hace poco, dijo el Generalísimo extranjero en su informe anual dirigido al congreso lo siguiente: «Nuestro país pudiera ser aún más excepcional y pudiéramos ser un ejemplo más brillante para el mundo, si cada ciudadano fuera como estos distinguidos caballeros aquí a mi mano izquierda». Las personas señaladas pertenecían a la plana mayor de las armas, y si hubieran apagado las luces de la enorme sala, me parece que no hubieras quedado en tinieblas; era demasiado intenso el brillo del honor, el deber y el orgullo militar reflejados en sus uniformes, en sus medallas y en sus estrellas; usted ve como aquí le sacan brillo al uniforme y filos al pantalón, usando almidón y una plancha caliente para mostrar el orgullo militar, por allá el orgullo es más intenso debido a todo ese postín que se le ves al país... ¡No se ría! Fue a usted a quien la Muñeca salió tan risueña, con ella no se puede hablar seriamente de nada.

— Es que me trajiste a la memoria, el pito ese que vienen tocando a partir de los albores de su formación hace más de doscientos años; se imaginan circulando el paraíso en un caballo blanco alado, con un encargo divino para deshacer los agravios del mal ¿Tú sabes a quién se me parecen?

— No tengo ideas, tía.

— Se asemejan mucho al «Caballero de la Mancha». Piensa en el susto que se van a dar, si un día se despiertan y se dan cuentas que se les queman los pelos del culo, que su potro mágico imaginario es un murciélago del tamaño de un camello, y que les dan vueltas a los hornos del infierno en bajo vuelo. Por si tú no lo sabías, el personaje del discurso no es un generalísimo, eso por allá no se usa: él es el presidente del país.

— ¡Es lo mismo, tía! Su cargo es el jefe de todas las armas ¿No es esa la definición de la palabra? La diferencia es que por allá eligen uno cada cuatro años, mientras los de por aquí se nombran a sí mismos jefes vitalicios, y se disfrazan de payasos con bicornios emplumados; a mí no hay quien me diga, que la elección de un generalísimo cada cuatro años no le sirvió de inspiración al profesor para su tesis: «Dictadura con el visto bueno del pueblo».

— ¿Y cuál fue la causa de tu pregunta cuando llegaste, de tu asombro por la preocupación de la capital? ¿No es mejor que los guardias se maten entre sí por cualquier motivo que a ellos les dé la gana, y no que viren sus cañones en contra del pueblo? Podemos perder la vida, la libertad de la que no tenemos mucha o las pocas pertenencias que nos quedan, tales como una plancha o la tabla de planchar.

— El problema es que los militares tenían sus mujeres y sus hijos esperando en sus hogares, la gente les perdona todo excepto que nos cojan de relajo. Pueden llevar a cabo los agravios más inverosímiles, los mayores crímenes contra todo lo que tiene vida y respira, y en vez de tomárselos en cuenta les otorgan todo tipo de reconocimiento; reciben medallas de oro y el honor de los congresos, y hasta los altos premios de la paz son otorgados a los matones más sanguinarios; pero, que no se atrevan a ofender el honor de una dama porque ahí mismo desgracian sus vidas, sus carreras militares o políticas y pierden el respeto de la sociedad. Hasta la mafia observa la misma dignidad, moral y respeto si es que le vamos a creer a

Hollywood. Una de sus reglas dice, que no se debe confiar en un hombre que le sea infiel a su esposa. Hace poco un general extranjero a quien ya no le cabía una estrella más en los hombros, ni una sola medalla más de oro en el pecho, y muy probable en el cementerio no cabía ni un solo muerto más por culpa suya; una noche tuvo un desliz que no me parece le haya durado más de un minuto, y al día siguiente perdió todas sus estrellas, sus medallas, su honor y su carrera ¿Ahora comprende usted la preocupación de la capital? La verdad es que, no es para menos.

— ¿Fue por todo eso que tu llegaste azorada? ¿Y a ti qué te importa? El demonio se los puede llevar a todos enredados en las pezuñas, y a mí no me importa ni un solo carijo.

— No es por eso únicamente, sino por algo de más envergadura que yo no le quería decir; pero usted lo tienes que saber para estar prevenida, no sea que la mujer del muerto venga y le haga un escándalo aquí mismo en su propia casa; anda en busca de la mujer por la que su marido perdió la vida, tarde que temprano la vas a encontrar, y yo no quiero que la vengas a pescar desprevenida.

— Mira que tu sale con cada disparate, que yo no puedo hacer otra cosa que no sea

168

reírme ¿Qué yo tengo que ver con eso? Yo no conocí ninguno de tales energúmenos.

— ¡No, tía, no es usted! ¡La mujer del problema es... la Muñeca!
El semblante de la tía ensombreció — algo extraño en su espíritu jocoso:

— ¿Cual Muñeca? ¡No será mi Muñeca!

— ¡Si, tía, esa misma: muestra Muñeca! — se lo dijo en el tono más grave que le fue posible mostrar —; claro, no hay ninguna prueba que no sea circunstancial, ya usted sabe cómo son las malas lenguas.

— Dime cuál de las culebras del barrio salió con la idea, que yo ahora mismo voy y le mocho la lengua.

— Yo no quiero decir que haya sucedido algo malo — como ya le dije —, pero le han visto en la casa de una compañera en el colegio, entrar y salir de un coche de color negro con placa oficial, escoltado por dos jeeps militares. También se cuenta, que se veía con el otro en la casa de otra compañera de clase.

— Yo conozco el auto ese con placa oficial, lo he visto algunas veces cuando lleva y trae a la hermana de Belkis a la escuela. Esta muchacha es coquetísima, más aún no creo que sea tan vivaracha para envolverse con dos viejos verdes a un mismo tiempo, usualmente sale corriendo si la toman en serio después de haberlos provocado. Ya se lo dije: «Con las bolas de los hombres no se juega, llevan el honor incrustado en el forro de sus bolsas, pueden hacerte pasar un susto si piensan que les has ofendido su amor propio». Vamos al cuarto de Muñeca para ver qué hay de verdad en todo ese rebú ¡Me vas a tener que decir la verdad, ya tú lo vas a ver!

La doña tomó la escoba de un rincón en la cocina, en ese momento la sobrina le dijo:

— Tía, esto no se arregla con el palo de una escoba, no tenemos pruebas de nada, no hay que precipitarse y tomar las cosas a la ligera.

Algo de cierto había en todo ese lio, la señora recordó la visita de la Tula y Mariana la semana pasada:

— ¿Muñeca está en casa? — le preguntó la Tula cuando llegó.
— Está en su habitación — respondió la señora.

Sin que la doña hubiera terminado la oración, de inmediato se dirigieron como un celaje hacia el cuarto de la joven, cuando llegaron Mariana le dijo a manera de saludo

— ¡Tu está muy campante como si nada estuviera sucediendo, el mundo se puede caer y a ti no te importa!

— ¡Oh! ¿Yo fui quien lo hizo? — observó la muchacha — Y baja la voz, abuela se pone a escuchar detrás de la puerta.

— El primer teniente Mario Manuel Sosa mató el sábado al mayor de la Cruz, todos andan diciendo que fue por culpa tuya — dijo la Tula.

Ella no se inmutó:

— Yo no fui quien le dijo que lo matara, no tengo nada que ver con eso.

— ¡Ah, entonces tú los conociste! — Dijo Mariana —: «Cuando el rio suena, es porque viene cargado».

— ¡Si, yo los conozco! ¿Y qué? Conocer a la gente no es un pecado.

— ¿Y tú no tuviste que ver nada con ninguno de los dos? — preguntó Mariana esta vez.

— ¿Nada que ver de qué?, tienes que hablar claro de modo que nos podamos entender.

La Tula intervino de nuevo:

— Ella lo que te quiere decir es que, si tú no tuviste alguna relación amorosa con ellos y si no les proporcionaste alguna esperanza ¡No te hagas la pendeja, tú sabes bien lo que te quiso decir!

— ¿Darle yo a esos viejos una esperanza? ¡Por dios! ¿Tu está borracha? Si así hubiera sido, tampoco tengo nada que ver con sus tragedias. Ellos me guiñaban el ojo cada vez que me veían, me regalaban flores, cajas de chocolates, jabones finos y perfumes, pero eso no me hace culpable de sus tragedias.

— ¿Ah, tu ve? ¡Ahí está el problema! — dijo la Tula — Tu no le puedes aceptar regalos a ningún hombre si no te interesa, eso no es un regalo sino una inversión que algún día te piensan cobrar. Desde que tú les acepta un regalo se creen con derechos, y si te ven con otro ahí mismo te forman el peo del burro ¿Tú está loca?

— ¡Espérate un momento! No he dicho que yo les aceptara sus regalos.

— Tú no entiendes bien, el tamaño del problema en que te pudiste meter— dijo Mariana —, usualmente la mujer es quien coge los tiros en una situación similar ¡A ti te cuida un santo, déjame decirte!

— Tampoco me parece que se deben preocupar por lo que se imaginan pudo haber sucedido, yo no le veo lógica.

Doña Altagracia la sometió a un interrogatorio similar, obteniendo como resultado las mismas evasivas; sin embargo, ella era más difícil de convencer que sus dos amigas: «Mañana temprano te me vas para el Cibao hasta que yo descubra la verdad, si es que no te quieres confesar conmigo ahora mismos» — le amenazó la señora —. Muñeca se inquietó, a todos sus planes de inmediato vio arder en puras llamaradas. Esa noche no durmió, se la pasó con la idea de que la doña la ibas a regresar a Los Cambrones a vivir con su abuela, el pequeño villorrio que la vio nacer: «El hijo de doña María, la nieta de doña Chacha —

se puso a pensar —, me dice que si yo se lo doy me vas a llevar a vivir con él al Extranjero; pero yo no soy pendeja, yo no le voy a dar nada mientras no pise tierra firme fuera de aquí; no voy a vivir con él más de dos años, y tampoco le voy a parir ni un solo hijo; eso fue lo que hizo Ramona — la biznieta de doña Fifí — y mira lo bien que le fue, yo no me voy a desgraciar mi vida por los pedos que otra gente se tira». Todo el embrollo con los militares comenzó unos meses a atrás, una tarde en que Isabelo de la Cruz — mayor de la Fuerza Aérea — salía del club «Caprichos de Hombre». Miró al cruzar la calle, se quitó las gafas de piloto y le dijo a su chofer:

— Sargento, mire la faldita rosada y la media blusa de color blanco de la muñeca en la otra calzada, no ha dejado nada en manos de la imaginación; apuesto a que la modista se quedó sin material y por eso el ajuar le quedó tan corto ¿A quién pertenece? Usted conoce a la gente del barrio mejor que yo, creo que tuvo unos amores por aquí; no le dé pena, yo no se lo voy a decir a su mujer, aunque sea mi hermana.

— Esos amores fueron cuando yo estuve soltero, hoy no significan nada para mí.

— No se disculpe, ya le dije que no se lo voy a decir a Nina.

— Precisamente, a esa flor que usted ves ahí le dicen Muñeca, es prima de la dueña del club y no tiene a nadie hasta donde se pueda conocer, pero solo cuenta con dieciocho años. No hay que pasar mucho trabajo para ser su amigo, ella es simpática, amigable y se ríe con todos por cualquier cosa; esa es una cualidad en casi todas las mujeres de su familia, ya usted lo puede ver con la dueña del club. Tome una respiración profunda, le voy a decir cuál pudiera ser la virtud más importante que hay en ella, lo cual es la comidilla entre todos los hombres en el barrio: las mujeres de su familia, por encima de ser unas mujeres encantadoras, se dice que son estrechas y tienen cocomordan.

— No sé si usted se ha dado cuenta, obsérvela bien como camina: ya está «sajada».

— Eso viene diciendo la gente después de su décimo sexto cumpleaños, le vieron los cambios que se cuenta sufren las niñas luego de ser pinchadas: subió de peso, se le ancharon las caderas, le crecieron y se le afloraron los pechos.

— ¿Quién habrá sido ese fatal? Mi esperanza es que por lo menos haya sabido aprovecharla, sería una lástima que haya sido «cortada» por uno de los niños del barrio, que todavía no saben ni siquiera lavarse los dientes ¿Y esa recua de niños, son suyos?

— Son primos y amigos de la familia, se dirigen a comer helados al colmado de don Pedro dos calles más arriba; la puede venir a ver sábados y domingos, los días en los cuales ejecuta ese ritual a las cinco de la tarde.

— Hay que adelantarse a los mequetrefes de su edad que viven aquí — dijo el mayor —, no van a saber cómo es que se maneja semejante mujer, y antes de que les puedan hacer un daño irreparable: la pueden poner a cocinar, a lavar, a planchar y luego abandonarla con dos o tres niños en los brazos. La podemos añoñar y terminarla de criar, lo cual sería un acto de caridad ¿Cómo la podemos amansar? ¿Le mandamos flores, cajas de chocolate, golosinas y perfumes? Será un placer enorme poder amansar a esa yegua, tenemos que buscar una persona de confianza que nos ponga en contacto con ella: ¡Estoy enamorado!

—Su abuela no quiere que siquiera camine por la misma cuneta del club, más ella ingresa de vez en cuando los domingos a través del patio cada vez que sirven su desayuno favorito: chicharon con yuca, con plátanos sancochados o casabe, y chocolate caliente preparado con leche de vaca; eso ha hecho que la gente diga, que su virgo fue vendido a los dieciséis a uno de los clientes pudientes del club.

—Eso me tranquiliza, quiere decir que hay esperanza, y que por lo menos quedó en manos de la experiencia ¿Y por qué usted conoce tan bien a esa muñeca y su familia?

—Ella es compañera de clase de la hija del vecino de una de mis hermanas, por dos de mis sobrinas he logrado enterarme de algunos secretos. Le voy a dar otra noticia que puede fortalecer su esperanza, y poner en su corazón mucha más alegría: le gustan los hombres maduros y los uniformes militares con muchas medallas, pero cuídese mucho de su abuela: ella dice que todas esas medallas, no son más que lápidas en el pecho de los militares.

Poco tiempo después, un domingo por la mañana como a eso de las nueve, el militar se presentó de sorpresa en el club en combinación con una compinche, era una de las pocas personas de confianza que podían llegar sin avisar, y uno de los protectores de la dueña del club; le llevó una caja llena de queso extranjero, mantequilla, jamón y leche en polvo entre otros productos provenientes de la «Fonda»; eso era un departamento en la base militar que administraba unos suplementos, enviados por los señores del norte para el uso de los pobres del país; sin embargo, no era un secreto de acuerdo con las malas lenguas, que la gente pobre no veía tales golosinas, los únicos beneficiarios eran los militares de alto rango, sus familias y las personas más allegadas. A la casa de un vecino de Mariana — una de las amigas de Muñeca —, quien era el padre de dos oficiales en la base aérea, llegaban esos productos por cajas que don Alcibíades vendía en el barrio; la familia de Mariana era comunista y no se los aceptaban al señor ni de regalo, su padre decía que las ayudas externas del imperio al país eran para mantener contentos a los militares y fieles al régimen.

— Buenos días reinas y princesas — dijo el oficial cuando entró a la cocina del club — ¿Quién es esta flor tan bella y a donde la tenías escondida? ¡Te la compro!

— ¿A cuál flor usted se refiere, mayor? la cocina parece un jardín florido — dijo la dueña del sitio.

— Con todo mi respeto para las demás — no se les puede negar que son bellas —, me refiero a la princesa del cabello colorado con los ojos como dos esmeraldas.
Muñeca ignoró al oficial como si no hubiera entendido nada, una de las chicas en su mano izquierda la pinchó en el hombro con el índice de su mano derecha:

— ¡Muévete, mujer! La batahola del general es contigo.

— ¡Oh! ¿De veras que sí? No me había dado cuantas de que todo ese jaleo es por mí; pero eso no importa, porque la flor que tú ves aquí no está en venta ni se alquila.

— ¡Perdóneme, señorita! — dijo el militar — No tuve la intención de ofenderle. Demás está decirlo, una princesa como usted no tiene precio y no puede comprarse con dinero, no fue al oro ni a la plata que yo me réferi; su precio se puede sufragar únicamente con ese tipo de amor que proviene de un corazón bondadoso, enamorado y lleno de amor por usted.

Muñeca ni siquiera lo miró, seguía con la vista fija en su prima Oropel en el otro extremo de la mesa. Se levantó de la silla — había puesto fin a su desayuno —, se bebió un vaso de agua fría, le dio un beso a la prima en la mejilla, luego se marchó limpiándose los dientes ignorando por completo al mayor. El oficial le mandaba flores, cajas de chocolates y perfumes, los cuales ella dejaba en manos de la cómplice, a su casa no los podía llevar mucho menos si venían de las manos de un militar. Tanto insistió el mayor hasta que la joven le dio una cita, una tarde la mandó a buscar a la casa de una prima de la secuaz en un coche negro de chapa oficial, escoltado por dos jeeps militares con dos guardias en cada uno, portando un tipo metralletas que usaban los militares de la base.

—Ahí te viene a buscar una caravana militar— dijo Lisa cuando vio la comitiva.

— ¿A quién, a mí? ¿Está segura? — dijo Muñeca haciéndose la boba.

El mayor la esperaba en las afueras de la ciudad frente a café luciendo el uniforme, sus medallas, su quepis y su porte militar; ya dentro del salón en establecimiento, se fueron a sentar uno frente al otro en una pequeña mesa redonda para dos, en una esquina oscura que había reservado el mayor. Era una tarde fresca y nublada, algunas gotas de lluvia iban y venían por momentos, juguetonas, caprichosas y provocativas; ella recorrió la orilla de la copa de vino con la punta de su lengua, humedeció de vino sus carnosos labios al tiempo que lo envolvía en una mirada llena de picardía:

— ¿Qué mira? — le preguntó.

— Estaba pensando en el cielo.

— Y... ¿Qué cosa es el cielo, acaso lo conoces o has estado allí?
Él, acordándose de Becker, le respondió:

— «¿Y tú me lo preguntas? ¡El cielo eres tú!». El cielo es la lluvia cayendo ahí afuera mientras me duermo en tus brazos, es el son melodioso de los besos de tu boca y el sabor de tus labios sazonados con el vino de tu copa; estoy seguro de que tus labios deben ser la fuente de la inmortalidad, deben de tener el sabor de la gloria.

El militar pensó al instante al tiempo que la miraba fijamente a los ojos, en busca de una reacción: «¡Coño, carajo, cabo de meter la pata! ¡Ojalá que no se dé cuenta!». Ella lo seguía mirando sin dejar de sonreír, tomó un sorbo de la copa de vino, se pasó la lengua por los labios y le hizo una segunda pregunta:

— ¿A cuál gloria usted se refiere, general? ¿A su mujer?

— ¡No, mami, no! ¿Cómo se te ocurre, mi reina? ¡Yo Me referí a la gloria de nuestro Señor Jesucristo! Yo no sé si este amor es pecado, eres tan joven y hermosa; pero, aunque mañana yo amanezca en el infierno, yo quiero que seas mi mujer esta noche, desde que te vi aquella mañana en la cocina del club no me ha sido posible dejar de pensar en ti.

— Los pecados son cosas de imaginaciones flojas — se lo había oído a la tía Mila.

— Qué bueno es oírlo caer de tus labios, es la única opinión que me importa; yo jamás voy a querer a otra mujer, quiero ser tuyo y que tu seas mía para siempre.

— Eso no existe, general... Quiero decir: «Para siempre»
Él no se preocupaba por aclarar, las diferencias que había entre los rangos militares.

— Si no existe, yo lo invento por ti ¿Para qué tú piensa que son estas medallas en mi uniforme? Han sido ganadas con mucho sacrificio realizando lo imposible, para lograr lo que no pueden alcanzar los mortales en este mundo. Hasta el cielo yo lo bajo a la tierra por ti, amor mío.

— Esta noche no puede ser lo que usted quiere, general; mi abuela me vas a ir a buscar a donde mi amiga cuando el reloj comience a rayar las ocho de la noche, ella es precisa cuando se trata de seguirme los pasos, no me deja montar mi Vespa roja por la noche. Esto que usted ves aquí tiene mucho fuego, algo a la carrera no tendría sentido alguno, la paciencia es uno de los atributos que yo admiro en los hombres ¿Es usted paciente, general? Eso es importante a la hora de la verdad, de lo contrario se puede volcar antes de tiempo y ahí mismo se nos puede aguar el majarete.

— Si tú me da una esperanza, yo te puedo esperar cien años si así tú me lo pides.
El oficial pareció no comprender lo que le quiso decir, y a ella no le pasó desapercibida su ingenuidad, la siguiente semana le dijo a la cómplice:

— ¿Te imaginas? ¡Es un general!

— No lo culpe — dijo Lisa —; los hombres, así sea el más fiero y el más inteligente, pierden la cabeza y embobecen cuando están enamorados: no ven, no escuchan ni entienden nada, y de inmediato comienzan a pensar con la otra cabeza.

Su abuela llegó a buscarla media hora después de que la caravana militar la dejara en la casa de su amiga, para ella la muchacha estaba en el malecón paseando con Lurdes y luego irían al cine; tenían la misma edad, Lurdes le cubría todas las travesuras que a ella se les podían ocurrir, todo hacía indicar que seguiría los pasos de su hermana; Belkis tenía varios amigos que le ayudaban con los problemas de la vida, incluyendo un primo del mayor de la Cruz con el rango de capitán; a penas le dio tiempo a maquillarse y de cepillarse los dientes, para matar con eso el olor del cigarrillo y del vino. Ya en el auto, la doña le dijo en tono de malos amigos.

— ¡No me digas que fumas!

— ¡Mamabuela! ¿De dónde saca eso de que yo fumo?

— ¡Hiedes a cigarrillo! — Se inclinó y le olió el vestido — ¡Ay si, fo!, tienes un mal olor insoportable a tabaco ¡No me lo niegues, tú estabas fumando!

La joven pensó que debió de tomar en cuenta en ese detalle, debió de rosearse un poco de perfume.

— ¡No, mamabuela, te digo que no! Debes de habérseme pegado en la ropa en el cine, ahí todo el mundo fuma.

— Desde que llegues a la casa te quita ese vestido y lo metes en la bañera con agua y cloro, de lo contrario me paso la semana con un dolor de cabeza que no soporto.

Ella continuó jugando a las escondidas con el mayor por espacio de dos meses, cada vez que podía envolver a su abuela en un cuento nuevo; el oficial no estaba conforme con esos polvos de gallo, muchas veces a penas le podía levantar la falda en el Chevrolet con placa oficial, mientras un guarda espalda vigilaba en un vehículo militar a corta distancia. Una noche le dijo sentados en el Chevrolet negro: «¡Esto no puede seguir así, mi amor! Yo deseo tener mucho más de las migajas de amor que tú me da. Te voy a comprar una casa en

San Pedro para que seas mi mujer; yo te permito que sigas estudiando, te asignar un chofer para que te lleve a la escuela y te regrese a la casa, también te puedo fijar un guarda espalda para que te cuide.

El Primer teniente de la Policía Nacional, Mario Manuel Sosa — Momo —, tío de la hermana de otra compañera de clase le hizo una proposición similar, en esta ocasión se la quería llevar a Santiago. Las hermanas eran las maipiolas del tío. La primera vez que se quedaron solos por unos minutos en la sala de la casa de su amiga, el teniente logró acordarla en un rincón, inventó besarla por la fuerza y ella no se resistió, él tenía la costumbre de tomar por la fuerza lo que deseaba sin pedirlo. Si ella tomaba una decisión, hubiera escogido al primer teniente de cuarenta y dos años: era un mejor tipo, el mayor era un señor barrigón tres años mayor. Tenía algunos enamorados de su misma edad, pero ella era mentalmente más avanzada o libertina que todas sus amigas. Sin embargo, no le agradaron las propuestas de los oficiales, había llegado a la conclusión de que no había nacido para un tipo de relación así — eso era una cárcel —, por lo menos deseaba experimentar con varios hombres antes de cometer semejante «locura»; tampoco se sintió a gusto con otro detalle, lo cual le causó mucha sorpresa, no se parecían a su primer novio en nada. Una tarde consultó el tema con la japonesa, una joven de veintidós años que bailaba en el espectáculo del club de la prima Oropel; era colombiana, pero le decían la «japonesa» dado a sus facciones orientales. Su papá era colombiano, pero su mama era japonesa: «A la mayoría de los hombres, no importa cuantas medallas y estrellas tenga su traje militar — dijo la joven —, aunque tú le vea el cuerpazo que tiene Superman, a despecho de sus títulos académicos, a pesar todo el oro y la plata que puedan tener, no te sorprenda si tú les ve un pipi de juguete o si se le salen los orines antes de tiempo. Casi todos se mean prematuramente, cuando se trata de una hembra y una cama. Poco tiempo después un sábado por la tarde, metidos en tragos, el primer teniente sostuvo una discusión con el mayor de la Cruz en el patio de un bar que había en la Paraguay:

— Mayor, acompáñeme al patio que necesito conversar un asunto con usted — dijo el primer teniente.

Cuando llegaron a su destino, el mayor le preguntó al tiempo en que posaba su mano derecha en su pistola:

— ¿Qué se le ofrece, teniente?

— Me acaban de comentar hace unos días, que tiene usted unos amadores escondidos por ahí con una muñeca, yo le quiero advertir ya ella tiene su dueño.

— ¡Déjeme ver si lo adivino! ¿Ese dueño es usted? Yo aún no he visto que tengas un título de propiedad en ninguna parte de su cuerpo ¿Y por qué mejor no dejamos que sea ella quien tome la decisión, que se la gane quien tenga más saliva y pueda comer más casabe?

— Ya se lo advertí, mayor: ¡Déjela tranquila, por su bien!

— Usted querrás decir por el bien de la muchacha ¿Quién decide lo que a ella mejor le conviene, usted?

— Pues, aunque le cueste creerlo, ya le dije que yo soy el dueño.

— ¡Míreme, teniente! Ya usted está borracho, ¿por qué no se va para su casa y duerme un par de sueños, en vez de comportarse como un mojigato y hacer el ridículo? Podemos reanudar la conversación otro día, cuando el jumo se le pase.

Dos disparos estallaron casi al unisonó; el mayor estaba muerto cuando los guardaespaldas llegaron al oír los tiros, el plomo le atravesó el corazón, el primer teniente respiraba con dificultad con su pistola 45 en la mano derecha; a ninguno de los guardaespaldas les cupo la menor duda que la pelea fue por causa de una mujer, los habían escuchado argumentar acaloradamente. La experiencia dejó a Muñeca pensativa, creyó que su destino sería el de aquellas mujeres que les traen mala suerte a los hombres, a quienes los maridos se les mueren y al final acaban solas. Su primer novio se mató en el pueblo a donde nació, bajaba la «Zanja del Diablo» a las tres de la mañana con unos amigos en una camioneta después de una noche de parranda. Su segundo macho, ahora se moría de una manera trágica.

DUDAS

Doña Altracia no la desterró al Cibao, el castigo consistió en no salir de la casa durante un mes; las amigas no la podían visitar — incluyendo la Tula y Mariana —, tampoco la dejaban conversar con nadie por teléfono excepto con la tía Mila. Sin embargo, ella se comunicaba por teléfono con todas sus amigas cuando su abuela se iba de compras, o si estaba jugando bingo en la iglesia, mientras la sirvienta vigilaba su regreso a través de las ventanas. Cuando le fue levantado el castigo podía salir, aunque solo a visitar a la tía quien era su paño de lágrimas y le alcahueteaba todos sus caprichos; hasta la llevó al club «Caprichos de hombre» al cumplir los diecisiete, para que observara desde un escondite el espectáculo de las mujeres bailando en el tubo. Llamó a la señora en cuanto recibió la noticia:

— ¿Qué tú haces?

— Estoy leyendo un libro.

— ¿A ti no te duele la cabeza de tanto leer? A mí me zumba después de un rato leyendo.

— A mí no, por el contrario: es un alivio para todos los dolores de cabeza. Y tú, ¿qué haces?

— Aburrirme, ¿qué más puedo hacer?

— ¡Ponte a leer un libro! La lectura estimula tu imaginación, puede ver salidas que se te harían oscuras con la mente cerrada, es un antídoto para el aburrimiento y un remanso para las penas. Los libros pueden ser tus mejores amigos, puedes conocer a muchas personas nuevas, y visitar lugares exóticos en los que no has estado nunca.

— ¿No te dije que me duele mucho la cabeza, si paso mucho tiempo leyendo?

— Eso no es un problema, puedes leer de rato en rato.

— Mamabuela me dijo que ya puedo salir, tenemos que hablar; le voy a decir que me lleves a tu casa por la tarde, así conversamos mientras ella juega bingo en la iglesia.

— Te voy a esperar, llámame cuando esté a punto de salir para preparar el té.

Cuando llegó a la casa de la tía le dijo a manera de saludo, al tiempo que le daba un beso y un abrazo:

— ¡Tienes que ayudarme, ahora yo no sé qué hacer!

— ¡Caramba, por fin apareció la que se había perdido por ahí!

— Tú sabes que no me dejaban salir, vine a verte de inmediato que me levantaron las sanciones; tuve mucha suerte, mamabuela quería desterrarme al Cibao.

— Te lo agradezco mucho, un poco más y no me hubieras encontrado, esta pobre vieja está en los últimos días que le quedan a su vida.

— No me lo digas porque me pone triste, ya vas a ver que tú vas a vivir para siempre.

— Eso no es necesario ni yo lo deseo, yo no quiero vivir todo el tiempo en un cuerpo viejo, feo y achacoso; la vida cuenta con un sistema que a mí me parece una maravilla: el alma se va cuando el carro viejo ya no le sirve, y se busca uno con mejores oportunidades; lo que me preocupa son los brazos en los que pueda yo caer cuando vuelva, las experiencias que viví no las quiero repetir, sufrí mucho para liberarme de muchas pendejadas que me inyectaron en la cabeza. Volver es una maravilla, también es un peligro del carajo por lo que te acabo de comentar: nunca se sabe, si es que no tiene clara tus lecciones y aún no ha despertado espiritualmente.

— ¡Tú y tus cosas! Yo no me quiero ir así tenga cien años, voy a exprimir todo lo que la vida tiene para mi hasta la última gota.

— Yo tampoco me quiero ir, pero eso no quiere decir que me voy a lamentar por algo tan inevitable y necesario como es la muerte; cada vida es un curso de aprendizaje diferente para la personalidad del alma, si no te mueres y luego recapacita no puedes avanzar hacia el próximo nivel. Si vives para siempre, perpetúas tus prejuicios. Tienes que morir, volver, olvidar, desarrollar una personalidad diferente con nuevas perspectivas y nuevos contactos, la gente no cambia de nivel aun en mil años que viva en un solo cuerpo. La mente se abre cuando se libera del cuerpo, todo lo ve con más claridad, puede juzgar mejor su pasado y planificar para el futuro. Tu alma tiene un futuro, todo lo demás es irrelevante. Claro, a lo mejor la ciencia descubre un sistema que acelere la evolución integral de la especie. Vas a ver que muchos parecen genios y hablan como genios; pero un día dicen o hacen algo, con lo cual revelan su verdadera personalidad. Usualmente vemos el tipo de alimaña que son en su interior. Pero ¿de qué te preocupa esta vez? Creí que habíamos puesto en su sitio por teléfono a viejos verdes, y a oficiales castrenses pendejos que andan fisgando menores ¿Y a las culebras con lenguas venenosas? Dijimos que se las mocharemos con una tijera y se las vamos a echar a los perros, aunque son tan malas que hasta las razas caninas las van a desechar. Ya no tienes de qué preocuparte.

— A mí toda esa gente no me importa, mi problema es otro.

— Antes de continuar, quiero decirte algo que ya hemos comentado. Todo el embrollo con los oficiales debe ser para ti una lección — yo espero que no la olvides —; aunque tu no haya sido la protagonista en ese drama, te corrobora lo que yo te vengo diciendo desde que tú eras niña; es una perogrullada, un cliché, pero casi a todo el mundo se le olvida: «Todo lo que brilla por fuera no es oro por dentro, y nunca te dejes convencer por las apariencias». «Muchos son como los buitres — decía una persona que ahora no recuerdo —; por más elevados que sea su vuelo, sus miradas siguen fijas en los cementerios buscando atiborrar sus buches con desperdicios y lombrices».

— Hemos conversado acerca de lo mismo muchas veces, una tiene que vivirlo para poderlo entender.

— Ahora que ya compusimos a ese mundo que no vale nada, cuéntame cuál es tu inquietud en esta ocasión.

— El caso es que a Mamabuela se le ha metido en la cabeza que yo debo irme a estudiar al Extranjero, después de que nunca me dejó ir ni siquiera de paseo; le han dicho que Momo juró matar cuando salga de la cárcel a la mujer de la disputa, no me cree cuando le digo que yo no puse ni una sola vela en el entierro ese; ya tengo cita en el consulado la próxima semana, pero yo no me quiero ir.

— No le hagas caso, eso deben ser cuentos de toda esa gentuza en el barrio, no tienen actividad más importante que no sea estar pendientes de las vidas ajenas; si el primer teniente aprendió sus lecciones de matón en la «Escuela de las Américas», jamás se incriminaría de una manera tan abierta; si te vas a matar... perdón... si vas a matar a la muchacha esa no se atreve a decirlo en público ni de juego.

— ¿Y cómo yo convenzo a mamabuela? ¡Habla tú con ella, que a lo mejor a ti te hace caso!

— Irte a vivir con tu tía Pocha fue siempre tu sueño.

— ¿Ya no te acuerda que yo cambié de opinión? Yo creo que no me voy a sentir bien en el Extranjero, no conozco una familia que no le haya matado más de una persona, ya sea directamente o a través del doctor quien es ahora el sátrapa de turno que le impones al país. Cada persona me da una opinión diferente, unos me hablan maravillas y otros me dicen hasta gato muerto del país ¿Qué hago tía, me voy o no me voy? Yo haría el sacrificio porque deseo ayudar a la Tula, mi abuela del campo y a mis primas, Isabel y Sabela.

La señora se puso a pensar por un momento, parecía estar de buen humor, o quería que la sobrina saliera del país por si las amenazas del primer teniente fueran ciertas, no creía que fuera ella tan inocente del todo en la tragedia de los dos oficiales; sus consejos esta vez fueron contrarios a todo lo que antes le había comentado, acerca de cómo sería su vida en el Extranjero, esta vez utilizó todos los recursos posibles para borrar de su mente la imagen que le había construido acerca del país:

— No creo que debas suspender tu viaje por todos esos cuentos malos que has oído acerca del Extranjero, cada persona te vas a presentar una opinión diferente.

— ¡Tía! ¿Después de todo lo que hemos hablado, ahora tú me sales con esa?

—El país ha cambiado mucho, no el mismo de cuando yo estuve por allí. A mí no me fue muy bien, pero admito que otros han tenido experiencias distintas. Si le preguntas a la hija de quince años de mi vecina, se pasó un mes de vacaciones en el extranjero, te vas a decir que los hombres son los más bellos y corajudos en el mundo entero. A ella le fascinó su amor por las armas de fuego, lo cual toma como símbolo de su denuedo. A los niños, para que vayan desarrollando su hombría, les compran un rifle de juguete al nacer; y a los dieciocho, no les venden tabaco ni licor en las tiendas, pero pueden comprar un rifle de asalto y municione. Casi todos a esa edad quieren ingresar a una u otra organización castrense; quieren invadir a un país, que lo reciban como libertadores y ver como todas las mujeres se mean por ellos; todavía tienen metidas entre las cejas, las imágenes de las mujeres besando a los soldados en desfiles militares a su regreso de la segunda guerra mundial. Hollywood no les ha permitido que olviden. La niña de mi vecina creció viendo películas del Oeste con su padre, su lectura favorita son los cuentos de Marcial la Fuente, y sus héroes son los personajes legendarios de la época según los pintan las películas; las paredes de su habitación están decoradas con las estrellas del cine, quienes representaron a los héroes legendarios del Oeste.

— ¿Y todo eso es verdad? Me refiero a la belleza y al coraje de los hombres en el Extranjero.

— Yo no puedo hablar con sobriedad sobre la belleza de los hombres por allá; primero porque se trata de una cuestión de criterio personal, y porque no son el tipo de hombre que me gusta; yo prefiero que por lo menos tangan un poco de tizne, con los ojos y los cabellos negros. Mi papá quería casarme con Rogelio — el hijo de don Chenco Rozón —, pero a mí Rogelio no me gustaba; me daba mucho asco tan solo de verlo, era un tipo cadavérico de ojos claros con el cabello amarillo; se me daba un parecido a los mocos, y a los gusanos blancos en el jardín de mi casa. Las personas como Rogelio se ponen rojos como un tomate si cogen mucho sol, pero él pasaba todo el día en las tierras de su padre, y cuando regresaba por la tarde a su casa no tenía una sola roncha colorada. Volviendo a la hija de mi vecina; para sus primas que nacieron y estudiaron en el país, ellas lo ven como la monería del mundo; es el único esencial en este mundo y en el otro, es la descendencia de una raza nacida en un jardín perfumado con la gracia divina en el instante mismo de la creación. Mira si es una raza tan excepcional, que con solo doscientos años de vida y menos del cinco por ciento de la población mundial, ya tienen la sabiduría y la moral para decirles al resto del mundo como se deben gobernar, quien deber gobernar en cada país y no importa que sean culturas milenarias. Por encima de todo eso, de acuerdo con las primas de la hija de mi vecina, son los hombres con el «pito» más grande que todos los hombres del mundo; y debe ser verdad, porque, una vez cuando los asesores personales de un presidente lo cuestionaron sobre la viabilidad de una guerra que ya iba por mal camino, se sacó el «aparato», lo tiró encima de la mesa y entonces les dijo: «Por esto, seguimos peleando porque nosotros lo tenemos más grande». Como ya tú lo puedes ver, te vas a ir muy bien en el país, no les haga caso a las malas lenguas.

—Me cuentan que todo el mundo se ha contagiado con su cultura, y que ahora los quieren imitar».

— Tu nada más tienes que ver la televisión y escuchar la radio para corroborar esa verdad. Ya los bailes y los platos criollos no valen nada en ninguna parte, la gente ahora come hamburguesas, perros calientes y bebe Coca Cola. El agua de coco y hielo rayado ya no se ve. Ahora se baila rocanrol y la gente se disfraza con pantalones de vaqueros importados. Aquí en tu país, hasta «Los Reyes Magos» han entrado en la onda; les traen a los niños el día de Reyes pantalones, camisas, botas y sombreros de vaqueros; dos revólveres, un rifle fronterizo del Oeste y una chapa de alguacil".

— También he oído que las mujeres extranjeras no se quedan atrás, al parecer son las más bellas y las más estrechas entre todas las mujeres del mundo".

— También son las más calientes, por eso los hombres las cotizan en todas partes, cualquier muchachita de veinticuatro años se ha tragado a más de media legión del infierno. Por otro lado, sobre lo bragado que son los hombres en el Extranjero, eso no te lo voy a negar; su denuedo es indomable, admirado y al mismo tiempo, temido por todo el mundo: «Por la verdad murió cristo».

— ¡Tía! ¡Ya le viste algo que te agrada! — comentó la joven, sorprendida.

— Cada extranjero es un superhéroe como el invulnerable hombre de acero, más rápido que las balas, capaz de brincar de un solo salto la montaña más alta en todo el país; es el justiciero social del mundo, todo problema lo resuelve con los puños y una fuerza que no es humana. Las mujeres son más poderosas que lo hombres, tambíen les cuelgan un par de bolas de hierro y una verga en el medio de las piernas. Aquella que por aquí no pasa de ser un fleje de noventa libras, allá le patea el trasero al más lindo, al más inteligente y al más fuerte. Su palabra es la ley, son las juezas y jurados de la opinión pública, dudar de su palabra es una transgresión que se paga con un gran bochorno, con cárcel o con dinero. Generales de varias estrellas, políticos y empresarios poderosos han mordido el polvo de la humillación por culpa de una mujer. Todas las virtudes que se les ven a los extranjeros parecen estar en el agua y en el aire, porque, la persona que pasa por el país, aunque sea por la corta escala de un avión de pasajeros, de inmediato se contagia con todas las monerías del país. Te vas a ir bien. Ese tipo de swing que tienes en tu cuerpo al caminar, y que por aquí vuelve locos a los hombres, cuando llegues al Extranjero vas a tomar auges que ahora mismo no te puedes imaginar. Mira como regresó la bisnieta de doña Fifí, con tan solo dos años de vivir en el Extranjero ¡Esa niña regresó transformada!

— Vi que trajo un meneo en las caderas y en las nalgas, el cual nunca se le vio en el barrio.

Pero dime algo, ¿tu absorbiste todos esos poderes extranjeros cuando estuviste por allá?

— ¡Oh, tu bien sabes que hasta loca regresé del tiro!

— ¡Ay, tía! Lo tuyo fue una situación diferente.

— Como te venia diciendo, la osadía de los hombres extranjeros es una de las cualidades que algunos envidian, admiran y al mismo tiempo le temen; a cualquier país que no se le quiere someter, si no le gusta su ideología política, el color de la gente o su religión: le dejan caer encima una bola de fuego, de odio, de furia, de muerte y de sangre. Se podrá decir lo que sea del Extranjero, algunas veces la verdad y otras puras calumnias, lo que no se le puede quitar es que sea un pueblo fuerte de un carácter indomable; fíjate cómo se abrió camino en el yermo a sangre y fuego, la manera en que se formó encima de un subsuelo de cadáveres que debe ser continuamente alimentado, y como dirige los destinos del mundo con puño de hierro; aún se puede sentir a donde quiera que tu llegas en el país un pesado aroma de sangre, de pólvora y de muerte. Sin embargo, para ser justa, es el camino que han seguido todos los pueblos de un carácter fuerte. Los países que no son tan poderosos y que prefieren no pelear, hablan de cooperación mutua, de multipolaridad en el mundo, de negociar en buena fe; construyen vías para el comercio, la paz y la buena convivencia. Por el contrario, como el Extranjero es un pueblo tan fuerte y de tanto carácter, mira todo eso como puras ñoñerías que se pasa por el ano, piensa que hablar demasiado interfiere con las acciones del hombre que tiene cojones de acero. El viejo Ben, uno de sus más pingües filósofos, dijo una vez: «Es mejor bien hecho que bien dicho»; Por lo tanto, es un pueblo más inclinado a las acciones que a las palabras y al pensamiento, ellos prefieren imponerse y tomar lo que desean por la fuerza, la guerra, la intimidación y el terror; por eso tú los ve que siembran cizañas entre los pueblos, arman a contrarios forjados por su propia política exterior, desestabilizan y crean caos a través del mundo por aquello de que: «Aguas revueltas son ganancias de pescadores». En medio de la confusión, las personas pueden ser manipuladas más fácilmente.

— La hermana de Beba dice que son una raza necrofílica, que viven sumergidos en una histeria perenne de guerra, de sangre y de muerte; cuenta que tienen un carácter endemoniado, que son los responsables de mantener al mundo con las tripas en las manos, convertido en una jungla de fuego y en una tina de sangre. Dice que parecen tener un vacío en el corazón, el cual solo se llena con la muerte y la sangre ajena.

— Yo la entiendo, eso es porque le mataron a su papá en la invasión del año sesenta y cinco, ella contaba solo con diez años. El mundo está lleno de viudas y de huérfanos con inquinas parecidas; pero, sin embargo, no te dejes convencer si te los presentan como perros matones, los carniceros y el terror de los pueblos, como asesinos en masas de niños inocentes, o como un anticristo que sacrifica sanguinariamente al prójimo por sus propias ganancias; porque, no es que sea un pueblo tan despiadado, sino, es que son personas de mucho carácter y valentía, según afirmaba un escritor alemán llamado Hernán Hess: «Las personas con valentía y carácter, siempre parecen siniestras para los demás».

— ¡Tía, me has mantenido anonadada por espacio de una hora! ¿Por qué tú los defiende tanto, ya se te olvidó que mataron a tu marido, a mi papá, a los dos hijos de mi madrina, al papá de Nina y a la mitad de la familia de Mariana?

— Hay personas que se mueren a los cien años con el mismo carné de nacimiento entre sus manos, otras crecen, mudan posiciones y aprenden a perdonar, hoy en día yo me parezco mucho a Martí: «Cultivo flores en mi pecho, para el desgraciado que me lastima el corazón»; y no los defiendo, solo te ilustro acerca del tipo de persona con la que te vas a codear, para que puedas llegar al país con los ojos abiertos. Te quiero hacer una última observación, si tú me lo permites. El Extranjero es un pueblo que vive por las palabras, de uno quien fuera quizás el más cazurro de todos sus héroes: «Hablen con suavidad, sean ecuánimes, caminen lentos por las calles — así como el que no quiere la cosa —, pero al mismo tiempo lleven un tolete pesado y duro en el hombro derecho, por si las moscas». El mundo le llama el pueblo del tolete, algunos le dicen el toletero. Según ya tú lo puedes ver, vas a estar bien protegida rodeada por tantos hombres fuertes, valientes y bellos, ya no tienes que preocuparte por nada.

— ¡Oh! Ahora yo entiendo, lo que papabuelo me ha dicho desde que yo era niña: «El Extranjero es una sociedad truculenta». Eso a mí se me parece a Trucutú: «Era un cabezón que vivía en la capital de un imperio prehistórico, andaba montado en un enorme dinosaurio, y llevaba siempre un pesado garrote de guerra en el hombro».

— Trucutú y truculento no tienen el mismo significado. La palabra truculento quiere decir extremadamente cruel, morboso y dramático, pero no es aplicable a los extranjeros porque según el escritor que ya te mencioné: «Las personas con carácter y valentía, siempre aparecen siniestras frente a los ojos de los demás». Ya te lo dije, no suspenda tú viaje por lo que tu oiga decir acerca del país. Tú tienes que ser una luchadora, igual que tu padre: murió con una carabina San Cristóbal entre sus manos. Vas a encontrar gente mala donde quiera que tu llegue. Aquí toda yegua vieja en el barrio te juzga por cómo te viste o te maquilla, por allá te van a medir hasta por el color de tu piel y la textura de tus cabellos. Un organizador social extranjero pregonaba una vez, que los valores humanos más importante yacen debajo de la piel, quizás en el corazón y en la composición del carácter, lo mataron como si hubiera sido un perro callejero sin dueño que nadie necesita. Lo que tu debes de hacer, es no dejarte convencer si te dicen que tú eres lo que no quiere ser. «Tú eres una criatura espiritual del universo no menos que las estrellas» — dice un poema de origen anónimo conocido como, «Desiderata» —, el cascaron que le sirve de prisión a tu alma no es tu verdadero ser. Yo diría que tu vale más que las mismas estrellas, ellas fueron creadas para servir a tu vida y a tu crecimiento personal, según decía un filósofo extranjero de apellido Channing: «Esta creación iluminada por el Sol, Luna, estrellas, nubes y estaciones; fue creada para despertar, nutrir y expandir el alma, para ser la escuela del intelecto, la cuna del pensamiento y la imaginación».

La China la fue a buscar después de que la visaron, había un gentío en el frente de su casa despidiéndola cuando se marchó un lunes al medio día, hasta sus enemigas fueron a despedirla; así como el día cuando salió del campo con su abuela, para irse a vivir a la capital a los ocho meses de nacida, pocos fueron a los que no se le aguaron los ojos en la despedida. Cuando llegaron el Extranjero, la China le dio un paseo por la ciudad el siguiente fin de semana; visitaron el zoológico en el «Bron», el museo de historia natural y la plaza del tiempo, hasta se tomaron fotos sosteniendo entre sus manos las bolas del toro en el distrito financiero; el domingo por la noche, la China le preguntó a medida que cenaban en el departamento de la tía Pocha:

— ¿Te gusta la ciudad?

— Es inmensa, pero no le veo el motivo que tiene a la gente azorada. Es demasiado sucia, los árboles no tienen vida, los edificios son grises o de otros colores oscuros como si fueran lápidas en los cementerios; se asemeja mucho las películas en blanco y negro de vampiros, que yo veía en la televisión cuando eras niña.

— Los árboles tú los ve así, pero eso es por el invierno; la vida la tienen por dentro — la música por dentro, dirían en tu pueblo —, ya vas a ver como todo cambia con la primavera, cuando le cojas el piso no vas a querer vivir en ninguna otra parte del mundo.

A los quince días comenzó a trabajar en la «Ferretería don Homero», un viejo amigo de la familia que llevaba muchos años en el país; al mes estaba contagiada según su tía se lo advirtió, ya se le había olvidado la primera impresión de la ciudad. Después que salía de la escuela se pasaba las tardes calle arriba y calle abajo en una pequeña camioneta, camuflada en un mono azul llevando empleados a reparar tuberías, cerraduras, instalaciones eléctricas, a limpiar oficinas y casas privadas. El trabajo no le duró mucho, don Homero la despidió por causa de los celos de su mujer: «Óyeme lo que te voy a decir, Juan José Homero Catulo — le dijo

Maribel un domingo cuando regresó de la iglesia —: se va el cuero ese que tú tienes en la ferretería, o yo me voy de la casa. Ponte pilas, porque yo no le aguanto vainas a cueros callejeros.

Cuando su mujer lo llamaba con todos sus nombres y apellidos, lo mejor era que le hiciera caso cualquiera que fuera su capricho en ese momento. La culpa fue de Nely quien la delató, era una de las enemigas de Muñeca del barrio que la vio crecer, había llegado al país un mes antes y vivían no lejos una de la otra en los Altos de Washington: «Berenice, dile a Maribel que tenga cuidado con la nueva empleada en la ferretería — dijo Nely —. Esa muchacha es una zorra, el pasatiempo favorito de las mujeres de su familia es coger a todos los maridos. Su abuela lleva muchos años viviendo con un viejo de mucho dinero, quien ya tenía su mujer y una concubina cuando lo conoció; una hermana de la doña se fugó a los dieciocho con el novio de su mejor amiga, y una prima que una joven pareja de casados trajo a vivir al país como doméstica, no pasaron seis meses cuando la mujer la encontró con su marido en su propia cama; la rubia que viene a buscar a la empleada los fines de semanas también es una fulana, baila desnuda en los bares en el centro de la ciudad, se conocieron en una casa de citas cuya dueña es la que le cogió el marido a su jefa, y lo peor de todo es que hasta se coge con la rubia. Me da mucha pena con Maribel, pero si no se pone las pilas, ahorita mismo le quita el marido». Después que don Homero la despidió, Muñeca se fue a trabajar como cajera en un supermercado; llegó hablando el idioma del país aunque tenía un acento marcado, pero al poco tiempo se aburrió y le dijo a la China:

— ¿Tú crees que yo puedo conseguir un trabajo bailando, así como tú?

— Esa no es una buena idea, yo no quiero esta vida para ti, yo estoy casi al retirarme.

— Lo mío también será una cosa temporal, también me voy cuando tú te retire. Yo quiero construirle a mi abuela del campo una casa — la que yo te llevé a conocer —, también quiero traer a mis primas, Isabel y Sabela; con la miseria que me paga el supermercado mi abuela se muere, y mis primas se ponen viejas sin que yo logre hacer nada por ellas; yo no quiero que se fuguen con un desgraciado, para que luego las abandonen con un par de niños en los brazos.

La China la llevó al negocio y ella no titubeó cuando el dueño le pidió que se quitara el vestido, tampoco dudó ni por un segundo cuando le dijo que se quitara los pantis y el sostén después de que la examinó; dominó el arte con facilidad, su primera presentación la ejecutó como una veterana. El baile de piernas fue lo que más le atrajo porque recibía las mejores propinas, la China la instruyó en una técnica de cómo se la podía sacar a los hombres por encima del pantalón, mientras estrujaba sus nalgas encina de sus piernas. Estudiaba durante la semana, bailaba de viernes por la tarde hasta el lunes por la madrugada; un poco más tarde se fueron a vivir juntas, con la idea de cuidarse una y otra de los malos «espíritus». A los dos años construyó la casa de su abuela, también les formó el viaje a la Tula y a sus primas. Ese mismo año la tía Mila se murió y al año siguiente su abuelo, el señor fue velado en la casa de doña Altagracia quien era la única esposa legal, Marina y la Negra llegaron una hora previo al entierro.

— ¿Viste a las dos primeras mujeres de mi abuelo? — dijo Muñeca a la China después del entierro — No te ría, tu no respecta ni el velorio de tu abuelo.

— Es que me hace gracia lo payasa que son, ocuparon esquinas opuestas y no querían ni mirarse una y otra. En cambio, mi abuela les llevó café y les dio un par de abrazos en señal de consuelo. Eso es tener clase.

Se pasaron quince días sacudiendo las caderas por el barrio, las abuelas les estaban los ojos a las nietas cuando las veían pasar; sin embargo, eso no quitaba que las niñas soñaran con irse a vivir al Extranjero y luego regresar al barrio con el mismo swing.

— II —

EL HOMBRE MARAVILLOSO

El dilema de Muñeca, próximo a culminar de una mera trágica en cuanto llegara la noche, dio inicios al momento en que virginia le presentó a su novio hacía ya nueves meses. Ricardo le cayó como un hueso atravesado en la garganta, y una oscura nube le cruzó por la frente. Desde niña, siempre fue intuitiva y desconfiada.

— Ese hombre tiene un horrible tufo a perro con tres días de muerto, los dos o tres bocados que probé durante la cena me cayeron mal — dijo la dama en cuanto entraron al departamento, mientras que al mismo tiempo se despojaba del abrigo —; y ya te dije que no me traigas un nuevo novio a cada momento, no me interesa conocer a ningún pendejo si no es una relación seria con futuro, a mi tu no me vas a poner de mojiganga.

Sentía que se asfixiaba en el coche camino a casa, un momento más hubiera estallado. Cuando llegaron frente al edificio a donde vivían, de inmediato salió como un celaje sin ni siquiera despedirse. Ricardo las había invitado a cenar en un restaurante de lujo, pero a ella el gesto no le impresionó. No fue una sorpresa para Virginia, todos los novios que le presentaba tenían grajos, ella estaba de acuerdo con las enemigas de su mamá en el barrio que la vio crecer; le llamaban Mala Grama, una especie de yerba que atrofia el sembrado bueno: tenía más de una personalidad, era cismática, y creían que se había contagiado con las cascarrabias de la tía Mila.

— Yo noté que no quisiste comer, pero el vino sí que no te fue posible despreciar — dijo la joven — ¡Y no comiences a joder, yo te conozco! ¡Tú tienes «boca de chivo, me vas a estropear el majarete!

— El sabor a vino me neutralizó la sensación a caca de gato que yo sentía estrujándome la nariz, y déjeme decirte algo más: por encima del olor a ratón muerto que yo le siento, es demasiado viejo para ti; ya tienes dos reyas en tu contra, y no me parece que vayas a tener una mejor suerte con una tercera. Todo en la vida se manifiesta en grupo de tres.

Pero, mami ¡A ti te gustaban los hombres mayores cuando tu era más joven! Bueno, no eran hombres simplemente mayores, comparados con tu edad eran unos viejos verdes.

— Yo aprendí mis lecciones en caminos oscuros, yo sería una mala madre si no te advierto de los peligros que hay en ciertos callejones; y no es tanto lo de viejo, yo presiento que Ricardo no es un buen compañero de viaje para un camino largo ni corto.

— Ricardo no es viejo, es tan solo un hombre maduro. Yo no me veo siendo la novia de un sapito contemporáneo sin experiencia y en bancarrota, yo tengo necesidades que deben ser atendidas. Y eso de mal oliente no es raro en ti, la mayoría de los hombres te hieden a queso mohoso y a cualquier otra clase de grajo insoportable. Por eso está sola, cómprales buenos perfumes para que huelan bien.

— Así es, mi amor, los de buen aroma ya tienen unas dueñas que los están cogiendo.
— Eso no te impide cogerlos.

— Lo que no me agrada, es que todos quieran dejar a sus mujeres cuando me prueban para venirse conmigo, a mí no me interesan las relaciones fijas de largo metraje.

— Hazte la loca con respecto al grajo ¿Tú no puedes ignorar tu sexo sentido?

— Tu querrás decir, el sexto sentido.

— ¿Y no es lo mismo?
— No creo, y no me ha ido bien las veces que yo he ignorado el aviso de mi ser interno. Lo que yo le siento a la gente no está relacionado con su aspecto físico, tu idea sobre buenos perfumes no puede funcionar, es la manera en que se les perciben las condiciones internas a la persona que tiene malas mañas. Las personas verdaderamente sensitivas, pueden ver los negros nubarrones de su personalidad en el aura. Tienen mucha suerte, no muchas personas se las pueden ver. Mi tía Mila sentía ligeros vértigos y un mal olor, frente a caracteres de malos avíos en los que no se podía confiar; por otro lado, yo no estoy sola, yo tengo mis amores, la diferencia es que todos ellos viven en sus casas y yo en la mía. Por otro lado. A pesar de todo el brillo que tu le puedas ver a una persona por fuera, por dentro puedes estar podrida. Eso es lo que yo le percibo a Ricardo, ese hombre no te conviene.

— A ti te vas a suceder lo mismo que a la vieja Berta, la hija de la Chula; cuenta con cincuenta y nueve años y dice que no le hacen falta los hombres, pero eso es tan solo una excusa porque nadie le hace caso; está demasiado gorda, es narigona, bembona, de un mal temperamento y es chismosa. Ahora no les interesan los hombres, pero cuando era joven, me cuentan que todos los hombres de Güachupita la pisaban en los callejones, ya fueran viejos o jóvenes, solteros o con sus mujeres. Al llegar a los cuarenta, vivía en Nueva York contagiada por la cultura, descubrió su verdadero valor de mujer; ahora valía más que las niñas entre los veinte y los treinta, sus demandas y calificaciones de los hombres que la merecían aumentaron; como nadie la quiso comprar, decidió que los hombres no valen nada y se compró dos perros, dice que sus perros son sus amores y sus mejores amigos. Ella no es la única, yo las veo sacando a sus «maridos» todas las mañanas, para que hagan sus necesidades bilógicas en las cunetas. Al parecer, los perros son mejores amantes y amigos que los hombres, por eso muchas prefieren tener un perro y no un marido. Si tú no te pone las pilas, vas a terminar en la misma situación: engañándote a ti misma, amargada, pregonando que no necesita de los hombres, con un hedor insoportable a caca de perro y un gabinete lleno de pastillas antidepresivas.

Virginia seguía entusiasmada con su novio a pesar de los espavientos de su madre, y a la siguiente semana comentaba con Socorro:

— Acabo de conocer a un hombre de lujo maravilloso, es ese tipo de hombre que toda mujer anda buscando: perfecto, capaz de prenderle fuego al corazón de cualquier mujer y hacer que pierda la cabeza; mide seis pies y dos pulgadas, es atlético, fuerte como un toro, tiene plata como una cosa de locos, y pertenece a la mejor familia de su pueblo.

Virginia y Socorro eran primas, amigas y confidentes. Socorro era hija de Rosalía María Reyes, prima hermana de Muñeca. Cuando Tamara la hizo mujer al día siguiente de su dieciséis cumpleaños, aunque un año después de los hechos, a Virginia fue la única persona que Socorro le reveló el secreto; y a Socorro fue la única persona que Virginia le confió el descubrimiento de quien fue su verdadero padre, su madre se lo había ocultado por diecisiete años. Virginia tenía la misma estatura y el cuerpo de su madre: 5.9, 140 libras y una clase de pechos, piernas y trasero que para los hombres eran una maravilla, le decían la Barbie de Muñeca. Muñeca era su madre. Por otro lado, su color, el rostro, los cabellos y los ojos eran de su padre; su piel parecía como si hubiera sido hecha con leche de vaca, tenía los ojos azules, un ligero tinte rosado en mejillas y los labios, y su abundante cabellera era del color del algodón. Parecía más hija de la China que de su madre, dieron a luz la misma noche y hospital. La gente fuera del círculo interno de las dos amigas, eran ese tipo de personas que siempre sabes más de las vidas ajenas que las personas de sus propias vidas; decían que su criatura nació muerta y que la china, como tuvo jimaguas, le cedió una de las niñas. Socorro era un poco machorra, con el cabello negro recortado a lo macho, media 5.2, robusta, con una clase de cuerpo que los hombres miraban como un bocado apetecible, pero a ella no le interesaban y ninguno le había puesto sus manos encima.

— ¿Y a donde conociste a ese portento de hombre? — preguntó Socorro — No me sorprendería si para la próxima semana es un puerco, siempre te has ilusionado por lo que tú observa en los hombres por encima de la ropa, sin tener una imagen clara de su verdadera personalidad, sus ideales y a donde piensa llegar en la vida.

— Ahora es diferente, yo sé lo que te digo. Lo conocí en un club que se llama «Tiro al blanco», donde se reúnen las personalidades más excepcionales con las carreras más brillantes; es un lugar ideal para la persona que sueña establecer una relación, y quizás contraer matrimonio con una profesión de prestigio. Mi amiga, Cifré, quería casarse con un banquero, que para ella son las personas más inteligentes y las que tienen al mundo entre sus manos, lo cual contiene para ella un sex-appeal incorregible; se casó con el gerente de un banco, divorciado, con dos niñas, y aunque le lleva quince años vive feliz con la realización de su sueño.

— Me alegra mucho que andes en busca de un marido — observó Socorro —, no veo con buenos ojos que lo hagas a los treinta y cinco años, después que hayas dejado las suelas de tus chancletas en todos los caminos de la vida, una mujer a esa edad con mucha carretera es el cuco de todos los hombres. Tu pasado te vas a perseguir toda la vida.

— ¿Y yo le voy a revelar a mi futuro marido los caminos que yo haya recorridos? Nosotras, jamás les decimos a los hombres que nos hemos acostado con más de dos. Sin embargo, yo no entiendo la obsesión que tienen los hombres con el pasado de una mujer, lo que importa es el presente y el futuro que van a formar juntos.

Yo creo todo ese afán es una cuestión de su ego, y de inseguridad personal. A un verdadero macho, seguro de sí mismo, no le importa el pasado de su mujer.

— Yo te voy a ser franca, porque tú eres mi amiga y yo te quiero mucho. Ellos se imaginan que no hay futuro con una mujer promiscua, fiestera y que haya sido infiel, hábitos que lleva sembrado en las profundidades del inconsciente. Cambiar los hábitos y ser otra persona, es una tarea titánica para la que no muchas personas están preparadas, así sus hábitos estén acabando con sus vidas poco a poco; preguntémosle al fumador, al borracho y al jugador empedernido; y, como los hábitos se manifiestan automáticamente sin violación consciente de la persona, los hombres temen que su mujer un día se despierte sin darse cuenta en una fiesta, tomando romo y sacudiendo las nalgas entre un grupo de machos, o con las piernas abiertas en la cama de otro; ellos creen les puedes traer a la casa una enfermedad rara o un embarazo que no es de su propiedad, y casi ninguno confía ni se lleva para su casa una mujer con la que hayas pegado un cuerno. Ellos creen que la mujer infiel no cambia jamás, por lo que ya te dije acerca de los hábitos. Tus tenías un novio cuando conociste a Ricardo, y nunca le ha sido fiel a nadie.

— Yo terminé con Diego, en cuanto yo conocí a Ricardo.

— Terminaste con Diego por la mañana luego de haber pasado la noche con Ricardo — le hiciste la llamada todavía en la cama de Ricardo —, eso es un cuerno como quiera que lo Mires. Y déjame decirte algo más. No creo que haya un hombre que pueda creer en semejante mito, de que te has acostado únicamente con dos hombres en toda tu vida, eso es una mentira demasiado grande para cualquier mujer hoy en día, nadie te lo vas a creer. Ellos han aprendido que: «Yo no soy como las demás, y solo he conocido a dos o tres hombres», son las primeras mentiras que toda mujer dice a la primera cita. Por otro lado, el demonio tiene una sábana que te cubre y otra que te destapa, dice un viejo refrán; el mundo da muchas vueltas, reza otro viejo dicho; cuando menos te lo esperes, tu pasado se le puede atravesar en el camino a tu futuro marido; y si tú eres de las que les cuentan sus vidas a extraños en las redes sociales, no creo que te puedas esconder de nadie.

— Eso no me asusta, los hombres son criaturas simples. Si una mujer juega bien sus cartas, le pueden perdonar aun si has vivido en el infierno, y muchos estarían dispuestos a ser aburados por todo el fuego que haya recogido en todos los caminos de su vida. Pero yo no busco un marido, solo quiero un novio que me saques a pasear, que me haga buenos regalos y me regale flores,

— Con tus amigos millonarios no es suficiente?

— Eso es un negocio, a ellos les interesa únicamente que yo los haga felices, o exhibirse públicamente con un tesoro como yo; me pueden contratar un fin de semana, y al siguiente se buscan una diferente.
`

— Ya veo. Lo que tu busca no es un novio, sino un juguete y una conveniencia. No creo que sea una buena idea: «Con las bolas de los hombres no se juega — decía tu bisabuela poniendo sobre aviso a tu mamá, cuando ella tenía quince años —, segregan un magma primitivo que también contiene su orgullo condensado en un alto grado, te pueden hacer pasar un susto si les hiere su amor propio. Lo tienen enredado en el forro de los granos».

— Eso eran ideas de la tía de mami, fue su consejera. En el barrio creían que la vieja estaba loca.

— Yo insisto en que antes de los treinta deberías estar organizada, si es que de verdad quieres un marido y una familia; el tipo de hombre que tu quiere no busca las de treinta y cinco ni las de cuarenta, él persigue una entre los veinte y los veintiocho años, hermosa y fértil. Vas a recibir sus desprecios a esa edad si todavía está soltera, puede ser difícil conseguir el tipo de marido que buscas, a esas alturas tu fertilidad llegó casi a su fin; quizás no tengas la suerte de Muñeca, que a los cuarenta y cinco años luce como una mujer de veintiocho; sigue los consejos que tú le proporciona, porque si no pones cuidado puedes acabar tus días con un perro, con un escaparate repleto de pastillas antidepresivas, con la excusa de que ahora conoce tus valores y que no existe un hombre que te pueda merecer, cuando la realdad es que ya ninguno te hace caso. Ya a estarás vieja, y demasiado usada.

— Mami con cuarenta y cinco años, todavía sigue tumbando cocos.

— Muñeca es una de las pocas excepciones, viste bien, tiene dinero y conduce

225

coches de lujo. Todavía puede competir contigo.

— Como sea, todavía me quedan unos años para pensarlo. Como te venia diciendo. En el «Club Tiro al Blanco» no hay que dar tantas vueltas en busca de lo que una quiere, ya sea que andes en busca de un amante o de un marido; tampoco hay que volverse un ocho indagando sobre la otra persona, según sería el caso si lo conocieras en cualquier otro lugar, ya fuera en un bar o en un club nocturno; el club solo admite a personalidades exitosas con todo lo necesario para establecer una buena relación, tú puedes pedir en la oficina un informe detallado acerca del perfil de la persona que te interesa.

— Perdona que te contradiga, pero no me parece que toda esa información sea suficiente para conocer de lleno a una persona, me atrevo a jurar que tú no le has revelado al club todas tus manías. Otros hicieron lo mismo, presentaron su mejor versión, revelaron únicamente lo que les convino dejando en la oscuridad mañas poco halagüeñas.

— Yo sé que hay mucho acerca los hombres que una debe averiguar por sus propios medios — yo no soy bruta —, por ejemplo, fíjate bien. Cuando ya tú le tienes confianza le mete la mano en las verijas, si sientes que lo tiene chiquito ahí mismo lo dejas caer como si fueras una papa caliente; lo mismo haces cuando te coje si es blandito, si se le sale antes de tiempo y si no se pone pronto de pie cuando se cae. Más fácil de ahí, nadie te lo puedo presentar. Claro, no me refiero a ti precisamente, tu caso es diferente. Y no me vas a negar, que todo el material acumulado por el club te hace más fácil el trabajo para conocer a la persona que te gusta. Tú no tienes que abandonar tu felicidad en manos de la suerte, o buscar amores que se ven solo en los cuentos de hadas, la mujer moderna tiene la fortaleza y la sabiduría para perseguir y crear su propio destino; es el sexo fuerte de la nueva era, le fue dedicada una película en los cuarenta protagonizada por la mujer más fuerte y bella de la época. Yo no cambio mi forma de ser por nada, no me importa lo que digan, y me vale tres cojones que la gente se mofe de la mujer moderna, dibujándola con un par de granos y una verga entre las piernas; esas son personas que le temen a su fortaleza, a su independencia y a sus virtudes modernas. En el club hay de todo y para todos. Yo te puedo recomendar con la secretaria, se hizo mi amiga en cuanto nos conocimos.

` — ¡Voy a pensarlo! — dijo Socorro —. A mí me gusta enamorarme orgánicamente, eso del club me parece un poco artificial, es como irse a vender al mejor postor; yo prefiero un carácter brillante y no una persona que simplemente brille mucho por fuera, puede ser un sapo a pesar de todo.

— Déjame que te cuente como fue que yo conocí a Ricardo. Él estaba tomándose un trago en el bar cuando lo vi, había sido invitado por un amigo para inscribirlo en el club, pero desistió porque le hicieron preguntas personales que no estaba dispuesto a poner en papel, y porque descubrió ese mismo día lo que fue a buscar: me conoció a mí. Cuando yo lo vi — para decirte la verdad —, no le vi esa personalidad que se les ve a los miembros del club; no hablaba sin parar sobre sí mismo, de su profesión, de cuánto dinero ganaba en el año, de cuanto pensabas ganar en el próximo año, de su buen crédito, y no decía ni pio acerca de la «bolsa». Me pareció tímido y no muy seguro de sí mismo, aunque le vi un brillo extraño que por el momento no me fue posible definir hasta la semana siguiente, entonces fue cuando me vine a dar cuenta de lo que yo le percibí: es un hombre súper dotado, cabezón y el mejor amante del mundo. Ricardo tiene muchas cualidades excepcionales, comenzando con ser el dueño de su propio negocio, es el propietario de un restaurante parecido a la taberna «Zapatos Rojos» de mi madre; también es dueño del edificio que aloja su negocio, tiene otras propiedades inmuebles y es socio de una funeraria con su tío. No sé lo bueno que yo haya hecho en la vida, esto es como haberme sacado una lotería.

— Yo te voy a decir lo que pienso. Me preocupa mucho que solo te interesen las finanzas del hombre que te gusta, mientras permanece insipiente acerca de los valores que profesa; puedes acabar quejándote por tu mala suerte sin admitir que has hecho malas elecciones; y por otro lado, debajo de sabanas de seda te puede sorprender una víbora, una tarántula, o cualquier tipo de alimaña venenosa.

— Yo estoy segura de lo que veo, Ricardo tiene sentimientos que no me pueden engañar. En la primera cita envió por mí una limosina de color negro escoltada por dos vehículos del mismo color, yo me sentí como uno de esos personajes poderosos que no salen a la calle si no es con una escolta militar, acompañados por el servicio secreto en una pila de motonetas. Yo estaba que no cabía en mi vestido. El fin de semana siguiente me llevó a Las Vegas, jugamos en los casinos y fuimos a ver la pelea entre Shane Mosley y Floyd Mayweather Jr. Es cierto que me lleva unos añitos — diecisiete, para ser precisa —, pero la verdad es que no los aparenta. Yo no sé por qué mami siempre me la monta, a ella toda una vida le gustaron los hombres mayores, aunque ahora prefiere muchachitos con la mitad de sus años. A ella nunca le intereso y aun no se anima a tener un marido fijo, pero, sin embargo, ella piensa que yo necesito un marido y por lo menos tres niños. Ella se imagina que yo no conozco sus secretos ¡Ya tú sabes a dónde los guarda! Un día cualquiera le digo un par de verdades, para que deje de fuñirme la paciencia con todos mis enamorados.

— Eso es porque a lo mejor ella no quiere que tu repita sus errores, es como el truhan que no desea ver a su hijo convertido en un ladrón, por eso le paga sus estudios para que sea un doctor o un abogado. Pero todas las madres con como tu mamá, ya vas a ver cómo te pones cuando tu primera niña cumpla los quince. Mami es igual de celosa conmigo, pero yo soy más diplomática y menos cabeza dura que tú. Yo la puedo manejar mejor.

PELEA POR EL HOMBRE MARAVILLOSO

La madre de Virginia seguía insistiendo con la desaprobación de su noviazgo hasta que, a los seis meses de la relación, hija y madre sostuvieron una refriega de lenguas:

— Mami, yo te voy a decir la verdad — dijo la muchacha —. Ya tú me tienes hasta la coronilla, de que les haga las vidas imposibles a todos mis novios, ya no sé qué hacer contigo. A mí me da impresión de que a ti te gusta Ricardo, tú no te lo saca de la cabeza y siempre que nos vemos no te callas con el tema. ¿Tú lo quiere? ¡Mírame, yo te lo regalo! Quédate con él si eso es lo que tú quiere, pero a Ricardo no le gustan las viejas, él prefiere a las mujeres entre los veintiuno y veintitrés años; dice que la gallina vieja no moja, es dura de rapar y es un polvo malo; y te voy a decir algo más, para que lo sepas de una vez por toda: jamás en la vida vuelvo a traer ni un solo novio a la casa, me voy a casar y ni siquiera los nietos te los voy a traer ¿Para qué, para que también me quieras quitar el marido? ¡Tu tiene serios problemas! Ve a ver a un psiquiatra, tírate un par de pedos, relájate, has algo porque tú no va por un buen camino. Yo no te veo bien.

La mujer se quedó pasmada sin saber qué decir, con sus grandes ojos verdes clavados en la joven y una calma como si nada hubiera sucedido; revisó disimuladamente la cocina con la mirada en busca de algo para responder la ocurrencia de la joven, ya las escobas no se usaban a diferencia de cuando ella creció, doña Altagracia encontraba una escoba con la velocidad de un relámpago. Con la esquina del ojo izquierdo, alcanzó a ver el mango del salten para freír los huevos que sobresalía en medio de unos platos, tasas y vasos en un escaparate sobre la máquina de lavar los platos, hacia el que se dirigió disimuladamente:

— Si tú así tú lo prefiere ¿Qué yo puede hacer? Tu eres adulta y sabes lo que hace.
Se lo dijo como si no le hubiera importado la observación, se dirigió calmadamente hacia el salten limpiando el pasamano con una toallita mojada; cuanto lo estuvo a mano lo agarró por el mango y de inmediato los platos, los vasos y las tasas cayeron en el piso haciéndose añicos. Virginia se dio un espanto del carijo, y al instante salió corriendo hacia su habitación; cuando llegó ya estaba descalza, dejó las chancletas en el camino tan pronto comenzó a correr. Se trancó en su habitación, justo al momento en que su madre casi la coge por los cabellos:

«¡Ábreme la puerta, carajo! — decía la mujer —, para que tu vea cómo te parto la crica con este salten por fresca, malcriada y atrevida... ¡Ya te dije que abra la puerta, coño!» ¿Tu tiene mierda en la cabeza que no te deja oír?

Durante unos minutos le dio a la puerta con el sartén, con el puño y con la punta de los pies a medida que profería todo tipo de improperios; luego se fue a su habitación, se sentó en la cama y derramó por unos minutos algunas lágrimas; lágrimas de cocodrilos hubieran dicho sus enemigas, para ellas la mujer tenía un corazón de acero: «A ella nunca le ha importado — decían —, que dos hombres buenos desgraciaron sus vidas por culpa suya». Salió una hora más tarde a disipar el mal rato en medio del bullicio en la taberna, regresó a las dos y media de la mañana con la China. Virginia veía televisión en la sala cuando llegó. Su madre se detuvo por unos segundos, la miró, le «cortó los ojos» y continuó camino a su habitación. A los quince minutos Virginia dio tres golpes tímidos en la puerta, los cuales sonaron casi como una súplica:

— ¡Qué quiere! — le dijo la doña en un tono inequívoco de no buenos amigos.

233

— Tenemos que hablar, yo me voy temprano y no te quiero dejar así: brava conmigo.

— Ya estoy durmiendo, vuelve ante de irte por la mañana.

— ¡No, tiene que ser ahora! Tú te va temprano para la taberna, y yo no sé cuándo te voy a volver a ver.
— No creo que haya mucho de qué hablar entre las dos, tú lo dijiste todo y mataste lo que aún había vivo entre las dos; una madre puede aguantar muchas decepciones de sus hijos, pero ya lo tuyo es el colmo. Ya tu no sabe que hacer conmigo, pero yo si se cómo te voy a tratar de ahora en lo adelante, tú y yo acabamos para siempre.
— No seas pesada, no voy a dormir en paz si no hablo contigo. Abre la puerta, por favor.

Su madre le abrió la puerta y se volvió a tirar en la cabecera de la cama, tenía puesta una bata roja de ceda con un copioso cuello de plumas blancas; Virginia se sentó al pie de la cama contemplándola fijamente, mientras la señora pretendía leer una revista de modas, al cabo de un minuto la joven rompió el silencio:

— Mami, perdóname por lo que yo te dije por la tarde, pero es que tú me sacas de quicio, tal parece que tú no me quiere ver feliz con ningún hombre; tú no tienes nada que temer, yo nunca te voy a dejar sola, no es necesario que pongas así con tantos celos cuando yo tengo novio.

La mujer puso a un lado la revista, luego le dijo:

— ¡Mírame, escucha bien lo que te voy a decir! Yo jamás me vuelvo a meter en tu vida, y no importa que te vea con un perro de gancho en las calles; ahora, cuando tengas la soga en el cuello, no vengas donde mi para que yo te saque las uñas del fuego. Ahora, ¡sal de mi habitación! Espero que seas muy feliz sin mí, sigue tu camino por ahí como si no me hubieras conocido.

Virginia se quedó mirándola por un momento, bajó la cabeza y sin pronunciar una palabra, se puso de pie y caminó hacia la puerta; su madre la observaba, y cuando iba saliendo le dijo:

— ¡Ven a acá!

La joven casi corrió a su encuentro, se abrazaron y su madre le dijo cuando se acostó a su lado en la cama:

— Yo tan solo quiero que tú seas feliz, y que tengas mucho cuidado con el palo del cual te rasca, porque muchos tienen espinas largas y afiladas, me puedes traer a la casa una llaga que yo no te puedo curar. Es verdad que yo no te quiero ver sufrir, también estoy consciente de que no te lo puedo evitar, eso depende mucho de tus perspectivas personales; sin embargo, al mismo tiempo, mi afán no es que yo quiero dictar como debe ser tu vida sentimental, sino, mi posición es más bien una defensa personal; porque, si tú te cagas por ahí, ¿a quién tú puede acudir para que te limpie si no es a mí? Yo creo que mi aptitud es razonable, ¿no te parece?

En eso la China salía del cuarto de baño: «¡Qué bien, me alegra mucho que hayan hecho las paces! No es bueno que hija y madre peleen por culpa de un hombre. No hay uno solo que se lo merezca».

Muñeca no se dio por vencida y la siguiente noche llamó a Elena, prima de la China, y la nombró su espía en el negocio de Ricardo:

— La China me comentó el otro día, disque que tú tienes un trabajo nuevo.

— Así es; la otra chamba era un lugar aburrido, no me pagaban suficiente y las propinas eran pobres; esta es un mejor pozo a donde una puede ir a pescar, la clientela y las propinas son excelentes. Se parece mucho a tu taberna, «Zapatos Rojos», también cuenta con música en vivo fines de semanas alternos, comediantes y Karaokes, pero tiene una diferencia: dos fines de semanas alternos al mes se transforma en un burlesco, un elenco de mujeres bellas y jóvenes se turnan para desnudarse por dos horas en el mostrador. Los clientes, por lo regular, reservan sus asientos con anticipación.

— ¿Y cómo convenciste a Carlitos para que te deje trabajar en semejante lugar?

— A Carlitos yo sé cómo lo domino. Si lo dices por el espectáculo, yo trabajo únicamente hasta las seis de la tarde, y no me interesa bailar desnuda frente a un grupo de hombres; yo tengo un cuerpo excelente, y aunque se ve bien con ropa detrás del mostrador, tiene algunos defectos que no me interesa mostrar bailando desnuda; yo los oigo como hablan de las que no son de su agrado, y peor si sufren de algún defecto físico. Yanet me dice que me puedo hacer una cirugía, pero la verdad es que a mí no me atrae bailar. Yo traté cuando tenía diecinueve años — ya tu conoces el cuento —, no pude seguir debido a que mis movimientos eran pesados, me cansaba con mucha facilidad y en una ocasión por poco me quiebro el espinazo: estaba practicando con el tubo y me caí. En cambio, aunque los años pasen, tú y la China jamás pierden la figura ni su agilidad.

— Yo le cogí el paso, desde las primeras lecciones que la China me impartió cuando ella fue al bailar en el club de mi prima; mamabuela me dijo una vez que lo mío es una herencia, debido a que algunas de mis antepasadas era un grupo de gitanas que bailaban, cantaban y ejecutaban trucos en un circo en el viejo mundo; ella también le cogió el piso con mucha facilidad, con las primeras lecciones de la prima Oropel cuando vivió en Nueva York. Y no sé si te acuerda, pero yo te dije que «Zapatos Rojos» tiene trabajo para ti el año entero, contamos con un buen equipo de muchachas con las que te vas a llevar bien.

— El problema es que yo tengo aquí todas mis amistades y mi familia, y Carlitos no quiere aventurarse a una ciudad desconocida, además cuenta con el problema de su hermano al que no quiere abandonar.

— ¿Y qué pasa el hermano de Carlitos?

— Sirvieron juntos en *«Enduring Freedom»*, antes de que terminara Carlitos se Jubiló por una herida que recibió en un tobillo, por eso es que tú lo ve cojeando del pie izquierdo; hace un año a su hermano le dieron de baja debido a problemas respiratorios, a los pocos meses de llegar a su casa comenzó a oír voces, no duerme por las noches, se levanta por la madrugada y se pone a deambular por la ciudad; la semana pasada Carlitos lo encontró sentado en el banco de un parque, tenía los ojos en blanco mirando hacia el vacío y empuñaba un revolver treinta y ocho con ambas manos entre sus piernas. Está esperando unos chelitos que no le quiere dar el gobierno, primero quiere investigar para ver si su mal es producto del servicio, si estaba en camino antes de ingresar en el ejército, y si comenzó luego de que le dieran de baja sin ninguna conexión con el servicio.

— Yo tengo una teoría. Cuando a la gente buena se le suprime la voz interna por el entrenamiento, y si luego se le induce a seguir las ordenes de canallas, los reproches que vienen del interior deben de ser horrendos. Pero, nosotras no somos quienes vamos a componer el mundo, te llamé para proponerte un negocio. Te voy a regalar unos chelitos, la mitad por adelantado y el resto a medida que progreses en una misión que te quiero encomendar.

— Me interesa el dinero siempre que la misión no sea demasiado engorrosa, la última vez que me alquilaste se lo tuve que dar a una persona que no me gustó.

— Eso no era necesario, si Genaro te decepcionó eso no es culpa mía. Lo que tengo para ti ahora es fácil, solo quiero que seas mi espía en el «Club de Ricardo», para que vigile todo lo que tu ve y oye sobre su dueño, especialmente necesito que veas cómo se comporta con Virginia y como la trata, ella comenzó a salir con Ricardo hace unos meses. Yo no quiero que lo sepa y mucho menos la China, esto debe de ser un secreto entre tú y yo; Virginia no me lo vas a perdonar, yo no quiero pasarme un largo tiempo escuchando su lengua, y ya tu conoces a la China: es la mujer más cobarde que hay en el mundo, no solo se asusta por lo que pueda pasar sino también por lo que pudo haber sucedido; ella nunca fue así, cambió mucho después del susto que le dio un sapo y no vale que yo le diga que los muertos no salen.

— Yo las he a oído a ustedes mencionar el sapo ese ¿De quién se trata?
— Eso es una historia que lo mejor es dejarla en el saco del olvido, la China les tiene miedo a los muertos y no quiere que se hable del asunto.

Eva le recibió el dinero, pero no le puso mucho asunto al encargo, no compartía el control que su madre quería imponerle a la vida sentimental de la hija.

MARIPOSAS DE COMPRAVENTA

Por esa misma fecha, la pareja fue a la Feria de las Flores en Medellín, al finalizar salieron temprano al otro día en una caravana de camionetas y vehículos todo terreno. Al cabo de una hora llegaron a una mansión lujosa de arquitectura moderna, construida encima de un cerro amarillo en el centro de un bosque rodeada por un pasto verdoso; la casa tenía la mitad construida con bloques de mosaicos de color vino, el resto era de caoba con el caballete cobijado por tejas curvas de color marrón, vigilada por algunos hombres armados con fusiles AK47. El dueño de la casa recibió a los nuevos invitados en el comedor en la parte trasera del inmueble cerca de la cocina, más allá se podía ver una enorme piscina en el patio trasero, un grupo de personas de ambos sexos tenían entre sus manos diferentes clases de bebidas, un helicóptero de color negro con letras blancas y doradas yacía en un espacio cercado. Virginia se puso nerviosa cuando alcanzó a ver al anfitrión; don Manolo era un hombre de unos cuarenta y seis años, tenía una constitución robusta, una estatura de 5.10, con doscientas cinco libras y una pequeña barriga que lucía con elegancia. Lo conoció el año pasado en una fiesta cuando ella fue por primera vez al Festival de las Flores, había ido con cinco amigas en busca de nuevas aventuras, emociones y plata; la fiesta era el destino final del viaje, les habían pagado los pasajes con ese fin, cada una ya sabía con quién se reuniría en la fiesta. Ellas eran novias de alquiler, damas de compañías o escoltas. Desde los dieciocho años tenían sus fotos en un portal en las redes — «Niñas Malas» —, el cual actuaba como un catálogo para magnates en todas partes del mundo; eran alquiladas por un fin semana o una semana en yates, en una cabaña o en hoteles de lujo en ciudades exóticas. Ella quiso ir a la universidad en otra ciudad, para liberarse del yugo de su madre y hacer con su vida lo que le viniera en ganas. Su participación en la susodicha página comenzó como un juego social, un medio para conseguir citas amorosas y amigos, pero tomó un giro cuando a ella y a su amiga — la Chira —, le hicieron una oferta para navegar durante un fin de semana en yate por Miami, aún no había cumplido los diecinueve años. Los dos personajes que las contrataron eran hombres maduros, uno tenía cuarenta y el otro contaba con treinta y cinco años. Las cogían en la cubierta en alta mar, ya fuese bajo el sol o las estrellas. Fue una experiencia inolvidable de cuatro días, comentó Virginia con su diario un poco después; por encima de la plata recibida, era la primera vez que lo hacía con alguien que tenía pleno conocimiento de todos los códigos, los individuos las intercambiaban dos y tres veces todos los días.

Tres meses previos a la fiesta en Medellín donde conoció a don Manolo, Virginia estuvo en otra fiesta en Dubái, la Chira y Minerva le acompañan esta vez; no tenían una cita definida con una persona, era un evento a donde todos estaban desnudos en el salón, ellas tuvieron que dejar la ropa en el vestíbulo. Podían comer y beber cuanto quisieran, cualquiera de los invitados las podía coger en el suelo alfombrado, en un sofá o en un sillón, y no les debían negar ningún antojo que a los invitados se les pudiera ocurrir. Disfrutaron las primeras dos horas de la fiesta, pero al paso del tiempo la noche se les hizo interminable. Para que la noche fuera más pasajera, se la pasaron pensando el monto que les habían prometido. El evento se realizaba con mucha frecuencia, los invitados pagaban mucho dinero por el privilegio de comerse a todas las mujeres jóvenes y hermosas que pudieran en una sola noche, aunque después de la primera solo pudieran tocar a las demás; ninguna debía pasar de los veintidós años, más allá de los cuales ya eran viejas. Virginia despertó al día siguiente a las dos de la tarde, no recordaba cuándo ni cómo llegó a su habitación; no sabía si caminó desnuda por los pasillos del hotel, no encontraba su vestido por ninguna parte; a última hora descubrió que debió regresar envuelta en una sábana, encontró una en el baño de color azul claro que no era suya. El vestido y la cartera aparecieron luego debajo de la cama, entonces recordó que a las tres de la mañana se formó una pelea entre borrachos; envolvió su cuerpo en una sábana, buscó el vestido y la cartera y luego se alejó a toda prisa del rebú. Dubái era el mejor lugar para ir a trabajar, podían ganar mucho dinero a pesar de que los árabes tuvieran preferencias descabelladas. Malena fue una sola vez Dubái y no quiso regresar; en cuanto llegó, al siguiente día le obligaron a iniciar a tres adolescentes de quince años en la misma noche; quería salir corriendo al tercer día, pero junto con dos compañeras, las mantuvieron prisioneras por siete días adicionales en una mansión a diez kilómetros de la ciudad; cuando al fin pudieron volar, salieron con la impresión de que las habían obligado a comerse a toda la ciudad. Felina, una compañera de clase de Virginia, no quiso unirse a las correrías del grupo, diez en total, decía no tener alma de furcia.

— Hoy en día no es como en el pasado, el mundo está muy avanzado — comentaba virginia intentando convencer a Felina —; ya no es necesario avergonzarse por nada, todas las tradiciones y supersticiones sociales antiguas ya son obsoletas, ahora tenemos hasta nuevos términos y un vocabulario diferente para definirlas.

— Tu tienes mucha razón — le comentaba Felina —, hoy en día se les dan títulos de señores a quienes una vez eran considerados piratas, pederastas, asaltantes de camino y criminales de guerra; hasta los eligen guardianes de la fe, sus gobernantes favoritos y les otorgan todo tipo de premios nobeles. Pero a mi no me convence toda esa verborrea nueva con la cual se definen a si mismos, yo puedo pensar por mí misma; y además toda esa promiscuidad tuya me puede traer una enfermedad mortal o un embarazo con el que no puedo lidiar por ahora; yo prefiero una relación sana con una sola persona, aspiro a casarme, a tener hijos y nietos.

A partir de la tertulia, la relación entre ambas se rompió.

Don Manolo saludó a la pareja sin dar un solo indicio de que ya conocía la novia de Ricardo, por su memoria desfilaban las imágenes de la noche que la vio por primera vez; recordó que se dirigió a su encuentro en cuanto la vio entrar en el salón, le ofreció una de las copas de vino que llevaba en sus manos y la invitó a su mesa, ya existía entre los dos intercambios de mensajes por el móvil. Era una fiesta organizada con el fin de unir hombres maduros y acaudalados, con mujeres jóvenes que andaban en busca de un marido con plata. Unas cuantas, como Virginia, solo buscaban diversión y plata. Las niñas no lo sabían, pero no era el momento para conseguir marido; los hombres maduros en la fiesta tenían a sus mujeres esperando por ellos en casa, los más jóvenes que aún permanecían solteros tan solo buscaban diversión. Virginia durmió con don Manolo esa noche, los próximos tres días lo pasaron en la piscina tomando vino, comiendo y en cosas de cama. Al cabo de los tres días don Manolo comentó con Roberto, quien era el chofer de la familia: «Pareces una «*barbie*», en su país le llaman *"Dream Girl"* a una mujer con su perfil». Las cinco amigas esperaban alcanzar fama y fortuna, si podían encontrar un hombre rico y poderoso que las impulsara tuvieran o no el talento; pero eso era lo de menos, la propaganda se las podía meter por los ojos al público y llegar a ser endiosadas. No hubieran sido las primeras. Eventualmente Ricardo comenzó a sospechar de sus corridas, ella no quería verlo durante unos días luego de ausentarse por un fin de semana, él llegó a pensar que regresaba resbalosa con los «cabellos» mojados. Si él tenía un desliz por la mañana ella no lo notaria por la noche, pero si era todo lo contrario, ella lo traería demasiado baboso y se lo tenía que negar con un dolor de cabeza o cualquier otro pretexto repentino. El servicio la condujo a su habitación, Ricardo quedó conversando con don Manolo en su despacho. Una hora después, la pareja tomó el almuerzo en el patio frente a la piscina, y mientras apaciguaban el calor en sus aguas Ricardo le dijo a la mujer: «Mami, yo tengo que hacer un viaje mañana temprano, necesito revisar unas tierras que acabo de comprar; el trayecto es pedregoso, polvoriento, caluroso, lleno de mosquitos y parte del trayecto hay que hacerlo a caballo. Es mejor que te quedes en la «Gaviota», yo regreso como a las cinco de la tarde. En lo que yo vuelvo disfruta el panorama, la piscina, la comida y pórtate bien. Vas a estar bien protegida, por todos estos hombres armados». Al día siguiente, Ricardo partió a las nueve después de que desayunaron en el primer piso, al medio día don Manolo se le presentó a Virginia en su habitación, ya estaba en traje de baños lista para irse a la piscina; se pasó la mañana esperándolo, creyó que ya no ibas a venir.

— ¿Puedo pasar? — le preguntó cuando le abrió la puerta.

— Esta es su casa — dijo ella.

El hombre la contempló por unos momentos de pies a cabeza, la tomó por la cintura y le dio un fuerte abrazo:

— Es usted muy hermosa, corazón — le dijo al tiempo que le daba suaves masajes en el trasero — ¿Cuántos le paga Ricardo por esa bestia?

— Mi trasero no lo tengo en venta, yo se lo regalo al hombre que a mí me gusta y se lo merece.

Él no le hizo caso, ya se las había comprado el pasado año y no creía que fuera el único ni el primero. La besaba en los labios con ligeros chasquidos, al mismo tiempo en que alagaba su vanidad:

— Dios debe ser una rubia hermosa, así como usted. La creo a su imagen y semejanza. Dios debe ser una mujer hermosa como usted, creo que tiene los labios rosados, los ojos azules y los cabellos como el algodón. Dios depositó su belleza y sus virtudes en vuestra persona. Si

249

alguien me pregunta ¿Qué cosa es la belleza? Yo voy a susurrar su nombre, muy quedo; usted puede ser la reencarnación de todas las venus del pasado reunidas en una sola mujer, se merece que la traten como una diosa.

Le acariciaba los glúteos al mismo tiempo en que le propinaba los halagos, Ricardo nunca le hizo semejantes elogios. Ricardo era una fuerza bruta. Don Manolo profundizó los besos que le daba en la boca, y ella, con gran entusiasmo, se los devolvió todos uno a uno. Se chuparon las lenguas durante unos minutos, y se mordieron los labios con mucho frenesí. A ella el cuerpo le temblaba, presa del mismo nerviosismo que la embargó al verlo cuando llegó a la casa, se ponía muy nerviosa frente a los hombres que le gustaban mucho.

— Yo le quiero preguntar una cosita — dijo don Manolo — ¿Por qué usted desapareció y no me quiso volver a ver? ¿Yo le gusté? ¿O qué?

— Estuve ocupada con la universidad, y algunos problemas de familia.

— No se me acojone por nada, cuente conmigo para lo que sea, yo la hubiera podido ayudar si tuvo algún problema serio. Y si alguien le falta el respeto alguna vez, yo lo mando a matar.

Le quitó el brasier, lamió y beso sus pechos, luego le rodó la pequeña tanga por las piernas en dirección a los tobillos, ella levantó un pie y luego el otro para deshacerse por completo del ajuar; la empujó suavemente hacia la cama y ella reculó unos pasos, cuando sus piernas chocaron con la cama cayó sentada en la orilla de colchón; el rostro le quedó frente a frente a la portezuela, ella entonces le zafó la hebilla del cinturón, le bajó el zíper a la portañuela y elevó la vista para ver su reacción. Don manolo cerró los ojos, inclinó ligeramente hacia el techo la cabeza, y su respiración se aceleró considerablemente. A las tres de la tarde, luego de que las sábanas ya estaban empapadas con el sudor de ambos, ejecutaron un último ritual. A pesar de que ya estaban jadeantes, él no le dio tregua y la preparó para un último ritual. Le colocó las rodillas en la orilla de la cama, y al final le propinó unas cachetadas:

— Póngase la ropa — le dijo —, baje al primer piso a tomar el almuerzo y a disipar el calor en la piscina, pero antes yo le quiero preguntar otra cosita ¿Usted trajo la maleta que yo le regalé cuando la vi la otra vez?

— Si, ando con ella — respondió Virginia.

251

— Quiero que acepte un regalito que yo le traje, póngalo en el fondo secreto de la maleta como la vez pasada; como ya usted sabe, la plata está envuelta en un plástico especial que la protege de los rayos equis, el fondo secreto de la maleta está igualmente blindado con el mismo material, el método ha sido usado en incontables ocasiones ¡Y óigame bien!, yo nada más le voy a pedir una sola cosita más: yo la quiero ver aquí cada vez que yo se lo pida, dígame cuales son las ceñas donde yo le pueda enviar mis recados ¡Y no se me vayas a perder otra vez! ¿Me oyó?, porque yo la voy a buscar donde quiera que usted se pueda esconder.

Don manolo se marchó y ella corrió al baño a usar enemas vaginales, mezclada con la fórmula de una prima que se la podía estrechar y secar, Ricardo no se daría cuenta de que fue usada por otro ese día; aunque no tenía mucho de qué temer, Ricardo le había echado un polvo la pasada noche. Antes de marcharse Ricardo se lo quería poner otra vez, pero ella se lo negó argumentando que sentía un «mareíto» y un «dolorcito de cabeza», tenía el presentimiento de que don Manolo buscaría la ocasión para echarle un par de polvos; por lo tanto, cuando Ricardo se marchó por la mañana ella realizó el mismo aseo. Don Manolo y Ricardo — le contó a su diario un poco después —, eran los únicos hombres que le hacían sentir completamente llena, entre cien que a sus veintiún años le habían manoseado la «cosa». Comenzó a los quince años, a los dieciséis ya tenía todos los bríos y poderes de la mujer nueva: conocía todos sus derechos. A esa edad formó el primer trio con los dos hijos de Leila, los muchachos tañían dieciocho años; de ahí en lo adelante fue una de sus fantasías predilectas, le fascinaba ser agarrada por la retaguardia mientras que, al mismo tiempo, trabajaba oralmente con el segundo acompañante. Le confió a su diario entonces, que le gustaba mucho ser cogida en cuarto como si fuera una perra. No era una casa extraña del otro mundo, vivía en la era de las ideologías de los «géneros», la gente se podía transformar en cualquier cosa. Entonces, si ella se transformaba en una perra, desnuda con dos hombres en una cama, ¿Quién se lo podía reprochar? Don Manolo quería que se quedara en Medellín para que fuera su mujer el pasado año, pero ella solo quería vivir plenamente antes de cometer semejante locura.

Bajó del segundo piso y tomó el almuerzo en el comedor, luego se fue a refrescar en las aguas de la piscina donde conquistó nuevos amigos. Cuando Ricardo regresó de su viaje por el campo, eran las cinco de la tarde, fue invitado por don Manolo a cenar en su despacho. Ricardo era uno de sus agentes en el exterior:

— Yo tengo una rata en el norte royéndome los dedos de los pies — dijo don Manolo —, la federal la esconde para un juicio que ha de celebrarse dentro de un mes, yo quiero saber si puedo contar con su merced para que no se lleve a cabo dicho juicio.

— Yo aún no he quedado mal con usted en ninguna de las misiones que me has encomendado, no creo que por esta vez sea una excepción.

Don Manolo, sacó un folio de la gaveta en su escritorio:

— Aquí tienes la foto del sujeto, de su mujer y una niña de diez años, todos están escondidos en el mismo lugar; tome fotos al completar el trabajo, cuando yo reciba estas fotos entonces le mando su plata. Aquí en esta carpeta incluyo la dirección, los planos del escondite y del vecindario. Al frente de la vivienda siempre hay una perrera vigilando el sitio, y muy probable otro sabueso vigila el interior de la casa.

Cuando virginia llegó su departamento, el cual compartía con su amiga, Jennifer, se fue a tu habitación a contar el dinero escondido en su maleta. Mientras tanto, Ricardo llamó al Gacho cuando llegó a su casa — era su hombre de confianza —, y de inmediato se puso a trabajar en la misión que le había encargado su jefe, don Manolo: «Gacho, tengo un trabajo delicado para ti, escoge al Sable y al Cara de Palo para que te ayuden; asegúrate de que tu camioneta está en óptimas condiciones, van a quemar carretera por diecisiete horas porque yo no quiero que tomen un avión; se van a hospedar en esta dirección a veinte minutos del trabajo, esconde las armas en un lugar seguro en la camioneta para el viaje». Los tres hombres emprendieron su recorrido a las cinco de la mañana del tercer día, llegaron a las once de la noche a un pequeño pueblo de la misión. La siguiente noche inspeccionaron el vecindario compuesto por viviendas de una y dos plantas, separadas por un gran espacio una de la otra; cruzaron por el frente del escondite, había un coche de color negro estacionado en la calle, y no les cupo dudas de que se trataba de un policía vigilando la vivienda. La tercera noche alcanzaron el patio trasero del refugio a través de la casa inmediata en la otra calle, en el patio había una puerta que los llevarías al sótano. Rompieron el candado con una tijera especialmente fabricada para cortar metales, penetraron al lugar y antes de proceder, aguardaron unos minutos hasta que sus ojos se acostumbraran a la oscuridad; se dirigieron a la salida interior, la cual desembocaba en la cocina; abrieron la puerta con mucho cuidado, una luz tenue alumbraba la sala de la casa, en un sillón en una esquina dormitaba un policía vestido de paisano; el pasillo del segundo piso estaba iluminado, el Gacho se adelantó y elimino al policía y luego se dirigieron al segundo piso. Cada uno llevaba una pistola en sus manos, con silenciadores enroscados en las puntas. Cuando el gacho intentó subir, la escalera crujió al pisar el primer escalón y de inmediato retrocedió; alguien veía televisión el cuarto al final del pasillo hacia la derecha, muy probable no iban a escuchar el crujir de la escalera; uno a uno subió sigilosamente, inspeccionaron las dos primeras habitaciones alumbrando con sus focos hacia el interior, luego se dirigieron a la otra. El gacho giró hacia la derecha el manubrio de la puerta lentamente, la empujo con violencia y los tres hombres penetraron de un solo salto, de inmediato acribillaron sin perder tiempo a un hombre, una mujer y una jovencita como de diez años. Cada uno recibió un tiro de gracia en la frente. Les tomaron fotos a los cadáveres, y luego salieron toda prisa por donde vinieron.

Cuando llegaron al final del garaje de la otra casa camino hacia la calle, divisaron un carro de policías estacionado hacia la izquierda del vehículo que utilizaban, el cual era robado; no podían arriesgarse dirigiéndose hacia el coche, en el garaje de la otra casa había un Nissan Altima, el cual abordaron sin pensarlo dos veces; el gacho introdujo un aparato en el sócalo de la central eléctrica del vehículo, puso el motor en marcha y salieron pasando por el frente de los policías como si fuera la cosa más natural del mundo. La siguiente semana, dos oficiales del gobierno visitaron a Ricardo en su oficina, cuando se marcharon Ricardo escribió un memorándum para sus hombres de confianza: «Dos «Dóberman» federales acaban de salir de mi oficina, estuvieron indagando sobre mi relación con Medellín. Toda esa gente son unos tramposos y juegan sucio, no establezcan conversaciones comprometedoras por teléfono, y cuando vengan a la oficina tengan mucho cuidado como hablan; vigilen los alrededores por coches extraños estacionados con dos personajes en el asiento delantero, tengan cuidado con algún miniván raro que no hayan visto antes, muy probable sea una central de vigilancia electrónica; revisen constantemente los alrededores del club, ya ustedes conocen la manera en que operan estos desgraciados.

Desde ahora en lo adelante nos vamos a comunicar por memorándum hasta nuevo aviso, quemen esta nota en cuanto la lean».

La visita de los oficiales a Virginia no se hizo esperar, la sometieron a un interrogarlos más intenso acompañado por algunas amenazas, conocían hasta el día y hora en que se vio con don Manolo por primera vez. Al cabo demedia hora, visiblemente incomoda, ella les dijo:

— Yo no tengo ideas de qué carajos es lo que usted investiga, yo no le puedo revelar nada con respecto a don Manolo, excepto que ha sido un caballero conmigo.

CUERO DURO

A los nueve meses del noviazgo y a los tres de su visita con Ricardo a Medellín, Virginia habías regresado cuatro vece para verse con don Manolo. Mientras tanto, debido a los rumores que volaban en el «Club de Ricardo» acerca de su vida, de sus «negocios oscuros», de su historia y de su personalidad, a Muñeca no le cupo ni una sola duda que se trataba de un rufián. Virginia veía corazonadas de su madre como puros caprichos y celos de madre, a pesar de lo que también había visto y escuchado en el club acerca de Ricardo; por lo tanto, su mamá decidió investigar al hombre de manera más profunda, para lo cual utilizó los servicios de un investigador privado. Bruno era su compañero de trabajo en una empresa importadora de bebidas tropicales, luego de que dejara de bailar en el tubo en el «Danubio Azul»; Bruno manejaba un camión repartiendo mercancías, tenía veintidós años y fue quien la recomendó con su jefe; luego fue policía, y ahora dirigía su propio negocio de investigaciones privadas.

— ¡Buenos días, hermosa! — la saludó al entrar en la oficina.

— ¡Hola! ¿Como van esas investigaciones? — le preguntó ella desde un sillón detrás del escritorio.

— Ya todo está consumado, aunque no fue una tarea fácil. Hubo algunos peligros, pero los pude superar. Ricardo es un hombre de mucho cuidado, me advirtieron que yo corría peligro, si lograba enterarse de que yo andaba hurgando su vida y sus asuntos personales.

— ¡No me hagas cuentos, yo no te voy a dar ni un centavo más!

— No seas mal pensada, no lo digo por el dinero. Es tan solo un detalle más del trabajo. Fui al pueblo a donde nació el hombre, contacté a las personas que tú me recomendaste. Hice muchas amistades, comí guinea horneada en un horno improvisado bajo tierra, envuelta en hojas de plátano embarradas con aceite verde. No le quitan las plumas a la guinea, preparan un condimento con salchichón, longaniza, jamón, especies y luego se lo introducen en el cuerpo; cuando la sacan del horno las plumas se les caen con mucha facilidad, y la carne le queda con un rosado precioso; yo me comería dos acompañadas ya sea con casabe, con yuca y cebolla mareada; o con arroz blanco, aguacate, tostones verdes y cerveza.

— Entonces, tú fuiste a comer y no a trabajar.

— Eso es parte del trabajo, era necesario hacer amigos; nada es tan apropiado como cerveza, romo y una buena comida para entrar en confianza.

— ¿Y qué pudiste averiguar?

— Me parece que te has equivocado con Ricardo, y le has hecho la vida imposible a la niña sin motivos.
Muñeca se quitó los espejuelos de leer, los colocó encima de la mesa, estribó el sillón y observó a Bruno detenidamente. Debía de ser una de sus tretas.

— Noto que te has quedado patitiesa.

— No creas que me has conmovido, estoy esperando tus argumentos.

— Ricardo es lo que dice ser cuando el romo se le sube a la cabeza, le duele mucho que la gente lo considere un ampón del bajo mundo; proviene de un abolengo fino, pertenece a una de las mejores familias del villorrio donde nació. Cualquiera que le oye hablar sobre sí mismo cuando se bebe unas copas, puede pensar que se trata de un borracho hablando baba y lo compararía con el perro del cuento.

— ¿Y cuál es el cuento del perro?

— Había una vez un perro que salió de su pueblo a correr el mundo, y cuando se metía en tragos ya medio borracho siempre se le oía decir: «¿Tú me ves a mí así, chiquitín como si fuera un perrito chihuahua? ¡Si yo te cuento! En mi pueblo yo era un perrazo de seis pies y pico, tenía unas orejas que topaban el suelo y un rabo hermoso de un kilómetro de largo».

Bruno hizo una segunda pausa.

— ¿Qué mira? ¡Prosigue! — dijo ella.
— ¿No te ríes, ni dices nada?

— ¿Qué quieres que te diga? Tu cuento lo dice muy claro. Todo tipo de rata inmune tiene su orgullo, su dignidad y también exige respeto; no hay que azorarse por el clamor de nobleza de cualquier perro viejo sin clase, porque no es lo que diga sobre sí mismo, sino sus acciones lo que se debe tomar en cuenta para juzgar sus valores.

— ¡No me lo diga, déjame ver si lo adivino! Esta mañana te apeaste de la cama con el pie «malo», pareces una toronja de agria. Prosigo, entonces. El padre de Ricardo es el dueño de casi todas las tierras en la región, se llama Eduardo Cabrito y la mamá de Ricardo es la barragana del señor; la conoció en un cabaré de mala pinta en el Maniel, vendía polvos de gallo a un peso con cincuenta centavos y cuatro con cincuenta por toda una noche, ahora le dicen doña Irma; sin embargo, a pesar de toda la sangre de noble cuna que sin duda corre por las venas de Ricardo, aquel que de cerca le conoce asegura que un burdégano puede ser más humano.

— Perdóname que te interrumpa de nuevo ¿Qué cosa es un burdégano?

— Es el cruce de una yegua y un burro hechor ¿Te puedes imaginar ese cuadro?

— ¡Oh, eso es una mula! Lo de burdégano me pareció una palabra dominguera, como las que yo usaba cuando me ponía el mejor vestido, luego me sentaba en el Parque Independencia para conversar con todas mis amigas. No es bueno vestirse de flores y luego ponerse a rebuznar.

— ¡Qué bueno que lo reconoces! Tú siempre me ha criticado porque yo hablo fino, y me dice que parezco un maniquí por la manera en que me visto. Sigamos con Ricardo. Nadie se imagina lo que pudo suceder con el muchacho, se piensa que fue un castigo del cielo por todos los entuertos de su padre.

— No hay que ser un lince para conocer la verdad de lo que pasó ahí — interrumpió Muñeca otra vez —, no cabe duda de que se trata de un accidente genético, las buenas familias carecen de manchas criminales; las veces que han exterminado a una raza, esclavizado a otras, destruido una cultura o incinerado ciudades enteras, no es porque sean demonios que llevan el germen del mal entre los huesos, siempre ha sido por alguna causa justa como la fe, la libertad, la justicia o la bandera.

— Las meretrices del lugar le llamaban Cuero Duro porque al parecer era tacaño, decían que no abría el puño así le dieran con una piedra en el codo, siempre andaba pidiéndoselos fiado y quería que se lo dieran gratis. Él se defiende, asegura que vivía del óvolo de su padre y que le robaba los pollos, los huevos de las gallinas, el arroz, las abíchelas y los víveres del almacén para llevárselos a sus pupilas favoritas, con lo que podían comer hasta por una semana. Su carrera delictiva comenzó a los diecinueve años, con el asesinato de un joven de su misma edad llamado el Torito; el apodo se debió a su constitución física, se cuenta que daba la impresión de haber sido cultivada en un gimnasio adrede. Se desarrolló cargando sacos de arroz de cien y doscientas libras desde una edad temprana, con tan solo trece años podía echarse al hombro él solito un saco de arroz de doscientas libras; era hijo de un capaz en la finca del padre de Ricardo, en el pueblo se pensaba que se amaban como si hubieran sido hermanos; los veían juntos por todas partes, parrandeaban juntos y hasta compartían las putas que le gustaban a los dos. La madrugada que sucedió el crimen salían de un cabaré a las cuatro de la mañana, se habían pasado la noche tomando «Brugal Añejo» y bailando con una mujer en la mesa, la cual habían contratado para pasar noche. Pude conversar con dos personas — contaban con veinte años la noche del incidente —, quienes pudieron observar el crimen a una corta distancia. Cuentan que a esa ahora, el Torito le dijo a Ricardo en la puerta del bar:

— ¿Ahora es cuando tú me sales con esa, luego de que ya no quedan mujeres en el bar? Después de que yo gasté mi dinero con esta fulana, tú me sales con que no se quiere acostar con los dos a un mismo tiempo, eso no fue lo que nosotros acordamos al comienzo de la noche. Un trato es un trato, y no es una cosa de hombres faltar a su palabra.

— Yo no estoy faltando a mi palabra — se defendió Ricardo —, Juanita fue quien tomó la decisión de no dormir con los dos a un mismo tiempo.

— ¡Bueno, como sea! — le respondió el Torito — Si ella no me lo da entonces tú me lo tienes que chupar, yo necesito recuperar mi dinero como sea.

Ellos tenían un fetiche. Uno cogía la mujer por la retaguardia, mientras que al mismo tiempo el otro estaba siendo chupado por ella, cambiaban de posiciones varias veces a través de la noche. El Torito estaba furioso y medio borracho, se movía nerviosamente de un lado hacia el otro. La mujer intervino en ese momento:

— No te pongas así, papi — interrumpió la mujer—. Mañana podemos vernos tú y yo solitos, vas a ver lo bien que la vamos a pasar sin que nadie nos moleste.
En eso, Ricardo tomó la palabra:

— Ten un poco de respeto frente a una dama, mide tus palabras para que no te pique un abejón en el ano.

El Torito dio un paso hacia el frente, Ricardo quizás creyendo que le ibas a dar un puñetazo, produjo un estilete de acero que llevaba escondido en el bolsillo y le dio una estocada en el pecho. El artefacto le pinchó el corazón, se dice que perdió el color, viró los ojos, dio media vuelta y se desplomó. A partir de unos pocos meses durante algunos fines de semanas, Ricardo comenzó a visitar a sus padres; se le veía llegar el viernes por la noche después de las siete, y marcharse temprano antes de salir Sol el lunes. Esa muerte se quedó así, piensan todos en el pueblo: El Torito era pobre y para colmo, era negro. La experiencia no le sirvió de mucho a Ricardo, pudiéramos decir que fue una iniciación. Cuando vino al país conoció al Gacho y a uno a quien le dicen el Sable, tenían un negocio lucrativo en el «trafico» transportando «material» desde Miami a Nueva York. Ricardo se unió a la empresa y le fue muy bien por un tiempo, hasta que fueron a parar a la cárcel por algo ajeno al tráfico: Por poco matan a golpes a un individuo en un bar. El Gacho era tan solo Ramoncito entonces, el apodo es debido a que perdió la mitad de la oreja izquierda en una de sus peleas en la cárcel. Ricardo salió un año más temprano por buena conducta. Se sospecha que aún sigue con el mismo negocio del «trafico», solo que no se inmiscuye de manera directa, sino que lo hace por segundas y terceras manos. Se toma como evidencia un mensaje que le dejaron a Ricardo en la puerta de su casa, unos meses después de haberse mudado a donde vives ahora; uno de los guardas espaldas que vigilaba la vivienda — lo habían amenazado de muerte en esos días —, lo hallaron al amanecer sentado en el auto con un tiro en la sien. Fue un escándalo en todo el vecindario, hacía mucho que no se oía ni siquiera una batahola doméstica. La federal lo tiene vigilado y tarde que temprano lo van a pescar, siempre se ven los coches que utilizan rondando el negocio. Los hábitos no se rompen con facilidad, es incuestionable que ha tenido éxito en su negocio, y no veo que tenga la necesidad para exponerse al peligro de morir o de caer preso, a menos que lo tengan amenazado y no se le permita retirarse.

— Yo no te creí ni por un segundo la introducción que le hiciste al informe, la primera vez que yo lo vi sentí escalofríos y un tufo insoportable; a la persona de mal corazón, a la que no se le puede tener ni una chispa de confianza, se le siente un vapor a ratón muerto que le sale de las mismas entrañas, la gente no se lo percibe porque no tiene que ver con su aspecto o físico.

— Ricardo es una calamidad en cuestiones de mujeres, lo aburren fácilmente y ninguna le ha llegado al año todavía. Cuando quiere concluir una relación trata mal a la que tiene a su lado, se pasea públicamente con otra o le manda por tras mano a decir que tiene compaña, si aún no entiende le pide que recoja sus cosas y se largue de su lado. Usualmente a la mujer se le daña el majarete, si le colma la paciencia con celos y reproches. Hace dos años sostuvo amores escondido con una estudiante llamada Mireyita, se ocultaban de la familia debido a que no hubieran aceptado esa relación, primero por la reputación de truhan de Ricardo y por ser demasiado viejo para la niña. Ella tenía veintiún años, Ricardo treinta y cinco; era la capitana de un equipo de softball todavía patrocinado por el «Club de Ricardo», era bella y uno de los mejores cuerpos del equipo. Le gustan las niñas en la edad universitaria, pero su debilidad son las que tienen dieciséis, aunque asegura no haber tenido nunca el coraje. Cuando el romo se le sube a la cabeza y ya está borracho, siempre cuenta la historia de una vez que fue de vacaciones a un lugar — el cual se reserva —, donde le querían vender una jovencita; se pasó el día pensando en la hija de la misma edad que no tenía, cuando a las ocho de la noche se la llevaron al hotel se arrepintió, ya tenía una de veinte para sudar la fiebre. Le hizo un regalo a la niña, y se la devolvió a los traficantes. Mireyita desapareció sin dejar el más mínimo rastro una noche que salió del club, eran las once de la noche. Ricardo se quedó rezagado celebrando su cumpleaños con unos amigos, a las dos de la mañana cuando el club cerró salió con el grupo en dirección a su casa, donde continuaron celebrando hasta las cuatro de la mañana. Todos dieron la misma declaración. La gente piensa que, si no la mandó a matar y luego la quemó en la funeraria de su tío, fue secuestrada y asesinada por una banda enemiga con la intención de cobrarse alguna deuda pendiente. Al horno de la funeraria se sospecha que han ido a parar algunos enemigos, y todo cuerpo que se le ha convertido en un estorbo. Un año antes de su relación con Mireyita salía con una bailarina, la cual estuvo con él unos meses menos de lo acostumbrado. Ricardo le puso por apodo la «Locutora» debido a que hablaba mucho, a los tres meses de concluido el noviazgo la encontraron desnuda y más muerta que viva, en una calle de otra ciudad presa de una sobre dosis de la «sustancia»; no murió, tan solo sufrió algunos daños que no le dejaban recordar cómo ni porqué llegó allí; las malas lenguas dicen, que no quiso hablar y se hizo la loca por temor a que Ricardo le cortara la lengua. Al poco tiempo después se fue del pueblo, y no se le volvió a ver jamás. Cayó en desgracia debido a que, picada por el desaire que le hizo Ricardo, se puso a divulgar secretos de su vida en un bar. Es un hombre peligroso y no tan solo por el mundo en que vive, se cabrea con mucha facilidad y se le va el sentido, después no recuerda lo que dice y hace bajo un ataque de coraje; algo similar le sucede cuando bebe demasiado, lo cual hace con mucha frecuencia. Esto es tan solo un bosquejo de lo que pude averiguar, en este sobre te dejo los detalles ¿Qué piensas hacer con esa información? La mayor parte son cuentos y anécdotas de la gente, no se puede hacer nada con su expediente porque ya cumplió sus condenas, pagó sus multas o simplemente caducaron algunas de sus fechorías.

— Él no ha caducado, aún sigue siendo el mismo sapo. Ya te lo dije la otra vez al momento en que hicimos el contrato ¿Se te olvidó? La quiero para Virginia. No hay quien le saque al maldito tipo ese de su cabeza, todo lo que yo le digo es un chisme de la gente. Yo la instruí desde temprano para vivir su propia vida y a no dejarse influenciar por las lenguas de la gente, ahora lo utiliza en contra mía. Oye lo que me dijo la última vez que hablamos del asunto: «Ricardo es un hombre bueno, mami ¿Sabes lo que me dice cuando el vino se le sube a la cabeza?: "Yo soy un hombre dulce, mami; si tu ve que yo le hablo mal a una persona, yo quiero que tu sepas que yo no soy así; lo que pasa es que debo darme a respetar dado la calaña que ronda mis negocios, caso contrario me pueden matar si yo me descuido ¿No verdad que yo soy dulce, mami?" Si tú lo vieras como se ríe cuando yo le hago cosquillas, pareces como si fueras un niño grande». A mí me eso me da un pique del carajo, yo no sé si es pendeja o es que se hace, porque a mí no fue que salió así; yo siempre fui la única jefa en todas mis relaciones, jamás me dejé manipular por un puerco así.

Cuando Bruno salió de la oficina, la oscuridad que la embargaba era total; a las seis de la tarde tomaba cerveza en su rincón favorito en el bar, estaba despidiendo a la China quien salía de viaje al día siguiente.

Hablaba con la lengua estropajosa por el vino, se había tomado algunas copas mientras leía el expediente de Ricardo.
Al cabo de un rato, después de que Lina les dejara sobre la mesa dos cervezas y un emparedado, ella le dijo a la China:

— ¿Yo no te conté lo de Lina? ¡Yo creo que te lo dije!

— No sé a lo que te refieres.

— ¿Y de verdad que ya tú no te acuerda?

— No tengo la menor idea de qué me hablas, tírame un hueso a ver si yo me acuerdo.

— Lina me pidió que le ayude con el viaje de una hermana, quiere casarla con un ciudadano para la residencia, pero el fatal le quiere quitar diez mil ¿Cómo lo ve?

— Eso no me lo habidas dicho ¡Que te digo! Es un tabaco fuerte para fumárselo una solita. Los años que llevas en el país te los ha pasado formándole viajes a la gente, ya es hora de que tomes un descanso; de todos modos, no todos te lo agradecen.

— Eso no me cuesta ningún trabajo, yo únicamente les presto el dinero y las ayudo en las diligencias que sean necesarias; el viaje de Lina es el único que vas a tener como precio un ojo de la cara, y no estoy segura de que podamos tener éxito esta vez. Eso a mí me da mucha pena. Lina es nieta de mi tío Aurelio, el que le cortó el pescuezo al desgraciado que mató a mi madre ¡Tu conoce la historia!

— ¿Y cuál es el motivo para ese desaliento? Siempre has tenido un optimismo exasperante, aunque fue una de las cualidades que a mí me impresionaron de ti. Cuando comenzamos el negocio yo tenía mis dudas, en cambio tu no perdiste nunca el entusiasmo.

— ¡No es pesimismo, es la realidad! ¿No te has dado cuenta? El imperio va en picada desde hace mucho tiempo, está que si cierra los ojos se le abre el ano ¿Cómo es que dice un viejo refrán? ¡No me diga, ya lo tengo!: «A todo puerco le llega su noche buena».

— A nosotras nos ha ido y nos va muy bien — observó la China,

— Nosotras hemos trabajado y trabamos como bestias. Me parece que ya le caducó el viejo credo que tenían, una vez pidió los marginados en playas lejanas soñando ser libres, a los cuales ofrecía una puerta de oro y una luz para su nuevo camino. Yo creo que todo ese cuento fue un señuelo, sus acciones desde un principio han dicho todo lo contrario. La luz parece ya se le apagó, y la puerta es de hierro. Tienen unos perros con rabia vigilando la puerta que no personan ni a los niños, a los que secuestran y encierran en mazmorras oscuras alejándolos de sus familias, allí hasta se los silgan y los dejan morir si enferman. Ahora quieren construir un muro para que nadie más pueda entrar al «paraíso», pero no se deciden si ha de ser una Muralla China, un muro Berlines o uno como el que separaba los puros de los otros en el África del Sur.

— Yo creo que ya tu esta borracha. Te voy a llamar un taxi para que te lleve a casa, la mente se te aclara después de unas horas de sueño. Pero eso que tú dices no es porque vaya el imperio en decadencia, los sesudos han concluido que dentro de poco la demografía quedará tiznada y que los jinchos serán la minoría, lo cual les quita el sueño. Ahora solo quieren dejar pasar a los puros, parecido a lo que hizo una vez el Generalísimo en tu país. Le dio por exterminar a toda persona de colores raros, quería importar personas puras del extranjero olvidando que tenía tizne detrás de las orejas, y olvidando la «pureza» que trajeron los antepasados de las personas que deseaba importar en las puntas de sus lanzas, en el filo de sus espadas, en las bolas de acero de sus cañones y en sus ambiciones.

— Me contaron que la tatarabuela de mi padre se asustó mucho — agregó Muñeca —. No quería siquiera salir a la calle, el ejercito les gritabas a los prietos: «¡Diga perejil claro, carajo!». Ellos no podían pronunciar la R con claramente. Kara conversaba el español casi como una criolla, pero nunca perdió su acento extranjero. Ya tu sabe que llego al país huyéndole a una situación similar.

SOCORRO

Al día siguiente, después de que la China salió para Orlando — era lunes —, Muñeca fue a visitar a Socorro a las siete de la noche; Socorro era hija de su prima hermana, Chela.

— ¡Buenas noches, mi amor! — dijo tan pronto Socorro abrió la puerta — ¡Pero que bella está, se ve que te hizo bien el sol caribeño!
Le dio un fuerte abrazo y le depositó un beso seco en la boca, dejando sus labios posados sobre la boca de la joven más de lo normal, acompañándolo al final por un largo chasquido. Además de la sorpresa, Socorro deseó con todo su corazón que su beso fuera una promesa. La miró fijamente a los ojos por un momento, pero no se hizo muchas ilusiones. Con ella era difícil saber a qué atenerse, desde jovencita encendía el fuego en los corazones, tanto de los hombres como de las mujeres cada vez deseaba sacarles alguna ventaja, para luego dejar que se calmaran por cuenta propia.

— ¡Pero déjame verte bien, mi amor! — prosiguió la recién llegada.

La tomó por los dedos de su mano derecha y le hizo que formara un círculo, a medida que la revisaba de pies a cabeza. Socorro tenía puesta una falda negra con el ruedo a media piernas y una blusa casi transparente de color blanco, a la que les había dejado los broches sueltos hasta el centro del pecho, y para verse más provocativa no se había puesto el sostén.

— Tu también está muy hermosa — dijo la joven —. Ese vestido negro, descotado, con el ruedo fuera de tono mostrando tus hermosas piernas te queda simplemente, divino. Como si eso fuera poco. Esas argollas, el tinte de las uñas y el color de su pintalabios, todos en el mismo tono de sus ojos verdes hacen de ti una figura encantadora. Los años parece que no te afectan en nada, cada vez te vuelve más joven y hermosa.

— Mira lo que traje para ti, mi vida: una botella del vino que a ti te gusta. Así nos calentemos a medida que conversamos, y tú me cuenta los secretos que guardas en ese corazoncito.

— Yo soy como un libro abierto, tu si tienes muchos secretos que a mí me han venido quitando el sueño desde hace muchos años. Pasa y siéntese aquí en este sofá, en lo que yo voy a la cocina por dos copas y una cubeta con hielo.

— Mejor voy contigo, y así te ayudo con eso.

Al regresar a la sala Socorro llenó las copas, se tomaron un par de sorbos y las colocaron sobre la mesita redonda de cristal en el centro de la estancia. Muñeca la contempló de pies a cabeza por un momento, Socorro se puso roja como un tomate y bastante nerviosa.

— Te has puesto roja como un tomate, mami ¿Es por los elogios? Es la verdad, esta preciosa. Pero no te pongas nerviosa que yo no te voy a comer… Bueno, para decirte la verdad, si te como te prometo que te voy a dejar viva.

— ¡Que cosas dices, mi amor! — dijo la muchacha — ¡Tu, como siempre! ¡Tan jocosa! Yo no te tengo miedo ¿Para que soy buena? Me dijiste por teléfono esta mañana, que necesitaba mi ayuda urgentemente.

— ¡Qué te digo! Con lo hermosa que te ves, estas buena para para cualquier cosa esta noche. Pero dejando las bromas de lado, el problema que tengo es el siguiente. Eso de que hay hijas que les ponen más atención a las amigas que a sus madres, es aplicable a Virginia y a ti.

— Yo espero que no esté celosa, el cariño de amiga no puede competir con el amor de una madre.

— No, mi amor, no estoy celosa. Yo sé que se llevan muy bien, que sé guardan secretos que ni Chela ni yo conocemos, que tienen mucha influencia una sobre la otra, y que se dan apoyos en todo.

— Nosotras no guardamos ningún secreto, quizás una que otra cosita que pudiéramos llamar... privadas. Lo privado es diferente a un secreto. En cambio, tu sí tiene algunos secretos que no les cuentas ni aun tu propia hija. Existen algunos rumores acerca de tu persona, que a mí me vienen intrigando desde que yo era una niña. Si te parece bien podemos hacer un intercambio, yo te ayudo en lo que tú me pida, te cuento algo de mi mundo personal y tú me revela parte de lo que a nadie le has contado nunca. Yo soy una tumba, en cuanto a guardar secreto se refiere.

— Las madres tenemos derechos a tener secretos. En cambio, tu no debes de tener ninguno con Chela ni Virginia conmigo. El motivo es porque son demasiado jóvenes, y no tienen la experiencia suficiente para lidiar con todo lo que ahí afuera se les pueda venir encima. Eso te lo digo, con toda la intención de la palabra. Pero vamos al grano. Lo que yo te vine a pedir, es que le retires tu apoyo al relajito ese que Virginia tiene con Ricardo. Ese tipo no le conviene a ninguna mujer, y ni siquiera como un amigo a nadie más. Yo quiero que tú me ayudes a quitársela, a convencerla para que le ponga fin a esa relación. Le puede costar más caro de lo que tú y ella se puedan imaginar, ese tipo no sirve ni aun para echárselo a los perros de comida.

— Yo te daría mi ayuda si supiera que Virginia está en peligro, yo te juro que me muero si le llegase a suceder un percance grave. Pero necesito convencerme de que tus motivos son algo más que simples caprichos de madre, con los cuales, créeme, simpatizo. Es difícil sacarle a una persona lo que se le ha metido entre ceja y ceja, y peor si no se tiene un motivo válido que una le pueda presentar. De lo que ahora mismo yo sí estoy convencida, es de que Virginia tiene derecho a definir su felicidad y a escoger sus propias relaciones ¿No te parece? Ella se queja de que tú te ha pasado la vida sola, y ahora le quiere amargar la suya fuñendo el parto con todos sus enamorados.

— Vamos por parte. Mi felicidad no está en las manos de un hombre, eso es algo que una lleva por dentro; y, por último, la soledad no es sinónimo de amargura si no es que la persona lo prefiere pintar en esa forma. El que necesita mucha gente a su lado, aunque sea una recua de gatos para sentirse bien, no felices, no quiere decir que debe ser así para el resto de la gente. No todos necesitamos lo mismo, ni es necesario reaccionar igual frente a la misma situación. Yo no le pido a Virginia que se convierta en una reclusa ni que siga mis pasos, ella carece de la fortaleza suficiente y no tiene la experiencia que yo tengo; pero, me parece que debes de tener mucho cuido con el tipo palo que se deja rascar, algunos tienen unas espinas larguísimas y me puede traer a la casa una llaga que no le puedo curar. Yo no quiero que le suceda nada malo, es verdad, pero mi afán es también una defensa personal. Si ella se caga por ahí, ¿a quién tú cree que puedes acudir para que la limpie?

— Dice Virginia, que tú le aborta el parto con todos sus enamorados disque porque todos tienen grajos. Tu puede pensar y decir cualquier cosa del Ricardo, pero la verdad es que viste bien y siempre anda con un aroma exquisito encima.

— Nunca te dejes impresionar por lo que a la gente le vea o le huela por fuera, en este sobre traigo los resultados de unas investigaciones realizadas por un investigador privado, no se lo haga saber a Virginia por el momento. No me lo vas a perdonar, y le voy a estar oyendo la boca por un largo tiempo. A ti te lo perdonaría con más facilidad.

Muñeca le relató el bosquejo que Bruno pusiera en sus manos el pasado sábado, lo cual puso a Socorro en una encrucijada. No quería traicionar a su amiga y no se le podía negar a la mujer, ella era su amor platónico desde que tenía diez años, el cual aún no había podido superar. Le gustaba ir a su casa, ingeniárselas para entrar en su habitación, verla desnuda y ayudarle a ponerse la ropa. Ella era la heroína de la mujer en todas sus fantasías, era quien la salvaba de todos los peligros. Siempre terminan desnudas en una playa solitaria bajo la luz de la luna por las madrugadas, encima de la grama en un monte perdido, en una cama o en un jardín. Ahora mismo su joven corazón estaba enloquecido por la proximidad de la mujer, tenía la sensación de que al fin sus deseos se harían realidad esa noche, tan solo esperaba el momento preciso para prenderse de su boca y no soltar sus labios hasta sentirlos sangrar. Muñeca le presentó el bosquejo del expediente de Ricardo, sacó el resto del material de la carpeta, rodó sus sentaderas hacia la muchacha y se pusieron a leer la información.

Estaban tan cercas una de la otra que podían beber sus alientos con sabor a vino, mezclados con la fresa y la manzana en sus respectivos pintalabios. Al final, cuando ya todo había sido dicho, Muñeca le dijo a su joven prima y amiga: «Muchas gracias por tu paciencia, por escucharme, por tu comprensión y por tu ayuda». Apretaba la mano derecha de la prima con su mano izquierda, mientras con la otra le sobaba el muslo izquierdo suavemente. Socorro la miraba con actitud sumisa, quizás de súplica, como si por dentro le quisiera decir: «¿Me vas a dejar así, como el fogón de una locomotora? Sus ojos negros tenían un brillo tal que, si la luz de la habitación se hubiera extinguido, no hubiera penado por falta de luz. Se pasó toda la noche con una duda muy grande por adentro, no se decidía si la mujer le daba una oportunidad, si comérsela muy lentamente o de un solo vacado. Se veía desnudas con en ella en la cama, exhaustas, temblorosas, mientras la luz del sol les anunciaba un nuevo día. Se pasó la noche tan perdida en esta imagen, que de vez en cuando le tenía que preguntar: «Perdón, ¿qué dijiste?» Decidió jugarse todo por el todo:

«¡Que carajos, una se muere una sola vez en la vida!», pensó cuando la prima se puso de pie para marcharse. Tomó un hondo suspiro y con la respiración en suspenso, con un ligero temblor en la voz, pero decidida, le dijo: «¿De verdad que me vas a dejar así? Te has pasado la noche provocándome, casi mordiendo mis labios disimuladamente rozando mis pezones, acariciando mis piernas; y ahora te va tan fácil, así, como si no hubieras hecho nada malo. Yo sé que tu sabe lo que yo he sentido por ti desde que yo tenía doce años, lo descubrí en tu mirada y en tu sonrisa picaras cuando yo te ayudaba con tu vestido, y sé que te hacía mucha gracia que a esa edad yo tuviera deseos carnales por ti. A esa edad yo me masturbé por primera vez, me masturbaba todas las noches pensando en ti; y yo sé que tú has amado a otras mujeres, eso es uno de tus secretos que todo el mundo se imagina guardas calladamente. A ver, ¡niégamelo!»

Muñeca la miró por unos segundos, no dejaba de sonreír como si estuviera complacida. Se volvió a sentar a su lado, y le pasó la mano izquierda por los sedosos cabellos negros.

— ¿Sabes? Yo sí me di cuenta, pero tú eras una niña y mi prima, cualquier cosa hubiera sido un pecado, tú eras una niña y mi prima.

— Cuando Tamara me hacías el amor, en quien yo pensaba era en ti. El pecado es un prejuicio producto de culturas de la edad de piedra, tu no crees en el pecado, y además, en el amor y en la guerra no hay reglas. Yo sentía muchos celos pensando que la China dormía contigo todas las noches, hasta que una conversación entre mi madre y una vecina me tranquilizó; la vecina creía que tú y la China eran marido y mujer, mami le dijo ustedes solo eran amigas y que a la China no le gustan las mujeres.

— Esa es la verdad. La China es como si fuera la hermana que nunca tuve, se moja únicamente con los hombres, mientras que yo me puedo mojar con ambos; pero ha sucedido tan solo a dos ocasiones raras, y ha sido bajo circunstancias especiales por algún motivo.

Muñeca la miro fijamente a los ojos, la tomó por mentón con su mano derecha, y acercó su rostro al de la joven lentamente con sus labios entreabiertos; Socorro cerró los ojos, entreabrió los labios, y durante unos segundos pensó que ibas a perder el sentido, estaba en los linderos de un orgasmo intenso. «Si me besa, yo sé que me voy a venir al instante», pensaba mientras entreabría los labios y cerraba los ojos, en eso escuchó el murmullo de algo que Muñeca le susurró en oído:

— ¿Qué dices? — le preguntó.
Le hizo la pregunta casi sollozando, todavía con los ojos cerrados, temblando como una hoja movida por el viento. Cuando los labios de la mujer le rozaron el oído, ella sintió un escalofrío en la espina dorsal, el cual corrió desde la base del espinazo muy cerca del ano y se fue a estrellar en el cerebro.

— Tu perfume — dijo Muñeca — ¿Rosa de hombre? Se lo dijo al tiempo en que le retiraba el rostro cerca del oído.

— Así se llama: «Rosa de hombre» — dijo Socorro.

Ella no se preocupó en abrir los ojos, seguía con los labios entreabierto mientras dos lagrimas finas corrían por sus mejillas. En unos minutos más ya estaban desnuda en el piso alfombrado, media hora después se fueron al cuarto de Socorro. Socoro despertó a las ocho de la mañana, en un momento cuando muñeca salía del cuarto de baño envuelta en una talla de color blanco.

— ¿Para dónde vas? — le preguntó Socorro.

— Yo tengo que ir trabajar, mi amor.

— ¡Ven aquí! Hoy no se trabaja, hoy es el día más maravilloso en todo el mundo. Hoy, por primera vez en la historia, el cielo y la tierra se han unido.

Socorro estaba desnuda bajo la sabana, cuando el reloj en la pared marcó a las once de la mañana todavía estaban enredadas una en brazos de la otra. A las dos de la tarde, luego de haber almorzado y todavía un poco aturdida, Socorro llamó a Virginia por teléfono. No refirieron la mala experiencia que pasaron en Aruba, como si no hubiera pasado nada, ninguna de las dos la quería recordar. Al cabo de un rato de la conversación, Socorro le dijo:

— Tienes que venir a ver a tu mamá. No es justo que, a tu regreso de unas vacaciones costeadas por su propio bolsillo, te hayas ido a revolcar con tu novio a otro pueblo en vez de por lo menos venir a darle las gracias. Yo te quiero mucho, pero lo malo es malo y yo te lo tengo que decir, por tu propio bien.

— Todavía yo no he podido ver a Ricardo — dijo Virginia —, no me ha querido tomar la llamada. Me parece que se ha disgustado, porque me tomé sin avisarle una semana más de lo que habíamos convenido. Si se hace el importante conmigo, pues yo también le puedo hacer el fo. Yo hablé con mami el pasado sábado la misma noche que regresamos de Aruba, y ayer hablé dos veces con ella por teléfono. Nosotras nos entendemos, ella sabe que yo la quiero mucho a pesar de que muchas veces discutimos, usualmente por cuestión de machos ¡Ya tú la conoces! Siempre me anda rebuscando los trapos en el baúl de mi vida, y si no le caes bien algún novio que yo me consigo me hace la vida imposible. Leonardo es el único que le gusto para que fuera mi marido, pero Leonardo no tiene ambición y para colmo, me cuentan que lo tiene chiquito.

— Tienes que venir, porque también tenemos que hablar seriamente acerca Ricardo. No te lo había dicho debido a que para mí lo tuyo era solo un capricho más, pero ya veo que llegas al fondo en algo que no te conviene. Si vienes, y si me dejas conversar sin enfadarte conmigo, te prometo que te voy a contar quien es mi amor platónico desde que yo tenía diez años. Ya es tiempo de que lo sepas todo.

— ¡No me diga que después de todo lo que hemos pasado juntas, nunca me ha dicho que has vivido siempre de mi enamorada!

— ¡No seas loca! Tu eres como si fueras mi hermana.

— Yo tengo programado regresar el próximo domingo, ya yo hablé con mami. Pero dime una cosa ¿Qué clase de vicho malo fue que mordió en los pasados tres días? ¡No me digas que te pasaste a las filas de mami! ¿Cuándo fue la última vez que hablaste con ella? No abordamos el tema durante las tres semanas que pásanos juntas, era el momento ideal para conversar de todo lo que tu quisiera. ¡No me lo diga, déjeme ver si lo adivino! Te dejaste vencer por el poder seductor de mami ¿Todavía tu no la conoces bien? Ella utiliza sus encantos para hipnotizar a la gente, para conseguir de una persona lo que le dé la gana, y luego abandonarla como si fuera un trapo estrujado. Conmigo sí que no le ha valido de nada, dos navajas afiladas no se pueden cortar entre sí.

— ¡No hables tonterías, mi amor! — dijo Socorro — Yo no estoy de parte de nada ni de nadie, excepto de tu felicidad. La situación no es como te la imaginas. Lo que pasa es que descubrí unos pormenores acerca de Ricardo, de los cuales tengo pruebas, pero no te lo puedo contar por teléfono. Yo no quiero meterme con tus decisiones privadas, pero si necesito tener mi conciencia tranquila para que después no me digas que no te lo avisé. Así es como tú siempre lo haces, cada vez que no quiere tomar la responsabilidad por tus actos. Yo tengo que hacértelo saber, después ya tú sabes lo que haces. Pase lo que pase, yo te apoyo en cualquiera que sea tu decisión y siempre voy a estar para ti cuando tú me necesites. Yo sé que no es fácil, que al corazón no se le puede obligar suponiendo que lo tuyo con Ricardo vaya en serio, aunque tu mamá no está de acuerdo con esa idea. El corazón no tiene voluntad propia, le oí decir una vez. Yo nunca he oído semejante disparate, ¡ya quisiera yo ponerle régimen a mi corazón!

VAHO DE LA MUERTE

El sábado siguiente al informe de Bruno, desde que llegó a la oficina, Muñeca empezó a sentir como si le hubieran estrujado boñiga de gato en la nariz, cuando la Tula subió con la taza de té acostumbrada le preguntó:

— ¿Tú no sientes un olor a ratón muerto por aquí?

— Yo no huelo nada — respondió la mujer —, mi olfato no es tan fino como el tuyo, tú siempre les andas oliendo cosas raras a todo el mundo y a todos los rincones.

El distintivo mal olor era un aviso cada vez que se aproximaba la noticia de una muerte cercana, usualmente quería estar segura de que los demás no percibían lo mismo; por experiencia sabía, que no iban a pasar ni tres días para que la noticia tuviera tocando en las puertas de su casa. Llamó a Virginia como eso de las diez de la mañana:

— ¿A qué hora me dijiste que vienes mañana? Estoy que no me aguanto por verte.

— Yo salgo al medio día, vengo llegando a las tres y media si el tráfico no me detiene.

— ¿Y por qué no sales ahora mismo?

— ¡Mami, yo necesito recoger mis cosas!

— ¿Y qué tantas cosas debes recoger?

— ¿Y cuál es tu afán?

— Es que tengo muchas ganas de verte.

— Pues, te las aguantas; es necesario recolectar mí vida porque no tengo pensado volver aquí.

— ¿Vienes a quedarte conmigo en casa? Se le aguaron los ojos, y la voz se le cortó cuando le hizo la pregunta.

— Si, ¿me puedes recibir?

— Mi amor, ¡qué pregunta más tonta! Yo no sé por qué te fuiste, em primer lugar. Esta siempre será tu casa.

Hablaron por espacio de media hora, Muñeca no podía contener su alegría; pero, aun así, no desparecieron las palpitaciones de su corazón y mucho menos la picazón en la nariz. Tenía nueve años cuando le contó a la tía Mila sus primeras experiencias, ya no quería dormir sola cuando sentía el mal olor, se imaginaba la presencia de algún muerto vivo rondando la casa.

— Eso se llama el vaho de la muerte — le dijo la señora

—, se impregna en las entrañas de las personas cuando se van a morir. Es afortunado para el moribundo, ya sea en cama de muerte o que ande caminando, que no todas las personas se lo puedan oler. Lo tuyo es una virtud y el comienzo de algo bello si lo puedes cultivar, lo pudieras heredar de Filomena y Sofia, las dos hermanas mayores de tu bisabuela. No se lo vayas a decir a nadie porque la gente le teme a lo que no comprende, pueden odiarte o llamarte loca si eres muy diferente, o si tus creencias fueran contrarias a las creencias del resto de las personas.

Al concluir su conversación con Virginia se puso a recordar sus primeras experiencias con el vaho de la muerte, la primera ocurrió cuando el viejo Kachán se murió, era el carnicero del lugar a donde su abuelo tenía sus fincas, ella y su abuela habían ido a pasar el fin de semana en la casa de campo del viejo. Kachán era un viejo de seis pies y tres pulgadas, encorvado a causa de los años, decía la gente que los más viejos ya eran viejos cuando nació. Llevaba dos semanas en cama con tos y diarrea, no quería comer y no había tisana que le sacara el catarro del pecho; una de las biznietas le decía todos los días: «Abuelo, usted debe levantarse de la cama, dar paseítos por el patio y comer ¿Usted no ha notado como es que la gente se muere? No quiere comer, se pasa el tiempo durmiendo y no se quiere levantar de la cama; si la muerte ve que usted anda caminando, no se le acerca.

Kachán abría los ojos una o dos veces al día con la mirada pedida en el vacío, algunas veces señalaba una esquina en el aposento y ponía muy triste a la familia, ya tenía encima el desvarío de los moribundos: «Yo me quiero ir con Rosalía ¡Mírala, está parada en esa esquina y quiere que yo me vaya con ella! Rosalía era su mujer, había muerto hacia veinte años. Los ancianos del lugar estaban preocupados, rondaba la creencia de que la muerte cada vez que había un viejo moribundo en el pueblo, acechaba para ver a quien más podía llevarse;

allí la gente se moría llegando a los cien, en algunos casos un poco después. Corría el cuento de una ocasión en que murieron cuatros ancianos, uno detrás del otro en el corto espacio de dos meses. Doña Petra, una señora de noventa y dos años y la vecina más cercana de Kachán, en cuanto lo vio caer enfermo corrió a donde una biznieta en el próximo pueblo, con la excusa de beberse un brebaje para una tos que no la dejaba tranquila. Un viernes por la tarde, Muñeca viajaba en el asiento de atrás del coche de su abuela, un Fiat 110 del año sesenta y tres de color rojo con el techo azul marino, un regalo de su marido para que se deshiciera del viejo «Cepillo» — un escarabajo alemán del año cuarenta —, y al mismo tiempo conmemorar los veintisiete años que llevaban de marido y mujer. La niña venia peinando su muñeca, se la trajeron los «Reyes Magos» el mes pasado y se la dejaron con su tía Pocha quien vivía en el Extranjero. Sintió escalofríos cuando el auto llegó a la cabecera de la cuesta, empezando a descender la hondonada en la «Zanja del Diablo»; el sitio era fresco sin importar el calor y la hora, debido a una grieta en el viaducto que le cruzaba de lado a lado por la cual chorreaba siempre un caño de agua; pero, en su mente, y según las leyendas que corrían en el pequeño pueblo, el frio de la zanja era por los muertos que yacían en el fondo; algunas personas habían muerto en ese lugar, por motivo de unos coches que se habían accidentado a través de los años; y a donde los esclavos que vinieron del otro lado luego de adquirir su libertad, enterraron a los terratenientes blancos del lugar luego de que fueran decapitados. Además de los escalofríos, la niña percibió un mal olor insoportable y la primera impresión le hizo pensar, que a su abuela se le había escapado uno de sus pedos; sin embargo, el hedor era tan fuerte que al instante cambio de parecer, pensó que a lo mejor había un perro muerto en los alrededores, o quizás era por los muertos que yacían al final de la vieja cañada. Izó la vista y la fijó en la doña esperando su reacción al mal olor, pero la señora seguía su camino como si nada inmune a la pestilencia que sentía estrujando su nariz.

—Abuela, ¿tú no sientes un mal olor a perro muerto por aquí? — le preguntó:

—¡Yo no siento nada, mi amor!

Cerró los ojos como hacia siempre que pasaba por ahí con su abuela, no quería ver los muertos en el fondo, se contaba que allí galopaban jinetes sin cabeza. No abría los ojos hasta sentir que había subido la cuesta y ya estaba en el toro lado; su abuela soltaba el pedal de la gasolina, quitaba el cambio de fuerza y la temperatura era distinta. Le pareció extraño, que al abandonar la zanja la peste no desapareció de su nariz. A mano izquierda en el camino, un poco más adelante, alcanzó a ver al viejo Kachán sentado en la galería de la casa; vio también en su mente a un grupo de personas en un velorio, una caja de muerto en el aposento, y hasta pudo escuchar los acostumbrados gritos histéricos de las mujeres en los velorios. Kachán se levantó a la diez de la mañana ese día y pidió chocolate con pan, sentado en una silla en el patio de la vivienda se puso a echarle maíz a las gallinas; la familia estaba contenta, la voz corrió por el poblado tranquilizando a los ancianos, quienes habían corrido a esconderse de la muerte cuando el viejo cayó enfermo. A las tres de la tarde pidió una sopa, la familia escogió a esa hora un chivo para matarlo al día siguiente, la idea era invitar al poblado para celebrar la recuperación del anciano dando una fiesta. Cuando abuela y nieta llegaron al frente de la casona, la señora sacó la cabeza fuera del coche y le dijo a toda voz: «¡Qué tal viejo, guárdame tres libras de chicharrones si matas puerco el próximo lunes! Yo me voy a eso de la una de la tarde.

Kachán extrajo el cachimbo de la boca y lo elevó hasta la frente como señal de saludo, en otros tiempos hubiera corrido a su encuentro y no la hubiera dejado marchar, en tanto no le abrumara con un par de cuentos que la señora conocía de memoria. «Mami, ¿por qué no saludaste a Kachán? — le dijo a la niña, la señora —. Él te quiere mucho, te manda chicharrones con tu abuelo para que tú te los comas con yuca o casabe ¿Todavía tú le guarda rencor porque mató a tu amigo? Arenoso era el buey más elegante que había por aquí, tu abuelo también lo amaba mucho. Ya te lo expliqué. Se partió una pata brincando una zanja, y para evitar que sufriera Pucho se lo vendió al viejo Kachán. Hubiera sido peor verlo sufrir». La niña no dijo nada, prosiguió en silencio el resto del camino peinando a su muñeca. Esa noche no podía conciliar el sueño, sus abuelos tuvieron que abrir un catre para que durmiera con ellos en el aposento; sintió el mal olor a través de la noche, tampoco le fue posible apartar de la mente la imagen de un velorio, de una caja de muerto y de un entierro. A las ocho de la mañana, ya se había levantado, esperaba en la cocina una taza de chocolate caliente mientras su abuela colaba el café, cuando Ramonita le trajo la noticia:

— ¡Doña Altagracia! ¿Usted no sabe? El viejo Kachán se murió a las tres de la mañana. El pobre, yo lo vi tan contento ayer por la tarde, me dio la impresión de que la muerte siguió de largo y no se detuvo en su casa.

— ¡Así es, mi vida! — dijo la señora —, la gente se alienta en la víspera de la muerte.

Ramonita era prima de Muñeca por parte de su madre; tenía quince años, limpiaba la casa y cocinaba cuando la señora iba de fin de semana. A la una de la tarde Muñeca vio pasar el fúnebre, con el sarcófago en un carretón remolcado por dos caballos negros. Se asustó mucho al ver el espectáculo y de inmediato se fue a sentar en el sofá, el sarcófago crujió al pasar por el frente de la casa, y creyó escuchar un gemido profundo salido de su interior; un poco más tarde, Ramonita le dijo cuando le refirió su experiencia: «Eso es porque don Kachán estaba diciéndote adiós para siempre; fue mejor así, porque de lo contrario, como él te amaba tanto — fue un buen amigo de tu mamá — podía venir a despedirse una noche cualquiera en tu habitación, y entonces tú te hubieras cagado en la cama del susto».

Durante un mes no volvió a dormir sola en su habitación, y un domingo en el verano del mismo año, se pasó la mañana en busca de un ratón muerto que pensó había escondido en alguna parte de la casa; al medio día, la familia recibió la noticia de que había muerto en Santiago una hermana de su bisabuela, era la última que le quedaba viva y tenía cien años. Al final de año la llevaron al velorio de una comadre de su bisabuela, comenzó a sentir el mismo hedor antes de llegar a la casa de la muerta. No había comentado la experiencia con ninguna persona, excepto con la Tula: «Eso debe ser la señal la muerte», le dijo la niña. Su próxima experiencia, una de las que más le impresionaron, ocurrió cuando el tío Marcos se murió, estaba ella entre los nueve y los diez años; su próximo encuentro con el fenómeno fue cuando Fernando murió accidentado en la «Zanja del Diablo»: fue su primer novio. La más reciente ocurrió hacia tres meses al momento en que se topó en el elevador con una vecina, la China le dijo cuando le dio la noticia: «Esta vez te falló tu sexto sentido, esa mujer es la esposa de una estrella en el legendario cielo de la "Bolsa", tu sabe que toda esa gente ha comprado el secreto de la inmortalidad ¿No era por lo que tú y yo queríamos ir a trabajar allí, cuando éramos un poco más inocentes?» Tres días después la vecina se lanzó al vacío desde una ventana en su habitación, tenía treinta y dos años. Ya no era necesario seguir preguntando a las pasadas experiencias, intentando convencerse de que todo fueron casualidades, fantasía y prejuicios, ya no le quedaba ni una sola duda: la noticia de una muerte cercana ya venía quemando carretera por ahí, ahora no pasarían tres días sin tocar en su puerta. No bajó de la oficina en el segundo piso por la mañana — las empleadas le llamaban el palomar —, localizada en el sótano previo a la compra del edificio de dos plantas. La Tula se pasó la mañana subiendo y bajando al segundo piso, preocupada por su condición de ánimo y a la una de la tarde le preguntó:

— ¿Cómo sigues, mi amor?

— Peor, tengo un negro presentimiento. Me preocupa que la relación de Ricardo con Virginia lleva nueve meses de vida, más o menos el tiempo en que sus novias sufren algún percance; los amigos de Ricardo hacen apuestas sobre cuánto tiempo la relación seguirá en pie, si la muchacha quedará o no intacta constituye una jugada por separado, según me cuenta Bruno en su informe; me tiene preocupada porque Virginia es orgullosa, temperamental, y no le vas a soportar un desaire a Ricardo. Eso es precisamente lo que lo pone de mal humor.

— ¿Por qué no la llamas por teléfono, y así te asegura que todo anda bien entre los dos?

— Hablé con ella dos veces por la mañana, ya tú sabes cómo piensa: cree que yo intento controlar su vida.

— Tranquilízate, llega mañana después del mediodía; lo que no ha sucedido en los pasados meses, no creo que desemboque de hoy a mañana. Yo no he visto que hayas comido nada en todo el día ¿Quieres comer algo? Se te complica la vida si te debilita por no alimentarte, los problemas no se van a resolver porque tú dejes de comer.

— Tráeme un té de manzana con canela y una sopita de fideo, vegetales y papa; dile a la cocina que haga un sofrito con ajo, cilantro, cebolla y que luego lo viertan en la sopa.

A los pocos minutos una que le decían la Enfermera — estudiaba el oficio tres noches por semana — entró en la oficina con lo que había ordenado, la Tula entonces retornó a sus quehaceres en el primer piso. La enfermera le dijo, a medida que le colocaba el servicio encima de la mesa:

— ¿Se sientes bien, señora Muñeca? Hoy no he visto que haya comido nada.

— ¿Me vigilas?

— Aquí todas estamos pendientes de usted, no queremos que pase hambre o que se nos pueda enfermar ¿Qué haríamos sin usted?

— Yo estoy bien, muchas gracias por esos bellos pensamientos; aunque después de todo, como dice un viejo dicho: «No hay mal que dure cien años, tampoco existe un solo cuerpo que lo pueda resistir». Ya pasará.

— ¿Me permite una sugerencia?

— ¡Dímelo!

— El otro día le oí decir que no tenías el ánimo de ir al masajista, yo le puedo ayudar con eso cuando no tenga deseos de salir.
— ¿Y tú sabe de masajes?

— Era mi oficio antes de venirme a vivir a la ciudad, pasé por un mal momento y me vino la idea de que un nuevo ambiente, nuevos amigos y un oficio distinto le haría mucho bien a mi espíritu; estoy estudiando enfermería tres noches a la semana, vas a estar en buenas manos.

— Yo te comprendo, a mí también me llegan momentos en que me siento asfixiada, todo me apesta y el mundo luce como si estuviera estancado; entonces necesito ver gente nueva, mudarme a otra ciudad, a otro barrio, aunque siempre opto por unas vacaciones a donde nadie me conozca. Un cambio de ambiente, de amigos, un amante nuevo en el momento preciso — ya sea que tengas parejas o no — es como un vaso de agua fresca, después de un largo trecho bajo el ardiente sol de un desierto; cuando una vuelve a la realidad lo hace rebosante, con nuevas energías, nuevas ideas y con los deseos de vivir completamente renovados. Vamos a intentar lo del masaje cualquier otro día, te puedo contratar si eres buena en el oficio.

La Nena — quien era la más joven del lugar —, le preguntó como a las dos de la tarde a la Enfermera:

— ¿De qué te ríes? No has dejado de sonreír desde que te vi bajar del segundo piso ¿Qué te dijo la doña? Yo sé que tú sueñas todas las noches con ese caramelo. Debes de tener mucho cuidado, se te nota por encima de la ropa cuando la ve.

— Me dijo algo que me preocupó mucho, pero luego te lo cuento; aquí las paredes tienen ojos, oídos y lenguas, y no me parece que tengan siempre buenas intenciones. Yo no quiero que me aserruchen el palo con ella.

Camino a casa, lejos del bullicio en la taberna, volvió a quedarse a solas con sus pensamientos. Regresaba más allá de la hora de costumbre, no tanto porque la China estuviera de viaje y ella tenías que atender el negocio, sino, porque no deseaba estar sola en el departamento; en la taberna se mantenía rodeada por mucha gente, las empleadas eran unas alcahuetas con ella, y por momentos podía olvidar sus penas; le llamaban la doña, la jefa, la señora o la dueña. Pensó llevarse a la enfermera para que le hiciera compañía, de paso recibía un masaje que le haría mucho bien; sin embargo, a última hora cambió de parecer, prefirió pasar la noche sola para ponerse a pensar. A medio camino la despertó la sirena y las luces de un patrullero, la siguió tan pronto le pasó por el frente al cruzar la calle. Arrimó el auto a la cuneta, le apagó el motor, y colocó ambas manos encima del volante a medida que refunfuñaba entre los dientes: «¡Qué pendejada, solo esto me faltaba! Cuando una mujer está de mala tropieza, y aunque caiga bocarriba se le quiebra la crica». Dos oficiales se le acercaron, uno por la izquierda y otro por la derecha. El que se detuvo frente a la ventana del chofer le dijo:

— ¡Buenas noches, señorita! ¡Déjame ver su licencia y la registración del vehículo!

— ¡Buenas noches, señor oficial!

Había oído que la policía se llena de orgullo cuando le dicen «oficial», que usualmente perdona ofensas menores con tan solo un regaño. Mientras leía los papeles, el oficial le preguntó sin mirarla siquiera:

— ¿Sabes por qué te mandé a detener, Salomé? ¿Ese es tu nombre: Salomé Altagracia?

— Si, señor oficial; así es como todo el mundo me conoce desde que yo nací, y no tengo ideas porqué me detuvo.

— Te pasaste la luz en rojo en aquella esquina; tuviste mucha suerte, porque de cinco personas que se «comen» esa luz una provoca un accidente ¿Has estado tomando licor? Pensé que venía un poco soñolienta, no te diste cuenta cuando te ordené detener el coche.

La policía no siempre se muestra parlanchina, quizás la quería examinar para saber si venia borracha, por lo regular a los borrachos los cogen por la lengua.

— Hoy tan solo he tomado agua y café, señor oficial.

— ¡No te mueva de ahí, ahora mismo regreso! — le ordenó el policía.

Se quedó refunfuñando entre los dientes, a medida que los policías regresaban al patrullero: «¡Que no me mueva de ahí! ¿Y para donde carajo voy a salir huyendo, acaso no tiene mis papeles en sus manos y una máquina que corre como el diablo para darme alcance? Tiene un sentido común envidiable». Los policías retornaron y se colocaron en sus antiguas posiciones, el de la ventana izquierda le devolvió sus credenciales acompañadas por una cita para verse con ella en la corte. Venía de nuevo con el pensamiento en las nubes, esta vez la despertó la campanilla encima de la puerta de su departamento; venia con las manos ocupadas con su cartera, dos fundas con ropa interior nueva, jabón de baño y perfumes. El llavero se le cayó al entrar en el departamento, de inmediato rezongó entre los dientes algo acerca del pipo; cuando llegó a su habitación, sacó una botella de vino de una pequeña nevera en una esquina y se sirvió una copa. Se quitó la ropa, llenó la tina de agua caliente y le añadió unas yerbas aromáticas hervidas, tales como amansa guapos, yerba buena, albahaca, corre caminos, quítate que no llevo frenos y menta. Eso era una fórmula de la abuela Caridad — abuela de la China —, que las mujeres de la familia usaban para llamar la buena fortuna, el amor y alejar lo malo del hogar. Colocó una vela y la copa de vino en el piso, algo de Mozart el tocacintas, apagó las luces y se introdujo en la bañera.

A las tres de la mañana todavía estaba despierta, se pasó todo el tiempo releyendo su diario y revisando una vez más el expediente de Ricardo; a esa hora quería llamar una ambulancia, sentía los latidos del corazón un poco acelerados y vértigos ligeros cada vez que se ponía de pie; creyó que a lo mejor los mareos eran los efectos del vino, lo del corazón por la sensación de susto que desde temprano sentía. Se arrepintió de no haber traído a la enfermera, su compañía le hubiera hecho bien a toda la presión que sentía en el pecho, y la noche la podía pasar mucho mejor. Llamó a Virginia en vez de una ambulancia — ya eran las tres y quince —, sin ninguna reacción de la muchacha. Se sentía cansada, luchaba por mantener los ojos abiertos, estaba despierta desde la cinco de la mañana del otro día. Llegó el momento en que no pudo aguantar ni un minuto más, se dejó llevar por el cansancio y concilió el sueño. Tuvo un sueño intranquilo, a cada momento despertaba con un fuerte sobresalto en el pecho; abrió los ojos un poco más tarde y vio que faltaban diez para las cuatro, dentro de una hora debía levantarse para irse a trabajar. Desactivó el despertador para evitar el escándalo de todas las mañanas, esta vez la cabeza le hubiera estallado; sacó de la mesita de noche una cajita de calmantes, se tragó dos pepas enjugadas con saliva, luego levantó su teléfono celular y le compuso un mensaje a la Tula: «Resuelve lo que sea, no quiero que ser molestada por lo menos hasta las diez». Toda esa operación logró realizarla con la mano izquierda, mientras permanecía encima de su vientre. Apagó el teléfono y cuando ya estaba quedándose dormida otra vez, oyó la campanilla en la puerta de su departamento y los briosos pasos de una mujer cruzaron la sala. Se la imaginó una mujer joven con unos tacones que tenían la punta de metal, parecidos a los que usaba cuando era más joven, venia pisando fuerte sobre un piso de madera o de cemento. Le pareció extraño por la fracción de un segundo, aunque no se detuvo a pensar en las implicaciones de la experiencia: el piso de la sala estaba cubierto por alfombras. Segundos después la mujer abrió la puerta de su habitación, le puso el seguro a la cerradura y se tiró en la cama en su costado a mano derecha.

En ese momento — acostada encima de su vientre —, sacó el brazo fuera de la sabana y tocó el cuerpo de la mujer; le sintió la temperatura un poco elevada, la respiración agitada y con el corazón acelerado como si hubiera llegado a la carrera. Al segundo se durmió, con la convicción de que Virginia estaba sana y salva durmiendo con ella en su cama. No hubiera sido la primera vez que, al despertarse por la mañana, se topara con la hija durmiendo a su lado. Ya tendrían tiempo de hablar cuando amanezca.

Todos los días por la mañana cuando sonaba su reloj despertador, saltaba como impulsada por un resorte, caía sentaba en el borde con media nalga fuera de la cama; se pasaba las manos por la cara, tomaba una respiración profunda, luego con mucho cuidado colocaba el pie derecho en el piso, comenzar el día con el pie izquierdo le traía mala suerte; algunas veces olvidaba el ritual y a última hora intentando evitar pisar tierra con el pie «malo», perdía el balance y caía bocarriba sujetándolo en el aire. No le importó nada en esta ocasión, caminaba con los ojos entornados arrastrando las chancletas en busca de Virginia. Le dio un olor a café semejante al que su abuela colaba en el campo, se dirigió a la cocina esperando encontrar a la muchacha colando café; le hubiera caído bien una taza de café negro, pero al llegar a la cocina la encontró fría y oscura. Caminó hacia el aposento de la joven, luego la buscó en el aposento de la China y por último en el cuarto de baño, más no encontró indicios de que hubiera estado en el departamento la noche anterior. De repente se detuvo en el medio de la sala, se le despejó la pereza y sintió un escalofrío en todo su cuerpo, junto a una sensación como si los cabellos se les hubieran engrifados; recordó que había condenado las cerraduras del apartamento y de su habitación, Virginia hubiera tenido que llamarla por teléfono para entrar; calló en cuenta que a lo mejor la muchacha estaba muerta, y que su espíritu vino a despedirse para siempre. Sintió la idea como un latigazo en el corazón. Se tiró encima el primer vestido que tuvo a mano, salió casi huyendo sin ni siquiera bañarse y lavarse los dientes, sin atreverse a mirar en ninguna dirección que no fuera la puerta de salida. Llamó sin éxito a Virginia por teléfono más de cinco veces, mientras conducía su coche en el trayecto hacia el negocio. Llegó a las once de la mañana, despeinada, sin maquillaje y arrastrando las pantuflas de baño. La Tula subió a la oficina en cuanto la vio por las vitrinas del restaurante, camino al segundo piso:

— ¡Mi vida! ¿Y eso, qué pasó anoche?

— ¡No me digas nada! He pasado la noche como los perros, dando vueltas en el mismo lugar para conciliar el sueño.
La Tula le dijo, cuando le contó el susto que había sufrido:

— La persona sueña todo aquello que la inquieta, los sueños no son presagios. Pasé la noche pensando en ti; estaba preocupada, no debí dejarte ir sola para el departamento con el ánimo en el piso. Tú sabes que me puedes llamar a cualquier hora, si es que no te sientes bien.

— Ya pasará. Llámate a Nancy en el salón de mi tía para que me arregle los cabellos, parezco una loca; luego ve al departamento y tráeme algo decente para cambiarme de ropa. También necesito un par de zapatos.

ACECHO

Cuando su madre agonizaba pensando que a lo mejor pasaba por un peligro de muerte, Virginia estaba estacionada frente a la residencia de Ricardo usando el coche de su

313

amiga, Jenifer, Ricardo hubiera descubierto al instante su escarabajo de un amarillo brillante.

A las dos de la mañana ya tenía una cajetilla de cigarrillos en los pulmones, varias cervezas pataleándole con fuerzas en el hígado, con otras tantas de reserva en una pequeña nevera portátil con hielo en el asiento de atrás en el vehículo. Ricardo no la quiso ver al regresar de sus vacaciones en el caribe, ella creyó que a lo mejor estaba picado porque no quiso aplazar las vacaciones para que viajaran juntos, además de que se tomó una semana más de lo que habían acordado; pero, en realidad, los espías de Ricardo en Medellín le habían informado que habían visto a la mujer en varias ocasiones, pasar de un fin de semana o una semana con don Manolo en su departamento en la ciudad. En otras ocasiones, ya la hubieras abrumado con preguntas y amenazas horribles. Ella comenzó a ignorarlo al notar su frialdad en los primeros días su de su regreso, aunque no tardó mucho sin que su agresividad pasiva cogiera fuego; su hielo se derritió cuando le dijeron que, durante su ausencia, Ricardo se consoló con un «bizcochito» de veintidós años, él mismo dio la orden para que les fueran con el trebejo entre los dientes; ella lo llamó por teléfono esa misma tarde, ya era miércoles:

— ¡Hola! — dijo una melosa voz de mujer — ¿Con quién quieres hablar? ¿Con quién? ¿Con Ricardo? ¡Espérate un momento, déjame ver si te lo consigo por aquí! — Ricardo le había pasado el teléfono al ver quien era que lo llamaba, para que fuera ella quien hablara con la mujer.

— Dile que yo no estoy aquí — dijo Ricardo cuando le pasó el teléfono.

Se lo dijo en alta voz desde su posición tirado en la cama en calzoncillos, de manera que la otra lo pudiera escuchar.

— ¿Hola? ¿Eh? ¡Oh! — volvió a decir la melosa voz —. Dice Ricardo que no te puede atender, debido a que no está en casa en este momento ¿Cómo? ¡Espérate, yo se lo digo! Mi amor, dice que cojas el teléfono viejo verde, indecente, corrupto y pervertidor de menores.

La joven sonría pasando el mensaje, Virginia estaba furiosa y gritaba tan fuerte que Ricardo la podía escuchar con mucha facilidad.

— ¿Sí? ¿Bueno? — volvió a decir la muchacha —. Dice Ricardo que anda cazando unas leonas putas que viven en la selva, que no lo vuelvas a llamar hasta el próximo año. ¡No te desanimes, algún día regresa! Él es así: aventurero, impredecible y maravilloso.

Lo de leonas putas lo decía por las mujeres en la familia de Virginia cuyo apellido era D'Leon, ellas se hacían llamar el «Clan de las Leonas». Ricardo le dio señales a Rosita para que pusiera fin a la conversación, pasándose el índice de la mano derecha por la garganta; cuando cortó la llamada, Rosita le dijo en tono meloso al hombre, al mismo tiempo que lo abrazaba y arañaba suavemente su peludo pecho con sus largas unas postizas:

— ¡Ay Papi, esa mujer está que arde! Cuídate mucho porque te puede hacer cualquier cosa mala, y yo no te quiero perder.

Virginia estaba tan fuera de sí que no le fue posible articular ni una palabra, cuando Jennifer entró en el momento justo al momento de finalizar la conversación con Rosita:

— ¿Para quién eran esos gritos? ¡Se podían escuchar ahí afuera en el pasillo! — dijo Jennifer.

Durante los dos siguientes días, utilizando el vehículo de Jennifer, merodeó los alrededores del club buscando conocer al «bizcochito» nuevo de Ricardo; le quería cortar el cabello con su navaja de barbero, la cual siempre llevaba consigo en la cartera para su defensa personal, le dijeron que la joven tenía una cabellera de azabache brillante, larga y copiosa. No se pudo aguantar cuando llegó el sábado, optó por espérala frente a la casa de Ricardo. Eran las dos y media en la madrugada, cuando vio por el retrovisor las luces de dos coches que se acercaban a pasos de tortuga; el corazón le dio un brinco, se le hizo un nudo en la garganta y se dijo en un susurro: «¡Ahí vienen!». Solo alcanzó a ver los reflectores de las máquinas, su certero sentido de mujer le hizo la revelación ¡Muy extraño! No le pudo advertir que lidiaba con el hombre incorrecto, sino, por el contrario: ella lo vio como el hombre maravilla. Se hundió en el piso del coche, a pesar de que las ventanas estaban ahumadas para evitar que los hombres de Ricardo la pillaran, a esas horas siempre venia escoltado por dos vehículos guardaespaldas. Sintió el resplandor de sus focos a su costado, y por un momento le pareció que se habían detenido frente al coche que la mantenía oculta; el ano le comenzó a palpitar del susto haciendo pucheros incontrolables, al compás del acelerado ritmo de su corazón; se le salió un pedo que no pudo contener, aunque mucho trató apretando sus glúteos, como si a los hombres de Ricardo les hubiera sido posible detectar el desfogue. Algunas veces se le salían sin darse cuenta —el único defecto que poseía, según ella —, cada vez que almorzaba su plato favorito: arroz blanco, habichuelas rojas y dos huevos fritos. En las calles y en las reuniones sociales apretaba fuertemente las nalgas, como si hubiera estado conteniendo las ganas de ir a desaguar o como si tuviera una estaca incrustada en el ano; el que la veía caminar con ese ajuste, pensaba que se trataba del swing que tienen las mujeres sofisticadas, hermosas y muy inteligentes. Uno de los coches tomó posición en la esquina nordeste de la calle, el otro se detuvo un poco antes de llegar a la casa. Levantó la cabeza en el momento, cuando el suburbano color negro de Ricardo asomó el hocico por el punto este de la calle, lo vio penetrar en el garaje y apagar las luces mientras la puerta se cerraba automáticamente. A los cinco minutos, los coches guardas espaldas se marcharon uno detrás del otro. De inmediato agarró su mochila para echar en ella perfumes, joyas y alguna ropa interior que guardaba en el aposento de Ricardo. Hizo gárgaras con un enjagüe de sabor a menta para disimular el tufo a cigarrillo y cerveza, luego se puso a rezongar entre los dientes: «Yo le voy a enseñar a este viejo anticuado que a la mujer se le respeta ¿Y al "pollito" ese que no se apea como si fuera un anillo en el meñique? Me quito el nombre si esta noche no lo desplumo: le voy a cortar la lengua, por fresca». Cruzó la calle a la cerrera, y cuando llegó a la casa presionó el timbre de la puerta varias veces. No recibió reacción alguna del interior, volvió a punchar el botón repetidas veces impacientemente. Le temblaban los dedos, sentía un escalofrío en el cuerpo entero y un leve olor a ratón muerto en el ambiente; recordó los disparates de su madre referente al vaho de la muerte, a lo que nunca le había hecho caso y ahora mucho menos. Le pegó fuertemente con el puño a la puerta y le dio un par de patadas, volvió a tocar el timbre al no sentir nada proveniente del interior de la casa; esperó unos segundos, y ya se disponía para continuar el proceso cuando al fin una voz ronca de hombre le preguntó:

— ¿Quién es?

— ¡Tú sabes bien quien soy, maldito loco! No me comience a jorobar la crica que no estoy de humor para tus pendejadas esta noche… ¡Ábreme la puerta, coño!

— Ya es demasiado tarde, vete y regresa mañana después del mediodía: ya estoy durmiendo, esta noche tan solo quiero descansar, no tengo el ánimo para escuchar chorradas de putas ¡Largo de mi casa, zorra desgraciada! Cumplo años dentro de unas horas, me vas a traer mala suerte con todas tus majaderías.

La estaba provocando, conocía la mala grama que llevaba por dentro, la cual no era muy diferente a la suya, sus temperamentos cogían fuego con facilidad.

— ¡Ábreme la puerta o te rompo las ventadas a puras pedradas! Vine a buscar mis joyas, mis perfumes y mi ropa interior; las compré con mi dinero y no se las voy a dejar de regalo a ninguna de tus putas, me voy dentro unas horas para Nueva York y no pienso regresar, ya me cansé de recoger basuras como tú en esta ciudad.

Se lo dijo en voz alta, estaba medio histérica y un poco borracha, sabía que vivía temeroso de los escándalos en el frente de su casa; los vecinos lo veían con malos ojos por creerlo un ampón de mala maña, por el guarda espalda que le mataron en la puerta de la casa y por la desaparición de Mireyita. Los cuatro manubrios giraron uno a uno, y la puerta de la casa, por fin se abrió. Virginia entró como un ventarrón y de inmediato subió al segundo piso, cuando se detuvo frente a la puerta del aposento ya tenía su navaja de barbero en la mano. Recogió sus joyas, sus perfumes, su ropa interior y las introdujo en su mochila después de rebuscar a Rosita en cada closet. Cuando apareció en la parte alta de la escalera, Ricardo la esperaba sentado en una butaca en la sala, dizque leyendo una revista y envuelto en una calma que no era suya. Le dio una mirada socarrona por lo picada que la notó, sabía exactamente como sacudirle su orgullo:

— Espero que no se te haya olvidado nada — le dijo —, porque yo no quiero volver a volverte por el resto de tu azarosa vida ¡Lárgate de mi casa! Estoy cansado y tan solo quiero dormir — ya te lo dije —, las putas ya no me atraen como antes y creo que lo habrás notado: ya no te busco.

— ¡Si, ya me voy! A mí tampoco me interesa volver a verte, pero antes de irme te voy a decir dos o tres verdades, quiero sentir la satisfacción de ser yo quien te lo diga porque nadie se atreve, aunque sea un secreto a voces que tú quieres ignorar. Todo el mundo sabe que tú eres el puerco más puerco, entre todos los puercos del mundo que hay por ahí; saben que eres un viejo verde fracasado en el amor, que anda fisgando muchachitas que pudieran ser tus hijas ¿No te da vergüenza que la gente se ría de ti? ¡Ah, es que tú no la conoces!

— Es mejor que no hablemos de chanchos y de cochambres, porque me vas a tener que oír ¿Ya se te olvidó? Yo te conocí en un club de golfas, donde tú buscabas quien pagara lo que tu creía valían tus polvos, pero si son o no la gran cosa eso no eres tú quien lo decide. Tú no tienes derechos a reclamarme nada porque tú no me lo da gratis, yo te lo compro con joyas, perfumes, vacaciones a lugares exóticos, paseos en coches de lujo, y te llevo a comer en lugares que tú no puedes entrar si no es conmigo; si eso no es una relación entre una ramera y su cliente, defíneme qué significado tiene la palabra para ti.

— Todos los hombres cubren las necesidades de sus mujeres, y no por eso tienen que ser putas. Es tu deber como hombre.

— Eres una puta sin ningún derecho, si tus beneficios personales son los que te mueven. Tu habla mucha paja, el viento me trae tus verdaderas intenciones cada vez que te pones a ladrar con tus amigas. Yo no me quejo y no me niego a pagar por mis necesidades, pero no me digas que yo no te puedo cambiar si me aburro de ti o si encuentro una mejor oferta, tu harías lo mismo si encuentras uno con quien tenga mejores beneficios de los que yo te ofrezco, y no sería la primera vez. Cuando yo te conocí tenías un novio, al cual abandonaste porque tenías mejores beneficios conmigo, a mí no me pasó desapercibido y nunca me formé ilusiones contigo. Yo sé que me has estado pegando los cuernos en Medellín con don Manolo por los mismos beneficios, mis amigos en Medellín me lo han informado. Por otro lado, yo sé que tus vacaciones las pasaste en Aruba con una lesbiana, en vez de tu país con tu familia según me hiciste creer. A la segunda noche de tu arribo en Aruba, unos amigos míos estaban sentados a dos mesas hacia tu derecha en el restaurante del hotel a donde fuiste a cenar con tu mujer, tu marido, tu novia o cualquiera que sea el caso; a ti no se te nota, pero tu amiga tiene un perfil inconfundible de machorra. Yo tengo fotografías de todo, tu no sabe qué clase de hombre yo soy, ni hasta donde llegan mis tentáculos. Como si todo eso fuera poco, me acaban de informar todo acerca de tu perra vida. Yo siempre me creía ser un toro en cuestiones de mujeres, tu hiciste de mi un idiota frente a mis amigos. Sin embargo, mírame como yo estoy, me siento más tranquilo que un suero de miel de abeja. Tanto me importó, que no busqué a tu regreso de tus vacaciones.

Ahora ella comprendía toda la verdad, la socarrona sonrisa de Ricardo no podía tener otra explicación, lo podía ver en su mirada y creía saber lo que pasaba por su mente. La noche de la cena mencionada por Ricardo, se había ido a bailar a un club nocturno con su prima; cuando salían del establecimiento fueron atajadas a las dos de la mañana por un miniván de color negro, en el cual fueron introducidas por cuatro individuos de manera violenta; ellas intentaron resistirse ya en el interior del vehículo, pero un par de tabaná las tranquilizaron; fueron conducidas a un viejo almacén, le quitaron la ropa y los cuatro individuos tomaron turnos para violarlas salvajemente, dos de los individuos prefieren entrar por las puertas del patio trasero. Como punto final, fueron azotadas por la espalda y las nalgas con una correa de cuero mojada. Hasta ese momento, Socorro no había sido tocada por ningún hombre. Eran casi las cinco de la mañana cuando las montaron en el miniván negro, la jondearon desnudas fuera del vehículo en un callejón oscuro. Tuvieron mucha suerte, porque a pesar de todo, les lanzaron la ropa, sus carteras y sus teléfonos encima de sus cuerpos desnudos. Cuando entraron al vestíbulo del hotel, los que ya estaban despiertos las miraban asombrados, parecían como si les hubiera pasado por encima un ciclón: estaban demacradas, despeinadas, arañadas, con algunos moretones en sus rostros y sus vestidos rasgados. Les cambiaron las fechas a sus pasajes, y a las cuatro de la tarde salieron despavoridas del Aeropuerto: «La Reina Beatriz». En silencio, sentadas lado a lado en el avión, Virginia estaba pensativa con la mirada perdida en el vacío, mientras Socorro no cesaba de secar gruesas lagrimas que resbalaban por sus mejillas. Al cabo de un rato cayeron en un profundo sueño y el resto del viaje se lo pasaron durmiendo, era mejor ausentarse del mundo y no pensar en la humillación de la pasada noche.

— Yo estoy pensando formar un hogar con hijos y las demás pendejadas en el caso — proseguía Ricardo, mientras ella pensaba en su experiencia en Aruba —, y a ti no se te ve la pinta de una esposa ni de una buena madre. Tu eres una «bimbo», una zorra, una mujer solo para un rato y no para un largo camino, tu relación conmigo llegó a su fin. Yo mantengo las zorras a mi lado hasta que me aburra, ya me aburrí de tu presencia, de tus cuernos y de todas tus majaderías.

— ¿Ya terminaste de hablar pedazo de buena basura, desgraciado? Socorro es mi prima, mi mejor amiga y mi confidente —, ella es como si fueras mi hermana —, y a mío no me importa lo que te dé la gana de pensar; y, sí, es

325

mejor que tú y yo dejemos esta vaina, porque tú no vale la pena y no te mereces a una mujer como yo; tú eres tan solo un ampón del bajo mundo, solo te mereces una fusilera de las que giran en tu ambiente de la mierda, yo soy demasiado mujer para un hombre tan poca cosa como tú.

— Tú tienes la conciencia de una hormiga, tu no vales nada, eres incapaz de reconocer la imagen de tu propio espejo. Y eso no es raro, yo no he visto una que no tenga sobreestimado sus valores así sea un esqueleto, una ballena o el peor de los bichos, todas proyectan una dignidad falsa y exigen un respeto que no merecen. Tú eres quien no se merece un hombre como yo: buen tipo, el mejor amante del mundo, extremadamente dotado y con suficiente plata para quemar. Yo no te necesito, yo puedo comprar cualquier bicho que me dé la gana para matar tiempo, todavía no he visto una que no tenga su precio. Yo fui un caballero contigo, pero me dicen que a ti te gusta que te traten como una perra.

Ricardo estaba rojo como un tomate, a pesar de su fingida tranquilidad. Virginia cogió su mochila y se dirigió a la puerta de la calle, Ricardo la detuvo agarrándola con violencia por el brazo izquierdo.

— ¡Espérate un momento, pedazo de alimaña de todos los infiernos! ¿A dónde crees que vas tan de prisa? Todavía no hemos terminado la conversación, ahora mismo te voy a demostrar el tipo de hombre con el que has querido jugar, todavía tu no sabe quién soy yo de verdad; yo no soy un niño culicagado como los que te has revolcado en tu zorra vida, yo soy un macho y a mi tú me tiene que respetar ¿Me oíste bien? ¡Yo soy un macho, carajo!

Elevó la voz mientras la zarandeaba fuertemente, salpicándole con saliva el rostro, entonces le dio una galleta con la mano abierta; ella se tambaleó, y no cayó al suelo porque la tenías agarrada por el brazo.

— ¡Suéltame, coño! — dijo ella, forcejeando, intentando zafarse de sus garras — ¡Te dije que me suelte, maricón!
Le gritó usando todo el aire que tenía en sus pulmones, Ricardo, en vez, le propinó una segunda cachetada.

— Yo no sé por qué los bichos siempre la cagan a última hora, tu no tenías que venir a fuñirme la paciencia en mi propia casa si yo no valgo nada para ti, si no te importo. Acabas de cometer el peor de todos tus perros errores.

Virginia seguía sacudiéndose, intentando zafársele de sus garras, y al no poderse liberar le pegó con su mochila en la cabeza. Ricardo se la tumbó de un manotazo, le propinó dos tabanás usando el frente y el revés su mano. Él tenía la costumbre de cachetear a las mujeres con ellas cogidas por un brazo hasta verlas sangrar, hasta desmallarse o hasta que le pidieran perdón cualquiera que hubiera sido la ofensa. Con la mano que tenía libre, Virginia sacó de la chaqueta su navaja de barbero con la parte de atrás incrustada en una cacha de madera; le tiró un navajazo en dirección de la garganta, logrando alcanzarlo en vez en la mejilla y la boca en la parte derecha del rostro. Ricardo la soltó y reculó un paso, antes de que pudiera reaccionar ella lo persiguió y le dio un segundo tajo alcanzándolo esta vez en el otro lado de la cara, con un tercero lo cortó a mano derecha en el cuello. La primera reacción de Ricardo fue correr fuera de su alcance, mientras ella continuaba sin darle ni una sola tregua, rápida como el rayo. Se pasaron unos minutos avanzando y reculando, mientras la joven abanicaba la navaja frente a Ricardo. Logró herirlo varias veces en los hombros, en los brazos, en las manos, en el pecho, y hasta un dedo le mochó en la mano izquierda. Ricardo palideció con la primera herida, después de la segunda perdió el color por completo; era hemofílico, ella sabía que vivía con el miedo hasta de pincharse un dedo con un alfiler, bajo la creencia de que se podía morir sangrando. La navaja, los movimientos y los ataques de la joven relampagueaban frente a los ojos del azorado Ricardo; ella los había venido practicando por mucho tiempo, en sus ejercicios de artes marciales y en las clases de valet. Ambos reculaban, avanzaban, se movían de lado a lado, esquivándose y atacando uno contra el otro. Ricardo sangraba copiosamente mientras Virginia no cesaba de perseguirlo como una fiera, con la imagen de su manzana de adán fija en la mente. A cada rato Ricardo intentaba salir corriendo al segundo piso, allí tenía su pistola debajo del colchón de la cama; sin embargo, pensaba que la mujer podía salir huyendo de la casa en lo que buscaba el arma. Intentaba restarle concentración con todo tipo de improperios, mientras ella seguía seria y preocupada sin pronunciar ni una sola palabra. La sala tenía chisguetes de sangre por todos los rincones y ya le habían dado varias vueltas, los jarrones y vasos de cristal se habían hecho añicos, y los objetos decorativos ahora estaban en el piso. El reguero de sangre trajo a la memoria de Ricardo el charco debajo del cuerpo de Mireyita, la noche que le dio un tiro en la sien en el sótano hacía dos años a esa misma hora; también se acordó que no sangró el Torito, cuando un sábado a las cuatro de la madrugada el día de su diecinueve cumpleaños, cuando le pinchó el corazón con un estilete de acero de cortar hielo; siempre lo llevaba en el bolsillo derecho del pantalón, con una tusa en la punta para no pincharse accidentalmente. Igual que ahora y a esa misma hora, estaba cumpliendo años las madrugadas en que mató a toro Duro y a Mireyita. Pensó que a lo mejor fuera su destino morir a esa misma hora el día de su cumpleaños, a manos de una mujer de manera violenta. Le vinieron a la mente algunos refranes legendarios, como, por ejemplo: «El que vive por la espada tarde que temprano muere atravesado por una, y el que siembra vientos cosechará tempestades»: ¡Mierdas de monjas, coño! ¡Hay que dejarse de vainas: ¡Yo soy un macho, carajo! — pensó —. Se puso a dar unos pasitos como si hubiera sido un boxeador, la vista ya se le había comenzado a nublar. En un descuido que Virginia perdió el balance, le dio una trompada que la tiró de cabeza en el sofá y la navaja salió volando fuera de su mano; ella se puso en pie tan pronto cayó, atacó a Ricardo lanzándole una patada en dirección de los granos, pero el intento le falló y cayó sentada en el piso. Se volvió a poner de pie como resorte, vio su navaja en una esquina y antes de que le pudiera dar alcance, Ricardo le dio una segunda trompada en el pecho y ella volvió a caer en el sofá con más violencia; de inmediato se le tiró encima como un leopardo y le arremetió un par de puñetazos adicionales, uno en la nariz y el otro en el ojo izquierdo. Se le sentó a caballo en el vientre con la mano que tenía el dedo mocho en el aire, mientras con la otra le daba puñetazos en el pecho y en ambos costados. Lanzó un grito de karateca, la tomó por la blusa con la mano buena, la zarandeó violentamente y le gritó a toda voz: «¡Levántate, cobarde, pelea como un hombre! ¡Yo soy un macho de hombre, y conmigo no se juega!

Se volvió loco, y por un momento pensó que peleabas con un hombre. Ya la gente habías advertido a Virginia, le dijeron que no lo hiciera encambronarse porque perdía el sentido y no sabía lo que hacía. Ricardo estaba fuera de sí, resoplaba semejante a un potro al final de una carrera. Miraba fijamente a la mujer, sus ojos estaban rojos como un tomate y desorbitados, inyectados con una buena dosis de sangre y de rabia. Se fijó en ambas manos las cuales tenía en alto, y por último en su pecho. Estaba, como se dice, bañado en sangre. Aunque la pelea duró tan solo unos instantes fue tan intensa, que a los dos les pareció como si hubiera durado una eternidad. Ricardo se dirigió al teléfono de tierra de la casa, llamó a su hombre de confianza y con voz temblorosa le dijo, como si hubiera estado al punto de irrumpir en un llanto incontrolable: «Mocho, vente para mi casa de inmediato, necesito urgentemente una limpieza y hornear un pavo; ven con el miniván azul, a última hora se me cagó una vaina con la que no contaba. Estoy sangrando mucho, esta perra me cortó ¡Date prisa! Llámate a Felipe y dile que venga para mi casa cuanto antes, dile que venga preparado para lo que sea, como siempre». «Hornear un pavo» hacía referencias, a la incineración de un cuerpo en la funeraria de su tío. Mientras tanto, Virginia sentía que flotaba en el aire en el medio de una cueva oscura, siendo atraída por una fuerza en el fondo; presintió `al otro lado un grupo de personas bajo un sol radiante, quienes la esperaban sonrientes como si hubiera sido una bienvenida. El grupo tenía un vestuario de colores vistosos como si fueran de otra época, o como los que usan las personas que trabajan en circos; recordó algo a lo que nunca le dio importancia — se lo escuchó decir a su bisabuela —, decía la señora que sus antepasados era un grupo de gitanos que trabajaban en un circo en el viejo mundo. Sintió mucho frio, tanto como si hubiera estado sumergida en una laguna congelada sin nada encima, pensó que se trataba del frio de la muerte. Su cuerpo estaba engurruñado frente al sofá, pero ella lo veía lejos en la boca de la cueva, esfumándose poco a poco envuelto en una densa neblina. Se llenó de pánico y comenzó a chapalear en dirección a su cuerpo, quedó extrañada porque no se movía, le dio la impresión de que todo sucedía en sus pensamientos. En eso escuchó su teléfono celular, el cual, aunque permanecía en su mochila cerca de la cabeza de su cuerpo, ella lo escuchó como un eco lejano. El tono de la llamada era el de su madre, la misma que le hizo agonizante a las tres y quince, desvelada pensando en lo que pudiera estar pasando con ella. Intentó llamarla como si la madre la pudiera escuchar, pero no tenía control de los músculos del rostro y no podía oír su propia voz, ella le quería decir: «¡Mami, por favor, agárrame! ¡No me dejes morir!».

COMO DOS GOTAS DE AGUA

Llegó un momento en que Virginia se rindió, estaba cansada, quería dejarse arrastrar por la fuerza más allá del fondo en la cueva y echarse a dormir para siempre. Ya no hacía esfuerzos de regresar a su cuerpo, ahora solo quería dormir. Toda su vida le pasó por la frente como un celaje con todos sus detalles, durante los pocos momentos antes de perder el sentido. De todas las imágenes, se detuvo durante unos segundos en otro sábado por la noche. Fue uno de los eventos más importantes que hubo en su vida, tenía diecisiete años.

— Vamos al cuarto de mami ahora que las doñas no están en casa — le dijo a Zoraida, refiriéndose a sus respectivas madres —, te voy a mostrar el secreto que nos han ocultado por diecisiete años. No tengas miedo, no van a llegar hasta después de las dos de la mañana, luego de la fiesta de la boda de Nuri se van a ir a cerrar el negocio ¡Eso sí, óyeme bien lo que yo te voy a decir! Si tú me chivatea, yo te juro que te corto la lengua. Júrame por lo que tu más quiera en la vida, que me vas a guardar el secreto para siempre ¡Júramelo!

— Te lo juro por mami, por tu mamá y por ti.

— ¡Mira, coño, eso sí que no! A mí tú me saca de tú juramento, yo no me quiero morir si no cumples tu promesa ¡Sácame, sácame!

— ¡Está bien, ya te saqué! — aseveró Zoraida.

— Óyeme bien lo que te voy a decir ¿Me estás escuchando?

— ¡Yo no soy sorda, suéltalo!

— Yo tengo que asegurarme porque tú te hace la boba, pero a mí tu nunca me has enredado la cabuya con esa carita de mosquita muerta, yo te conozco mejor de lo que te puedas imaginar.
Zoraida lanzó una carcajada:
— ¡Tú eres loca! ¿Mi carita no es la misma que la tuya?, somos como dos gotas de agua.

— Es verdad en lo que a lo físico se refiere, pero tú no te da cuenta es que lo de adentro se refleja por fuera. Si la gente nos mira bien, puede percibir fácilmente que no somos la misma persona.

— ¿Y eso es algo del otro mundo? ¿Y todo el mundo cuenta con la sagacidad y el tiempo suficiente, para detectar detalles sutiles en el semblante de las personas? No es necesario que seamos igualitas por dentro, no hay dos personas con la misma personalidad no importa lo mucho que se parezcan físicamente. Dime cual es el misterio que ahora te trae, y déjate de pendejadas que no vienen al caso.

— Escucha bien, grábatelo para que no se te olvide: nos hemos tratado como si fuéramos hermanas, pero tú y yo somos hermanas de verdad.

Zoraida no paró de reír por unos momentos.

— ¡Rayos, qué secreto! ¿Cuándo lo descubriste? Por lo menos yo tan solo me hago la boba, tú lo eres hasta el mismo tronco de su ser y de las que son bien zánganas. Yo nunca lo he dudado, y lo que no tengo agarrado por el rabo todavía es cómo fue que pudo suceder una tragedia semejante. Tú y yo somos como dos gotas de agua por fuera, aunque por dentro seamos distintas lo cual es normal. Algunas de las malas lenguas hablan de una inseminación artificial de la misma persona, otras dicen que la niña de tu mamá nació muerta, que mami tuvo jimaguas y le cedió una de sus niñas. No me has hecho ningún favor, ni me has dicho nada que aporte alguna luz al misterio de nuestro nacimiento, a menos que tengas pruebas de lo sucedido y de quien es nuestro padre cualquiera que haya sido el caso.

— Ahora yo estoy segura de los acontecimientos, cuento con todas las pruebas que tu necesitas — dijo Virginia —. Yo me inclinaba por la inseminación artificial, la versión de las jimaguas nunca me pareció real, porque a pesar de que somos igualitas existen algunas diferencias físicas entre nosotras. Yo tengo un mejor color — tú eres como un vaso de leche sin sal —, tengo el mismo cuerpo de mami, la forma de caminar, el timbre de su voz, el lunar de las Leonas en la mitad del seno izquierdo, y mis cabellos son un poco más rizos que los tuyos; como prueba final, tengo los dientes con que cuentan las mujeres de mi familia entre las piernas. El color de mi piel, el rizo en mis cabellos y los dientes en las nalgas, vienen por las dos o tres gotas de prieto en la progenie de mami ¿Tú tienes dientes en las nalgas? ¿Eh? ¡Dime! Esa es una de las señas en las mujeres de la familia D'Leon ¿Tu no has oído los cuentos de mami? Lo dicen los hombres que nos pasan por ahí.

— ¡Yo qué voy a saber! Yo no puedo cogerme a mí misma, y a mi ninguno me lo ha referido todavía. Yo te dije lo que había escuchado cuando tenía doce años, una vez que tu mamá conversaba en la sala con la China, la Boxeadora y la Pava ¿Te acuerdas?

— Dime algo a ver si me acuerdo — dijo Virginia.

— Te dije que mami comentaba que tan solo su diario y sus amigas cercanas, conocen el secreto de quien fue nuestro padre. A partir de ahí no hubo duda para mí de que tú y yo somos hermanas, porqué oye como fue que lo dijo: «El padre de las niñas». Tú no te acuerda porque vives en las nubes, no le pones atención a lo que de verdad vale y únicamente vive pendiente de los machos.

— Bueno, el caso es que yo estoy bien segura de que no soy hija de la China, tú no adivinarías la verdad ni en cien años que te lo pase pensando en el asunto.

— ¿Cuál es tu teoría, cuales pruebas tienes, de qué manera lo descubriste? Estas nadando en aguas profundas, te puedes ahogar si pisas en falso.

— Hace unos meses cuando las señoras fueron a Orlando a la boda de Raquel, logré abrir la caja fuerte que mami guarda en el armario, ahí hay un diario que tiene una cubierta de cuero negro y una leyenda en letras del color de la sangre las cuales rezan así: «Los zapatos rojos de muñeca» ¡Te vas a cagar cuando conozca la verdad! El secreto es conocido por la China, la mamá de Socorro, la tía Pocha, la boxeadora, la Pava y la Tula. A nosotras nos han dicho toda una vida que nuestros padres murieron en una misión secreta — eran agentes del gobierno —, que ni siquiera se puede hablar del asunto, y que nos parecemos debido a que los dos eran hermanos gemelos. Nos han venido embobando con que algún día nos van a decir la verdad, cuando estemos maduras para comprender mejor y guardar el secreto. Son tal para cual. Nunca he visto a dos personas tan diferentes por fuera, pero tan similares en su forma de ser y de pensar. Como tú y yo, pero, todo lo contrario.

— Estoy que muero por conocer quién es mi padre —, dijo Zoraida —, quiero saber a dónde vive y si lo puedo ir a conocer. Yo me le puedo presentar de sorpresa y decirle: «Yo soy tu hija».

— No corras tan de prisa que te puedes caer, espera conocer la verdad. Ahí en su diario tiene lo que tú y yo hemos deseado conocer, además de muchas sorpresas que ni te puedes imaginar.

— Tú me dices que tienes toda esa información desde hace cinco meses ¿Y cuándo pensaba dármelo a conocer?
Se dirigieron al aposento de Muñeca, abrieron la caja fuerte y Zoraida le preguntó:

— ¿Y cómo pudiste conseguir la combinación?

— Girando el manubrio con mucho cuidado la presión se afloja un poco al llegar al número indicado, yo vi una vez las veces que mami lo giró hacia la derecha, a la izquierda, y luego tres veces a la derecha. Me llevó dos años descubrir el truco. Como ya lo puedes ver, no es una caja de alto calibre ¡A ver, aquí está! Este otro es el diario de Kara, la tatarabuela su padre del cual copio la idea. También lo vamos a leer otro día, hoy no vamos a tener tiempo ni aun para el material en el diario de mami. Aquí tiene una pila de fotografías de cuando bailaban en el tubo, de la mamá de mami, de su papá, de su infancia, de mi bisabuelo — don Pucho —, de las ciudades a donde iban a bailar, de muchísima gente desconocida y de todos sus novios. Después que leamos lo que nos interesa por ahora te voy a mostrar la foto de nuestro padre, es verdad que somos como si fuéramos su retrato.

— ¡Yo la quiero ver ahora! — dijo Zoraida.

— Cando leamos la historia, ten paciencia.

— ¡No, yo las quiero ver! — insistió la hermana.

— ¡Está bien, míralas!

Zoraida estaba extasiada revisando las tres fotografías:

— ¡Qué guapo es nuestro padre! — dijo la joven — Tenemos su nariz, sus ojos, sus cabellos de algodón, su boca y la misma frente. El refrán aquel es cierto: «Cuando el rio suena, es porque viene cargado». Ya no hay escapatoria de que las culebras tenían razón, fue una inseminación de la misma persona ¿Y esta otra foto? ¿Quién es ese que tiene a mi madre abrazada por la cintura?

— Ese debió de ser tu padre, japonés y amigo de nuestro padre. Tú de japonesa, ni la mirada tienes. Cuando leamos la historia vas a ver, como fue que un polvo evitó que no fueras japonesa. Escucha con atención la historia y luego me dirás lo que pasó, y si todavía no lo ve

— tu eres medio bruta — no creas que yo te la voy a explicar:

«La Tula, Chela, la Boxeadora, la Pava, la China y yo, fuimos a Santo Domingo debido a que Mariana se casaba con el Che Monzón, un ingeniero nacido en el país a una familia argentina que vivía en la capital. Mariana es una de mis amigas de la infancia, no quiso nunca venirse a vivir al país, lo cual es un cuento para otra página. La China y yo conocimos a dos cuarentones elegantes en el bar del Hotel Jaragua, en cuyo salón de fiesta Mariana celebró la recepción de la boda. Uno era irlandés y el otro japonés: Darwin y Akihito, respectivamente. A mí me gustó «Mr. Darwin» y el japones se fijó la China, no dudo porque se parece a su raza. A la segunda noche de conocerlos nos invitaron a cenar en una suite de doble habitación, pertenecían a una organización Religiosa relacionada con el patrono San Patricio, a eso es que se debe el segundo nombre de las niñas: Patricia. Andaban en una misión ecuménica por el caribe salvando almas. A mí el vino se me subió a la cabeza, y no era que la China estaba en mejores condiciones; como no estábamos muy bien de la cabeza y ya era por la madrugada, decidimos quedarnos a dormir en la suite. El día siguiente lo pasamos en la piscina, comiendo,

342

bebiendo cerveza y durmiendo en el mismo lugar. La segunda noche la volvimos a pasar en la suite, el martes abordamos el avión de regreso temprano en la mañana, quince días después nos llenamos de pánico al momento de la regla: nos bajaba casi a un mismo tiempo. Tomamos el momento sin mucha preocupación, aunque nos dio mala espina la sincronización del atraso. Al segundo mes no pudimos aguantar más la curiosidad, mucho menos el susto y la preocupación así que fuimos al doctor para ver lo que decía. Las tetas se nos cayeron al piso cuando el médico nos trajo los resultados de la prueba ¡Estábamos azoradas! La China se puso la mano izquierda en el pecho y dijo llena de pánico: «¡Como! ¿Qué yo estoy preñada? ¡Eso no puede ser! ¿Yo embarazada, y de quién?». Sus dudas eran porque tenía varios candidatos, en cambio yo nada más tenía una sola duda.

— ¡No me diga que le vas a pegar el embarazo al Sapo, tan feo! — le dije.

— No, ya te dije que lo quiero dejar caer como si fuera una guanábana podrida ¡Ya me tienes harta!

Por mi parte yo si estaba segura cuando fue que sucedió, aunque había creído tomar las precauciones pertinentes. Yo nada más tenía una sola duda, como ya dije. Nueves meses después, un lunes a las cuatro de la tarde brillando el sol en escorpio, la China comenzó a sentir dolores de barriga y hubo que salir con ella corriendo hacia el hospital. Yo estaba tranquila, todavía no tenía nada que temer, así es que me subí a la ambulancia para darle ánimos. Estaba en el cuarto jugándole bromas pesadas, por los gritos que daba con los dolores del parto:

— Tan grande, y tan pendeja ¿No te da vergüenza? — le decía.

— ¡No me joda, esto duele! — decía la pendeja esta.

Como a la media hora sentí la primera punzada y entonces le dije a la China —: «¡Espérate, yo creo que voy por el mismo camino! me acaban de dar unas punzadas en la barriga, espero que sean los frijoles que yo me comí al medio día, yo te dije que tenían un sabor a frijoles viejos». A los quince minutos recibí una segunda señal, desde ahí en adelante fue todo como una carrera en picada; sin embargo, a pesar de ser la última en sentir los dolores, fui la primera en dar a luz; a la hora y media ya todo había pasado, y media hora después la

China se derrumbó. En maternidad todos venían a conocer a las niñas, las bautizaron las gemelas D'Leon Caridad, mi apellido y el apellido de la China. Eran tan idénticas como dos gotas de agua. Nacieron sin una gota de color, por cabello tenían un gorro de algodón, los ojos azules y eran el vivo retrato de su padre. Nosotras no teníamos interés de ponerlo al corriente, esa era una jodienda que no apetecíamos en nuestras vidas. Imagínate, un hombre fuñendo la paciencia queriendo ver a sus hijas en cada momento, si era que de verdad se interesabas en ellas. Estábamos seguras de que nos íbamos a exponer a un despellejo sin treguas, pero como a nosotros nadie nos mantenía, ni la gente les iban a comprar a las niñas ni un solo biberón, las malas lenguas de las víboras no contaban para nada. Comenzaron a especular tan pronto se dieron cuenta del rebú del embarazo, mucho antes de que diéramos a luz. La mama de Socoro dio a luz tres días después, anduvo la isla entera con el novio en la misma parranda. La Boxeadora y la Pava se pusieron celosas, a la Pava se le metió en la cabeza la idea de quedar embarazada. Siempre fue muy hermosa con un cuerpo excelente. Julito, el hijo de Juana la Fea — vivía en el sexto piso —, se pasaba todo el tiempo enamorando a la pava cada vez que la veía sola: «Si tú me lo da yo te convierto en una mujer de verdad, y hago que olvides esa Boxeadora, tan fea ¡Yo no sé lo que tú le ve!». La Pava quería concebir de manera natural, y como tampoco tenían dinero para una inseminación invitaron a Julito al departamento; le dieron vino, lo sedujeron y lo hicieron que se acostara con la pava en el sofá, mientras la Boxeadora observaba el espectáculo. A ellas les gustaban mucho los triángulos, dejaron la práctica después del nacimiento de Juliana. Le dieron a conocer a Julito sus intenciones, le hicieron firmar un papel en el que abdicaba sus derechos de padre. Lo intentaron cuando la Pava podía quedar embarazada, pero el tiro les falló y por los próximo dos meses tuvieron acosando al pobre Julito cada vez que lo veían:

— Tú no eres un hombre de verdad, tanto que te la echa de ser un campeón y ni siquiera puedes preñar a una mujer; confiesa la verdad, porque si es que tú no tiene los timbales bien puestos, nosotras buscamos uno que sea un verdadero macho.

— No hay pruebas de que yo sea el problema, quizás la tierra que acoge la semilla no sea muy fértil — decía Julito —. Yo tan solo quiero una segunda oportunidad, para que vean cómo las puedo remenear a las dos a un mismo tiempo si se animan, y me quito el nombre si no les pinto un par de negritos de una vez por todas.

Lo volvieron a intentar otra vez, y entonces fue cuando la Pava quedó encinta de Juliana. La Boxeadora también entró en el juego esta vez, y lo tuvieron zarandeando por espacio de tres horas. Julito exigió que por lo menos le pusieran su nombre y bautizaron a la niña, Juliana Fabi Calderón Jiménez: los apellidos de la Boxeadora y de la Pava. Lo de Fabi es por Fabiana, el nombre de la mamá de la Pava. Cuando Juliana cumplió los quince le contaron toda la historia, Julito ya estaba casado con dos niñas y un varón. Juliana se lleva bien con sus hermanos y se tratan como si fueran una sola familia».

— Te noto azorada, sin saber qué decir y roja como un tomate — dijo Virginia —. Yo te lo advertí, la historia no es lo que habíamos pensado.

— ¡Estoy cagada! ¡Bien cagada! ¡No lo puedo creer! He pensado mucho en el asunto, esto jamás me pasó por la mente ¿Y a ti?

— Ni a las culebras con lengua de fuego, quienes lo saben todo.

— Se les pudren las lenguas si lo llegaran a saber, necesito más tiempo para digerirlo.

347

— ¡Tú eres boba! ¿Tu ve porque no te digo muchas cosas? Luego tu dice que yo no confió en ti

.

— ¡Qué te voy a decir! — dijo Zoraida —. No lo puedo evitar, esto es un choque para mí.

— ¿Y por qué debe ser un choque? Tu eres como todo el resto del mundo, esto y aquello no debe ser así o de la otra manera ya sea por mitos, la religión, tradiciones que no valen nada, la cultura o el partido.

— Ya no hay esperanza — dijo Zoraida —, yo siempre sentí que algo faltaba en mi vida: quería conocer a mi padre.

— ¿Y para qué? ¿Para ir al parque a comer helados con tu papá? ¿Y eso vale algo? Nosotras no lo necesitamos, tuvimos todo lo primordial en nuestras vidas, es lo único por lo que hubiera valido la pena conocerlo, no creo que hubiera compuesto nada que tuviera valor.

— Tu parece que no tienes corazón.

— ¿Para qué te vas a preocupar por el pasado, por algo sobre lo que no tuviste la culpa, por lo que pudo ser y que ya no tiene remedio? Esa fue la realidad de otras personas, hoy en día no cuentan para nada en tu vida; fue mejor así, nuestro padre fue de la fe y quizás nos hubiera empujado por la cabeza las creencias de los muertos; y como somos tan pavas, tuviéramos en las mismas condiciones de Yesenia.

— ¿La hija de Martin?

— Nuestra compañera de clase.

— ¡Oh! ¿Y qué problema tiene Yesenia?

— Sus padres pertenecen al partido de la pureza, de la moral, de la fe y de la verdad; ella siente como si fuera una gota de aceite dentro de un vaso de agua, no ve la hora de graduarse para irse a estudiar lejos en otra ciudad donde pueda vivir tranquila con su novia.
Zoraida despabiló sus grandes ojos azules, arqueó las cejas y abrió la boca:

— ¡No me lo jale! ¿Y cómo pudo suceder si ella es hija de una familia tan bien nacida?

— ¿De verdad que no te has dado cuenta? Sus padres están orgullosos porque no le han visto ni un solo novio, la consideran una verdadera «Hija de María», un ejemplo de virtud y la única señorita entre todas sus amigas.

— La verdad es que no lo he notado — dijo Zoraida —. Toda esa gente puede clonar a sus hijos para ser ejemplos de la fe, de la moral y del partido, sería interesante conocer cómo le falló el milagro esta vez. Ellos hablan de principios y de moral, como el se caga y no lo siente.

— Yo creo que todas las personas venimos a este mundo como un lienzo en blanco — dijo Virginia —, al nacer no contamos ni siquiera con una sola mancha del tamaño de un lunar; el problema es que los partidos, la fe y la cultura nos van cagando poco a poco hasta el momento en que no valemos ni un solo mojón. Quizás Yesenia es una de las pocas personas que nacen despiertas, ya resucitadas, no se dejan convencer y siguen sus dictados internos.

— Sus padres van a tener otro criterio cuando conozcan la verdad, van a decir que nació con la cabeza dura, hueca y llena de orín, así como alguien que yo conozco.

— ¿Esa indirecta es para mí?, a ti es quien yo le veo semejantes descalificaciones.

— ¡Claro que no es para ti! — dijo Zoraida — Eso es lo que tu mamá dice de ti, pero tú sabes bien que yo no le creo.

Virginia le tiró una almohada, Zoraida le respondió con otra, y luego tuvieron tirándose almohadas por unos minutos; luego de que se cansaron de reír y de lanzarse almohadas, Zoraida le dijo a la hermana:

— ¡Ay, mira el reguero que hiciste! Vas que tener que recogerlo, sino Muñeca te arranca los pelos uno a uno cuando llegue. Bueno, ¿y quién es la novia de Yesenia? ¿Yo la conozco, estudia con nosotras?

— No es una compañera de clase, tú no la conoces, no pertenece al círculo del partido y mucho menos a la fe: se llama Beatriz.

— Hispana?

— Para colmo, negra y pobre — dijo Virginia.

— ¡Ahorita mismo les da un yeyo a los viejos!

— El hermanito de Yesenia es la única esperanza que tiene la familia, cuenta con diez años y ya le compraron su rifle, y tiene buena puntería. Es inteligentísimo, a los cuatro años era un genio en las matemáticas, ahora lo tienen estudiando con maestros especiales para niños prodigio.

— Será todo lo prodigioso que le dé la gana de ser, sus padres lo están cagando.

— Yesenia no concuerda con las ideas de sus padres — dijo Virginia —, pero no es rebelde; yo creo que adopta la política de tu mamá, la China; dice que a ella la tenían encadenada, pero sabía que su cautiverio tenía un límite; esperó pacientemente mientras el fuero de la libertad crecía en su interior, cuando llegó el momento desplegó sus alas y alzó el vuelo.

— ¿Y cómo tu sabe que Yesenia no se lleva bien con sus padres?

— ¿Te acuerdas el proyecto de química del profesor Sábalo?

— Si, te asignó a Yesenia para que trabajaran juntas.

— Después que terminamos la tarea estábamos en la cocina de su casa bebiendo café, cuando yo me ibas a marchar me dijo: «No te vayas todavía, escucha como es que hablan estos fatales». Su padre conversaba con tres amigos en la sala de la casa, habían empezado a despotricar a los «mal paridos»: los que venimos al mundo fuera de la santidad del matrimonio, los hijos de madres solteras como nuestras respectivas madres, que al parecer somos responsables de todos los males del mundo y no merecemos estar vivas.

— Nosotras no somos quienes mantenemos al mundo patas arribas — dijo Zoraida —, tampoco somos quienes matamos de hambre a los pueblos, no asesinamos niños en masas; no les negamos la medicina a los pueblos para que se mueran, no saqueamos sus recursos y no somos quienes singamos a los niños del mundo; ese trabajo les pertenece a los partidos de la ultra, de la fe, de la verdad, de la moral, de los bien nacidos y los elegidos por cielo. Un escritor español les llamó una vez: «Salteadores, cuatreros y piratas ostentando títulos de señores».

— De acuerdo con «Mr. Garbito», el padre de Yesenia, — dijo Virginia — somos demasiados y no hay sombreros para tantos, lo mejor sería decapitar a la mayoría porque después de todo, no merecemos la cabeza que tenemos y no sabemos qué hacer con ella. La idea comenzó a rodar en el 1798, al parecer nos vamos a comer unos a otros porque no habrá comida para tanta gente, como si la tecnología y la mente humana fueran a permanecer estancadas. Luego defendieron la economía de la gotera.

— ¿Cuál es la economía de la gotera?

— Esa fue la idea de un presidente que tenía el cerebro lleno de gusanos, se dieron cuenta cuando la ley estaba firmada y ya no era presidente, no la cambiaron porque los presidentes no pasan de ser muñecos de papel. Murió loco, no sabía quién era y ni siquiera podía reconocer a su propia familia. Se sospecha que ya estaba loco de remate cuando fue presidente, a cada rato lo pescaban roncando en las reuniones de su gabinete.

— ¿Y en qué consiste la economía de la gotera? — preguntó Zoraida.

— Es una especie de Robin Hood a la inversa, lo cual tiene que ver con rebosar la copa del capital oprimiendo a los de abajo, quienes eventualmente vivirían bien con las boronas que caen cuando la copa del capital se llene.

— ¡Esa idea es una cosa de locos! — exclamó Zoraida —, la copa del capital no tiene fondos.

— ¡Ahí está el problema! Todavía existen personas con los ojos llenos de agua mirando a las alturas, esperando que las boronas del capital les caigan en la boca como si fueras el Maná, así como a los elegidos les caía del cielo por obra y gracia del «Señor». Luego de la economía de la gotera, los cuatro personajes siguieron con el tema de las contribuciones a los políticos, les duele mucho que se le considere un soborno legal y un robo. Muchos de los oficiales en el congreso ya están seniles, y sin embargo, no se animan a renunciar a sus cargos para no perder la cogioca.

— En eso creo que tienen la razón — dijo Zoraida —, está en «La Palabra». Es una tradición divina «mojar» las manos de oficiales en el gobierno a cambio de favores. ¿Te acuerdas cuando dios caminaba por el mundo, así como un perro camina tranquilo por su casa?

— ¿Y yo estuve ahí?

— ¡Zángana! El caso es que no visitaba la casa de ninguna persona que no pudiera sacrificar un cabrito en su nombre y hacerle una francachela, para que les concediera dos o tres milagritos. Este pueblo vive bajo el amparo de las alas del «Señor», es justo que también viva por su «Palabra» y sus tradiciones.

— ¡Estúpida! — observó virginia frente a la ocurrencia.

MAMABUELA

Esta próxima entrada es la historia de mi bisabuela, mami tenía quince años cuando la escribió — dijo Virginia.

«Mi abuela es mi madre de crianza, es por lo que algunas veces yo le digo mamabuela. Ella es nieta de la «Gringa», el apodo se debió a que fue la hija del amo de la tatarabuela de mi Padre cuando fue una esclava en el norte, son igualitas con la excepción de que su nariz y los labios de mamabuela son más finos. Ella es la mujer más elegante que hay en el vecindario, con sesenta y cuatro años todavía es dueña del mejor cuerpo, la mejores piernas y nalgas entre todos las furufas que hay por aquí; ni las jovencitas que se creen ser la fruta más fina de toda la cosecha, no se pueden comparar con el swing que tiene mi abuela. Las viejas chismosas del vecindario no se lo han perdonado nunca, tampoco le han perdonado que haya sido la mujer de papabuelo toda su vida; se pasaron toda su juventud putañeando, ahora viven solas y amargadas, y les molesta que mamabuela sea feliz con su marido. Contrario a todas las «brujas» del barrio, es el único marido que ha tenido en toda su vida. Le toman en cuenta que mi abuelo tenía su mujer y una concubina, con dos hijos varones en cada una en Santiago cuando se fue a vivir con él; se pasaba días alternos con una y con la otra en el Cibao, y los fines de semana con mi abuela en la capital. Se venia los viernes por la tarde, regresaba el lunes temprano por la mañana en su camioneta de color azul marino 150F, ahora solo vive con abuela desde hace muchos años. Tener dos es algo normal para un hombre de su estatura social, he oído comentar a los viejos de su edad; en su pueblo hasta los perros tienen dos, y así sea el perro más perro de todos los perros, puedes tener tres sí tienes con qué mantenerlas. La gente le dice don Pucho a mi abuelo, pero no te rías porque no es por lo de perro sin dueño y sin clase, es por la otra versión de la palabra. Desde que nació fue un niño enfermizo, la gente le decía Puchito y fue por lo que no creció. Todos sus hermanos — ocho en tres mujeres — miden entre cinco pies con once pulgadas y seis pies, mis tíos Rufino y Genovevo sobrepasan a los seis pies. Las malas lenguas cuentan que Genoveva estaba encinta de otro, cuando se fue a vivir con el viejo y que papabuelo no es hijo suyo. Las únicas dos hermas que tiene, hijas de Genoveva — mi tía Mila y Chela —, miden cinco pies y diez pulgadas. Cuando su papá se murió y se quedó con todas las tierras, los adulones comenzaron a llamarle don Pucho; les fue comprando al viejo las parcelas una por una, sus hermanos ahora dicen que le hizo trampas y les robó lo que a ellos les pertenecía. Se cuenta que su padre perdió los deseos de vivir, cuando mi tía Mila enfermó de la mente por culpa suya: no la dejó casar con el amor de su vida. Nacho era pobre, un peón de mi bisabuelo y para colmo era prieto. A parte de dos o tres viejas chismosas en el barrio, todas quieren mucho a mamabuela; ella comparte lo que abuelo trae de sus fincas, vende lo que le sobra por la mitad del precio y le presta dinero a la gente sin ningún interés. Una de sus enemigas también hace prestamos — la vieja lagunita —, pero hay que llevarle una garantía ya sea una plancha, un reloj, un guillo, una cadena o cualquier otra chuchería, y cobra un interés del cinco por ciento. Doña Fifí era una señora que tenía como cien años cuando yo nací, fue la nana de Papi, de mi tía Pocha y también me cuidó cuanto yo era pequeña; una tarde pescó a la vieja Lagunita murmurando a mamabuela en el colmado de don Pedro, se puso frenética y de inmediato le dijo a esa lengua larga de la perra:

— ¡Mírame, pedazo de vagabunda! ¿A ti no se te ha quitado la mala maña de curcutear las vidas ajenas, por qué mejor no te va para tu casa y te lava las nalgas, carajo?

Mandar a lavarse las nalgas es el insulto favorito de las mujeres en el barrio, también se lo dicen a los enamorados cuando no tienen dinero, si no trabajan y si carecen de un futuro que valga la pena; la persona es también nalga sucia si es altiva y al mismo tiempo anda descalza, y si no tienen valores que las personas puedan admirar; si es rico y fue a la escuela, pero es igualmente altanero y una mala persona; y si hablamos de un político venal, también son nalga sucia.

— Así vieja como tú me ve que ya camino arrastrando los pies — dijo doña Fifí a Lagunita —, te cojo por los moños y te doy un estrellón en el piso que te saco el cuajo de raíz, luego te meto este bastón por el culo ¡Juégate conmigo, carajo, tu no sabe hasta dónde puede llegar esta vieja todavía!

La vieja Lagutina se marchó y doña Fifí se quedó refunfuñando, entonces don Pedro al verla tan incomoda le dijo:

— ¡Cálmese, doña Fifí! Siéntese aquí en esta silla y bébase un refresco frio de frambuesa, a usted ya no le conviene coger esa clase de pique. Esas personas que se meten en las vidas ajenas carecen de amor propio, no les de la importancia que no tienen.

— Es que ya este maldito cuero — nalga floja — me tiene ardiendo la crica, como si el barrio no conociera su historia ¿Usted se fija, don Pedro?

Otro de los «pecados» por el que las viejas feas no ven con buenos ojos a mamabuela, es una experiencia que pasó con su novio cuando tenía diecisiete años; aunque tampoco se compara con las vidas cabareteras que tuvieron, mucho menos con las que viven sus hijas y sus nietas. No digas nada, mamabuela desconoce que yo estoy al tanto de toda su historia. Dika — mi tía Migdalia — me contó una parte y mi prima, Elena, la otra mitad. Elena fue su confidente y consejera en cuestiones de hombres.

Mi abuela era la muchacha más bella del pueblo, en algún lugar no muy lejos de Sosúa cerca de Puerto Plata; Marquito estaba celoso y muy preocupado, ella le había dicho que se quería ir a la capital para estudiar diseño de modas en la universidad, su mamá le había enseñado el oficio de costurera. A la madre de Marquito no le cayó bien cuando la vio, ya le había escogido la mujer de su futuro a Marquito: «Esa muchacha no me gusta ni un poquito — comentaba con sus amigas —, se ríe con demasiada facilidad y con toda la boca, esos vestidos de ramo de colores chillones le dan un aspecto pedestre — aprendió la palabra con la Flaca, una novia que tuvo Marquito —. En nada se parece a Consuelito, la hija de don Daniel Nansú ¡Ahí sí hay calidad! Consuelito es una muchacha culta, estudia en la universidad en Santiago y es una buena hija, viene a ver a sus padres todos los meses; tan solo habla de letras, una puede aprender con ella todas esas cosas que son de sabios; cuando se ríe lo hace de medio lado sin enseñar los dientes, no como esa... esa furcia. Consuelito es la mujer que yo quiero para que Marquito forme su hogar». La Señora no sabía que Marquito — dos años mayor que la flaca — la «sajó» cuando ella tenía diecisiete años, pero ahora ya no la quería. Eso me comprueba lo que la gente me dice, que no se lo aflojes a ningún hombre antes del matrimonio, porque vas a perder el interés y se vas a ir con otra que no sea tan fácil. Marquito le pasaba la mano cada vez que la flaca visitaba sus padres, las malas lenguas decían que venía por su verga y no para ver a los viejos; a él no le caía bien toda su finura, no era su tipo de mujer en la cama y no tenía qué hablar con ella; en cambio, con mamabuela podía conversar hasta de ratón muerto. Era mujeriego, le gustaban las putas, jugar a los dados, las peleas de gallos y beber aguardiente. Una noche, «comiendo gallina» con mamabuela en un banco en el patio de la casa, le dijo:

— Mami, yo veo el tiempo pasar y ese futuro del cual hemos hablado nunca llega, me preocupa mucho lo que pueda pasar mañana conmigo, contigo, con nuestro amor; yo vivo esperando que tomes una decisión acerca de qué tu quiere hacer con este pobre hombre, si se lo quiere dar o que se vuelva loco de tanto esperar.

— Yo no pienso en nadie que no seas tú, en cómo serian nuestras vidas juntas y a dónde vamos a criar nuestros hijos ¿Has pensado en eso? Tú quiere que yo te lo dé, que me fugue contigo, pero aún no me has dicho a dónde vamos a vivir; la vida es larga, estamos jóvenes y yo creo que podemos esperar un poco más. Antes que nada, yo quiero irme a estudiar en la Capital, después ya veremos lo que nos depara el destino ¿No te parece romántico ser novios, «comer gallina» sentados en el patio de mi casa bajo la luna? Mira que bella se ve, mientras nosotros soñamos irnos a vivir allá.

— Todo eso está bien, a mí me gusta mucho, pero si tú me lo da sería una prueba de amor grandísima; yo te lo agradecería por toda la vida, y me voy a quedar más tranquilo si te vas a estudiar a la capital esperando a que tu regrese, pensando que ya eso es mío ¡Para quién lo conserva! ¿Qué más da que me lo des ahora o después, si de todos modos vamos a ser marido y mujer? Francamente, yo no veo cual es el problema. Tienes que darme algo para yo asegurarme de que tú no me vas a olvidar, yo no duermo pensando en esa cosa tan peluda y suave, peor ahora después que yo le pasé la mano la otra noche; estoy que me muero por darle, aunque sea un beso. Mira, yo cierro los ojos si es que a ti te da vergüenza que yo te lo vea, aunque yo no te la puedo ver por la oscuridad de la noche.

— Yo lo quiero hacer también, pienso todas las noches en la punta que tú me quieres poner, al mismo tiempo tengo mucho miedo que se te vaya todita y que me hagas mujer, también tengo miedo porque tú tienes eso demasiado grande y gorda; la otra noche casi me desmayo cuando yo te la cogí con mis manos, lo que te hice fue para que te calme hasta que llegue la hora de la verdad.

— No tengas miedo mi amor, esa cosa tuya es como si fuera de goma. Con cualquier tamaño se ajusta.

— ¡Ahora no, déjame quieta! Aunque mami no puede ver bien de lejos ella no es pendeja, se vale de los ojos de mi hermana para vigilarnos a través de las ventanas; estamos sentados con la espalda para la casa, cubiertos por el espaldar del banco, yo te puedo calmar con la mano sin que se dé cuenta y me puedo venir cuando tú me lo hace con los dedos; pero si mami se percata de cualquier otro movimiento raro, de inmediato sale con el palo de la escoba, te corre de la casa y no te deja entrar jamás. Cuando nos casemos te la voy a dar todita, me puedes coger cada vez que tú quiera: por la mañana, al medio día cuando vengas a comer de la finca, y hasta cinco veces por las noches antes de irnos a dormir. Yo sueño con eso todas las noches, y por la mañana me despierto mojada como si fuera un rio.

— Yo te puedo llevar a un lugar seguro, te lo beso, te lo hago con la boca y luego tú me deja que yo le ponga la punta y nada más; yo te prometo que me voy a controlar, no voy a empujar las nalgas para que se vaya todo, así no se te cae un pedazo si a eso es que tú le tienes tanto miedo. Vas a gozar mucho y te vas a quedar igualita, como si no hubieras hecho nada.

— ¡Ay ñeñe! ¿Y tú crees que yo soy pendeja? Tú vas a dejar que se vaya, después me vas a decir que fue sin querer y que se te zafó un tiro. Toño — el hijo de Germania — fue así como pudo engañar a Celia, quedó encinta de la primera vez que lo hicieron. Se fugaron a los tres meses.

— Yo me puedo poner algo que los hombres se ponen para que las mujeres no queden embarazadas; pero eso no importa, si tú sale preñada nos fugamos al día siguiente ¿Se pichará el cielo si tú y yo nos vamos a vivir juntos? Recoge todas tus cosas y vamos a fugarnos el sábado que viene, yo no veo por qué dos personas que se aman duerman separadas todas las noches ¿Tu quiere que yo me vuelva loco esperando?

En ese momento, mi bisabuela les dijo por la ventana:

— ¡Altagracia, ya se acabó el relajo! Ya es hora de acostarse a dormir ¿Qué tanto es lo que hablan, ustedes no se cansan?
Al otro día — era domingo —, cuando salió de la iglesia fue y se lo contó a su prima Elena:

— Marquito está insistiendo que yo se lo dé, yo no quiero dárselo porque vas a pensar que yo soy una cualquiera, me temo que vas a perder el interés después de «comen»; además, esa cosa la tiene demasiado grande y gorda, yo creo que no me vas a caber por ahí; la gente dice, que las «Leonas» somos más estrechas que todas las mujeres.

— Eso es elástico y con cualquier tamaño se acomoda perfectamente, nunca le temas a hombre alguno por más grande y gorda que tú se la vea.
Se volvió a ver con Marquito el próximo sábado, al día siguiente después de la misa volvió a consultar a Elena y le dijo lo que hizo la noche anterior:

— ¿Tú crees que yo hice mal?

— Claro que no hiciste nada malo, así es que se amarran a los hombres; tú tienes que mantener a tu macho bien ordeñado para que no se busque a otro cuero en la calle. Fíjate como yo tengo a Silvio. En todos estos años, nunca se le ha conocido una mujer por la calle. No se lo de a marquito, aunque sí tienes que ordeñarlo cada vez que se ven en el patio; si tú lo calienta y no se la saca, ya tú sabes para donde va cuando salga del patio de tu casa, por aquí hay muchas putas que se lo pueden exprimir.

— Todavía me duele mucho la mandíbula, eso fue la primera vez que lo hice, marquito me hizo lo mismo y yo me vine dos veces una detrás de la otra. Yo estaba más caliente que un tizón, me hubiera dejado coger si mi hermana y mami no hubieran llegado, estaban en los rezos de un tío del marido de Gertrudis. Yo me quedé para cuidar a los niños que ya estaban durmiendo a esa hora de la noche, y no la se lo di a Marquito porque además yo estaba preocupada por algo que yo no te había contado ¿Te acuerdas del «coso» de goma que tú me prestaste, para yo practicar como es que se hace con la boca? El mes pasado yo me pasé un día sola en la casa, me puse tan caliente que me vine a dar cuenta después de que me fui dos veces. Yo creo que me hice mujer y del susto no lo he vuelto a tocar, yo sé que marquito no me lo vas a creer ni nadie a quien yo le haga el cuento.

— ¡¿Cómo?! ¿Eso es verdad, mami?

— Si, es verdad, yo no te voy a mentir.

— ¡Coño, mami, tú vas a ser una mujer caliente! Pero no te preocupes, todo tiene arreglo en esta vida. Primero que nada, las «Leonas» somos tan estrecha que parecemos señoritas todo el tiempo, y yo te voy a dar una fórmula que te lo puede cerrar para que Marquito no se dé cuenta. Se trata de tres enemas que debes de tomar por tres días consecutivos previos al momento de la verdad;

eso fue lo que yo usé con Silvio, él ni cuenta se dio que yo no era señorita. Eso sí, a ti es la única que yo se lo he confesado, no se lo vayas a decir nadie porque yo te saco la lengua. Una señora llamada Teresa que vivía en la lomita del mulo, fue quien me dio la formula. Ella era la curandera del lugar, además leía el destino en la taza de café, en las cartas y en las estrellas.

—Tú nunca me había contado eso ¿Y quién fue que te hizo ese daño?

— ¡Qué daño ni qué otros cuartos, a mí me gustó muchísimo! Yo tenía dieciséis y Jorgito veinte, él era sobrino del marido de mi hermana; yo había ido a pasarme unos días con la Serrana cuando dio a luz a su primer niño, eso fue un amor a primera a vista. Yo le andaba detrás como una perrita faldera moviendo el rabito, lo hacíamos hasta tres vedes por día. Ya Jorgito estaba preparado para irse a Nueva York, yo creía que no se ibas a marchar si yo le daba una buena rapada y una buena chupada; no me pregunte si yo sabía cómo hacerlo a esa edad, ser buena majadora es un instinto natural que muchas traemos en la sangre. Sufrí mucho el día que se marchó, esa noche me la pasé llorando. Tardó en regresar a Puerto Plata debido a que no tenía sus papeles en regla, el día que volvió ya estaba casado, viejo, gordo y con tres niños. Él me lo quería meter a pesar de que yo tenía cinco meses con la barriga del Caribe — mi segundo hijo —, pero ya Jorgito no me gustaba.

Poco tiempo después marquito logró convencer a mamabuela, y un sábado a la una de la mañana se fugaron. Ella estaba incomoda en la casa, su mamá se mantenía siempre de mal humor después de que mi bisabuelo se murió el año pasado; no tenía mucha privacidad porque mi tía Gertrudis, su marido y dos niños vivían todos en el mismo lugar. Marquito rentó una casa en el siguiente pueblo, luego se fugaron en la camioneta de su padre; ahí pasarían su luna de miel, luego pensaba llevar a su flamante mujer a vivir con su mamá y construir su propio nido más adelante. Él estaba nervioso, a pesar de no ser la primera vez que despojaba una «paloma» de su inocencia. Se pasaron media hora desnudándose uno al otro, entretenidos en las contingencias preliminares de la batalla final, en un aposento débilmente alumbrado por una husmeadora: una lamparita de querosén y una mecha. Después de un rato con su hermosa mujer desnuda, bufando y resoplando como una vaca, él se le acercó poniendo mucho cuidado para no lastimarla; pero en cuanto la cabeza le pasó por la puerta, y a pesar de la senda ser más estrecha de lo acostumbrado, no le cupo la menor duda que ya el camino estaba talado. Prosiguió hasta al final, despacio, con la intención de poner fin a las dudas, con el cuerpo tenso como una barra de acero. No se movió ni un solo un milímetro en ninguna dirección, mientras lentamente avanzaba por el camino hasta el final. En lo que marquito pensaba qué decisión ibas a tomar, mamabuela se vino dos veces casi a un mismo tiempo — así es que somos las «Leonas» — mientras gemía fuertemente sin parar, mordiendo y arañando su marido como una loca. Marquito sentía un sudor frio en todo su cuerpo, después de una lucha de titanes con su orgullo se retiró de un solo golpe; no hubiera podido aguantar ni siquiera un segundo más — le contó luego a un amigo —, aunque no importó porque ya venía en camino: de pie, dando el frente contrario a la cama, se volcó igual que un verraco viejo en un charco de agua. Caminó hacia la silla donde había dejado su ropa, se puso el calzoncillo y el pantalón, agarró una chata de ron que llevaba en el bolcillo trasero, se tomó dos largos tragos y empuñó el revolver que su papá le regaló al cumplir los 21 el año pasado, para que patrullara las tierras y se hiciera respetar de los peones. Mamabuela se asustó mucho. Desnuda, cubriéndose los pechos con la sábana, le clavó sus grandes ojos verdes mientras dos lagrimas recorrían sus mejillas, entonces le dijo con labios temblorosos:

— ¡Papi! ¿Qué te pasa? ¡Me asusta!
Marquito cerró los ojos por un momento, se reanudó la lucha con su orgullo y su amor propio, intentando apagar todos los deseos que lo estaban consumiendo por dentro:

— ¡Tú sabes muy bien lo que me pasa! — dijo al final de un hondo suspiro —, yo no quiero hablar del asunto ni me interesa conocer el desgraciado que te hizo el daño, porque ahora mismo voy y lo mato. Ponte la ropa cuanto antes, no sea que yo me arrepienta y cometa una locura, tú no te mereces que un hombre bueno como yo se pierda por una mujer como tú.

— Las cosas no sucedieron como tú lo piensa — dijo mamabuela, llorosa, temblando de miedo y de vergüenza.

— ¡Yo no quiero saber nada, ya te lo dije! ¡Ponte la ropa, carajo!
La gente que tiene la sagrada misión de vigilar lo que sucede con las vidas ajenas jamás duerme, vieron cuando se fugaron y la volvieron a ver al regresar cuando aún el Sol no había salido. Mamabuela estaba demacrada, se

podía ver desde lejos que se había pasado la noche sin dormir y tal vez llorando inconsolablemente. La voz corrió en todo el pueblo, no había duda de que la muchacha se fugó por la madrugada, que fue devuelta por la mañana temprano antes de salir el sol y la única razón consistía en que no era señorita. Esa era la costumbre de la época. A las diez de la mañana ya era la comidilla en el bar de Anito, en el billar de Papo y en los grupos comprando billetes de Lotería cuyo sorteo estaba próximo a comenzar. Muchos vieron la tragedia como una oportunidad, no hubo un pretendiente que no se le llenara el corazón de un enorme regocijo, ya fuera por las esperanzas renovadas o por el fuego de un desquite, en todos los rincones se podía oír la misma letanía: «Ese orgullo de niña mimada, inocente y de princesa inaccesible ya se desplomó; todo eso eran nada más que patrañas de zorras, yo me le voy a reír en la cara en cuanto la vea si es que tiene la poca vergüenza de salir a la calle donde la gente la vea.

Algunos bebieron hasta emborracharse, volaban las anécdotas, y más de uno bajo los efectos de los tragos juró ser el dichoso macho que le comió el «caramelo»; hasta una pelea se formó en el bar de Anito, entre dos que tenían la intención de conquistar su corazón. Algunos abrigaban intenciones más escabrosas, de inmediato comenzaron a cuajar una venganza; conocían por experiencia que se les iban a bajar los humos, con los cuales se paseaba por las calles impunemente, que no pasaría mucho tiempo sin que fuera una puta más de la región muchas de las cuales portaban en sus corazones una historia similar. Se pasó casi un mes sin salir a la calle, un lunes a primeras horas de la mañana salió de la casa — estaba flaca y demacrada —, se montó en un coche público hacia la capital donde vivía su hermana, Migdalia. Desde que llegó mi tía se dio cuenta que algo pasaba con su ánimo — las «Leonas» no eran así —, al tercer día sentadas en la galería después de la cena le dijo:

— Te noto compungida, vi durante la cena que se te aguaron los ojos ¿Te hace falta mami, tu pueblo, tus amigas o alguna espina de amor clavada en el pecho? No te preocupe, lo que sea que pase por tu corazón es algo temporal. Ya pasará.

— Yo tengo de todo un poco — dijo abuela —, pero la verdad es que acabo de dar un mal paso y ahora yo no sé qué hacer, creo que no voy a volver jamás al pueblo que me vio nacer, se me cae la cara de la vergüenza y no voy a poder mirar la gente a los ojos.

Le relató la experiencia sufrida con Marquito, cuando llegó a lo de la ducha para cerrar el camino mi tía lanzó una carcajada:

— ¡Perdóname, no me rio de tus penas! Eso de las duchas fueron ideas de tu prima, Elena ¿Verdad que sí? Ella se imagina que nadie conoce la historia. Te la voy a contar, yo sé que te vas a reír mucho ¡Ya deja esa cara, no es para tanto! Vas a coger arrugas antes de tiempo. No vale ni un pepino ponerte a rumiar lo que ya se fue, ahora tienes que pensar en el futuro. Escucha la gracia de Silvio, el marido de tu prima, Elena, quien es el único que no lo sabe o nunca se ha querido enterar; eso es lo que hacen los hombres cuando aman a su mujer, Marquito es un idiota que no te merece. Elena se lo contó a Isabelita, la hija de Tano y Margot, quien le juró que no se lo ibas a decir a nadie; pero un tiempo después se pelearon, Isabelita sospechaba que la Elena le cogía el marido ¡Es raro que tú no conozca la historia! ¿En qué mundo vives? Es muy probable que Silvio no conocía la diferencia, Elena fue su primera novia y se sospecha que no lo había hecho con nadie, no se le conocía ni siquiera una sola puta en el pueblo. No era mujeriego como sus hermanos, el menor de seis varones y dos hembras. Una noche después de cumplir los dieciocho años, dos de sus hermanos lo llevaron a un flete para que hiciera la «primera comunión»; después de tomarse unos tragos separó de la silla, con un vocabulario de hombre de calle les dijo a sus hermanos:

— Me van a perdonar, yo tengo que a ir al pozo para echar una meada.

— ¡A que no adivina lo que hizo! Se montó en su caballo y se fue a su casa donde vivía con su mamá. Sus hermanos no pararon de reír y de jugarle bromas pesadas, durante un largo tiempo: «Para tu probarnos que tu eres un hombre — le decían —, tienes que venir nosotros y cogerte por lo menos dos putas en una noche.

Tres meses después de llegar a la capital, fue cuando mamabuela tuvo la pelea con la vieja Lagutina, quien propagó en el barrio el «mal paso» de mi abuela, mientras ella regó que Lagutina era una de las rameras del pueblo, lo aguado y ancho que decían los hombres tenía eso por ahí. Contaba con veinte años, abuela tenía diecisiete. Después de tantos años, todavía la historia da vueltas en el vecindario como si hubiera sido ayer. Abuela se convirtió en una costurera famosa, las clientas le mostraban los vestidos en las revistas de modas y ella les tejía uno igualito. Cuando llegó a los veinte consiguió una visa para viajar al

Extranjero, con todos los cuentos que habías oído pensó, que por allá su talento le daría fama y fortuna de la noche a la mañana. A la semana de llegar ya estaba trabajando en una fábrica de pantalones de hombres, la pusieron a pegar botones y luego la pasaron al departamento de los ruedos; no tardó mucho en aburrirse, lo peor era que su sueldo era una miseria; en la capital siempre tenía dinero en su cartera, en el extranjero no le alcanzaban ni para pasar la semana. Se fue a trabajar de mesera en un restaurante, después en un bar donde trabajaba una vecina quien la instruyó en preparar toda clase de bebidas. El sueldo no era mejor al de los anteriores empleos, lo que le gustó mucho fueron las propinas, las cuales sobrepasaban el sueldo combinado en los tres empleos: la fábrica de pantalones, el restaurante y ahora en el bar. Como era tan hermosa los hombres se querían congraciar, le dejaban buenas propinas con la esperanza cogerla. Estaba preocupada porque no le veía futuro a su vida, el Extranjero no era el ensueño que le habían pintado; la manera en que vivían todas las personas que llegó a conocer, no eran ni asomos a lo que aparentaban cuando regresaban de paseos al país; sin embargo, no todo eran amarguras, a esas alturas ya le hubieras parido un par de macacos a Marquito, lo cual tampoco era muy prometedor, se veía como casi todas las mujeres de la región: llena de muchachos, gorda, un marido mujeriego, quizás no fuera ella la única en su vida o abandonada con no menos de dos niños en los brazos. Una tarde recibió en el bar la visita de Jacinta —la prima Oropel—, quien había estado viviendo en las vegas, regresó a quedarse un tiempo en la ciudad. Ella era como un zumbador, se pasaba el tiempo de una ciudad en la otra bailando en el tubo. Esa es otra historia típica de una «Leona» — según dice la gente —, que pienso confiarle a mi diario cuando tenga todos los detalles. Mamabuela era de una mejor estatura, con un mejor cuerpo, mejores piernas y un trasero más elegante. Ni corta ni perezosa la prima la invitó a bailar, la llevó a uno de sus espectáculos para entrar en ambiente, mamabuela quedó encantada y comenzó a practicar la siguiente semana. Había tenido algunas aventuras, en ese momento estaba estable según su forma de pensar, a pesar de que salida con dos a un mismo tiempo intentando tomar una decisión. Uno era el hijo de uno de los dueños, el otro era el cuerno. En eso recibió la noticia de que su bisabuela estaba enferma quien antes de morirse quería verla; era una de sus biznietas preferidas quizás por el parecido con «la hija del gringo» — le decían la gringa —, del cual fuera esclava en el Extranjero donde nació.

Mamabuela es como su retrato, así como yo soy el retrato de mi abuela. El hijo del dueño del negocio quería venir a conocer a su familia, ella se negó debido que la relación no era tan seria, no quería presentarlo como si hubiera sido su marido. Lo de la bisabuela fue solo un susto, se vino a morir a los cien unos años después. Fue por esos días cuando mis abuelos se vieron por primera vez una tarde que papabuelo fue a visitar a la enferma, ella era la madre de crianza de su mamá. Le fascinó la belleza de mi abuela, tenía seis años y él veintitrés la última vez que la vio. El hecho de que las mujeres de mi familia dan a luz más hembras que varones — la familia parece un gallinero —, fue uno de los aspectos que le atrajo mucho de la mujer; siempre había estado en busca de una niña, tenía cuatro varones con sus dos mujeres y uno en la calle, y había perdido toda esperanza de tener una niña. Mamabuela comentó al otro día el encuentro con mi bisabuela:

— ¡No me lo vas a creer, mami! Cada vez me convenzo más de que todos los hombres son unos bandidos ¿Tú no sabe que don Pucho me comenzó a enamorar, ayer por la tarde cuando vino a ver a mi bisabuela? Él es un viejo para mí, además tiene su mujer y una concubina ¿Qué puede hacer con tres mujeres, un hombre de tan poca estatura física? El es un enano para mí.

— Esas relaciones son de nombres únicamente — dijo mi bisabuela —, no se ha marchado porque siente pena dejarlas con los niños; ellas no se lo agradecen, y por lo que se ve tampoco los hijos lo van a tomar en consideración, sus madres son de las mujeres que indisponen a los hijos con sus padres cuando hay problemas en la relación. Yo lo sé porque tu bisabuela es la confidente de Pucho, ya tu sabe que fue la madre adoptiva de Genoveva. Mi abuela tenía veintiocho años cuando nació la niña, su madre murió a los dos años; su padre era del ejército, fue trasladado y jamás se le volvió a ver en el pueblo; su abuela era pobre y muchas veces no tenía qué comer, la niña se pasaba los días con mi abuela y algunas veces dormía con ella en la casa; le cogió tanto cariño que le dijo a su abuela que se la diera, entonces la reconoció como si fuera hija suya. El papá de Pucho la conoció cuando ella tenía veinte años, había ido a vender unas tierras que les quedaban en el pueblo, se la llevó a vivir con él seis meses después. Las mujeres de Pucho — la Negra y Marina — son un par de zánganas que viven en la iglesia, y son dos leños secos en la cama. La primera fue la candidata de Genoveva, Pucho se creyó el cuento de que las mujeres de la iglesia son las mejores. Le dicen la Negra de cariño por el apellido, el cual es Negrete. Se dejó poner gorda, fea y de mal humor después que le nació el segundo niño. Las noches que deseaba ser tocada, se acostaba bocarriba con la bata de dormir y luego le decía: «¡Pucho, ven y cumple con tu deber!». El pobre hombre tenía que hacerlo solo. Ella no movía ni un dedo, tampoco se le oía ni un solo quejido. Pucho perdió el interés, luego ella regó entre la familia y sus amigas que Pucho ya no era un hombre. Al poco tiempo él se llevó a Marina — su segunda mujer —, a los nueve meses le había nacido su tercer hijo varón; la Negra se fue a vivir con sus padres, pero como ya su vida no era la misma — no podía salir de compra al exterior y carecía de los lujos que tenía con Pucho —, a los pocos meses regresó con la excusa de que la casa era suya y de sus hijos, dijo que Pucho era quien debía de marcharse. Pucho se fue de la casa, pero al poco tiempo después de ser la primera pasó a ser la concubina. Con Marina sucedió algo similar luego del segundo parto, esta vez a causa de un percance debido al embarazo, el médico le dijo que no podía volver a parir. Pucho se decepcionó porque ya no le ibas a dar la niña que buscaba, tampoco es que fuera mejor que la otra en la cama. Pucho tiene algunas preferencias que ninguna de las dos pudo suplir, aun dicen que Pucho es un hombre sucio en la cama: le gusta bajar al pozo, que le hagan lo mismo, que lo pellizquen y entrar la puerta de atrás. Él dice que no son ni siquiera buenas «misioneras», que no saben cómo es que una mujer se le tiene que mover a su marido.

— A mi don Pucho no me gusta, me parece un hombre fanfarrón — dijo abuela —. Los hombres de baja estatura física son fanfarrones, lo peor es que tienen un pipi de juguete. A mí no me parece pueda lidiar conmigo, se me vas a perder en la selva todas las noches. Yo soy de un pajón responsable.

— Según lo que yo he oído ese nada más es chiquito de tamaño físico, es dueño de unos dotes enormes. Yo te soy sincera. Yo prefiero un hombre de baja estatura física, bien dotado, responsable y con el bolsillo cargado; en vez de un manganzón de seis pies que se caiga de la cama con los primeros jamaqueos, que no se pueda volver a poner de pie durante la noche, que para colmo sea un vago y me abandone con dos o tres niños en los brazos.

Papabuelo no la dejó de perseguir y a los tres meses de conocerse, la primera vez que se acostaron, hasta una pela con una correa de cuero le dio mi abuela por las nalgas. Al siguiente mes la mudó a una de sus casas, tenía varias que rentaba en la ciudad. A los dos meses las viejas chismosas corrieron la voz en el barrio: «Altagracia vive con un enano que al mismo tiempo es un pelele, yo creo que hasta golpe se deja dar de Altagracia».

Sucedió que una tarde conversaba una señora con mi tía, Migdalia, en la sala de la casa, cuando escucharon clarito una conversación en el aposento entre mis abuelos:

— Mira hombrecito de la mierda, enano del carajo — decía mamabuela — ¿Tu anda buscando que yo te aplaste, así como se aplasta una cucaracha insignificante? ¡Mira, coño! ¡No me busque, no me busque!

— ¡Pégame todo lo que tu quiera, mami! — decía mi abuelo — ¡Tú eres mi pichoncita!
Mi tía y la señora por poco se mean de la risa, en ese momento no se daban cuenta de que mamabuela estaba preparando a su marido para echar el polvo de la siesta. A mi abuelo le gusta que lo maltraten con palabras, que le hablen sucio, y hasta que le peguen cuando haces el amor».

MUÑECAS DE OROPEL

En esta próxima historia comenta sobre cuando perdió su virginidad y la historia de la prima Oropel, la dueña del «Club caprichos de Hombre» — proseguía Virginia con el diario.

«Hace unos meses, al poco tiempo de mis dieciséis cumpleaños, se formó en el barrio un revuelo de garzas; las viejas chismosas vieron que yo me convertí en una frondosa flor, la cual muestra su esplendor al sol de la mañana todos los días. Yo siempre fui bella desde que nací — ahí hay tienen joderse con eso —, ahora parece que me ha repoyado el resto de toda la hermosura que me quedaba por dentro. Este cuerpazo de 5.9 de talla grande, esta cintura estrecha, estas ancas de yegua loba, estas caderas y estas piernas las envidian todas las furufas del barrio. A cada rato yo las veo en las esquinas exhibiendo sus piernas de gallina con moquillo, como si de verdad fueran una fruta muy fina. El otro día me contaron una conversación acaecida entre unas viejas lenguas largas en la iglesia, se pusieron a murmurarme después de rezarle al diablo en la misa de las diez; mi tía Mila me ha dicho que su dios es el demonio, ya hemos leído su historia en ese libro negro usado por el padre Pelayo durante las misas:

— ¿No son esos los cambios que sufren las mujeres una vez que dejan de ser niñas? — preguntó una de las viejas —: aumentó de peso, se le ancharon las caderas y se le aflojaron las tetas.

— Yo estoy segura, que su virginidad quedó en las manos de uno de los hombres pudientes que rondan el club de su prima — escupió una segunda vieja.

— Ella no es como las niñas decentes del barrio —, agarró una tercera la «cuchara» —, está completamente formada, cuenta con todos los bríos que se les ven a las putas; a cada momento la ven entrar y salir del club por el jardín a través del patio, es por donde entran y salen los cueros del negocio; ahora se parece a Minerva, la hija de Tiana: trabaja en un club en el centro de la ciudad llamado «Rico Coco», la gente dice que lo afloja por dinero.

La primera vieja volvió meter el hocico:

— Esos pantalones de vaquero que se pone una talla menor, es para que se le marque bien la cuca y las nalgas; los pantaloncitos y las faldas con el ruedo en las nubes, con una blusa enseñando su vientre no es la forma en que se visten las niñas decentes.

— Para los hombres ella es la muñeca del barrio, piensan que pudo ser una venus en la Helada si hubiera estado viva entonces — dijo la segunda vieja —, pero eso es porque los hombres le fajan a cualquier escoba con falda; por la manera en que se viste y se maquilla, más bien se me parece a los maniquís en las tiendas donde van a comprar la gente de lujo.

— Para mí su perfil es demasiado indecente — volvió a ladrar la primera vieja —; a quien se parece mucho, es a las mujeres en las revistas de perversidades que traen de contrabando los hombres cuando vienen de Nueva York.

Es verdad que yo entro al «Club caprichos de hombre» por el patio, pero solamente algunos domingos por la mañana cuando tienen chicharrones para el desayuno, como consecuencia me han comenzado a llamar «Muñeca de Oropel». Eso me preocupa mucho menos que un mojón, de mi tía yo aprendí a reírme de toda esa minucia de yegua vieja, ellas no componen absolutamente nada en mi vida; por eso a cada rato le subo aún más el ruedo a mis faldas y a mis pantalones cortos para ver si las lenguas se les llenan de gusanos, yo espero que un día cualquiera se les rompa la hiel por la envidia y que se mueran dando brincos de unos dolores de barrigas horrendos. Lo de «Muñeca de Oropel» se debe a que — según ellas —, las mujeres demasiado hermosas como yo son superficiales; pero, es también por las mujeres que trabajan en el negocio de mi prima, los clientes les dieron el apodo por su juventud y su belleza — oscilan entre los diecinueve y los veinticinco años —, también en honor a mi prima; fue una bailarina exótica por muchos años en el Extranjero, donde como seudónimo se hacía llamar: «Muñeca de Oropel». También les han dado el mismo apodo a todas las mujeres de mi familia, pero ninguna pertenece al club, tan solo entran y salen por el patio a cada momento por lo bien que se puede comer en el negocio; ellas ayudan en la limpieza, comen y mi prima les permite que lleven comida para sus hijos.

Mi prima se llama Jacinta Salomé Altagracia Ventura D'Leon, nosotras le decimos la prima Oropel. Me contó su historia en el patio del club, le dije que recolectaba información sobre las «Leonas» para escribir una novela, me pidió que le pusiera como título «Muñecas de Oropel», pero yo le quiero llamar: «El clan de las Leonas». Mis primas son las mujeres más salerosas en cualquier barrio donde viven, y cada una tiene su historia. Jacinta se fue a los diecinueve a vivir al Extranjero a trabajar como doméstica, en la casa de una joven pareja de recién casados recomendada por una tía. Su jefa era una doctora, y su marido el dueño de una compañía de bienes raíces. Todo comenzó con un señor de apellido Casado — ingeniero y de orígenes cubanos —, quien trabajaba para una corporación extranjera en unas construcciones entre Santiago y Puerta Plata; contrató a Digna — la tía de Jacinta — para cuidar los niños, y para que fuera dama de compañía de su mujer. Digna contaba con veinte años, era extraño para la gente del pequeño pueblo que no tuviera novio y que no se hubiera fugado con alguien; las muchachas escapaban con sus novios entre los dieciséis y los veinte, más allá de lo cual ya eran jamonas si todavía vivían con sus padres. Digna era hermosa, de piel morena, bien formada, de buenas proporciones y enamorados no le faltaban. Felicia, la hermana menor de la señora Casado — de veinte años igual que Jacinta —, fue a los tres meses a visitar a su hermana, y un día que se quedaron solas en la casa lavando la ropa Felicia le preguntó:

— ¿Tienes novio?, eres muy bonita; apuesto a que los hombres te persiguen como cosa de locos.

— Por ahora no tengo a nadie, la gente me dice que ya soy jamona y mi madre quiere que le traiga un nieto. Todas mis amigas de la misma edad tienen sus maridos, hijos, una regresó a su casa porque lo del marido no le funcionó y una se fue por un mal camino.

— ¿Cómo así, mi amor?

— Ahora es una mujer de la mala vida.

— ¿Y cuál vida es esa, existe alguna que sea buena?

Felicia se le acercaba poco a poco a medida que la cuestionaba, cuando la tuvo cerca le tomó las manos.

— Es una de las putas de la región, se fue del pueblo a practicar el oficio lejos de aquí.

— ¡Ah, ya entiendo! Tú no le hagas ni una chispa de caso a nadie, no hay por qué apresurarse. Yo tampoco tengo novio, hace dos años tuve una experiencia y a mí no me gustó ni un poquito. Es más, te voy a decir la verdad, para qué te voy a mentir: a mí no me gustan los hombres. Por lo menos, aún no he visto ese que me pueda mover el corazón, mucho menos algo por ahí abajo; la mayoría de los que yo conozco ni siquiera saben cómo hablarle a una mujer y, por lo tanto, no creo que vayan a saber cómo se maneja una en el amor.

—A mí tampoco... quiero decir, aún no he visto uno que me atraiga lo suficiente; pasé por una experiencia cuando tenía diecisiete con un muchacho, pero a mí no me gustó y no sentí nada; ninguno de los hombres que yo conozco me hace sentir algo por ellos, muchos me han comenzado a llamar la Monja.

—Puedo comprender que no sintiera nada si la experiencia fue con una persona de tu edad, me imagino que ninguno tenía la experiencia necesaria; a casi todas nos pasa lo mismo, esos primeros encuentros no valen nada.

—No te lo voy a negar, no sabíamos lo que hacíamos. Tuve una segunda experiencia el siguiente año, esa me gustó mucho, pero a mí me da mucha vergüenza referir la historia, nunca se la he contado ni aun a mis amigas de más confianza. Nadie lo vas a entender.

—Yo sé lo que piensa y lo que sientes —eso no se puede ocultar —, lo noté cuando te vi por primera vez. Esa otra experiencia, ¿fue con un hombre, o una mujer?

Digna bajó la cabeza, como si hubiera estado avergonzada.

— No me lo tienes que decir, yo lo sé; a ver, cuéntamelo todo, mami ¿Aún está con ella? — le dijo al tiempo que la tomó por el mentón y la miró a los ojos.

— No sé, yo creo que me olvidó. Ella vive en Nueva York, estaba de paseo en Puerto Plata cuando eso pasó; tiene su marido y sus hijos, en ese momento no andaba con ellos. Lo hicimos tres veces antes de marcharse, regresó dos veces en el mismo año y ahora tiene un año que no viene por aquí.

Sus cuerpos estaban pegados, Felicia la estrujaba con su cuerpo como en cámara lenta moviendo sus caderas de manera circular; la besaba en los labios con ligeros chasquidos, le pasaba las manos por los cabellos y le acariciaba las cejas con el índice de su mano derecha; digna tenía los ojos cerrados, suspiraba con leves gemidos, dejándose hacer todo tipo de locuras que a Felicia le pasaban por la mente.

— Tú me caíste bien desde que yo te vi, yo sé que te gusté del primer momento que pusiste tus ojos en mi — decía Felicia —, ahora me muero de las ganas por hacerlo contigo, quiero sentir ese fuego que has estado guardando por dentro.

La tenía contra una estructura de cemento de siete por tres, sobre la cual descansaban las hornillas de los anafes; cuando sintió que ya la tenía babeando le acarició los pechos por debajo de la blusa, la cintura, las caderas y las nalgas; la besó en la boca, le mordió los labios y le chupó la lengua; Digna respondió con las ganas de un sediento, pegado a un vaso de agua fresca luego de una caminata bajo un Sol picante; Felicia la miró a los ojos, al tiempo que le decía con voz casi ahogada y un poco temblorosa:

— ¡Ven, vamos a mi habitación! Te voy a enseñar como es que las mujeres lo hacen de verdad, conmigo todo será diferente; no todos conocen el secreto de como se le hace venir a una mujer en cuerpo y alma, hoy vas a ser una mujer por primera vez en tu vida; en mi habitación tengo todo lo que tú necesitas. Yo tengo algo de doble cabeza que vas a gustar mucho.

Todavía estaban desnudas en la cama — ya eran las cinco de la tarde —, cuando escucharon el motor del suburbano de la señora Casado, se vistieron a la carrera y se fueron a colar café a la cocina. Durante los próximos dos años Felicia entraba y salía del país, los ultimo seis meses lo pasó con la familia Casado, y cuando esta regresó al Extranjero se llevó a Digna con ella. Con el tiempo lo del empleo llegó a ser una excusa, en esa época la sociedad era más pura — me cuenta mi prima —, los hippies no habían llegado a corromper el orden social; podían ser apedreadas o apaleadas en plena calle por la gente pura, su amor era considerado una relación espuria fuera de la gracia divina. Felicia consiguió un empleo en la firma que trabajaba su cuñado, luego se buscó un departamento y se llevó a su mujer. Digna trabajó con diferentes miembros de la familia, cuando el hermano menor del Señor Casado contrajo matrimonio — trabajaba de mesera en un restaurante —, tuvo que rogarle mucho a Felicia para que su mujer fuera la niñera de su primera hija. Digna se pasaba los días con la niña, en la noche regresaba para su departamento a media hora de camino; Felicia la llevaba en su coche por la mañana, la recogía por la noche a las seis o a la siete. A los cinco años la madre de Lily muere en un accidente automovilístico, y Digna, bajo las protestas de Felicia, se pasaba cinco días en la casa de la familia. El padre de Lily se volvió a casar un poco después, Lily no quiso aceptar a su madrastra y Digna se convirtió en su refugio

394

hasta comenzar la universidad. Ya casada con una niña recién nacida, con la presión de la vida y una carrera que debía de ser construida, Lily buscó el socorro de su antigua Nodriza. Esta vez Digna estaba en plan de jubilarse, la joven señora le dijo cuando le dio la noticia:

— Yo sé que te siente sola sin Felicia, después de que se la llevó el cáncer de los senos. Somos hijos de la muerte — ya lo sabemos — y, aun así, la razón no puede arrancar esa espina del pecho. Tu eres de la familia ¿Por qué no te vienes a vivir con nosotros?

— Es que ya no puedo seguir viviendo en medio de tantos recuerdos, aquí la vida se me hace insoportable y no puedo ni respirar con tranquilidad; yo quiero irme a vivir al campo a donde nací a pasar los últimos días que me quedan en este mundo, en una casita que yo le construí a mi madre hace muchos años.

— ¡Qué pena, te voy a extrañar mucho! Tú eres como si fuera mi madre ¿Por qué no me consigues una muchacha de tu familia o del mismo lugar donde tu naciste? Me gustaría que fuera tan buena cocinera como tú, tienes que enseñarle como se hacen los bizcochos dominicanos dado el caso que le sea desconocido el arte, yo he notado que no todas las personas de tu país lo conocen.

Digna pensó de inmediato en Jacinta, quien había sufrido lo que para la época era un fracaso, un mal paso: se había fugado con su novio, pero al año estaba de regreso con su madre. Tenía diecinueve años cuando su tía se la llevó al Extranjero, Digna vivía en un lugar que le dicen Leonia. En cuanto Jacinta llegó le dijo:

— Esta gente para mí es como si fuera mi familia, yo llevo cuarenta y cinco años viviendo con ella y no quiero que tú me hagas quedar mal; si el trabajo a ti no te gusta y encuentras algo mejor o si tienes otras aspiraciones — eres joven y hermosa —, tu tranquilamente se lo hace saber a la señora y le da tiempo para que se consiga otra persona.

— ¡Ay si, tía! Yo quisiera ser enfermera ¿Usted cree que me dará permiso para yo estudiar de noche?

— Todo se puede, mi amor: esta es gente buena. Yo pude hacer lo mismo, a mí me hubiera gustado eso de los números, me veía en una oficina con las manos llenas papeles, pero esas cosas del cerebro no son para toda la gente.

— ¡No se preocupe, tía! Yo siempre quise venirme a vivir a este país, oí decir que aquí una puede aprender a volar si quiere; yo le agradezco mucho la oportunidad, y a pesar de que las «Leonas» somos un poco atronadas, yo no la voy a defraudar; me voy a portar bien con la señora Lily, ya me siento como si fuéramos viejas amigas.

La tarde que la llevó a conocer a la señora la tía la vistió con un vestido de color negro con el ruedo ancho, el cuello blanco y el ruedo a una pulgada más abajo de las rodillas; sus cabellos negros, sedosos y brillantes, se los recogió en un moño en la parte de atrás de la cabeza; sin embargo, los encantos que poseía eran evidentes, tal como la cintura estrecha de las «Leonas», sus caderas, sus nalgas y sus bien formadas pantorrillas de una simetría perfecta, las cuales eran una señal del tipo de cuerpo al que le servían de soporte. Después de la presentación Digna le dijo que se colara un cafecito, mientras ella conversaba en la sala con la jefa; Lily observaba como la muchacha se movía en su ir y venir, hubo un momento en que se le hizo un nudo en la garganta y se le aceleró el corazón, la sensualidad de Jacinta era evidente. No había visto en otra mujer las cadencias de Jacinta en su forma de caminar, ella tenía el mismo swing de casi en todas las mujeres de mi familia. Más tarde la señora les contó a unas amigas, que su impresión esa tarde fue un presagio.

A los seis meses todo iba bien, Jacinta cumplía con su trabajo y por las noches no salía de su habitación; no hablaba con el marido, su trato era con la señora y ni siquiera lo miraba de frente, cuando por algún motivo los tres estaban juntos en algún lugar de la casa. Estaba segura de su belleza y el magnetismo de su personalidad, no quería despertar los celos de Lily, aunque también se ponía nerviosa en presencia del marido. Ese fatídico lunes cuando a Lily se le vino el mundo encima — ya Digna vivía en su campo cerca de Puerto Plata —, la pareja salió temprano de la casa como era su costumbre; Lily regresó a las diez de la mañana, en busca de un portafolio que olvidó encima de la mesa del comedor; cuando cruzó frente a la puerta de su habitación escuchó lo que le parecieron unos aullidos de loba, y sorprendida, empujó la puerta y encontró a la bella Jacinta desnuda, dando brincos y gritos como una loca encima de su marido; la pareja se dio un espanto cuando se dieron cuenta de ser observados por la doña, quien estaba de pie frente la puerta del cuarto. El hombre perdió su color: «¡Pero ven acá buena vagabunda! ¿Así es que tú me paga todos los sacrificios que yo hice por ti? Yo hasta le mentí al gobierno para traerte al país, de modo que te hicieras de una buena vida para bien tuyo y de tu familia; pero yo te voy a poner en tu lugar ahora mismo, por lo puta y abusadora que tú eres». Buscó por todas partes un arma para castigar a la muchacha, mientras Jacinta y el hombre se vestían a la carrera. El marido estaba nervioso, caminaba de un lado para otro, se soltaba y se amarraba el cincho de la bata de dormir, se pasaba la mano por la cabeza sin saber qué decir ni qué hacer. Cuando Lily regresó Jacinta había corrido hacia su habitación, trajo consigo un salten negro hecho de hierro cogido por el mango, al no encontrar a la joven salió a buscarla seguida por su marido quien no paraba de rezongar: «¡Espérate, Lily!, las cosas no son así como tú las ve ¡Por dios! Ten compasión con esta pobre muchacha, y de mí que acabo de cometer una locura; no juzgues la situación a la ligera, mira que vas a cometer una injusticia ¡Lily, ven acá!». Cuando la mujer llegó al cuarto de Jacinta, en el momento en que ibas a darle con el salten por la cabeza su marido se metió por el medio intentando desarmarla, pero en vez recibió un sartenazo en la frente que lo tiró al piso; se puso de pie con el mismo impulso mientras Lily estaba persiguiendo a Jacinta otra vez, cuando le dio alcance y trató darle con el salten, Jacinta se lo arrebató de las manos y ya se lo ibas a poner de sombrero, pero el hombre se metió entre las dos y se lo arrebató de las manos; las mujeres se lanzaron cuerpo a cuerpo una contra otra, el hombre las desapartó no sin antes recibir unos cuantos estrujones de parte de ambas: «¡Ya está bueno, se acabó la vaina esta, carajo! —dijo él con el salten en las manos —; las dos se me van a calmar antes de que pase aquí una pendejada fea, de la que todos tangamos que arrepentirnos después; si tú quieres yo me voy ahora mismo de la casa — Lily —, la muchacha también se va ¡Pero, ya se acabó la jodienda esta! ¿Es que yo no tengo derecho a equivocarme, ni tampoco a pedir perdón?» Lily se sentó en la cama con la cara entre las manos — estaba inconsolable —, mientras su marido le hacía señas a Jacinta que recogiera sus cosas, al minuto Lily se fue a encerrar en su habitación: «Toma este dinero — le dijo a Jacinta el sinvergüenza —, vete a donde tu prima y no te muevas de ahí hasta que yo te llame. No te preocupes que todo vas a ir bien, mami. A los tres días Jacinta se fue a vivir a Nueva York con unas amigas, temerosa de que su exjefa la reportara con la migra. Jamás volvió a ver a la doctora y su marido. Trabajaba de mesera en un restaurante, cuando una tarde llegó una joven caraqueña junto a dos amigas quien le dijo cuando le trajo el servicio:

— Eres muy hermosa, tienes un cuerpazo que dios te lo bendiga, sería una lástima que lo desperdicies trabajando así, de mesera en este lugar; yo puedo ayudarte a que te forjes un futuro mejor con ese cuerpo, de donde yo vengo pudiera ser una reina con todo lo que tienes ¿Eres casada, tienes novio, hijos?

— No tengo a nadie, pero...yo...a mí no me gustan esas cosas, señorita.

Miraba en todas direcciones, temerosa de que las demás compañeras pudieran darse cuenta de lo que pensaba la joven le había insinuado.

— ¿No te gustan cuales cosas, mi amor?, tú no tienes idea de lo que yo te propongo ¿A dónde vives?

— Pues, a unos treinta minutos de aquí en la guagua.

— Yo vivo a tan solo quince minutos, aquí tienes mi teléfono por si te interesa saber de lo que yo te hablo; por lo regular al cabo de los años las personas se lamentan no de lo que hicieron, sino de lo que no hicieron cuando se les presentó la oportunidad; no desperdicies tu vida, y mucho menos ese cuerpazo en este lugar.

La joven, igual que sus dos amigas, tenían ese perfil que se le ve a las estrellas, Jacinta se sintió impresionada por sus formas de vestir, sus bellezas y sus joyas. Llamó a la muchacha una semana después y ésta la invitó a su departamento, sentadas en la sala cada una con un vaso de vino en sus manos la caraqueña le dijo:

— No te preocupes, aquí estaremos tú y yo solitas; no te obligaré a nada en contra de tu voluntad, yo sé que te vas a fascinar la oportunidad que ahora te presento.

Le mostró fotos y películas sobre la naturaleza de su trabajo, era bailarina en un club exclusivo para hombres, a donde al día siguiente la llevó como invitada para que viera la función; Jacinta quedó encantada con los vestuarios, las luces multicolores y la opulencia del ambiente.

— Aquí tú vas a ser una diosa — dijo Casilda —, ese cuerpo tuyo no me puedes engañar, del fuego que llevas por dentro brota humo por cada uno de tus poros. En este ambiente hay muchas oportunidades para la persona con talento ascender a las estrellas, si ella quiere; aquí vienen personas del espectáculo en busca de nuevos talentos, yo estoy que me desvivo por bailar en Broadway; y quien sabe, quizás algún día puedo coger las estrellas con mis propias manos; no se puede soñar que una vuela bajito, hay que lanzar los sueños hacia las nubes y mucho mejor si es al infinito.

A Jacinta se le despertaron los deseos de ser vedette como esas que veía en la televisión, se hizo llamar Muñeca Oropel en la tarima, mientras Casilda se hacía llamar la Golondrina. No pasó mucho tiempo sin que Jacinta dominara el arte de los bailes eróticos, de quitarse la ropa entre un remeneo y el otro, y ni siquiera se puso nerviosa en su primera función. Eso fue por la década de los treinta, el club era privado y las chicas tenían una mayor libertad. Casilda se casó tres años después y se fue a vivir a Canadá, Jacinta siguió bailando y soñando en ser una estrella de verdad. Los años que siguieron se los pasó escudriñando al público donde quiera que bailase, pero nunca vio en nadie las gafas oscuras de los productores, de los directores y de todas las personas que son estrellas. Cuando llegó a los veintiocho no le fue posible continuar, debido a una enfermedad repentina que no le permitía mantener la figura; se cansaba con mucha facilidad, y para colmo, sufrió la ruptura de un tobillo en un accidente y quedó coja por toda su vida. Se había hecho experta en los masajes, cuando se retiró de la tarima consiguió trabajo en la «Plaza del Tiempo» en un club, donde los magnates de las finanzas iban a liberar las tensiones producidas en la bolsa, debido a las transacciones avanzadas en los negocios. Por ese tiempo fue cuando le vino la idea sobre la inauguración de un establecimiento similar en la capital de su país, se compró un terreno luego se pasó los años que siguieron construyendo la casa para el negocio. Poco después inauguró en el «bron» un restaurante, al cual le llamó: «Platos antillanos». Dos años antes de la inauguración de «Caprichos de hombre», conoció al mayor Isabelo de la Cruz en una fiesta, quien se convirtió luego en uno de sus protectores.

Ahora, con respecto a mi virginidad que tanto ha inquietado a las viejas chismosas del barrio — y yo no sé por qué tiene que importarles —, ningún cliente de «Caprichos de hombre» ha tocado gloria en este cuerpo; Fernando fue quien se quedó con ese tesoro — mi primer novio —, en el granero de mi abuelo donde mi tía Mila perdió el suyo y casi la vida por las manos de su padre. Esa es otra historia que le pienso contar a mi diario. Era un peligro verme con Fernando después de las doce de la noche, cada vez que yo visitaba la casa de campo de mi abuelo algunos fines de semanas. Venancio es el sereno de las fincas, vigila por la noche y por el día la vieja casona; la gente del pueblo dice que no duerme, algunos creen que se transforma en un galipote durante las noches de luna llena; el galipote es un animal mitológico mitad puerco y mitad lobo. Venancio es un negro de seis pies y tres pulgadas, a sus setenta y cinco años aún continúa erguido, musculoso y tan fuerte como los toros. Siempre anda bien armado, usa una escopeta de doble cañón, un machete y un puñal; dispara y luego hace las preguntas. Una noche vio que algo se movió detrás de un matorral, apuntó con su escopeta y dijo en dirección del arbusto: «¡Quién es que anda por ahí, carajo! ¡Sal a lo claro al instante a donde yo te pueda ver, o ahí mismo te mato como si fuera un perro!... ¡Te dije que salga para lo claro, sí es que de verdad quiere seguir vivo!». Disparó la escopeta, los dos cartuchos a un mismo tiempo sin dar tiempo a recibir una respuesta, el muerto resultó ser un perro que meaba detrás del matorral. Fernando tenía veintidós años, lamentablemente murió hace tres meses bajando la «Zanja del Diablo»; andaba de parranda con unos amigos en una camioneta, el único muerto en el accidente ocurrido a las tres de la mañana. Todavía me duele, yo lo amaba mucho. Sentí escalofríos una tarde que lo vi bajar por la cañada — conducía el tractor

John Deere de mi abuelo —, el mismo escalofrío que desde pequeña he sentido cada vez que atravieso por ahí con mi abuela. Al día siguiente cuando hablamos yo se lo advertí:

— No cruces manejando el tractor por ahí entre la media noche y la seis de la mañana, es un lugar maldito a donde muchos automóviles se han volcado, mucha gente ha muerto en las horas que yo te digo como consecuencia.

— Ya me hablaron de la cañada en cuanto llegué hace unos meses — dijo Fernando.

— ¿De dónde tú eres? — le pregunté.

— Yo soy de San Juan de la Maguana, vine a trabajar con mi tío manejando el tractor de tu abuelo, la primera mujer de don Pucho es mi tía. Pero el cuento de la zanja es un mito, al diablo no le interesa castigar a los malos para que sean buenos, sino, todo lo contrario; está organizando un ejército para tomar por asalta el paraíso, para vengarse por el destierro a que fue sometido por las ordenes de su padre; pero tienes un problema serio, al cielo no se puede subir con alas de murciélago, la única posibilidad es que recupera sus alas de ángel; pero, su orgullo es tan grande, que no se vas a someter los cambios necesarios para subir al cielo. Además, no creo que al diablo tampoco le interese aterrorizar un grupo de personas en un pueblito escondido en la sierra; hay millones en las grandes ciudades que merecen ser atormentados por todos los demonios del infierno, y sin embargo, viven tan felices como un barril lleno de monos. Todo eso es alegórico con algunas moralejas en el fondo. Ahora, ¿tú cree todos esos cuentos?

— Yo no creo mucho, pero eso no importa porque los muertos están ahí en el fondo, y aunque no dicen nada, su historia no se puede negar.

— Yo he notado que la zanja se mantiene húmeda y peligrosamente resbalosa, ya sea en zafra de lluvia o de sequía; eso es debido a la grieta y la fuga de agua en el viaducto de cemento que la cruza de un extremo al otro; los automovilistas deben tener mucho cuidado al comienzo de la barranca, si es que no quieren terminar bocarriba en el fondo. No me parece que los accidentes ocurridos ahí sean un misterio. Si el pisa el freno a medio camino una vez que la maquina coge velocidad, el coche puede virarse de lado y llegar al final dando vueltas sobre sí mismo; es peor si el chofer viene borracho, si no tiene experiencia en el terreno y por la oscuridad de la noche.

— Tú eres del partido? —ella le preguntó.

— Si, me sucede algo parecido a lo que pasó con tu padre, me le ando escondiendo a personajes viles que no admiten ideas diferentes, y que todo lo resuelven con el asesinato del prójimo. Me tienen fichado y no me dan trabajo en la ciudad, yo soy contable como era tu papá.

— Volviendo a la Zanja del diablo, por aquí había un chofer de carro público a quien le decían Agonía, corría demasiado rápido y lo veían trabajar por la noche y por el día; una madrugada se volcó al cruzar la zanja — nadie murió en el incidente —, luego dijo que a medio camino se asustó y perdió el control, porque vio a un jinete sin cabeza correr de un lado al otro al final de la zanja; es lo mismo que han dicho algunos de los que se han accidentado en ese mismo lugar, y que han sobrevivido para contar la historia.

— Muy probable Agonía ya traía en su mente los fantasmas que vio en la zanja, la mente puede crear su propia realidad, ve lo que quiere ver independientemente a que sea real o no, y puede crear su cárcel, su infierno, su cielo y sus propios fantasmas; o sea, puedes ver un reflejo de sus propias creencias. Pero no todo está perdido, la misma función que hace ver a la persona lo que no existe puede lograr que una cárcel sea un lugar acogedor, por ejemplo: yo sería feliz si fuera el prisionero de la esmeralda que hay en tus ojos.

— ¡No me toques! Estamos en el portón frente a la casa, mamabuela nos vigila por la ventana del aposento.

— ¿Y si la doña no pudiera vernos, te puedo tocar?

— Yo no te prometo nada.

— Entonces, dame una esperanza por más pequeña que sea.

— ¿Y no es lo mismo?

— Una esperanza no tiene la certidumbre de una promesa.

Ese idilio ocurrió como un relámpago, yo cerré los ojos y cuando vine a darme cuenta, ya era mujer; yo no me arrepiento, lamento únicamente la muerte de Fernando».

Virginia fue perdiendo el sentido con estas imágenes en la mente, ya estaba resignada. La silueta de su cuerpo en la boca de la cueva, envuelto en una densa neblina de color blanco, se iba desvaneciendo a media en que perdía el sentido. Con sus últimos pensamientos, lamentaba de que ahora no ibas a poder enfrentar a su madre acerca del secreto de quien fue su padre, ya estaba muerta o se moría lentamente.

— III —

CAMPAMENTO ENEMIGO

Al día siguiente a la desgracia sufrida por Virginia — era domingo por la tarde —, las enemigas principales de su madre iniciaban una reunión en la Iglesia de Jesús Salvador, en la cual Virginia y su madre eran el foco central. La iglesia estaba localizada en la otra calzada, media cuadra más debajo de la «Taberna Zapatos Rojos», de la que Muñeca y la China eran las dueñas: enemigas mortales del grupo religioso. El nombre de la iglesia era debido al nombre del pastor, Manuel de Jesús Salvador Carroña. Muñeca sufrió un disgusto cinco años atrás un domingo a las once de la mañana, cuando vio a las mujeres al frente de la iglesia el día de la inauguración. La vez que se fue de los «Altos de Washington», pensó que jamás ibas a volver a ver a toda esa «chusma»; un tiempo después cada grupo sintió ser perseguido por el otro, todas sus enemigas visitaban la iglesia y vivían no lejos del vecindario. Su tía Mila le dijo una vez, que las almas hacen citas y se persiguen en cada vida, ya sea para pagarse o cobrarse cuentas pendientes. En la reunión tuvieron presente Nely, Gloria, Sarita, y una joven invitada quien era la estrella del momento; la intención era discutir la suerte sufrida por la hija de veintiún años de Muñeca, Virginia, y darles algunos detalles de lo que la joven invitada se había enterado. Virginia desapareció un tiempo atrás sin dejar ni un solo rastro, Gloria era la más entusiasmada con la desaparición de la joven, cuya noticia corrió como un rayo a través del campamento; la esperanza era que los motivos fueran los perores, ahora su madre pagaría con creces las tragedias de los maridos de Sarita y de Gloria. Sarita fue la mujer del primer teniente que ultimó al mayor de la Cruz, se pensaba que disputándose las atenciones de la joven Muñeca. Sarita contaba con treinta y dos años y su marido tenía cuarenta y dos, cuatro años después ya estaban separados y ella se fue a vivir a Nueva York con su nuevo marido, el cual pensaba el vecindario que ya estaba en camino previo al encarcelamiento del primer teniente. A pesar de todo, nunca le perdonó a Muñeca, perder por culpa suya el postín de ser la mujer de un militar con alto rango. Por otro lado, Gloria no se había vuelto a meter en marido, aunque solo tenía treinta y cinco años cuando el mayor fue ultimado; se decía que los hombres les tenían miedo a las mujeres de su familia, muchas habían enviudado más de una vez. Se fugó a los dieciocho con su novio, dos años después fue asesinado en un cabaré; el segundo murió en un accidente automovilístico

413

a los tres años de vivir juntos; ya tenía un niño del primer marido y una niña del segundo al momento de contraer matrimonio con Isabelo — la única vez que se casó —, con el cual tuvo una hembra y un varón. Nely era la cabecilla de la banda, heredó la batahola que hubo entre las dos abuelas. Las tres mujeres se habían conocido en la Iglesia unos años atrás, dios quiso unirlas para vengarse de la mala mujer. La única ofensiva consistía en mover sus lenguas en contra de Muñeca, tenían la esperanza que la elevada moral de los clientes los alejara del negocio y así destruir el éxito que había obtenido; para mala suerte suya, sus informes no trascendían las paredes en la iglesia, la clientela de las mujeres provenía de todos los rincones de la ciudad y no estaban al tanto de tales rumores. Por su lado, el resentimiento de Nely era tripartito. Primero estaba la paliza que doña Altagracia le dio a su abuela, Lagunita, y unas cachetadas que Muñeca le dio cuando ella tenía quince años, no lejos donde las abuelas se habían halado los cabellos. Cuando llegó al vecindario Nely tenía dos años, ya eran enemigas mortales por causa de la enemistad entre las abuelas:

— Tu eres una campesina — dijo Nely, un sábado a las cuatro de la tarde que se toparon cerca del Parque Independencia —, tu mamá fue una puta y tú no eres hija de tu padre, esos aires de grandeza no te asientan bien ¡Tu no vales nada!

— ¡No hablemos de valores! ¿Ya se te olvidó? — dijo Muñeca — Tu familia es original de un campo sin luz eléctrica donde tu abuela fue una puta, luego se vino a putear a la capital; y en cuanto tu mamá se refiere, ya tiene tres «pollas» de «gallos» diferentes; para colmo, los hombres no quieren a las mujeres de tu familia porque son demasiado anchas, y lo tienen tan aguado como una laguna. Eso es por lo que a tu abuela le llaman, Lagunita.

Muñeca no esperó el próximo insulto, se le acercó y le dio una galleta; Nely trató de arañarla y agarrarla por los cabellos, pero ella había reculado y no la pudo alcanzar; de inmediato recobró el paso y le dio una segunda tabaná, la cogió por la blusa y le dio un estrellón en el piso que le partió los labios. Su primo, Fermín, le había enseñado yudo. A pesar de ser más joven, era una mujerona comparada con la baja estatura de Nely. Se le abalanzó como una fiera cuando la tiró al piso, se le montó a lo macho encima del vientre, le arañó el rostro y le dio unas cuantas bofetadas en ambos lados de la cara; miró hacia su mano derecha y vio su cartera, se apresuró a buscar la navaja de barbero que llevaba escondida para su defensa personal; cuando estaba casi al cortar la cara de Nely, unos hombres que se acercaban le pusieron fin a la pelea. El tercer motivo de su odio fue un incidente acaecido cuando alcanzó los veintidós años, un poco después de chivatear con Maribel a Muñeca en la «Ferretería Don Homero», nadie le pudo quitar jamás de la cabeza que Muñeca fue la culpable de su desgracia. Regresaba del trabajo un martes a las ocho de la noche — trabajaba en un hotel limpiando habitaciones y barriendo los pasillos —, cuando un par de figuras enmascaradas y camufladas en negro de pies a cabeza, la sorprendieron por la espalda en el segundo piso; le taparon la boca usando una cinta engomada con tres dedos de ancho, la golpearon y la llevaron a rastro hasta el primer piso cogida por los cabellos; estuvo inválida por un tiempo, y aunque pudo caminar eventualmente, le quedó una lección en la columna que le impedía tener control del pie y la mano derechas; para colmo, dos años después el marido se le fue con otra, ya tenía una hembra y un varón de pasados encuentros, había estado pariendo a partir de los diecisiete. Sospechaba de la Boxeadora y de la Pava — marido y mujer —, quienes eran vecinas y amigas de Muñeca. Unos testigos dijeron ver a dos figuras correr hacia un automóvil conducido por una tercera persona, las cuales tenían un swing femenino. Era oscura la noche y había estado cayendo nieve, por lo que no fue posible tomar los números de la chapa del vehículo.

Cuando la joven que las mujeres habían invitado a la reunión llegó a las cinco y media, les preguntó a cuatro adolescentes que salían en ese momento de la iglesia, el último remanente de los servicios del domingo:

— ¡Buenas tarde! Yo ando buscando a Nely Filomena Carmena.
— ¿Tu eres la hermana de Mimi, María Moreno Sánchez? — dijo una de las jóvenes.

— ¡Si, yo misma soy!

— Gusto en conocerte, hemos oído hablar mucho de ti.
— El gusto es mío, amor.

— Nely está en la cocina con unas hermanas ¿Tú ves aquella puerta roja en el fondo? Anda ve y empújala, también la puedes halar.

— ¡Muchas gracias, amores! — replicó la joven y enfiló sus pasos hacia la dirección señalada, luego de la bienvenida Nely se la presentó a sus amigas:

— Muchachas, esta es Divina Concepción, la hermana de Mimi quien se nos casa el próximo sábado; solo cuenta con veintiún años, pero ya predica «la palabra» como si tuviera cien años de sabiduría; se gradúa el próximo año en eso de los negocios, y al mismo tiempo anda en busca de un doctorado en teología, su sueño principal es fundar su propia iglesia: Alabado sea el Señor.

— ¡Alabado sea el señor! — dijeron las otras haciéndole coro.
Cada una con una taza de café, una dona, pan con mantequilla o un pedazo de bizcocho en las manos, tomaron asiento alrededor de una mesa.

— Las muchachas aquí presentes quieren conocer tu historia, si es que no te sientes mal hablando acerca del asunto; ella también ha sufrido mucho por culpa del cuero de quienes ya hemos hablado — les dijo a las otras mujeres.
— Ese fue un episodio en mi vida que ya no me importa, el cual, a pesar de todo, guardo con cariño y doy testimonio en la iglesia de mi padre: aprendí algunas lecciones de mucho valor — dijo Divina concepción.

— Yo tengo una curiosidad — dijo Nely — ¿Quién nació primero, tú o la iglesia de don Pepe?

— Yo nací dos años después de la inauguración de la iglesia, y fui bautizada con el mismo nombre: «Divina Concepción».

— Perdona la interrupción, yo quiero que mis amigas escuchen tu historia. A quien ella se vas a referir — les dijo a las dos amigas —, es a la hija de la fulana dueña de la taberna y el restaurante ahí en la esquina: «De tal palo tal estilla».

— Yo le dije a Diego cuando comenzó a volverse loco por... por la rubia esa — comenzó divina Concepción —: «Tú vas por un camino equivocado, la mujer fuera de la viña del señor es un bicho malo, tú no le puedes tener confianza mientras no te dé un motivo». Dios, justiciero como siempre, me dio la razón: todo le salió como yo se lo avisé. Virginia sabía qué Diego era mi novio, que habíamos estado juntos desde los trece años, pero como nos caímos tan mal desde que nos vimos, lo suyo fue nada más por hacerme una maldad, dejó a Diego y se le fue con Ricardo al cabo de tan solo un mes de relación. Diego ni siquiera era su tipo de hombre: no tenía dinero, no vestía de lujo ni tampoco manejaba un coche de prestigio. Andaban calle arriba y calle abajo en el escarabajo amarillo de Virginia, las amigas que la conocían comentaban que había encontrado el amor de su vida. Diego ya venía un poco trastornado, se alejó de la iglesia con el pretexto del trabajo y los estudios. Yo trabajo, estudio, cuido a mi abuela enferma y aún no he abandonado la iglesia. Yo leía con Diego versículos de la biblia, para ver si lograba realizar el milagro de regresarlo al camino del «señor». Yo creo mucho en el poder de «la palabra».

— Yo también creo mucho — dijo Nely —, el problema es que alguna gente no la coge ni aun con jeringuillas, no tienen el grado fino de inteligencia que se debe poseer para entenderla. Felicito — mi sobrino — creció escuchando sermones al respecto, luego se fue alejando a medida que iba creciendo, ahora es novio de una trabajadora en la taberna en la esquina. A mi casi me da un yeyo cuando me dio la noticia, yo entonces le dije: «Felicito, ¿qué clase de mujer es esa que vende o bebe tragos en un cabaré?» No me hizo caso, y ahí lo veo que no bien sale por una puerta cuando de inmediato entra por la otra; el bar se le ha convertido en su segunda casa, yo lo veo que desayuna, come y cena en el restaurante de la vieja; luego se sienta en el bar a beber cerveza, a oír las noticias, a ver los deportes en las pantallas gigantes y a conversar de nada con todos sus amigos; la novia ya le tiene prohibida la entrada, las dueñas no aceptan que los novios y los maridos de las empleadas vayan a comer al restaurante o a beber en el bar; ellas tienen que hacerle ojos bonitos a los clientes y se visten de manera provocativa, las «doñas» no quieren que un hombre celoso le forme un escándalo, ni que les vayan a crear problemas a las mujeres en sus hogares.

— Diego empezó a decirme que lo perdone — prosiguió la invitada —, al poco tiempo después de que Virginia lo dejó ¡Si tú lo hubiera visto!, lloraba en mis brazos como un niño, contándome la mala experiencia que sufrió por culpa de Virginia. Después que lo dejó la llamaba por teléfono, le mandaba mensajes al móvil y la perseguía donde quiera que fuese. Una noche a las diez la vio sola, se puso violento y le dijo cuántos improperios le pasaron por la lengua; la empujó, la tomó por los hombros y la estrujó un poco mientras ella gritaba con todas las fuerzas que pudo: «¡Socorro, ayúdenme, llamen a la policía que me quieren matar!». Diego se percató de que algo rebuscaba en su cartera mientras gritaba pidiendo ayuda, como estaba tan ofuscado no le despertó ninguna sospecha.

— ¡Cállate! ¿Eres loca? Yo no te voy a matar — le decía —, yo solo te quiero decir todo lo que tú eres: eres una perra, una sucia, una puta… una… una cualquiera, la mujer más baja que yo he conocido.

— ¡Esa es tu maldita opinión que a mí no me interesa ni un solo culo, maldito, desgraciado! — dijo ella.

Diego Intentó acercársele una vez más, ella en ese momento lo sorprendió con una cuchilla de barbero con la parte de atrás incrustada en un cabo de madera. A diego, la sangre se le congeló en las venas.

— Esa debe ser la de su madre — interrumpió Nely —, o se la hizo ella misma con sus manos; tenía una igual cuando era joven y vivía en San Carlos, un primo suyo fue quien se la preparó. Ella tenía los mismos instintos asesinos de la hija.

— Si Diego no da un salto y recula un paso — siguió la joven —, Virginia le hubiera cortado el galillo en dos pedazos; se ocultó detrás de unos automóviles a medida que Virginia lo perseguía como una fiera, con la navaja empuñada en su mano derecha. Diego es cobarde, no sabe pelear y nunca tuvo ni una discusión acalorada con nadie ¡El pobre! No sabía qué hacer con esta...esta fiera salvaje. Lo que más le impresionó a Diego fueron sus ojos, parecían contener una crueldad que no había visto en nadie jamás. Protegido detrás de unos automóviles esquivando la navaja le decía: «¡Tú eres una mujer loca, loca, loca! En eso le pasó por la mente que lo mejor era salir corriendo, casi lo atropella un automóvil al momento de cruzar a la otra calzada. El incidente fue un domingo por la noche, Diego no fue a la universidad durante la semana y parece que lo estaban acechando. Salió a la calle por primera vez el sábado siguiente a las diez de la noche, a mostrarle a unos amigos un juego de baloncesto que había grabado; no había caminado ni una calle de su casa, cuando unos suburbanos de color negro le atajaron el paso; cuatro individuos fornidos salieron a la carrera de uno de los automóviles, lo agarraron uno por delante y otro por detrás, le pusieron una cinta de goma en la boca, le colocaron la cabeza dentro de una funda negra, y ya dentro de uno de los coches le pusieron una inyección en el cuello. Cuando despertó estaba desnudo en lo que parecía ser un almacén, atado por los pies y las manos formando la cruz de San Andrés; frente a él había ocho tipos vestidos de negro con musculatura de levantadores de pesa, con no menos de seis pies cada uno y sus rostros cubiertos por máscaras negras. El más corpulento de todos, quien parecía ser el jefe — pensó en Ricardo — le dijo: «Te lo voy a decir una sola vez: deja de perseguir a Virginia. No te asuste que no te vamos a matar ni a torturar, nosotros no somos personas criminarles ni sádicas, solo te vamos a capar con esta máquina que tú ves aquí. Yo no quiero que te preocupes, no te vamos a dejar morir; vamos a proporcionarte los primeros auxilios, luego te dejaremos en un lugar donde puedan llevarte a un hospital, y hasta vamos a llamar al nueve 911 para que te vengan a socorrer ¿Te parece bien? A mí me suena muy equitativa la idea, noble y justa — le mostró una máquina eléctrica, la cual tenía una boca de metal llena de dientes afilados al final —. Si yo coloco tus genitales en la boca de la máquina que tú ves a qui, si luego aprieto este botón rojo te corta por el tronco el pene y los granos de un solo golpe. Yo te voy a mostrar cómo es que funciona». Apretó el botón y la maquina comenzó a trabajar con un sonido infernal, luego le colocó los genitales dentro de la boca de la máquina, hizo como que apretarías el botón rojo y a Diego se le salieron los orines; también sintió ganas de ir al excusado a defecar, tuvo mucha suerte que no se le saliera la materia gris: «Yo no quiero que te desmaye ni que te me vayas a cagar, porque vas a tener que recogerla del piso con la lengua, — dijo el hombre de voz ronca —. No te asuste que no te vamos a capar en esta ocasión, aunque si tu sigue molestando a la muchacha no respondo de lo que te pueda pasar la próxima vez que yo te vea. Yo soy un hombre bueno, paciente y razonable; sin embargo, tengo mis límites».

Le cortaron la soga de los pies y luego de las manos, y Diego cayó al piso de un solo golpe. Se vistió con mucho trabajo, no podía sostenerse de pie debido a la fractura de un tobillo al caer. Le volvieron a colocar la funda negra en la cabeza, lo montaron en uno de los coches, y en una calle oscura desconocida para Diego lo empujaron bruscamente con la maquina en marcha. Como no podía caminar, se vio forzado a llamar un amigo por teléfono quien lo vino a recoger y lo llevó al hospital.

Al final de su historia, Divina Concepción no les contó a las mujeres, que se había consolado con Diana después de que Diego la dejó, era una compañera de clase y amiga de muchos años; Diana la esperaba en el hotel, habían viajado juntas para estar en la boda de Mimi. Tenían pensado pasar la noche juntas, al día siguiente Divina Concepción iba ir a la casa de Mimi donde pasaría la semana, Diana pensaba ir a la casa de un hermano suyo.

— Me has dejado sin respiración — dijo Nely al cabo de un hondo suspiro —, y todo eso por la hija de la puta en el bar ahí en la esquina; no se puede esperar nada mejor de chusmas como esas mujeres, ellas no son tan finas como nosotras, su mamá es la peor mujercita en todo el mundo. Contaba con tan solo dieciocho años, cuando logró sonsacar a dos hombres buenos con todo ese meneo que ya se le veía; dos hombres buenos dedicados a Dios, a sus carreras y a sus familias; uno perdió la vida y la carrera del otro se hundió, eran dos militares de alto rango. Los militares son las personas más inteligentes y las mejores capacitadas en el mundo entero; y, aun así, ella logró tumbarlos de un solo tiro.

Sarita continuó echándole más leñas al fuego:

— Así es que son todas las mujeres de su familia, nuestro pastor estuvo casado con una prima suya. Estuvo preso por algunos años, allá se le apareció Jesús y lo nombró vicario en la tierra de su reino en el cielo ¿Saben lo que dice ahora la mujercita esa, y las que trabajan en la taberna y en el restaurante? — ya te puedes imaginar si son buenas personas o no — Dicen que nuestro pastor solo encontró una manera legal para seguir timando a la gente, y así continuar viviendo a costilla del más pendejo sin trabajar.

— Nely, cuenta el resto de la historia — dijo Gloria — para que le muestre a Divina Concepción, la maldad que hay en el corazón de las mujeres en la familia de la mujercita esa.

— Nuestro pastor conoció a Julia en la cárcel un año antes de salir, ella formaba parte de un movimiento dedicado a visitar a los enfermos, a los presos y a los huérfanos; se casaron seis meses después, pero cuando al pastor lo dejaron libre, no pasó mucho tiempo sin que dieran inicio los problemas en el matrimonio. Él se pasaba mucho tiempo encerrado en una habitación aparte preparando su tesis para predicar «la palabra», y muchas noches amanecía en el estudio. Un domingo mientras predicaba en la iglesia de su pastor, Julia rompió la cerradura del estudio y lanzó a la calzada desde un segundo piso todas las pertenencias del pastor; había una caja llena de películas de las que son tres equis, las que nuestro pastor utilizaba para estudiar los pecados del mundo; pero eso no fue lo que Julia dijo, no fue como los vecinos lo vieron ni los que recogieron el material en la calzada ¡Ya te puedes imaginar el escándalo! Al pastor no le da vergüenza, él estaba dirigido por el señor, a cada rato da testimonios de la prueba que le puso en el camino con esa mala mujer. Julia cambió las cerraduras al departamento, se fue a su país por un mes y lo dejó en la calle; como el pastor no tenía donde vivir, tuvo que irse por unos meses al sótano en la iglesia de su pastor. Julia quiso destruirlo, pero gracias al Señor logró sobrevivir la prueba y por eso ahora tiene su propia iglesia: ¡Gloria a dios!

— ¡Gloria a dios! — repitieron las otras mujeres.

— Divina Concepción tiene una noticia buena y no la hemos dejado casi hablar — dijo Nely —, fue por lo que yo la invité a esta reunión, principalmente.

Las mujeres pusieron su atención en la invitada, y ésta comenzó al instante su nuevo relato:

— Hace poco una compañera de clase y yo salimos de un cumpleaños a las diez de la noche, y nos fuimos a cenar al «Club de Ricardo». Yo no había frecuentado jamás un lugar semejante, fuimos porque ya nos habían avisado lo que íbamos a ver. El club es un restaurante y un bar al mismo tiempo, se transforma en un establecimiento de adulto después de las doce de la noche dos fines de semanas al mes. Yo la reconocí al instante, aunque tenía puesta una peluca de color verde y el maquillaje de una vampiresa, en tan solo unos minutos entre un remeneo y el otro se quedó completamente desnuda; bailó, dio brincos y gritó como si hubiera sido una loca; cuando se quitó la última pieza yo me puse de pie — yo quería que me viera —, en eso un grupo de hombres al frente mío también se pusieron de pie, lo cual evitó conjurar mi plan. De todas las que salieron a bailar fue quien recibió el mayor número aplausos, luego nos dijeron que todo eso era un arreglo de su novio. Eso fue hace casi dos meses, nadie le ha visto por ninguna parte, ya debió de haber comenzado las nuevas clases. El novio de Virginia es un truhan conocido en varias ciudades a la redonda, se les achacan algunas muertes y desapariciones; pero como ese tipo de persona es demasiado liebre, se hace un caso difícil cogerlo en una fechoría. Él pone a las novias para que bailen en el club, cuando ya están vistas las arroja en la cuneta como si fueran un trapo de olla sucio; parece que ya despidió a Virginia, porque a partir de su desaparición se le ha visto con otra de gancho. Todas nos imaginamos que algo siniestro debe de haber sucedido con Virginia, lo cual, a pesar de todo, me tiene preocupada. Yo soy así, me preocupo aun por los que no quieren bien para mí.

— Eso era lo que su madre hacia cuando era más joven — dijo Gloria —, bailaba desnuda en el llamado tubo.

— Bueno, yo quiero decir una cosa — dijo Nely —. A su mamá se le ve con una cara de piedra, vestida de negro, de gris o de medio luto como si se le hubiera muerto alguien cerca en la familia. Me parece que anda guardando luto. Ella es tan orgullosa que no vas a dar su brazo a torcer, puede guardar el secreto así la hija no se le vea jamás.

Gloria, quien había estado escuchando con los ojos cerrados, en cuanto las otras hicieron una pausa y a pesar de que al momento no había nada en concreto, se tiró en el piso de rodillas con las manos en señal de oración, con la mirada fija en el techo y de inmediato comenzó a rezongar: «¡Dios mío, mi Señor! Tú que todo lo ve, que todo lo sabe y lo puede; yo sabía que no le ibas a fallar a esta humilde sierva que te ama tanto, yo sabía que la muerte de mi pobre Isabelo de la Cruz, a quien la puta esa en la esquina lo hizo perder con sus meneos, algún día tú te la ibas a vengar. Muchas gracias por concederme este deseo, que por tantos años y con tanta fe mi corazón te ha venido pidiendo. Tú sabes que yo te cumplí, yo te dije que no me ibas a meter en marido mientras la muerte de mi amado Isabelo no fuera vengada; y a ti, San Expedito, ese velón que tan solo alumbra por ti — si acaso yo algún día me llego a morir —, no creas que te vas a quedar sin esa luz; en una de mis hijas recaerá esa responsabilidad, en las hijas de mis hijas y así sucesivamente para toda la eternidad.

— ¡Dios vive! — dijo Nely.

— ¡Dios vive! — repitieron las otras mujeres.

LA FUGA

Virginia despertó un poco aturdida por la golpiza de hacia una hora, ya eran las cuatro y quince de la mañana. Se quedó inmóvil tratando de ubicarse; aunque, de todos modos, no podía moverse por los dolores que sentía en el cuerpo. Estaba prisionera, y cualquiera que fuera el paradero a donde la tuvieran secuestrada, la Tenían maniatadas los pies y las manos. Además de las ataduras, los dolores insoportables en todo su cuerpo, estaba mojada y no pudo otro que no fuera el Gacho: «¡Maldito Gacho! ¡Esta me la vas a pagar con tu vida!» — pensó. Cuando sus ojos se acostumbraron a la oscuridad, por un débil rayo de luz penetrando el lugar por debajo de la puerta — un poco más arriba de su cabeza —, pudo colegir que la tenían en el sótano de la casa de Ricardo. Debió de ser el Gacho quien le ató las manos, no tenía dudas de que Ricardo estaba más muerto que vivo si no estaba muerto del todo. En eso la puerta se abrió y una persona bajó hasta la mitad de las escaleras, el corazón le dio un brinco y sintió un fuerte nudo en su garganta; cerró los ojos, no movió ni un solo dedo y sostuvo la respiración. La persona se detuvo a medio escalera, con una linterna iluminó su cuerpo de pies a cabeza luego dio media vuelta y se marchó: «Es el maldito Gacho», pensó. En caso de que Ricardo estuviera muerto, quedar en sus manos era lo peor que le podía pasar. Cuando logró sentarse con mucho trabajo — no había un musculo y hueso que no le doliera —, pudo ver su mochila un poco a su mano derecha. Tuvo mucha suerte que no le ataran las manos en las espaldas, la tarea hubiera sido más difícil. Se arrastró como pudo y buscó una tijera que tenía en su interior, cortó las ligaduras amarradas a las alturas de los tobillos, luego sostuvo la tijera con las plantas de los pies y aserruchó las que tenía en las Muñecas, mientras que al mismo tiempo vigilaba la puerta en el comienzo de la escalera. Estaba trabajando casi a tientas. Después de liberarse de las ataduras, se digirió hacia el final del sótano a la siniestra de la entrada, en dirección de una caja fuerte que había en una esquina; en una ocasión vio en su interior un revólver, el mismo con el que ahí en el sótano, Ricardo mató a Mireyita de un disparo en la sien hacían dos años esa madrugada. Ricardo estaba de cumpleaños, igual que ahora. Desconocía esa parte de la historia de Ricardo, aunque sabia de la desaparición de la joven nunca le hizo ni una sola pregunta, no quería enterarse de nada sobre su pasado sentimental. Había logrado abrir la caja en varias ocasiones, de la misma manera en que abrió la de su madre buscando el secreto de quién era su padre; lo había hecho por curiosidad, para comprobarse que lo podía lograr; ahora le preocupaba que Ricardo hubiera cambiado la combinación, no tenía tiempo suficiente para encontrar los nuevos números, y en esas condiciones dudaba que pudiera tener el mismo tacto. Alumbró el manubrio con un pequeño foco en su llavero, lo hizo girar lentamente una vez a la derecha, dos a la izquierda, uno a la derecha y dos más en la misma dirección. Giró hacia la izquierda la palanca, y la puerta cedió. Metió la mano en busca del revólver, revisó el mecanismo, luego buscó una caja de cartuchos que también había visto; cargó el arma, guardó el resto en la mochila y se dijo en voz baja: «Ahora estoy armada, ya no me muero sin llevarme a un par de canallas por delante. Si no estuviera tan adolorida, voy ahora mismo y mato a estos dos pendejos». Pensaba en Ricardo y en el Gacho. Volvió a escarbar el interior de la caja en busca de una libreta de color negro, donde vio unos apuntes que le parecieron cuentas de bancos, palabras de pases para sitios en la web, números de teléfonos, nombres, fechas y lugares, algunos estaban seguidos por largas cifras. A punto de cerrar la puerta recordó haber visto una funda de papel marrón, la cual siempre contenía dos o tres paquetes de papeletas. Introdujo todo en su mochila y se la enganchó en la espalda, empuñó el revolver y caminó penosamente al otro lado en el sótano, allí había una puerta por la que se podía salir al patio de la casa. Era la única puerta que no tenía conexión con el circuito de seguridad. Recordó sentir una ligera depresión, cuando al descubrir la falla husmeando por el sótano pensó informarle a Ricardo acerca del problema, ahora creía lo que su madre siempre le decía: «Todo tiene un propósito en la vida, el cual usualmente no se puede captar en el momento de los hechos». Su cuerpo ya estaba caliente, le dolían menos los músculos y los huesos, aunque no era lo mismo con el dolor de cabeza. Ya en el patio, el aire fresco de la madrugada le devolvió algo del vigor que había perdido. Si no hubiera estado tan machacada, podía salir a la calle por encima de una pared de cemento que dividía el patio de la casa de Ricardo con la otra. En el patio de la otra vivienda había un perro que no cesaba de ladrar, por su ladrido coligió que debía de ser grande y feroz. Caminó hasta la esquina suroeste de la casa, en el otro lado avistó el coche negro de Jennifer, en sus buenas hubiera salvado la distancia en tan solo un Jesús. Viró el rostro hacia el camino que había recorrido cuando llegó a la esquina de la casa, luego a la ventana del aposento de Ricardo a su mano derecha. Si lo que había oído era cierto, Felipe debía estar curando a Ricardo si era que no estaba muerto. Miró en ambas direcciones de la calle — a la izquierda y a la derecha —, luego alzó la vista en dirección a una de las viviendas en el segundo piso al cruzar la calle; ahí vivía la bisabuela de Mireyita, la desaparecida novia de Ricardo. Una vez que saludó a la señora, había estacionado su escarabajo amarillo al frente del complejo de viviendas, Ricardo le dijo cuando entró a la casa: «Yo no quiero verte hablando con esa vieja, ella es una señora chismosa y entrometida, siempre anda husmeando lo que no le conviene». Inhaló profundamente, y se dispuso a cruzar la calle. Caminaba con el cuerpo encorvado, cojeando y con ambas manos en el estómago. Cuando alcanzó la maquina tomó asiento en la calzada junto a la puerta de atrás, y se dispuso a buscar la llave del auto en su mochila. Elevó la cabeza y volvió a revisar la ventana del cuarto de Ricardo, las persianas estaban cerradas y todo parecía estar en la oscuridad. Se llevó un susto enorme al sentir una presencia en sus espaldas, pensó en el Gacho y en los hombres de Ricardo, quienes de vez en cuando vigilaban la casa por fuera en tiempos malos. Empuñó el revólver, lo tenía enganchado en el cinturón a sus espaldas, al tiempo en que rápidamente viraba el rostro con la intención de vender cara su vida.

Esa misma madrugada, cuando Virginia se batía con Ricardo y su mamá se desvelaba pensando en ella, Clara — la bisabuela de Mireyita — no había pegado lo ojos desde las nueve que se fue a la cama, era el cumpleaños de la desaparición de la bisnieta. La madre de Virginia se preocupaba por el peligro que se imaginaba corría con Ricardo, y Clara por el percance que la biznieta sufrió a manos del mismo personaje. No había ni una sola prueba de que tuvo algo que ver con su desaparición, pero a la señora nadie le podía quitar de la cabeza la idea de que Ricardo mató a la niña y desapareció su cuerpo. Fue su niñera desde su nacimiento hasta que se fue del primer piso, tenía quince años y su padre había comprado una casa. La joven iba con ella donde los médicos, dormía en la sala en el sofá cada vez que la doña no estaba muy bien de salud. Se despertó sobresaltada la trágica mañana en que desapareció la biznieta, creyó escuchar un disparo y de inmediato corrió a una rendija que tenía en las cortinas de la sala, por ahí atisbaba la casa de al frente cuando comenzó a sospechar que la joven sostenía una relación escondida con su dueño. Una tarde salía Ricardo en su 4x4 negro del garaje, al mismo tiempo en que Mireyita iba en camino a ver a su bisabuela; el hombre bajó la ventara del auto, le hizo un guiño y ella le sonrió. La doña, sentada frente a la ventana, vio toda la operación entre la biznieta y el «viejo» de la casa de al frente, en cuanto la joven entró al departamento — contaba con su propia llave — la señora le preguntó:

— ¿De dónde tú conoces a ese viejo? No es la persona más indicada para tú relacionarte con él, tu sabe lo que se comenta sobre su persona.

— ¿A qué viejo te refieres, abuela? — dijo la joven haciéndose la inocente.

— No te hagas la que no sabes nada, bien sabes que me refiero al viejo del coche negro, al que te guiñó el ojo al salir de la casa de al frente.

— Él no es viejo abuela, es tan solo un hombre maduro e interesante.

— Para ti es un viejo, y verde para que la situación sea peor. Ese viejo es un mafioso. Tu bien sabes que una noche le mataron a uno de sus hombres, y se lo dejaron sentado en el auto al frente de la casa.

— ¡Y dale con lo del viejo! ¡Él no es viejo, abuela, ya te lo dije! Es el dueño de un restaurante famoso, y uno de los patrocinadores del equipo de softball del que yo soy la capitana, hay que sonreírle cuando una lo ve para que pueda cooperar con el equipo; hasta los uniformes nos regala, además paga cuando los llevamos a lavar.

La señora no tenía duda que la detonación salió de la casa de Ricardo, lo cual era extraño, Ricardo insonorizó la vivienda mucho antes de mudarse, así podía realizar fiestas escandalosas sin tener que molestar a los vecinos; más tarde la señora les dijo a los investigadores que a lo mejor no escuchó el disparo, sino que tal vez lo sintió en su corazón. Caminaba de un lado para el otro en la sala esa trágica madrugada sin saber qué hacer, a cada minuto miraba por la hendija la otra casa; todo estaba en silencio y en una oscuridad total, no había ni una sola señal de vida. Los vecinos más cercanos dijeron no haber escuchado ni un solo pio a esa hora, unos cuantos ya estaban despiertos. A las cuatro y media salió un grupo de hombres, se montaron en sus automóviles y se marcharon a toda deprisa. A las cinco vio un miniván verde que penetró el garaje, y vio cuando se marchó media hora después.

Desconocía que, dentro del círculo interno de la organización de Ricardo, la máquina era el auto funerario extraoficial del negocio de su tío del cual era socio, hubiera colegido que fue a buscar el cuerpo de su bisnieta. Sin ningún motivo, Clara se dirigió esta vez a la ventana en el momento en que Virginia huía del sótano de la otra casa. Se levantó de la cama y recorrió los pasos de aquella negra madrugada, y cuando llegó a la ventana, entreabrió la vieja hendija y vio una silueta en el callejón al este de la casa; venia caminando con mucha dificultad en dirección de la calle, sosteniéndose con su mano derecha en la pared de la casa, con la otra mano en el estómago y un poco encorvada, quizás por un fuerte dolor debido a una herida mortal, en sus espaldas le vio lo que parecía ser una mochila. Buscó a la carrera unos binoculares que tenía cerca para distinguir con más claridad el perfil de la figura, los mismos que usaba para escrudiñar la casa cuando Mireyita vivía. La figura se detuvo en la esquina de la casa, viró el rostro hacia el camino recorrido y luego en ambas direcciones de la calle, se imaginó que venía huyéndole al «viejo» dueño de la casa. No le tenía que ver su rostro para saber que se trataba de una mujer, traía una capucha negra en la cabeza cubriendo en parte su rostro; la pudo reconocer cuando la luz del farol de la calle iluminó su rostro, al momento en que levantó la cabeza y miró en dirección de su ventana. El corazón le dio un brinco y la respiración se le quedó en suspenso, creyó reconocerla. Se puso el abrigo a la carrera, tomó su bastón y se dirigió como pudo a socorrer a la joven, quien ya venía cruzando la calle con mucha dificultad: encorvada, cojeando y con ambas manos en el estómago. Cuando llegó al portón de la vivienda la encontró sentada en la calzada con la cabeza recostada en un coche negro, cuando la mujer viró el rostro para ver quien estaba en sus espaldas, le hizo señas que guardara silencio y la invitó a que se acercara; al ver que tenía dificultad para ponerse de pie, fue a socorrerla y le ayudó a levantarse como pudo, y luego se la llevó al interior de la vivienda. Subieron las escaleras con mucha dificultad, debido a las malas condiciones de la joven y la edad de la señora; un paso en falso por una de las dos, y hubieran regresado dando vueltas al pie de la escalera quizás con ambos espinazos hecho trizas. Clara la condujo a su habitación y la recostó en su propia cama, se asustó mucho cuando la vio bajo la luz: la muchacha estaba desfigurada. Una protuberancia que parecía un enorme tumor le tenía el ojo izquierdo cerrado, la nariz estaba hinchada, los labios y el pómulo izquierdo no estaban en mejores condiciones. Inspeccionó sus heridas sin mediar palabras, presionó sus costados con las puntas de los dedos en busca de alguna costilla rota: «¿Te duele aquí, aquí, o aquí?». Dedujo que la tenían maniatada de pies y manos por las señas que le vio en las muñecas y en los tobillos, le había visto estacionar su escarabajo amarillo y cruzar la calle en dirección a la casa de Ricardo, y pensó la segunda vez que la vio: «¡Qué pena, son novios! Tan linda y joven, y viene a desperdiciarse con ese animal». Luego la volvió a ver en la universidad donde estudiaba otra biznieta, la misma donde Mireyita cursaba los estudios de finanzas, había ido a ver una función en la cual la niña desempeñó un papel importante. Al final del examen la señora le dijo:

— Tenemos que llamar al nueve once, necesitamos una ambulancia y un policía, esto no se puede quedar 442sí.

A fuerza de señas Virginia le hizo saber que no quería ir al hospital, temía que los hombres de Ricardo la vieran salir y las dos podían caer en peligro de muerte. Ya sus hombres debían estar merodeando el vecindario, quizás en busca suya, preocupación que la señora pareció captar; ya la joven había concebido un plan para vengarse, no quería promover la trifulca sostenida con Ricardo para que no le cogieran la seña.

— Yo puedo llamar a mi nieto, así la ambulancia no viene con el escándalo acostumbrado cada vez que van a resolver una emergencia.

La joven seguía negándose de manera enfática, la señora pareció comprender su preocupación.

— Está bien, te voy a complacer — dijo la señora —; no tienes heridas mortales ni costillas rotas, de otra manera no hubiéramos tenido camino a seguir que no fuera el hospital. Yo te voy a curar, fui enfermera cuando tenía muchas fuerzas y era bonita como tú, me pasé ochos meses en corea y no fue a un soldado, a dos ni a tres a los cuales yo le salvé la vida.
Después de curarla trituró unos calmantes y se los dio a beber con jugo y un sorbete, con una frisa cubrió su cuerpo y luego tomó una silla al frente de la cama. Al poco rato la paciente cayó en un profundo sueño, ella se fue a dormir en la sala en una cama de campaña, la cual guardaba para cuando alguna de las nietas, biznietas o algún otro familiar pasaba la noche con ella.

Mientras clara curaba las heridas de Virginia, Ricardo estaba siendo atendido por su médico. El Gacho lo había subido a su habitación en el segundo piso cuando llegó, el doctor le preguntó cuando arribó a la casa:

— ¿A dónde está el paciente?
— Está en el segundo piso en su habitación, dese prisa que por poco se nos muere del susto.

Felipe se fijó en el desbarajuste que había en la sala, en los chisquetes de sangre por doquier, pero no dijo nada. Trajo una nevera portátil con hielo en la que había unas fundas plásticas llenas de sangre, un tanque de oxígeno sobre un carro de mano, y no era la primera vez que al servicio de Ricardo improvisaba una clínica: «En este mundo perro que yo vivo no siempre puede uno ir a un hospital — acostumbraba Ricardo a decir —, esa gente hace muchas preguntas pendejas, se atreven a llamar la rehala y fastidiarme la vida en un momento; a uno le pueden enredar la cabuya y cogerlo por la lengua fácilmente, con un par de preguntas cruzadas que no voy a entender en ese momento. Yo prefiero morir en mis propios términos, y no caer en manos de la jauría». El doctor le dijo al Gacho cuando examinó a Ricardo:

— Tiene varias heridas profundas y ha perdido mucha sangre, lo más conveniente sería que lo llevemos a un hospital.

El Gacho se puso nervioso:

— Eso está fuera de consideración, haga lo que pueda, las medidas son las de costumbre si sucede lo peor, Ricardo no quiere consideraciones especiales que no le haya otorgado a ninguno de sus hombres.

«Si yo me llego a morir en una operación clandestina — le había dicho al Gacho —, yo no quiero que le haga saber a nadie que yo estoy muerto, no les voy a dar el gusto a mis enemigos y mucho menos a la «perrera»; yo quiero ser cremado en secreto en la funeraria de mi tío, no te preocupes que yo no te voy a dejar en la calle, mi tío sabe qué hacer contigo si tu sigue mis instrucciones».

Virginia despertó el Domingo a la una de la tarde, con una sensación como si le hubiera pasado una carreta por encima; Clara le ayudó en su camino al cuarto de baño, a su regreso le volvió a curar las heridas y le cambió el vendaje. Guardaron silencio el tiempo que duró la operación, la doña le había preparado café, pan integral tostado, huevos revueltos y un jugo natural de lechosa. No fue mucho lo que pudo comer, le dolían los dientes, los labios y las encías, el jugo de lechosa y el café se los tuvo que beber con un sorbete. A la hora volvió a

445

quedarse dormida bajo los efectos del calmante, no sin antes enviarles mensajes con su teléfono celular a todas las personas, quienes pudieran estar preocupadas al no verla por ninguna parte; a su madre le dijo lo siguiente: «Mami, no voy a poder ir como te había prometido; estoy bien, no te preocupe, te llamo luego». Su madre la llamó al instante, pero ya ella tenía el teléfono apagado y no le respondió la llamada. Se despertó de nuevo a las siete de la noche, tampoco habló mucho con su enfermera. Clara veía las novelas en la televisión en la sala, ella enviaba mensajes a sus amigas con el teléfono celular, a Jenifer le dio instrucciones de a donde podía venir a recoger su coche. No era extraño que desapareciera por días, que solo por mensajes se le pudiera encontrar. Al día siguiente se despertó a las diez de la mañana, y aunque hablaba todavía con dificultad ya estaba un poco más reanimada. Se dio un aseo ligero en el cuarto de baño, Clara le revisó una vez más todas las heridas, y al cabo de tomar el desayuno la señora tomó siento en una silla frente a la cama, mientras la joven tomaba una taza de café negro:

— Esto si es café — dijo, envolviendo a la señora en una sonrisa de agradecimiento.

— ¿Cómo te sientes?

— Bastante mejor.

— ¿Puedes hablar?

— Si, puedo.

— Si te duele mucho no me lo cuentes, y no me refiero a los dolores en el cuerpo.

— ¿Usted me ve así? El otro no quedó en mejores condiciones que yo, y no lo digo por el refrán tan común en estos casos; espero que se haya muerto vomitando sangre, a causa de unos machetazos que yo le di utilizando una cuchilla de barbero: el hijueputa es hemofílico.

— ¡Coño, mamasota: que dios te oiga! Si me hubieras avisado podíamos desollar a ese puerco entre las dos, la que me debe no es poca cosa. Yo no creo en dejarle todo a dios para que les cobre las cuentas a los malos en el infierno, me da la impresión de que se trata de una treta para la gente malvada salirse con la suya.

— Eso penaba una tía de mi madre, ya veo que la idea no era suya únicamente. La situación se desencadenó demasiado rápido sin haberlo planeado, se llevó la sorpresa de todos los demonios juntos, creyó que podía jugar conmigo como lo ha hecho con todas sus víctimas.

— Es mejor que descanse, podemos hablar esta noche o mañana con más tranquilidad.

— Yo quisiera marcharme esta noche, puedo llamar a una de mis amigas para que me recoja, yo la llevaré prendida en mi corazón para siempre.

Se le aguaron los ojos cuando se lo dijo, y la voz se le ahogó un poco.

— ¡Oh no, Tu eres mi paciente! De aquí te marchas cuando yo crea que ya tu está fuera de peligro. Yo me paso los días sola sin nadie con quien conversar, mi profesión de muchos años fue cuidar y curar los dolores del prójimo. Lamento mucho lo que te ha sucedido, es algo que no se lo deseo a nadie, pero no te lo puedo negar que me hace muy feliz cuidarte y curar tus heridas: me siento útil, como cuando era joven.

Virginia le contó su aventura de la pasada noche, menos los motivos que la llevaron a tal encrucijada.

— Mi amor, yo sé que hay mejores príncipes quienes darían la vida por ti — dijo la señora —, en vez de intentar despojarte de la tuya; debes cuidarte mucho de ahora en lo adelante, vas a tener que vivir escondida por un tiempo, esquiva y resguardando tus espaldas, ese pendejo no te lo vas a perdonar; te vas a perseguir suponiendo que no se haya muerto, no serías la primera vez que una mujer sale huyendo a ponerse fuera sus garras malditas.

Al tercer día Virginia pudo hablar con su madre por teléfono, le contó con todos los detalles lo sucedido el domingo por la madrugada:

— Ese desgraciado, hijo de la gran puta, mal parido por todos los demonios del infierno, es mejor que yo no lo vea jamás porque yo creo que lo mato en cuanto lo vea — dijo su madre.

— Déjalo así, él quedó en peores condiciones: ya te lo dije.
— ¿Hablaste con Zoraida?

— He mandado menaje únicamente a quienes se han preocupado por mí, al no verme durante los días pasados.
— No se lo vayas a decir, mucho menos a la China. Ella está muy rara últimamente.

— No tengo la intención de comentarle a nadie que Ricardo me dio una paliza, ni me voy a poner a llorar o hacerme la víctima.

— Yo te voy a ir a buscar esta noche ¿A dónde te hospedas?

— No se te ocurra venirme a buscar, el Gacho anda floreteando por el barrio, te puede reconocer y Ricardo me vas a encontrar si me voy a tu casa, yo sé que no se vas a quedar con la pela que le di.

— ¿Cómo es eso de que anda floreteando por el barrio? ¿A dónde tu está? Yo creo que lo mejor es yo te vayas a buscar, te puedo esconder en otro lugar que no sea en mi casa.
— ¡No lo vas a creer! Estoy en la casa de la bisabuela de Mireyita, la que fue novia de Ricardo, la señora vive al frente de la casa de Ricardo.
— ¡Como! ¿Estás loca?

— No te preocupes, si sobrevivió está más muerto que vivo, y ni le pasaría por la mente que yo lo tengo a tiro de pistola. Yo tengo mi plan de a donde me voy a esconder, me voy antes de que Ricardo reviva si no se ha muerto; pienso irme por la madrugada, un nieto de la bisabuela de Mireyita me viene a buscar.

— Tienes que salir de ahí lo más pronto que pueda ¡Yo te voy a buscar, que no se hable más del asunto!

— ¡No, mami, ya te dije que no! Si embargo, yo sé cómo entrar en la casa inadvertidamente; si tú quieres me puedes venir a buscar por la madrugada, yo entro y lo agarro durmiendo, le meto dos tiros en la cabeza y acabo con ese zángano de una vez por todas.

— ¡Mira, carajo! ¡No te atrevas! ¿Me oíste? ¡No te atrevas! Tú no puedes volver a ver a ese maldito jamás ¿Me oíste? ¡Jamás, ni siquiera durmiendo! Yo no quiero que tú te mueva de a donde tu quiera esconderte hasta que yo regrese de la isla; la última hermana de mi abuela que aún vivía se murió y voy a tener que ir a cumplir, aunque sea de un día para otro durante los rezos de los nueve días. Yo me pasé unos días presintiendo una muerte cercana.

¡EL HOMBRE VIVE!

Cuando Virginia se despertó por primera vez luego de haber sido curada por Clara el domingo, Ricardo también volvió en si unas horas después: a las cuatro de la tarde, para ser preciso. No habló ni una sola palabra durante las dos horas que duró despierto; estaba muy débil, con ese tipo de mirada cuando al cerebro no lo atraviesa la más pequeña impresión. Felipe realizó un trabajo excelente a pesar de los límites de su improvisada clínica, lo que no pudo evitar fueron las cicatrices del paciente. El rostro le quedó remendado en la nariz, la frente, la boca, ambas mejillas y en la oreja izquierda; tenía heridas en los dos brazos, un dedo menos en la mano izquierda y dos machetazos en el pecho. Felipe lo dejó con suero puesto bajo los cuidados del Gacho, le dio instrucciones específicas sobre qué hacer, hasta que regresara después de las seis de la tarde que saliera de su consultorio médico. Lupita, una joven de veintidós años quien limpiaba la casa y lavaba la ropa los fines de semanas, fue llamada por el Gacho para cocinarle a su patrón, cuidar su convalecencia y limpiar el reguero de sangre que la batalla dejó en la sala. El Gacho le dijo que Ricardo se calló de una silla intentando poner unas cortinas, ella tuvo que hacer un esfuerzo para no mearse de la risa; no creyó que todos esos ramalazos provenían de la caída de una silla, enganchar y desenganchar cantinas eran unos de sus menesteres en la casa; no dijo nada porque lo mejor era no enterarse de lo que pasó con el jefe, tenía conocimiento de quien era y de cuáles eran sus trueques, un primo suyo trabajaba en la organización del hombre. No fue sino el lunes al mediodía, cuando Ricardo vino a dar señales de una vida más o menos clara. El Gacho se puso contento y se llenó de nuevas esperanzas, al ver tan reanimado a su jefe y amigo de muchos años; pero, a pesar de la buena onda que le vio en el semblante, pesaba en su mente una honda preocupación, no sabía cómo decirle que Virginia huyó del sótano y cómo Ricardo lo ibas a tomar: cogía unas rabietas que lo hacían perder el control.

— Mocho, ¿a dónde estoy? — fue lo primero que dijo al momento de abrir los ojos.

— Estás en tu propia cama. No te preocupes por nada, piensa en descansar únicamente. Todo está bien.

Luego de beberse una batida con frutas, vegetales y proteínas que Lupita le preparó a la hora le volvió a preguntar:

453

— ¿Y Felipe, a dónde está?

— Está en su consultorio, me dio instrucciones sobre qué hacer hasta que pueda venir a ver tus heridas, no te preocupe que yo sé cómo cuidarte; llamé a Lupita para que te acompañe, le dije que te habías caído arreglando unas cortinas.

— Y a Felipe, ¿qué le dijiste?

— Nada, no me preguntó; no creí conveniente darle una información que no pidió, hasta creo que lo noté un poco azorado.

— Hiciste bien ¿Tú sabes por qué nunca opina, tampoco hace ni media pregunta vea lo que vea?

— Creo que la mujer se lo tiene prohibido, no me parece que yerro si digo que le mete el puño de vez en cuando: los doctores son así, medio pendejos.

— Ella tiene un temperamento de toro, su marido es un ñoño, tu tiene muchas razones al decir que lo gobierna. Le ha prohibido que haga preguntas o comentarios vea lo que vea, le ha ordenado que no debe permanecer más de lo debido en mis «oscuros dominios»; pero a la funda de papeleta que Felipe le lleva cada vez que yo lo utilizo, a esa no la considera oscura: debería rechazarla. El consultorio médico de Felipe, la casa donde viven y la que tienen en San Pedro, fueron posibles con los primeros trabajos que yo les di a su marido. Ella tiene la misma edad que yo — el último polvo de mi abuelo que dio resultados —, ya el viejo no tenía las fuerzas de antes y quizás por eso es tan complicada. Los Cabreras tenemos un temperamento espinoso — yo lo reconozco —, y, aun así, mi tía es un plato aparte. Dime una cosa Mocho ¿Qué tipo de oscuridad tienen mis asuntos?

— Pues, qué voy yo a saber. La gente es muy rara, peliaguda o como tú la quiera poner. Si vemos bien la situación el que no es cojo es manco, y si no se caga se mea cuando le llega la ocasión. Muchas personas se la tiran de santos, pero eso es porque nunca les han presentado el plato apropiado y en el momento preciso; en la mayoría de los casos no es un asunto de santurronería, de moral ni de qué otros cuartos parecidos, es más bien una situación de cobardía: miedo al qué dirán, a un infierno imaginario, a caer preso. A mí lo que más me pica es la hipocresía que se le ve a los noticieros, no cambian de color cuando reportan los crímenes de sus líderes; al viejo que tienen ahora en el palacio le aplauden como si fuera una gracia, la lista que tiene sobre su escritorio de todos los «pollos» que piensa desplumar; ni aun a los pichones perdona.

— ¡Así es, Gacho! Nosotros somos unos santos si es que nos van a comparar con los de arriba. El viejo que tienen en el Capitolio tiene una lista en su mesa de lo que piensa matar, los anunciadores dan la noticia como si fuera una gracia, y ni siquiera cambian de color, no se es salvan ni los niños; no solo los asesinan en masas, sino que tienen círculos privados a donde se singan a los niños menores. Yo a los niños no los toco, mis novias no deben ser menores de veintiún años. Hace solo unos años, el sátrapa de turno asesino a más de medio millón de niños en un país pobre, cuando a su secretaria fue cuestionada en público, dijo que todo resulto ser un buen negocio. ¿Qué tiene de malo si yo me le adelanto, y si le mato al pescuezo a uno que me quería cortar el agua y la luz? ¿No es legal la defensa personal? ¡Mira, coño!, eso es lo que me da un pique del carajo!

— Has como yo, a mí me importa poco lo que la gente quiera decir de mí, todavía no he visto uno cuya opinión valga un cacahuate por la que yo deba sentirme preocupado; inquietarse por lo que la gente diga de uno es darle una importancia que no se merecen, ellos desean que tú los tomes en cuenta, que los eleve a un pedestal preocupándote por lo que dicen de ti; solo buscan herir tus sentimientos con sus lenguas venenosas ya que no te pueden tocar físicamente, ganan la partida si logran emberrenchinar tu ánimo. Conmigo se joden, se tienen que tragar su propio veneno.

— ¡Carajo, el Gacho se me volvió filósofo! — dio Ricardo — Déjate de pendejadas que pertenecen a filósofos caseros, dime qué hiciste con la mujer. Le voy a sacar los ojos con mis propias manos, esta vez no te voy a dar ese gusto. Búscame la navaja, la dejó tirada en la sala en un rincón la noche de la pelea. Se la vas a tener que comer.

— Me vas a perdonar, tengo malas noticias para ti: la mujer se fugó.

— ¡No me diga que la le mujer se fue, Gacho de los mil carajos!
¿Cómo fue que ocurrió semejante desgracia? ¡Ahorita mismo le va con el chisme a todos esos hediondos sabuesos de la perra madre!

— Esa mujer es el puro diablo, yo siempre te advertí que tuvieras cuidado con ella, me dio mala espina desde la primera vez que la vi: no me gustó ni siquiera su mirada. Mis deseos eran meterle un tiro ahí mismo en el sótano, pero tú me dijiste que te quería dar ese gusto. Yo la puse en el sótano como tú me ordenaste, le tiré una sábana por encima para que no se fueras a morir de frio, pero como yo estaba muy apurado ayudando a Felipe, a cada rato abría la puerta del sótano y le daba una miradita. A la tercera visita me pareció raro que no hubiera despertado, había en el sótano un silencio sepulcral, ya tú sabes cómo se ponen todas en la misma situación: «¡Auxilio, socorro, sáquenme de aquí!». Yo esperaba que la rubia le agregara un par de carajos a sus gritos, ella tiene una lengua sucia y no es tan fina como nosotros. Me dieron unas ganas enormes de reírme a pesar de ser la situación tan delicada, cambió su cuerpo por unos cachivaches y les puso la frisa por encima; desde la puerta del sótano en la oscuridad de la noche, no se podía notar la diferencia de lo bien que acotejó el bulto.

— Ahora estamos en un problema serio, ahorita mismo le vas a ir con el cuento a la jauría.

— ¿De qué te preocupa? Eso fue una pelea de novios y lo tuyo fue una defensa personal, tu defendiste tu honor como un león de la perra; yo no sé cómo pudo cantar gloria con un hombre como tú.

Ricardo sonrió, era la primera que lo hacía luego de volver en sí, el Gacho sabia como sacarle partido a su vanidad:

— Déjala quieta por un tiempo, así coge confianza, se duerme y entonces la podemos agarrar con más facilidad. Esta me la vas a pagar, aunque sea lo último que yo haga en la vida. Ve preparando un equipo, quiero que me la traiga viva. Si hubieras recibido sin muchas quejas la zurra que yo le quería dar, le hubiera ido mucho mejor. Yo no le quería romper un hueso, un par de costillas, matarla ni cosa por el estilo. Después de la golpiza yo le quería dar una dosis moderada, solo para que se no se acordara de nada por un tiempo, luego dejarla desnuca en una calle oscura en cualquier ciudad lejos de aquí marcada para siempre ¿Te acuerda lo que hicimos con la «locutora»? Eso fue para que dejara de jugarse con los hombres, mucho menos con un hombre como yo. Ahora, tú debes de tener mucho cuidado. Virginia te puede arrebatar la pistola y ponerte un tapón en el culo con ella. Tú dispara muy bien, pero no sabes pelear. Siempre te dije que debías de aprender a boxear, si yo no le doy al Morronga una camisa de trompadas la vez que tú y él se fajaron en la cárcel, te hubieras comido no digo yo las orejas, las bolas te las hubiera mochado con los dientes.

— Que va Ricardo, yo ya tenía eso bajo control — dijo el Gacho.
Ricardo volvió a reír esta vez con más ganas que antes, se quedó mirando a su hombre de confianza por un momento y luego del dijo:
— Ay Gacho de todos los demonios, no seas pendejo y no me hagas reír, mira que hasta el ojete me duele cuando yo me rio.

— ¿Y por qué fue que se pelearon si se puede saber?

— Se puso como el demonio cuando le dije que íbamos a terminar, me atacó de sorpresa.

— ¿Y a que se debió ese final? ¡No me lo diga, ya te aburriste! En el club hacíamos apuestas sobre cuando tiempo seguiría viva la relación.

— Ahora no es una cuestión de aburrimiento, ya quiero formar un hogar y tener hijos, ella no es una mujer de tanto calibre. Es una mujer extraordinaria para un momento, unas vacaciones y no para viajes de largo metraje. Rosita me puso como condición que debía terminar con ella, y con cualquier otra fulana que hubiera en mi camino ¡Se parece tanto a Mireyita! Tú bien sabes cómo yo quise a esa muchachita, lo sucedido fue un accidente. La gente habla mucha paja sin conocer como fueron los acontecimientos, sin conocer las encrucijadas por las que un hombre puede atravesar, y sin conocer su corazón. No podíamos decir la verdad, era necesario cremar su cuerpo. No había otro camino ¿Tú crees que todavía no me duele? Hasta sus cenizas guardo en ese pomo negro que tú ves ahí, decorado con cisnes y ramos de laureles dorados ¿Cómo pude ser tan estúpido, para dejar un plomo vivo en ese maldito revólver?

— Todos teníamos la juma de la perra encima, tú siempre cargabas el arma con salva para jugar a la ruleta rusa cada vez que teníamos nuevos invitados; se cagaban del susto cuando el cartucho explotaba en sus orejas, y luego de la risa cuando se daban cuenta de la broma. Mireyita jugaba porque sabía el secreto.

— Y para que mi amargura fuera peor, fingiendo que tenía miedo, quiso que fuera yo quien disparara el arma ¿Te acuerdas lo que dijo fingiendo estar nerviosa?: «¡Ay no, yo tengo mucho miedo, no me atrevo! ¡Es mejor que Ricardo me dispare!». Yo, como un pendejo, presioné la boca el cañón del arma sobre la sien y le metí el dedo al gatillo ¡Que susto! No te lo puedes imaginar, por poco me cago. Yo no sabía qué hacer, quería gritar bien duro, salir corriendo del sótano sin rumbo rijo y no volver a la casa jamás en mi vida, o pegarme un tiro ahí mismo y morirme con ella. No debí despertarla cuando llegamos ajumados esa madrugada. Me duele Gacho, me duele, yo no puedo sacar esa imagen de mí mente; es por lo que Rosita me gusta mucho, son como si fueran almas gemelas; es desinteresada como lo era Mireyita, noble, no como las otras cuervas que solo buscan lo que me pueden sacar, lo mucho que se divierten a mi lado paseando en coches lujosos, visitando lugares a los que no entrarían si no fuese conmigo. Son todas unas pilas de zorras, interesadas, egoístas y con el corazón envenenado por la codicia.

— De lo que no te has dado cuenta es que la desinteresada no es menos costosa, uno tiene que darle buenas propinas. Esa es la esperanza que tienen, el desinterés de las buena es tan solo una máscara, una táctica diferente. Primero te ablandan el corazón, luego te introducen las manos en el bolsillo con una sonrisa de que yo no fui.

— Lo de Mireyita era sinceridad, ella no sabía cómo fingir, era demasiado buena. Al fin de cuenta viene siendo el mismo asunto con las buenas y las malas, esos polvos no son gratuitos cualquiera que sea el caso. Eso a mí no me importa, yo no me quejo sea como sea. Está escrito en la Biblia: «El hombre debe pagar con el sudor de su frente, por todas sus necesidades aquí en la tierra». Yo no veo el motivo porqué las necesidades de cama tienen que ser diferentes, la Biblia no lo especifica. Fíjate por dónde va el polvo del Miche. Se casó con una muchacha «buena», como debe ser de acuerdo con la cultura, la ley de los hombres y la ley de dios. El cortejo le salió por más o menos diez mil, fueron muchos los paseos a lugares lujosos, los buenos restaurantes y los regalos costosos; la boda y la luna de miel le costaron cincuenta mil, y la casa por un millón y medio ¿Y todo eso para qué? ¡Yo te lo voy a decir! Toda esa brega es nada más que por un polvo de gallo cuando a Puchi no le duele la cabeza, ella no representa para el Miche ningún otro valor que no sea la cuca. Yo hubiera pagado eso y mucho más por los polvos de mi amada Mireyita.

— Ya lo de Mireyita no tiene remedio, de nada vale seguirse atormentando, si yo fueras tú echaría esas cenizas y su recuerdo en el mar. Aunque a mí me parece — comentaba yo con mi mujer el otro día —, que Mireyita se te fue demasiado pronto, no te dio tiempo de aburrirte y ahora tú crees que fue tu alma gemela. Déjeme decirte algo y me vas a perdonar si te ofendo, mi trabajo es protegerte y velar por todo lo suyo. Lo que te voy a decir es parte de mi responsabilidad: ¿Por qué no te busca una mujer de tu edad, para formar ese hogar permanente que tu quiere? Estas muchachitas universitarias están todas amoladas por los libros, solo buscan enredarte la cabuya y meter sus manos en tus bolsillos.

— ¡Ay, Gachito! ¡Qué ingenuo eres! ¿Tú crees que una vieja puede ser menos interesada? En este mundo tan perro nada se regala, ni siquiera el amor. La gallina vieja tiene muchas malas mañas, y sus espuelas están mucho más amoladas por los años. Unas las tienen afiladas por los libros, y las otras por la experiencia. Como quiera que sea, siempre vamos a estar hecho trizas por las nalgas de una mujer. La gallina vieja tiene una desventaja, está demasiado estrujada por todas las patadas que ha recibido, ahora después que ha sido molida por medio pueblo, y todo tipo de camión le ha pasado por el túnel, ¿tú quieres que yo la honre, que le de mi apellido y le llame señora? ¡Gacho, avíspate! Ella me vas a comparar con todos los maridos que has tenido, y aunque tenga sesenta años me vas a decir que nunca la tocaron más de dos: el otro pendejo, y yo. A ver, ¿con quién me vas a comparar una pollita nueva? ¿Con los pollitos de su misma edad, que ni siquiera saben cómo cepillarse los dientes? ¡Por favor, Gacho! ¿A dónde tienes las orejas? ¡Ay, verdad que sí! Fue que te mocharon una, y ahora tienes el razonamiento cojo.

— No te fíes demasiado por lo de nueva, cualquier muchachita hoy día cuenta con un millaje que llega de aquí a la luna, lo cual se les nota en lo flojera que adquieren. El promedio lo tiene flojo naturalmente, la mujer estrecha es casi una virtud y quizás una entre mil, pero no es la misma flojera provocada por los maratones que has corrido. A los veinte yo tuve una novia de diecinueve años, quince años después de dar muchas vueltas en el maratón ya no era la misma mujer. Si tú vas el próximo sábado a un bar y te comes una que acabas de conocer, te vas a dar cuenta si alguien le curcuteó la crica en los pasados siete días, la vas a encontrar floja y artificialmente mojada: es una experiencia desagradable, pasar por un pantano que otro acaba de chapalear. Cualquier muchachita de veintiún años cuenta con más aventuras que Tarzán, y ha vivido lo que tú no vas a vivir ni aun en cien años; tú tienes que mendigar o pagar por las cucas que te comes, mientras ellas van a un bar o a un club nocturno, abren las piernas y pueden se acuestan con cuantos machos les dé la gana, hasta con dos o tres en una noche o en un fin de semana. Ellas lo confiesan en las redes sociales. Si yo siento que soy el segundo en la noche o el tercero, yo se lo saco y me voy. Besar a cualquier muchachita nueva me darían unos escalofríos terribles, su boca debe ser una cloaca. No se sabe cuántos guineos se han tragado.

— Tú tienes mucha razón, Gacho — asintió Ricardo —. Yo me creí siempre ser un toro, pero Virginia me ripió el corazón y luego se hizo con él un guiso de ropa vieja para la cena. Yo me dormí en los laureles ¡Un hombre como yo! ¿Te lo puedes imaginar? Debí de investigarla desde un principio. Cuando yo la cuestionaba se ofendía, me llamaba inseguro, me decía que yo estoy loco, me llamaba inseguro y controlador, pero eso era una táctica para ocultar la realidad. La cultura femenina ha convencido a los hombres, que a las mujeres no se les hacen ciertas preguntas, pero eso es una treta para no responder preguntas incómodas; el que pase por esa situación esta con la mujer que no le conviene, ahí mismo debería de ponerle las chancletas en la calle.

— Desde que yo vi a Virginia por primera vez me dio mala espina — yo te lo dije —, resultó ser cierto lo que yo había sospechado. Ella no tiene fidelidad ni principios. Es un tipo de mujer mencionado por el sacerdocio de algunas culturas antiguas, la representaban como una criatura con torso de mujer y cola de víbora en las extremidades inferiores, todavía se pueden apreciar las esculturas en algunos templos de un pasado lejano; la Medusa es el mismo animal, solo que Homero la vio con la cabeza llena de culebras. La mujer y la serpiente del paraíso son la misma persona, su mejor y su peor naturaleza le susurran al oído las opciones de la vida, ella escogió lo peor y el demonio le comió «manzana; como consecuencia, tuvo un hijo malvado que mato a su propio hermano. Creo la mayoría han sido cortadas con la misma tijera, escogen siempre las peores opciones a pesar de toda la sabiduría que los mitos les otorgan, incluyendo el mito de un sentido adicional.

— ¡Gacho, tú me sorprende! ¡Eres un filósofo!

— Yo sé que no se me nota, pero yo fui a la escuela y llegué a ser un buen estudiante.

— Sin embargo, si te finas bien en Virginia, a pesar de toda esa maldad que se le ve por encima de la ropa, y de que tenga la cueva de San Andrés entre las piernas: ella exige respeto y que se le trate como si fuera una reina, que se les otorguen derechos y privilegios que los hombres no pueden reclamar para sí ¿Pero tu sabe a qué se debe toda su altivez y exigencias? Nosotros somos los culpables. Poetas, escultores, trovadores y alcahuetes de todo tipo las han venido endiosando a través de la historia; les han tallado estatuas honrando sus figuras, y les han construido altares a donde han sido adoradas ciegamente. Todo lo que tienen se lo deben a los hombres, si todos eleváramos nuestros intereses por encima de las bolas, su belleza y su orgullo desparecerían para siempre ¿Tu sabe lo que a mí me consuela? Me consuela que después de todo, al final del camino la venganza será nuestra; nosotros vamos a envejecer como el vino, y ellas como la leche. Vamos a ver a todas las que nos humillaron como se pudren poco a poco, y como todo su orgullo y su belleza llegan a ser nada más que una pila de mierda.

— Ellas te puede psicoanalizar si te oye, porque además de ser muy inteligentes, nació con un sentido extra y un doctorado natural en psicología; vas a decir que tú eres un amargado, que lo tienes chiquito y por eso les tienes opiniones tan feas.

— Virginia podrá decir lo que quiera, pero no vas a poder ocultar la realidad. La verdad es que serás una criatura infeliz en sus años de plata, insoportable, y además insegura de sí misma. Yo puedo ser feliz mirando un juego de baloncesto con cerveza y pizza, puedo pasar una noche viento películas con un cigarro habanero y un vaso de ron con hielo y limón en las manos; mientras ella puede acabar sus días con un mal olor insoportable a caca de perro, loca y con un escaparate lleno de pastillas antidepresivas. Ella no sabe lo que quiere, no ha nacido el hombre que sea capaz de hacerla feliz, por eso tú las ve que oscila entre la cama de un macho al otro; Es el tipo de mujer que se casa, en cualquier momento es capaz de sentir que necesita un hombre nuevo porque su marido no la puede hacer feliz; en su retirada le vas a robar la mitad de su fortuna, le vas a secuestrar a los niños para que su padre no los puedas ver. Para muestra, solo basta un botón. Lo lleva en la sangre. Dios le dio a primera mujer un paraíso y un marido, pero eso no fue suficiente, ella sintió la necesidad de buscar placeres diferentes. La historia no es real, pero deja decir muchas cosas. Nosotros lo hemo visto ¿No lo hemos visto? ¿Eh? Mientras más lo pienso, más falta me hace mi amada Mireyita, ella era diferente a todas esta zorras ingratas, engreídas

469

y malvadas. A estas alturas yo hubiera cometido una locura, estaría casado así me llevara el mismo demonio.

— Muy probables así haya sido el caso porque hay amores que son de verdad, yo te puedo poner la mujer mía como un ejemplo. Cuando Noelia me conoció yo tenía solamente un calzoncillo, esperó por mi todo el tiempo que yo estuve preso. Ella sabía dónde yo escondía el dinero, cada vez que me ibas a ver a la cárcel me anunciaba lo que había sacado para los gastos, los niños y la escuela, y cuando salí me tenía detallado lo que había gastado y cuánto me quedaban.

— Mujeres como Noelia ya no existen, por eso yo siempre te digo que la cuide, que te portes bien.

EL SUSTO

Virginia salió de la casa de la bisabuela de Mireyita el viernes a las dos de la mañana, no sin antes revisar con los binoculares de la señora, la casa de Ricardo y la calle de un extremo al otro. Aunque había recuperado sus fuerzas, todavía estaba un poco arrugada por fuera. Un nieto de Clara la llevó a una hora de camino, allí vivía una hermana de Jenifer. Ella le dejó a la señora encima de la mesita de noche cerca de la cabecera de la cama, la funda con el dinero que se llevó de la caja fuerte de Ricardo; desconocía la cantidad que tenía esta vez, pero nunca eran menos de cinco mil. A Ricardo le tomó unos días más recuperarse de los machetazos que recibió en la pelea con ella, le consolaba el hecho de que le ganó la refriega. Lo primero que hizo fue dirigirse al sótano ese lunes por la mañana camino al negocio, tuvo que sentarse a pensar por un momento en lo que pudo haber sucedido; llamó al Gacho a su teléfono celular, el Gacho lo estaba esperando en su camioneta con el motor en marcha para conducirlo al Club:

— ¡Mocho, ven acá, estoy en el sótano!

Cuando el Gacho bajo al sótano, Ricardo lo miró con ojos espantados y mucha desconfianza.

— ¿Qué paso aquí? — le preguntó, señalando la caja fuerte con su mano derecha.

— No sé a qué te refiere — respondió el Gacho.

— No está mi revólver, la caja de cartuchos, mi libreta de apuntes y cinco mil dólares que había en una funda.

— Yo no sé qué decirte, eres la única persona que sabe la combinación.
El Gacho se puso nervioso, conocía el temperamento de su jefe y amigo de muchos años, lo irracional que podía ser cuando se incomodaba y si alguna idea descabellada se le metía en la cabeza.

— Yo me lo mocho y no sé cómo lo hizo, si esto no fue una obra de Virginia — dijo Ricardo, visiblemente incomodo.

— Ella es un demonio en cuerpo de mujer — dijo el Gacho —. Quizás dejaste la combinación por descuido en alguna parte, y ella la pudo copiar.

— ¡No, Gacho! ¡No! Esos números yo no los tengo escrito en ninguna parte ¡Yo los guardo únicamente aquí, aquí, aquí en esta cabeza! — se punchaba una y otra vez la sien, con el índice de su mano derecha — ¡Tú eres quien tiene la culpa, Gacho, por ser así como tú eres: tan despistado con todo! ¡Ya no sé qué hacer contigo! Fue a ti a quien se le fue de las manos la diabla esa, no es la primera vez que se me jode una vaina por tu no poner atención a lo que haces. Vas a tener que ponerle las pilas, tienes que buscarme a esa mujer así se meta debajo de la tierra. Te hago responsable de lo que pueda pasar con mi revolver y con mi libreta de apuntes personales, ahí yo tengo las claves de mis cuentas de banco y de mis páginas en las redes ¡Más te vale que la encuentre pronto, por tu bien!

En cuanto llegó al club, el Gacho llamó a sus hombres de confianza y les repartió fotos de la mujer, el siguiente lunes le hizo a Muñeca una visita por indicaciones de Ricardo.

Ella se despertó a las cuatro de la mañana ese mismo día — una hora previa de lo acostumbrado —, le dio a Humberto una buena despedida — la ñapa, dirían en su pueblo — y a las seis lo condujo al aeropuerto. Él tenía una semana en la ciudad, era la primera vez que se veían desde los tres días que pasaron juntos en Rio de Janeiro hacía dos meses. Ella estaba feliz, tocaba timbales en el tablero de su coche camino a «La cocina de la vieja caridad», cantaba y tatareaba su canción favorita; no era tanto por la visita de Humberto, había concluido la pesadilla que fue para ella el noviazgo de Virginia con Ricardo; sin embargo, la vida se le oscureció en un instante cuando iba llegando al negocio, alcanzó a ver la camioneta del Gacho estacionada un poco más debajo de la entrada; la reconoció por las dos caricaturas en la culata, una era la de San Bigote con un revolver en cada mano, la otra era la bandera del país indicativas de que su dueño era un macho alfa. La visita no constituía una buena señal para comenzar la semana, ya lo conocía como pájaro de mal agüero, el sicario de más confianza de Ricardo, habían pasado juntos varios años en la cárcel; se imaginó que la estaba esperando, y no creía que fuera para decirle buenos días «¿Qué busca este asqueroso a es estas horas por aquí? — pensó — Apuesto a que me trae algún chisme de parte de Ricardo, hoy me voy a pasar el día como un perro con pulgas». El Gacho salió de la camioneta y fue a su encuentro cuando la vio llegar, ella le corrió el zipper a su cartera negra — llevaba escondida una SIG P365 micro compacta —, la colocó en su regazo y le posó ambas manos encima. Al Gacho no le pasó desapercibido el desagrado que le produjo su visita, cuando la tuvo a tan solo unos pasos le dijo al tiempo que la envolvía en una sonrisa falsa:

— ¡Buenos días, señora! No se preocupe, yo vengo en son de paz.

En ese momento salió el guarda espalda que vigilaba el negocio, separó en la puerta con ambas manos en su regazo, había visto la camioneta del Gacho estacionada y también conocía la mala pinta del hombre; era un negro de seis pies y dos pulgadas, el Gacho lo conocía y sabía que siempre llevaba un arma debajo de la chaqueta. Muñeca no le devolvió el saludo, solo se limitó a revisarlo de pies a cabeza y al cabo de unos segundos que le parecieron eternos ella le preguntó, sin poder o querer evitar el desagrado que le causaba su presencia:

— ¿Qué tú quieres conmigo?

El gacho le volvió a sonreír:

— Vengo de parte de Ricardo, ya no está con la rubia como se habrá enterado, le dejó una situación grave que desea subsanar sin un solo pleito; se llevó unas pertenencias de valor sentimental, espera que se las devuelva en el plazo de una semana. Es un hombre paciente, aunque tiene sus límites. A usted le hace responsable de lo que pueda suceder, dado el caso de que los resultados no sean positivos. Aquí tiene su tarjeta para que lo llame cuanto antes, de modo que puedan resolver ese asunto como buenos amigos ¡Oh! De paso déjeme decirle que le quedó bien la remodelación del edificio ¡Felicidades! Quiera dios que lo disfrute por un largo tiempo, que no pase por algún percance grave después de tantos esfuerzos, los accidentes son del vivo y hay mucha gente maligna: se le puede quemar el día menos pensado.

La mujer le captó la idea, la estaba poniendo sobre aviso acerca de lo que podía pasar si no atendía los requisitos de Ricardo. Ella lo seguía observando sin pronunciar una sola palabra, y el Gacho, quien no era pendejo: formó un giro de medio circulo, caminó en dirección de la camioneta y se marchó. Muñeca entró al edificio a la carrera, cuando llegó en la oficina se dirigió a la ventana para ver si el Gacho se había marchado; la Tula entró con la taza de té de todas las mañanas en ese momento, vio su coche y se imaginó que habías llegado.

— Qué bueno que llegaste, si supieras el susto que me hizo pasar el maldito Gacho hace un rato.

— ¿Cuál Gacho? — preguntó la Tula.

— ¿A cuántos Gachos tu conoces?

— Yo tan solo conozco al secuaz de Ricardo ¿Y que lo trajo por aquí a estas horas de la mañana?

— ¿Entonces? Es lo que yo siempre te digo: te haces mango para que te chupen, para que te pasen la lengua por donde a ti te gusta ¿Verdad que sí?
— Es que tú sale con unas adivinanzas y sorpresas de vez en cuando, que luego no sabe una qué pensar; a mi ese Gacho, nada más de verlo me dan unas grimas peludas en todo mi cuerpo: pareces un muerto.

— Debo de tener el color de la ceniza en el rostro, a los prietos el susto los pone cenizos — dijo Muñeca.

— Ya tú no eres prieta; la falta de sol y el frio del país te han colado, después de la cirugía en la nariz ahora pareces una extranjera.

— No me compare con esas flojas, ellas no tienen lo que yo tengo.

— No muchas tienen lo tuyo, no se lo eches a cargo.

— ¿De verdad que no se me ve algo diferente? Yo me siento pálida como una hoja de papel.

— No, mi amor, yo te veo igual que siempre.

— Debe ser por el maquillaje que tú me ves así, o porque me ve con los ojos del amor.

— ¿Y qué fue lo que te dijo el Gacho para que tu esté así, tan nerviosa?

— ¡Ah! ¿Tu ve que se me nota?

— Estás hablando demasiado rápido, es lo único diferente que yo te noto; siempre hablas sin detenerte para coger impulso, ahora parece que se te aflojaron los frenos.

— Yo te dije que se me nota y tú no me hiciste caso; el Gacho debió haberse pasado la noche durmiendo en la camioneta esperando a que yo llegara; tenía la ropa estrujada y en el semblante la expresión de los muertos, como si hubiera sido exhumado esa madrugada. A ese tipo de gente una le puede ver dibujada en el rostro, las mortajas de todos los muertos que han matado; se dan un parecido a ciertos políticos cuando ya están curados, el otro día vi la foto en el internet de uno que fue presidente — ya tiene como cien años —, su rostro es la imagen de una calavera. Oye cómo se llama el club ese que los elevas al al poder: «Cráneo con hueso».

— Ya veo que tienes los nervios de punta, por lo regular te viene despertando a las diez de la mañana.

— ¿De verdad que se me nota mucho?, tú me dijiste que no se me veía nada.

— Hablaba del color en tus mejillas, te dije que tienes la lengua un poco alterada, te delata eso de que «matan a los muertos».

— ¡No me joda, tú sabes bien lo que yo te quiero decir!, ahora no te hagas la pendeja que no sabe nada, no te queda bien. Déjame que te siga contando. El Gacho salió de la maquina en cuanto me vio llegar, vino a mi encuentro con ese caminar que tienen los hombres alfas: seguro de sí mismo, y con un aire de macho parido por la puta perra. Parece una aldaba de flaco, pero, aun así, camina con los brazos abiertos como los forzudos en la lucha libre. A pesar del sobresalto que me hizo pasar, era una visión para morirse de la risa. Visualiza que a esa hora de la mañana se te aparece una figura escuálida, con un sombrero blanco de baquero terciado hacia la izquierda — eso es para cubrir la oreja mocha —; imagínate que viste un pantalón de vaquero de un azul desteñido, con el ruedo incrustado en unas botas de vaquero de color marrón; ahora ponle una camisa de cuadros negros, blancos y rojos; una hebilla de vaquero anchísima en la correa del pantalón, una chaqueta de color amarillo y unas gafas oscuras. Lo de las gafas debe ser para esconder los ojos inyectados por la sangre, ya fuera por la mala noche que pasó durmiendo en la camioneta, o por unos polvos blancos que resuella por la nariz, los cuales ponen a la gente loca. Es un pájaro de mal agüero de todos los demonios ¿Cómo no me vas a sorprender su visita?

A las nueve de la mañana envió a su departamento a una empleada en busca de un ajuar, y al medio día salió a recibir su masaje semanal; se camufló de negro desde los zapatos a una peluca, un sombrero de alas anchas del mismo color y unas gafas oscuras; llamó un taxi por teléfono, y salió escurrida por el lado contrario a las ventanas del negocio; caminaba a toda prisa y esquiva, barriendo los alrededores con la mirada por si acaso el Gacho la venia persiguiendo. Dos horas más tardes regresó con el mismo sigilo, salió del taxi a toda prisa no sin antes cerciorarse de que no habían «moros en las costas». Pasó un día negro dando paseos nerviosos entre una esquina y la otra, como si hubiera sido una leona enjaulada. Perdió el apetito, vigilaba los alrededores del lugar a través de las ventanas, y por las cámaras de seguridad que había instalado recientemente; a cada rato le parecía ver la figura esquelética del Gacho en la esquina opuesta, con la vista fija en las ventanas del segundo piso. A las empleadas les fue muy extraño que no bajara del «paloman», pero ya no era necesario, comentaban algunas: «Ahora nos espía desde la oficina por circuito cerrado». Después del susto que le dio a la mujer, el Gacho detuvo su camioneta en una calle no muy lejos de allí, con la intención de informarle a Ricardo su entrevista: «¿Qué te dijo la vieja y cuál fue su reacción cuando te vio? Del susto, me imagino que se meó ahí mismo en la cuneta.

—Nada de vieja, esa mujer aún está como hierro al rojo vivo; y para decirte la verdad, está en mejores condiciones que la hija; yo no la cambiaría por ninguna de las pollitas que yo veo por ahí, las cuales están acartonadas por la mala vida que llevan, y por el número de machos que les han pasado por encima. La experiencia tiene sus encantos, aunque yo sé que tú no lo entiende, a ti te gustan las sardinas tiernas sin nada en la caja de bola que se les pueda sentir.

— No me tantas vueltas, dime cual fue su reacción y qué te dijo: ya sé que te gustan viejas, gordas y feas.

— No me hizo ninguna clase de comentario, se limitó a observarme con el mismo desplante que tú le ves a la hija, y con un gesto como si yo fuera una mierda; la desconfianza, y el disgusto que le ocasionó mi visita, se les escapaban por cada uno de los poros, no le noté que tuviera ni un poquito de miedo; me dio la impresión de que portaba un arma por la manera en que sostenía su cartera, creo que tenía ganas de matarme; a mí fue que me dieron escalofríos, yo había dejado la pistola en el vehículo. Esa mujer tiene una mirada criminal.

— No te preocupe, se vas a lamentar por todos los desaires que nos ha hecho, a mí siempre me trató con el mismo desdén, pero yo te juro que las dos me las van a pagar todas juntas.

— Todo está preparado, tu dirá cuando le prendemos fuego a ese palomar.

— Vamos a esperar un par de semanas para ver si me devuelve lo que la rubia me robó, luego se lo vamos a quemar cuantas veces lo pueda remendar, hasta que la dejemos en una bancarrota completa; aunque no me parece que le será posible recomponerlo, le vamos a lanzar un «mojón» desde una distancia segura con un E&C M203. Sigue buscando a la muchacha, me vas a tener que traer a la hija de la otra si no da con ella, son como dos gotas de agua. Me muero por saber lo que pasó ahí, las dos parecen hijas de la China. Le vamos a «echar los perros», y las dejaremos desnuda en otra ciudad presa de una sobre dosis que no sea letal; yo no las quiero matar, es para que vivan con el recuerdo de la humillación y quizás se maten ellas mismas.

— Ojalá nunca te hagan pasar un susto feo, por estar dejando vivos a enemigos en la retaguardia.

— Todavía tu no acepta que yo soy un hombre bueno. Piénsalo bien, Gacho. Si le das un tiro a una persona en la cabeza ni cuenta se dará, excepto por la preocupación de que se vas a morir si es que no lo mata desprevenido; si de verdad buscas una venganza decente, debes de hacerle algo que lo sienta y que le haba pensar por un largo tiempo.

— Virginia te puede formar una cabeza de playa, y darte un dolor de cabeza horrible. A mi parece que puede ser capaz de lo más inverosímil, y creo puede ser un enemigo más del que de debes de cuidar.

— Tu ve que yo siempre las dejo sin las fuerzas para devolver el golpe, pero esta vez te voy a complacer: si la rubia me devuelve lo que se llevó, la perdono.

Eva llamó a Muñeca por teléfono a las cuatro de la tarde, a esa hora puso fin a sus dudas si era que todavía les quedaban algunas, acerca del verdadero mensaje que le trajo el Gacho.

— ¿Te acuerda lo que yo te dije la otra vez acerca del Gacho? — dijo Eva después de un rato.

— Hemos hablado tanto del pendejo ese, que ahora no sé a qué te refieres.

— Yo te dije que se le floja la lengua cuando está enamorado, si se pasa de tragos y si lo tienen desnudo sobándoselo por debajo de la sabana.

— ¡Ah, ya me acuerdo!

— Se fumaban un par de cigarrillos el sábado pasado, luego de que Zoila ya lo había exprimido al momento en que le jaló la lengua:

— ¿Qué fue lo que le pasó al jefe? — le preguntó —, no se dejó ver de nadie cuando vino al club el pasado lunes, se apareció con mucho sigilo y creo haberle visto el rostro desfigurado ¿Alguna pelea de gallina o quizás de gallo?

El Gacho lo pensó un rato, y luego le dijo:
— Eso fue una gata que lo arañó, no entiende que debe dejar de salir con sardinas tiernas que todavía no saben ni mear, pero ya se imaginan las reinas del mundo. Eso no se vas a quedar así. Le vamos a echar los perros, y le vamos a quemar el escaque a la madre de la morronga, se lo vamos a quemar cuantas veces

lo puedan componer hasta dejarla en la quiebra. Serás una venganza en cámara lenta.

— Esos ramalazos que yo le vi no son los de una gata, más bien parecen los de una pantera — dijo Zoila.

— Yo de inmediato me puse a pensar en Virginia, en el club se rumora que ya no está con Ricardo, hace mucho tiempo que no vienes por aquí ¿Ella está bien, no le ha sucedido nada?

— Virginia está bien, no te preocupe ¿Y qué quiere decir «echarle los perros»?

— Se trata de una violación sexual en masa.

— Huy, ¡Que horrible! Toda esa gente son unos puercos.

— No la piensan matar porque sería para ellos una salida fácil, creen que dejarla con el recuerdo de la humillación es morir y seguir viviendo. Yo quiero irme del trabajo lo más pronto posible, he descubierto una serie de nubes negras encima de los dueños.

— Ya te lo dije, vente con nosotras que aquí te vamos a tratar bien. Yo no le veo mucho futuro a Carlitos, no creo que sea el hombre que a ti te conviene, también debes de finalizar los dos años que le faltan a tu carrera y moderar el cigarrillo y el vino.

No le dijo nada sobre la visita del Gacho esa mañana, le hubiera tenido que revelar secretos que por ahora no le convenia soltar en el aire.

Sentada en su escritorio — eran las cinco de la tarde — su espíritu ya estaba en una completa oscuridad, peor de la que sufrió cuando Bruno le trajo el expediente de Ricardo. Llegó a la conclusión de que Ricardo no se ibas a conformar con la devolución de lo que Virginia le robó, con sobrevivir a las heridas que les propinó en la pelea, creía tenía el plan de perseguir a Virginia y ella sería un daño colateral de su venganza; el mensaje del Gacho era inequívoco, tenían pensado quemar su negocio. A esa hora cuajó un plan, pero no lo veía como una venganza, sino como una defensa personal. Decidió utilizar el mismo plan que le aplicó, a un novio que tuvo a los dos años de inaugurar el negocio. Al poco tiempo descubrió que tenía un traqueteo en el «tráfico», comenzó a sospechar una tarde cuando Rolando se presentó a tomar tragos en el bar, acompañado por dos personajes con perfiles de prófugos. Se puso violento una noche cuando lo quiso dejar, la enclaustró en una esquina, la zarandeó y le apretó el cuello por unos segundos, y cuando la soltó le dijo casi de rodillas:

— ¡Perdóname, por favor!, eso fue de juego. Yo te amo demasiado, y ahora tú me quiere dejar ¿Por qué, dime, por qué? ¿Qué yo te hice? ¿Por qué tú me quieres dejar? ¿Yo no te trato bien, no te doy todo lo que tú me pide?

— Ahora mismo la vida mía es complicada, yo necesito más tiempo para pensar qué debo hacer con ella, una relación es una complicación adicional que no necesito por ahora — le dijo.
Se acordó que su madre murió en una situación similar, y decidió no perdonarlo.

— Yo no puedo hablar ahora contigo, mañana por la noche te voy a esperar en el departamento.

— ¿Tu ve como tú eres, por qué no puede ser esta noche?

— ¡Ya te dije que mañana! Si no te puedes aguantar las ganas, es mejor que sigas tu camino y déjame la vida en paz.

— ¡Está bien, mami! Tu eres la que manda en mi vida, en este cuerpo y en este corazón.

La siguiente noche arribó a las diez al departamento del hombre con la intención de matarlo, encontró la puerta del apartamento abierta, lo cual le sorprendió, pensó que vendrías llegando a eso de las once de la noche. Metió su mano izquierda en el bolsillo del abrigo, empuñó el revolver y empujó la puerta con mucho cuidado; la sala estaba en la oscuridad — no se preocupó en encender las luces —, vio luz en el aposento y se dirigió hacia él con el mismo sigilo revolver en mano; asomó la cabeza por la entrada, y poco faltó para que le diera un infarto: el hombre yacía bocarriba en la cama con un balazo en la frente. No lo pensó una segunda vez, salió corriendo y bajó a toda prisa por las escaleras del edificio; asesaba como los perros con la lengua afuera, cuando llegó a su coche a dos calles del inmueble. Los vecinos dijeron ver salir a esa hora un judío vestido de negro, con una barba larga y un maletín del mismo color en sus manos. En el edificio no vivía ni una sola persona con tales marcas, hacía muchos años que se habían marchado cuando los negros y los hispanos comenzaron a llegar.

Colocó ambos codos encima de la mesa, los dedos de ambas manos entre la frente y el mentón, cerró los ojos, respiró profundamente y marcó el teléfono de Ricardo. Creía conocerlo tan bien como las palmas de sus manos, y pensaba podía predecir su reacción; había notado, y sus amigas le habían corrocado la sospecha, sobre la manera en que la miraba cuando creía que nadie le hacía caso, entonces ella se divertía pasándole por el frente sacudiendo sus nalgas.

— Buenas tardes ¿Sabes quién te habla? — le dijo al hombre.
Fingió no saber nada sobre lo que había sucedido con Virginia, lo apabulló con el tono meloso que utilizaba en su voz cada vez que deseaba conseguir algo de los hombres.

— Tú eres inolvidable!, eres algo así como las mariposas; decía un escritor español: «No pueden ser tocadas, sin dejar en los dedos el polvo de oro de sus alas».

— ¡Ay, yo no conocía ese pedacito de ti! ¡Hasta poeta eres!

— Tengo algunos otros... «pedacitos», que quizás puedan ser interesantes para ti.

— No me punche, porque, así como tú me ve, todavía estoy loba; pero vamos a ir un poco despacio, nos podemos volcar si no ponernos cuidado.

— ¡Cómo te lo digo! El peligro es mi pan de todos días, es el mayor incentivo de mi vida y lo que me anima para levantarme temprano por la mañana.

— Dejando las bromas de lado, hoy por la mañana recibí la visita de tu Gacho, me trajo una información que me ha puesto a pensar; espero no haberle causado una mala impresión, yo me vengo a despertar como a eso de las diez de la mañana, mientras tanto soy como si fuera un autómata. Ni café había tomado.

— Yo también espero que no te haya molestado la visita del Mocho, me gustaría resolver ese asunto lo más pronto posible, y de una manera en que podamos seguir siendo buenos amigos. Me interesa mucho tu amistad, ya que no pudimos estar emparentados a través de Virginia.

— Yo voy a estar en tu ciudad el próximo sábado, quiero saber si puedo poner en tus manos ese asunto que te preocupa tanto; debe de ser un lugar donde estemos tú y yo solos ¿En tu propia casa como a eso de las once de la noche, por ejemplo? Mientras más oscura sea la noche será mucho mejor, no es conveniente que me vean contigo; yo no quiero que te vayas a sentir ofendido, mis motivos deberían ser claros para ti.

—Te comprendo, pero eso no es necesario, se lo puedes entregar al Mocho.

— Yo lo quiero poner en tus manos personalmente porque necesito que me hagas una promesa, necesito que me de tu palabra de hombre mirándome a los ojos; yo te doy lo que a ti se te antoje si tú me prometes lo que yo te voy a pedir; virginia es la niña de mis ojos — un poco loca, es verdad —, pero yo le amo con todos sus defectos.

— No hagas promesas que luego no puedas cumplir, yo tengo mucha imaginación, puedo antojarme de algo que a lo mejor no te atrevas a poner en mis manos.

— Ponme a prueba y hago más que ponerlo en tus manos, de ti depende, pero si no te interesa podemos tomar otro camino si así lo prefieres.

El corazón le dio un brinco a Ricardo, su imaginación cogió fuego al instante, y su «orgullo» de hombre quedó enarbolado por un largo rato después de concluida la conversación ¡Eso era insólito, no lo podía creer! Al cabo de unos segundos que a Muñeca le parecieron una eternidad, le dijo:

— Te puedo ver en mi casa la noche y la hora que tu escoja, si es que no tienes miedo pasar conmigo una noche oscura; yo sé que las malas lengua me han dado fama de lobo malo, yo te prometo que no te voy a morder de una manera que te haga daño.
Ricardo llamó al Gacho por teléfono tan pronto finalizó la conversación:

— Gacho, vamos a tener que aplazar los planes que teníamos, sucedió algo que se pudiera llamar insólito; acabo de hablar con la mujer, se quiere ver conmigo a solas en mi casa la noche más oscura que podamos escoger, quiere discutir los términos de su capitulación. Yo siempre fui un incrédulo, ahora sí creo que hay un dios en el cielo, mi venganza será mucho más completa de lo que habíamos planeado: me voy a ver con ella en mi casa el próximo sábado a las doce de la noche ¿Qué te parece?

— ¡Espérate, no me lo diga! ¿Te la vas a dormir a la mamá de la rubia?

— Ella me hizo la oferta de una manera indirecta, y al mismo tiempo diáfana; después se lo hacemos saber a la rubia de alguna manera, le damos un tiempo más o menos considerable para que se halen los moños, luego ponemos en movimiento el resto del plan.

— ¡Eres maquiavélico!

— Gracias por esa observación, Gacho; tú sabe reconocer los valores cuando los ve.

— No sería la primera vez que te duermes a más de una en la misma familia, por ejemplo: a dos hermanas, a la hija y a su madre y viceversa; cuando te acostaba con Sonia y su madre, si a la señora no le da un infarto unos días previos a la cita hubieras cogido a su abuela también.

— Ni te imaginas cuanto me dolió en el alma, Gacho.

— ¡Te dolió mucho el tranque de la pobre vieja!

— No me fue posible asentar esa victoria en mi libro, las tres estaban buenísimas; con 60, 42 y 24 años parecían como si hubieran sido hermanas. Comerse a una gallina vieja puede ser incomodo — la gallina vieja no moja —, si ella no se vale de alguna técnica para cocinar su caldo; mi esperanza era, que por lo menos la doña supiera como se chupan los «huesos».

DON HOMERO

Muñeca despertó a las cuatro menos quince de la tarde, aún tenía el corazón en un vilo. Se pasó un sábado angustiado, por la negra decisión que tomara el pasado lunes a raíz del susto que le dio el Gacho. Revisó el negocio con su tableta una vez más, y a las cuatro y media conversó con la Tula:

— Aquí todos estamos bien, todas las chicas están en sus puestos correspondientes, no faltó ni una sola; tu tía Pocha es la que anda muy preocupada, no sabe de ti desde hace unos días ¿Qué le digo?

— ¡Mi tía que no me joda! Los años les han aflojado las cuerdas y ahora está chochando, quiere buscarme un marido porque antes de morirse me quiere dejar en buenas manos ¿Te lo puedes imaginar? Ella piensa que yo necesito un marido y un par de niños, estas alturas ya no cuajo. Además, nadie me vas a cuidar mejor de lo que yo lo puedo hacer, yo no puedo poner mi vida en manos de los hombres, y mucho menos en manos de los niños.

— ¿Y cuándo Pocha se vas a morir? Las mujeres en tu familia se mueren a los cien años. Tu abuela tiene noventa y cinco años, y no le veo que tenga intenciones de marcharse por ahora ¿Cuándo fue la última vez, que a doña Altagracia le dio un dolor de cabeza?

Después de la conversación con la Tula, se comió un arroz con pollo que llevó de la «Cocina de la vieja Caridad», ya tenía veinticuatro horas y estaba frio, pero como andaba en campaña de guerra, debía de comer cucarachas si fuese necesario. Se volvió a dormir a las seis de la tarde, la noche prometía ser intensa y de largo metraje. Cuando su reloj despertador en su teléfono celular la devolvió a la realidad, soñaba que ya eran las siete de la mañana del siguiente día — era domingo —, y no había podido consumar su plan. Tomó asiento en la orilla de la cama, se apresuró a ver la hora en su teléfono celular y vio que todavía eran las 07:30 PM: «¡Ay, que susto!» — pensó —. Cubrió su rostro con ambas manos, y luego se las pasó por la casi raspada cabeza. Le tomó unos momentos ubicarse, tenía la vista nublada. Sacudió la cabeza para despejar sus pensamientos, se volvió a pasar las manos por el rostro estrujándose los ojos esta vez con la idea de aclarar su visión. Tomó una respiración profunda, la sostuvo por un momento y luego exhaló; su profesor de yoga le había dicho que la respiración profunda irriga el cerebro con fuerza vital nueva, lo despierta y lo puede ayudar a pensar mejor. Se puso de pie y se dirigió al inodoro a realizar ambos desagües ¡Muy extraño! Todo el que la conocía y quien le veía caminar por las calles, no se podía imaginar que fuera capaz de tan groseros menesteres. Se comió el poquito de arroz moro que le quedaba, luego se metió en el camuflaje que tenía preparado y a las ocho y media — rauda como una tortuga —, iba camino a su encuentro con la muerte, mientras el viejo Penco roncaba con todos los bríos de su pasada juventud, así lo bautizó su dueño cuando lo sacó del «establo»: le llamó, el «Caballo». No quería espolear su corazón de acero, como si no quisiera llegar demasiado temprano a la cita; contaba con la ventana de una hora y al paso que iba, llegaría en unos veinte minutos. Le tomó el «animal» prestado a su amigo — don Homero —, para no tener que utilizar su «Moreno» por si acaso le cogían la seña en el camino. El «Moreno» era un sedán de lujo de color negro, de aquellos que son importados para personas exclusivas. El Jamelgo de su amigo era uno de los coches deportivos cotizados en el año setenta, pero su dueño lo mantenía en óptimas condiciones, hacía tres años que le había montado un motor y una transmisión nuevas; era de un color gris azulado brillante con el interior de cuero, con rines y llantas en un estilo deportivo. A ella le gustaban los coches y los hombres de mucho músculo. Guardaba en un cofre lleno de cachivaches viejos, una llave del coche de la vez que trabajó en la «Ferretería don Homero». Agarró la lleve y las tres llaves maestras que le había regalado su amigo, Julio, dado el caso que las cerraduras del coche hubieran sido cambiadas; muy probable don Homero no lo echaría de menos hasta el martes, cuando fueras a moverlo de sitio por causa de las reglas del tránsito. Se lo llevó sin permiso, no quería convertir a al señor en un cómplice inconsciente. Don Homero no lo conducía con mucha frecuencia, la pierna y el brazo derecho los tenía medio muertos por culpa de un infarto sufrido el año pasado; a cada rato le decía su mujer: «Tu debes abandonar en una calle cualquiera ese tiesto porque ya tu no está para esos trotes, y ni pienses que yo me vuelvo a subir contigo en ese anafe». Lo compró para «echarle flores» cuando le dijeron que Maribel había llegado a la ciudad, le cogió el mismo cariño que sentía por la mujer y jamás lo cambió. Chachito, su primo, fue quien le dio la noticia cuando la mujer llegó:

— Tienes que ponerle las pilas si aun te interesa la hembra porque, aunque llegó desbandada igual que una chichigua cuando le cortan la soga, no creo que por eso haya renunciado a su abolengo: es el tipo de mujer, que puede ser atraída solo con objetos brillantes.

— ¿Y qué sucedió con su vida?, su familia es una de las frutas finas en el Gascue.

— A ella le pasó un ciclón por encima. El único hermano que tenía, un primo y un cuñado se lo mataron los imperialistas en la revolución en el sesenta y cinco; al año siguiente su marido amaneció en una cuneta con dos tiros en la nuca, ese mismo año su padre fue despedido en el Banco Central y de inmediato asentado en la «Página de Cheo» —

la lista negra del gobierno —, y jamás pudo conseguir empleo en ninguna empresa. El viejo gritó, pataleó, se quejó y dijo no saber nada sobre las actividades políticas de su yerno, lo implicaron en actividades subversivas en favor del «Partido del 14». Tu sabe cómo allá manejan esos temas, las tácticas del generalísimo todavía siguen erguidas; el poder está en manos de su hijo postizo, aquel al que le decían «Muñeco de papel». Mi tío le tuvo que salir huyendo al generalísimo, como no dio pie con él atrapó a un hermano y lo mató, luego toda su familia fue perseguida. Aunque don Milcíades ya era viejo, no le quedó más remedio que irse al concho a trabajar; vendió su Mercedes Benz y el Mercury del yerno, se quedó con el pequeño Fiat 110 del sesenta y dos de Maribel. Con las pocas cuñas que le quedaban en el gobierno, le consiguió una visa de paseo junto a su niña de tres años, ahora no pueden regresar hasta que no legalicen su estadía en el país; anda en busca de un ciudadano para contraer matrimonio por la residencia legal, como no tiene dinero está en disposición de pagar el favor a como dé lugar. Tienes una suerte que muchos la desean.

— ¡Porque tiene suerte si le ha ido tan mal? — dijo Juan José, todavía no era don Homero.

500

— No me refiero a ella, sino a ti: ella fue tu amor imposible.

— En esa época yo tenía una suerte negra con las mujeres, siempre me gustaban los amores imposibles. Había otra de la misma edad en el barrio a donde yo vivía, se llamaba Rosa Altagracia Salomé Reyes D'Leon. Yo le hacia los mandados a su madre, pero el trato que me daban era mejor del que yo recibía en la casa de Maribel; Rosa conversaba conmigo como la gente normal, hasta me daba un plato de comida que yo devoraba en la cocina. Yo medía el tiempo y llegaba siempre cuando estaban repartiendo el almuerzo, en mi casa no todo el tiempo había qué comer, y cuando aparecía un bocado no se comía tan bien como en la casa de doña Altagracia. En cambio, la madre de Maribel no me permitía entrar en la casa con la compra. Yo trabajaba con mi tío en el Mercado Modelo por la tarde, luego de que salía de la «Escuela Chile». Maribel me pasaba por el lado con el uniforme del María Auxiliadora, con una pila de libros en los brazos sin mirarme siquiera o me cortaba los ojos, quizás porque notaba el interés con que yo la miraba ¿A dónde vives ahora? ¿Cómo descubriste que había llegado a la ciudad?

— Se aloja en la casa de una prima frente a mi departamento, la prima fue quien le contó a Lucinda la información que te acabo de presentar. Hace quince días mi mujer venia de la escuela con los niños, en el momento que Maribel salía con la prima de su departamento, ella hizo como si no reconociese a mi mujer; pero, Lucinda, imprudente como siempre, se pasó unos minutos ayudándole a recordar el tiempo cuando fue chopa en su casa.

— A mí me dan escalofríos ¡Mírame la piel! — dijo Juan José.

— ¿Por la esperanza, o por la pena de lo que le pasó a la mujer?

— Dile que tú conoces a una persona quien le puede hacer el trabajo de la residencia, no le deje saber quién soy, mucho menos que hubiera dado la vida por ella cuando tenía quince años; no creo que me pueda reconocer, yo era un vagabundo de franela en San Carlos, y ella una señorita de lino y de seda en el Gascue.

A los quince días Juan José la fue a saludar, era un pasadía que celebraban unos amigos a la orilla del Hudson en los Altos de Washington, se apareció conduciendo el coche que había comprado en esos días. El matrimonio se llevó a cabo al siguiente mes, seis meses más adelante se fueron a vivir juntos. Tuvieron dos hijos: Juan José hijo, y Alcibíades José. Juan José trabajaba en la «Ferretería don Jacobo», donde comenzó limpiando casas privadas y oficinas, ahora componía cerraduras, remendaba tuberías, hacia instalaciones eléctricas y soñaba con poner un negocio igualito. Al cabo de los años, todavía Maribel se pone furiosa cuando en su presencia oye hablar de la «Muñeca esa de la mierda». Cuando cumplió los cincuenta y nueve años, don Homero la llevó a cenar a «La Cocina de la Vieja Caridad». La camarera los condujo a una mesa, Maribel se quitó el abrigo y lo depositó en el espaldar de la silla, pero no bien había tomado asiento se puso de pie, agarró el abrigo y se dirigió hacia la salida con pasos de guardia en una marcha militar; don Homero la siguió con la misma prisa, no le sorprendió porque ya conocía lo caprichosa que podía ser, mientras intentaba darle alcance iba pensando con su abrigo en la mano: «Y ahora, ¿qué tendrá en la cabeza esta mujer de los demonios?» La mesera regresó al minuto con una bandeja del color de la plata, dos copas de vino, y dos pedazos de pan con mantequilla en una canasta de guano para entretenerlos en lo que llegaba el servicio; al no ver a la pareja pensó que había retornado a la mesa equivocada, luego de ojear los entornos les preguntó a las personas en la mesa contigua:

— ¿Y la pareja que yo traje a esta mesa, para donde se fueron?
Una de las damas en la mesa le dijo:

— La señora no bien tomó asiento se levantó de la silla, tomó su abrigo y se marchó a toda prisa con cara de malos amigos, el señor la siguió con no menos agonías en su rostro y forma de caminar. No sé qué avispa le picó a la señora.

En cuanto su marido llegó a la esquina, una calle más abajo del restaurante donde había dejado estacionado el coche, Maribel dio media vuelta y se dirigió a la esquina siguiente; don Homero la siguió, despacio, mientras ella reusaba subirse al automóvil; no le quedó más remedio al cabo de unos minutos de persecución, se fatigaba con facilidad por causa del asma. Cuando subió al auto miró a su marido con los ojos de una loca, parecían como si hubieran querido salirse de las orbitas y a gritos le dijo con menos cordura en la voz:

— ¿Tú me quiere ver muerta, eso es lo que tu quiere? Entonces, si eso es lo que tu quiere: toma un cuchillo y mátame, así sale de mí de una vez por toda en vez de martirizarme tanto. Yo estoy cansada de todas tus pocas vergüenzas.

La mujer le amagaba con el puño derecho, don Homero movía la cabeza para esquivar el golpe.

— ¿Qué te pasa, mujer? Me acabas de hacer pasar una vergüenza ¿Cuándo tú vas a cambiar? No es la primera vez que me humillas delante de la gente, ya no sé qué hacer contigo para que cambies tu forma de ser.

— ¿Por qué tú me llevaste a cenar a ese lugar?

— ¿Por qué no? Es un sitio excelente para ir a cenar, es elegante, cocinan bueno y las atenciones son de primera; tu primo, Lilo, fue quien me lo recomendó; me dijo que hacen el chivo y el carite como a ti te gustan, que preparan un sancocho con sabor casero para chuparse los dedos. Yo quería darte una sorpresa con tu menú preferido, me pareció un buen gesto para celebrar tu cumpleaños.

— ¡Claro, y de las meseras ni se diga! ¿Me vas a decir que no viste las falditas a media pierna que se ponen? Yo no había visto nada igual en ninguno de los restaurantes que yo he visitado ¿También me vas a decir que no has venido antes a comer ahí?

— ¡No, ya te lo dije!: tu primo me lo recomendó hace poco.

— ¿Tampoco tu sabías que la pelirroja del carajo esa trabaja en ese restaurante? Ella estaba detrás de la caja registradora, me miraba y se reía como si hubiera estado burlándose de mí, con esa risita de gente sinvergüenza que nunca se apea del rostro. Yo quería ir a sacarle los ojos con las uñas, ahí mismo delante de la gente.
— Yo no sé de quién tú me habla; tu eres demasiado celosa, siempre anda viendo aparatos que viven tan solo en tu mente, como si yo fuera un don Juan irresistible a quien las mujeres persiguen en todas las esquinas.

— ¡Coño, no me diga que no la recuerda, pendejo, maricón de orilla! ¡La puta pelirroja que trabajó contigo en la ferretería, y a quien tú se lo pegaste! ¡No me vuelvas a decir que no se lo pusiste porque no sé lo que me da, entonces no respondo por lo que pueda pasar! Tu bien sabe que a mí me lo dijeron todo, me dijeron como tú la miraba cuando ella estaba detrás de la registradora, ella te sonreía y tú le devolvía la sonrisa ¿Me vas a decir que no es verdad? ¡Dime que no es verdad, coño! ¡Atrévete a decirme que no es verdad, si tú eres un hombre que te pone pantalones! ¡Niégalo, carajo, para que tu veas de una vez por todo el tipo de mujer que yo soy!

Ella sollozaba y sacudía su nariz con una pequeña toalla, tomaba inhalaciones para el asma, y Don Homero no sabía qué hacer para consolarla.

— Nunca me imaginé que tú — Juan José Homero Catulo —, te ibas a dar un hombrecito tan... tan malo; pero ya está bueno, tú vas a saber hoy quien soy yo y de lo que soy capaz. Hoy, tú y yo acabamos para siempre. Yo no soporto más esta vida que tú me da.
Cuando llegaron frente al edificio a donde vivían ella salió del automóvil, volvió a introducir la cabeza y le gritó a toda voz con el último residuo que le quedaba en los pulmones:

— ¡Muérete, desgraciado!

Estrelló la puerta con fuerza, se dirigió al interior de la estructura con el mismo paso militar con que salió del restaurante, y un ataque de tos que no podía contener. Al momento en que don Homero subió al departamento, ya ella tenía dos maletas llenas de ropa.

— ¿Para donde tu va?

— ¿De verdad tú pensaste que yo estaba jugando? Ya veo que tu aun no me conoces, a pesar de los años que llevamos juntos; me voy a vivir con mi mamá en azua, porque aquí ya no tengo a nadie quien me quiera y vele por mí.

Don Homero la seguía de rodillas, mientras ella se movía de un lado a otro componiendo y descomponiendo las maletas, en una que le atajó el paso le tiró una patada: «¡Quítateme del medio, payaso! Ya tu está demasiado viejo para ponerte de ridículo». Al cabo de un rato ella se fue a sentar en la orilla de la cama, sollozaba menos y sacudía su nariz con una toallita diferente — la otra estaba llena de mocos —, a los pocos minutos le dijo al marido: «Está bien, no me voy a ir por esta vez; pero en cuanto me hagas otra poca vergüenza como esta, óyelo bien: no te voy a decir nada, me voy a quedar calladita como si no hubiera pasado nada, pero cuando vengas del trabajo no vas a encontrar de mi ni siquiera la sombra ¡Eso yo te lo juro, por esta! Al final de la última frase juntó los dos primeros dedos de su mano derecha, formó una cruz y la besó en señal de juramento.

Don homero le subía el ruedo a la falda, ella le retiraba la mano, le daba una palmada y se acotejaba el vestido; él seguía insistiendo, y en una que le dio un beso en la rodilla izquierda ella lo miró, sonrió y le dijo: «Yo nada más me voy a reír, ¿qué otra cosa puedo hacer con un loco así? Tu no cojes cabeza, todavía tú no sabes que cuando yo digo se acabó, se acabó». Le subió un poco más el ruedo al vestido hasta la mitad de las piernas, ella dejó caer su torso encima de la cama, y don Homero le siguió subiendo el ruedo al vestido; la siguió besando hasta llegar a donde no había más pierna y ella tembló, ya fuera por el coraje o las expectativas de a dónde irían a parar los besos de su marido. La desnudó a la carrera, luego se quitó rápidamente la ropa en caso de que su mujer se arrepintiera ¡Estaba nervioso! No hubiera sido la primera vez que después de una discusión, listos para firmar la paz lo dejara con el «lápiz» en las manos a última hora. Ella hizo el amor esa noche con rabia, se movió y gritó como hacía mucho no lo hacía; después de unas horas, ya un poco más calmada, le dijo mientras lo abrazaba y se lo sobaba por debajo de la sabana:

— Yo no sé por qué tú eres así conmigo... ¡Tan malo! ¿Qué tiempo hacía que tú me daba con recio? ¡Yo no me acuerdo! ¿Tú te acuerda?

Tu bien sabe cómo es que a mí me gusta que me lo haga, y a pesar de todo me hace que te ruegue o que forme un escándalo, para que tú me atiendas como dios manda.

— ¡Tú eres muy jodona! — le dijo al oído — Eres la única mujer que siempre me has hecho temblar, desde que las niñas de mis ojos se posaron en ti cuando tu tenía solo quince años, tú en cambio me ignorabas… ¡Maldita! Pero yo fui paciente, así como un puerquito espera que la palma baje de su pedestal para comérsela, y al fin logré darte por donde tu siente de verdad.

— Yo sé que yo soy jodona, eso es porque yo te quiero demasiado. Tu sabe que yo me pongo como loca si pienso que tú se lo pones a otra, peor si pasa mucho tiempo que tú no me lo haces a mí; tu eres el único hombre que me hace sentir de verdad, no como algunas malas vainas que andan por ahí, que una se los da una vez y no los quiere volver a ver jamás, dejan a una empapada y con todas las ganas clavadas por dentro. Eso es lo que me dicen mis amigas, les tengo penas porque no tienen a un hombre, así como tú.
Al día siguiente — era domingo por la mañana — ella le trajo el desayuno a la cama compuesto por avena, pan integral tostado, huevos revueltos, salchichón frito y café negro. Cuando

se puso a investigar, le dijeron que la «Taberna Zapatos Rojos» tenía siete años de vida, y que la «Cocina de la Vieja Caridad» comenzó a funcionar el año pasado, en lugar de un restaurante para comer sushi que ya tenía veinte años en ese local. La seña que le dieron de las dueñas coincidía con el perfil de la enemiga, y de la rubia de ceniza quien había sido su compañera. Don Homero y Maribel se habían mudado recientemente, a tan solo media hora de camino del negocio. Poco tiempo después, Maribel le comentó a una de sus amigas los acontecimientos de su cincuenta y nueve cumpleaños, los cuales rodaron hasta llegar a los oídos de Muñeca, por esos días Malvina fue a la oficina con la intención de averiguar el chisme:

— ¿De verdad que don Homero no te lo puso? Tú siempre lo has negado, a estas alturas ya eso no importa ¡Dime la verdad! ¿Tú se lo diste a don Homero?

— A mí me gustaban los hombres maduros en esa época, pero don Homero no era mi tipo. El me miraba estando yo en la cobradora cuando trabajé en la ferretería, me sonreía y yo le devolvía la sonrisa — eso es verdad —, lo que dio pauta para que las chismosas creyeran que don Homero me cogía. Primero que nada, ningún hombre a mí me ha cogido nunca, yo soy quien los coge a ellos, algo que pocas mujeres saben cómo se hace. Esas miraditas picaras entre don Homero y yo eran de complicidad, debido a que yo conocía su secreto: A mí no era quien él estaba singando.

— ¿Y a quién era que follaba?

— A mi tía Pocha.

— ¡No joda! A mí no me hubiera pasado por la mente ni en mil años ¡Una señora tan seria, como doña Pocha!

— Tu no conoces a mi tía, ella no es así ni durmiendo; además, el que sea una persona «seria», no quiere decir que no le guste coger. Ese idilio todavía sigue vivo. Don Homero era quien le hacia los mandados a mi abuela, cuando él tenía dieciséis años y mi tía quinces. Me cuenta mi tía que usualmente llegaba cuando estaban sirviendo la comida, mi abuela sacaba para él un plato de comida que devoraba sentado en la cocina; salió a los diecisiete años del país, y mi tía el año siguiente a estudiar en el Extranjero, no se volvieron a ver hasta que mi tía cumplió los cuarenta y dos años; ya estaba divorciada y se había mudado a los «Altos de Washington», y una tarde que fue a la ferretería en busca de veneno para las cucarachas, se reconocieron y poco tiempo después echaron el primer polvo. Por intermedio a mi tía, fue que yo empecé a trabajar en la «Ferretería don Homero». Él tenía conocimiento de mi restaurante, ya mi tía se lo había comentado, el cumpleaños de Maribel no fue su primera vez en la «Cocina de la Vieja». Esa noche contaba con que yo no estaría presente, él sabía que terminaba mi turno a las cinco de la tarde, se apareció con Maribel esa noche a las seis y medias; para mala suerte suya, la China estaba de viaje y yo tenía que atender el segundo turno por lo menos hasta las nueve. Tres meses previos a la noche de su encuentro con la muerte, don Homero fue al restaurante acompañado por tres amigos de la misma edad; Muñeca se les acercó en cuanto los vio, envuelta en su legendaria sonrisa:

— ¡Don Homero! ¿Qué usted hace por aquí? ¡Esta noche me le dan una pela!

Uno de los acompañantes del señor le dijo:

— Cuando el gato sale de parranda, los ratones están de su cuenta; en esta ocasión anda visitando a su madre quien por poco se le va por causa de una gripe, ya cuenta con noventa y cinco y dice que no se va por ahora.

Don Homero, sin apartar su vista de Muñeca le dijo:

— En mi cuartel el único general que pisa duro soy yo, el guardia raso no tiene voz ni voto.

Muñeca lanzó una carcajada, le pasó la mano por la cabeza cariñosamente y le dijo:

— No se haga el pato macho, don Homero, usted sabe que nos conocemos; yo sé que me lo tienen controlado, hasta le tienen prohíbo que camine por la misma calle donde la vieja Caridad tiene su cocina.

— ¿Tú sabes cuál es el motivo de todo ese miedo que hay por allá?

— La verdad es que... no lo sé, don Homero.

— El miedo es que, así como tú me ve con estos setenta y cuatro años que llevo encima, con un lado medio muerto por causa del infarto: si te descuida yo te puedo quebrar en dos.

— ¡Don Homero, usted me sorprende! — observó la mujer — ¡Acuérdese que yo conozco su secreto!

LA EMBOSCADA

Ya eran las nueve menos cinco al llegar al vecindario de la cita, las condiciones eran propicias para la emboscada que le había tendido al Gacho; las calles estaban desoladas, como si la gente presintiera que la muerte rondaba el vecindario silenciosamente. El Gacho era un sicario temible. A quien le ponía el ojo encima, le también le ponía la bala; andaba siempre bien armado, si ella no tenía cuidado, por la mañana se despertaría con la boca llena de hormigas y sin una gota de vida en las venas. La tía le dijo una vez, que la gente se despierta cuando se muere. Decidió matarlo el pasado lunes, le quería cobrar la paliza que la hija sufrió a manos de Ricardo, la violación que le propinó el Gacho en el sótano de la casa de Ricardo mientras permanencia inconsciente, por las violaciones que sufrió en Aruba por las órdenes de Ricardo, y por el precio que junto con su jefe le había puesto a su cabeza. Más que cualquier otra cosa, su cacería esa noche consistía una defensa personal. Estacionó el coche a mano izquierda en la calle de una sola vía yendo hacia el oeste, dos esquinas más arriba del lugar de los futuros hechos, el cual podía ver desde su posición; a los cinco minutos se movió, recorrió despacio dos calles a la redonda para inspeccionar los entornos, vigilaba las luces de las ventanas en las viviendas — en su mayoría de dos y tres plantas —, preocupada por algún entrometido vigilando las calles detrás de alguna cortina, también buscaba la presencia de alguna patrulla en una esquina esperando a quien le podía fuñir la vida. Cuando retornó a la esquina, un patrullero le pasó despacio por el costado a mano derecha, de la sorpresa el corazón se le aceleró de un solo brinco. El policía se detuvo a mano derecha en la esquina siguiente, a los pocos minutos que a ella le parecieron eternidades, encendió las luces en el tejado y se marchó con un rápido viraje hacia la izquierda. La fina llovizna, el viento y la oscuridad, en otras circunstancias le hubieran dado un toque romántico a la noche, podía ser propicia para estar en los brazos de alguien muy especial, frente a una chimenea y una botella de vino; en cambio, ahora la noche tenía un tinte grimoso; hasta su vestuario de color negro era escabroso, la podían confundir fácilmente con un oficial del orden, con el miembro de algún escuadrón de la muerte, con un gendarme del servicio secreto y quizás con un temible terrorista. Escondía la pistola en el sobado derecho — era zurda igual que su abuela —, el revólver y el silenciador los llevaba en el bolsillo interior al otro lado en la chaqueta.

No había perdido su tacto, practicaba con frecuencia en el «Club defensa personal blindada». Cuanto tenía trece años, podía izar el brazo izquierdo en la finca de su abuelo con el pesado revólver del viejo — un regalo de su compadre, don Pipí —, y tumbar del primer asalto a cualquier ave que le cruzara por encima de su cabeza: «Tienes que aprender a tirar bien, mi amor, le decía el abuelo, el mundo está lleno de pendejos con la maña de acorralar y abusar de mujeres solitarias en esquinas oscuras, serás una mujer de acero si lleva siempre un revólver en tu cartera». Le gustaba ir a campo a montar su caballo negro, Mi Capricho, a cazar tórtolas con una escopeta y a bañarse con poca ropa en el rio con sus primas; les llevó traje de baños a todas, ellas estaban acostumbradas a bañarse con las enaguas. El Gacho vendría llegando a las nueve y media, le daba un aventón a Eva los fines de semanas cuando se quedaba trabajando horas extras. Eva tenía veinticinco años, era prima de la China, su espía en el Club de Ricardo y desconocía que rondaba la ciudad esa noche. La llamó a las cinco de la tarde luego de hablar con la Tula, para cerciorarse de que sería conducida por el Gacho a su casa esa noche.

— ¿A qué hora vienes llegando a tu casa? — le preguntó en el transcurso de la conversación —, necesito hablar una cosa contigo.

— Llego a eso de las nueve y media, hoy me toca trabajar horas extras.

— ¿Y cómo pudiste convencer a Carlitos para que te deje andar sola en la oscuridad de la noche? Te cuida más que un tesoro.
— Es que yo soy un tesoro, mi amor.

— Yo me imagino que por lo menos te vas a recoger.
— Fíjate que no, se lo tengo prohibido, ya te lo dije la otra vez que hablamos; no le quiero dar muchas inherencias en mi vida, el Gacho es quien me da un empujón.

— Entiendo, estos hombres son así ¿Hablamos luego, entonces?
— Espero tu llamada.

Comenzó a moverse a las nueve y diez minutos con la misma prisa que llegó — a paso de tortuga —, con el corazón dándole brincos en el pecho; viró hacia la izquierda en la siguiente calle, y estacionó el auto en la misma esquina en la mano derecha. Miró el reloj, Eva estaba casi a punto de llegar y en esos momentos estaría en camino a su casa. Marcó en su teléfono celular el número de Ricardo, tenía una cita con él luego de vérselas con el Gacho si quedaba ilesa, habían pasado la semana conversando y haciendo planes para esa noche, le hizo creer que lo ibas a coger el sábado por noche para pescarlo solo en su casa, también tenía pensado meterle dos tiros en el pecho y uno de gracia en la frente:

— ¡Hola, papi! ¿Ya llegaste a la casa?

— Todavía estoy en el club

— ¿Te olvidaste de mí?

— No he podido apartar tu imagen de mis pensamientos el día entero ¿Por dónde andas? Estoy que a duras penas me puedo contener.

— Yo estoy a una hora de camino — la separaban solo veinte minutos de la residencia del hombre —, esta maldita lluvia no me ha dejado avanzar; casi me ahogo en la carretera, me hubiera devuelto si no hubiera sido por el pacto que hicimos el pasado lunes.

— ¿Quieres que te guarde algo de comer?

— Si, y algo de beber también.

— ¿De qué te antojas?

— De lo que tu quiera, mi amor; uno de los atributos que yo he observado en ti es la presencia de un gusto excelente; fuiste novio de la hija mía, y eso dice mucho acerca de lo exquisita que son tus preferencias.

— La verdad es que tú me sorprende, siempre imaginé que tenías de mí otra opinión. Te voy a ser sincero, hasta llegué a pensar que me ignorabas y te caías pesado; te veía como una mujer tan difícil de alcanzar como las estrellas, esto es como un sueño hecho realidad. Yo sabía que posar mis ojos en ti con deseos de comerte viva era un pecado por lo que había entre Virginia y yo y, aun así, no lo podía evitar.

— El pecado es un concepto de la mente floja — decía mi tía una vez —, en el amor y la guerra todo es permitido. Vale la pena cualquier precio que se pague por el amor, por todos esos momentos que saben a gloria, incluyendo quemarse en el infierno si este fuera de verdad; pero, todos sabemos que por ahí no hay nada que temer: el infierno es imaginario. Ahora, no te vayas a creer, yo no soy una presa fácil; me ablando únicamente cuando alguien se me hace demasiado irresistible, ya te lo dije cuando hablamos el lunes: «Si me viste un poco indiferente al principio, eso fue porque las mujeres somos complicadas, caprichosas, emotivas y muy celosas ¿Te veo dentro de una hora, más o menos?

Ricardo llamó a su hombre de confianza por el celular tan pronto concluyó su conversación con la mujer, estaba nervioso y con ansias de llegar a su casa.

— Gacho ¿Por dónde andas?

— Voy de camino con Eva. Se quedó a trabar horas extras, porque yo le prometí darle un «empujón» al final de su turno.

— Tu mujer te lo mocha el día que te descubra, tu bien sabe que son brujas, todo se lo huelen por más que tú se lo quiera esconder; hasta el nombre te lo van a cambiar y de Ramoncito, el Gacho, ahora te van a llamar el Gacho Bolo. No te demore mucho, casi me voy. Deja ese polvo para otra ocasión, esta noche tengo la cita de la cual te hablé hace unos días; te toca cerrar el negocio, no vayas a dejar solo al Sable por mucho tiempo, se desorienta si ve muchas nalgas juntas y esta es una noche agitada.

Mientras tanto, mirando en todas direcciones, revisando los entornos por los espejos retrovisores del auto, Muñeca extrajo la pistola del sobaco derecho, le colocó el silenciador y la retornó a su lugar. Salió del coche a las nueve y quince, se fue a esconder detrás de unos arbustos inmediatos a un muro de cemento de tres pies al frente de una casa; Eva se apeaba de la camioneta del Gacho en ese preciso lugar, era un ángulo ciego para su habitación en el quinto piso, en el edificio de la esquina en la posición noreste de la calle; a esa misma hora, cuando su mujer trabajaba horas extras, Carlitos divisaba la calle con unos binoculares y con su rifle de servicio militar recostado al pie de la ventana. Se colocó una máscara negra, de aquellas que se utilizan como protección contra las inclemencias atmosféricas, y luego se volvió a poner la cachucha; no pasaron cinco minutos cuando vio pasar la camioneta del Gacho, la cual ni siquiera hizo una pausa en el lugar acostumbrado, sino que se fue a detener a unos metros más acá del edificio en la esquina. Le pareció extraño, a menos que a Carlitos le haya tocado trabajar esa noche, lo pasaban al tercer turno como guardia de seguridad una semana por mes. Un hombre alto y flaco salió del coche con una sombrilla negra en sus manos, se dirigió al otro lado cruzando por el frente del vehículo, abrió la puerta del pasajero y tomó a una mujer de la mano; le ayudó a salir de la máquina y la cubrió con la sombrilla, luego se dirigieron en dirección al edificio: «¡Qué caballeroso es el maldito Gacho! — pensó Muñeca —, no le había notado ese detalle».

Su sorpresa seguía creciendo, porque únicamente no les importaba ser descubiertos, sino que, prosiguieron hacia el interior de la vivienda: «Ahora yo no entiendo ni un pipo — seguía pensando —. El Gacho se coge con Zoila, Eva y Zoila son como si fueran uña y carne, Zoila fue quien le consiguió el trabajo en el club; del gacho se pudiera decir lo peor, pero no que sea pijotero con las mujeres; a mí no me sorprendería que hayan decidido trabajar en equipo, con la idea de propinarle al Gacho una mejor desollada. Ojalá que sea un polvo de gallo, Zoila dice que no dura mucho y que lo tiene chiquito; cualquiera que lo ve lo compra, con esos aires como si fuera el potro más lazan en todo el establo». Se movió del escondite, y se dirigió a un callejón entre la máquina y el edificio en la esquina. Había decidido abortar la misión, dado el caso de que se le presentaran inconvenientes insuperables, el siguiente objetivo era la cabeza del buey. El plan original consistía en ultimar al Gacho a través de la ventana del vehículo, mientras esperaba que su amiga entrara en el edificio, luego salir corriendo como si fuera perseguidla por la oz de un demonio, ahora el hombre le debía de pasar por el frente a tan solo unos pasos. Vigilaba las ventanas de las viviendas al otro lado en la calle, y vigilaba la calle hacia la derecha y a la izquierda.

Mientras estaba esperando al Gacho para matarlo, no dejaba de pensar en algo que la tía le dijo a raíz de la muerte del mayor Isabelo de la Cruz: «No es un pecado acelerarle a un canalla su descenso al infierno, por la sencilla razón de que se trata de un cascaron y no es posible que se muera dos veces, su espíritu escapó casi al momento de nacer, despavorido». Cuando al fin vio salir al Gacho del edificio en la esquina, se dijo en voz baja: «¡Coño, ahí viene! Esta es tu hora, Muñeca: te mueres, o el pendejo este se vas al infierno esta misma noche». Empuñó la pistola con su mano izquierda y la escondió en la espalda, tenía la respiración entrecortada y el corazón acelerado, no contaba con el talento de un asesino como en los filmes taquilleros: pueden matar a sangre fría con una sonrisa en los labios, hacer el amor dos horas después, y desayunar en un café tranquilamente la mañana siguiente. En eso, esperando que le pasara por el frente, sonaron unos disparos que parecieron venir del otro lado en la calle, y aunque no tenía entrenamiento militar, creyó que se traba de dos armas largas distintas; uno se le pareció al rifle de Carlitos, había utilizado uno similar practicando en el «Club Defensa Personal Blindada». Se agachó tan pronto escuchó el primer disparo, dado el caso que fuera con ella el berrinche; pero, de inmediato pensó, que no hubiera escuchado ni un pio si alguien la hubieran tenido en la mira de un rifle. Todo quedó en silencio al final de la trifulca en tan solo unos segundos, cerca de su posición no escuchó el repicar de ninguna bala perdida. Los tiros fueron casi al unísono, dos de cada rifle seguidos por tres adicionales del arma que no reconoció. Pensó que debía de salir de ahí de inmediato, desconocía el tipo de batahola que se había desatado y ya no creía que fuera con ella, la policía la ibas a matar si la encontraba con una pistola en sus manos. Agachada como estaba corrió a protegerse con el auto que le quedaba en el frente, justo delante de la camioneta del Gacho contra el cual su cuerpo se fue a estrellar. No le fue posible frenar a tiempo, no lo pudo evitar. De inmediato miró hacia el lugar por donde vio venir al Gacho, a cada segundo pasaba de una sorpresa en otra: el hombre yacía bocarriba con la cabeza destrozada, sobre lo que parecía ser un charco de sangre mezclado con la lluvia. El paragua se abrió al caer de sus manos — vio que lo traía cerrado —, ahora la brisa lo llevaba de regreso por donde lo vio venir. Sin pensarlo dos veces, corrió agachada cubierta por la hilera de autos estacionados, hacia la esquina donde había dejado al «Penco». Al llegar o se puso a buscar la llave del auto nerviosamente, y no la pudo encontrar en ninguna parte. No estaban en los bolsillos del pantalón, tampoco la encontró en la chaqueta. Quería salir corriendo, aunque a pie no sabía por dónde comenzar. Tiró del manubrio de la puerta del chofer, y esta cedió. Sentada frente al volante se preguntó: «Y ahora, ¿qué hago? Nada — se dijo —, tu tranquilla como si no hubiera hecho nada, tú no sabes nada; esos tiros sonaron al otro lado lejos de tu presente posición, tú no sabes nada ¿Y las llaves? ¿Cómo yo entré al coche?»; en eso recordó que había dejado las puertas abiertas, precisamente por si tenía que huir a la carrera, y que las llaves las dejó escondidas debajo de la moqueta frente al asiento del chofer. Puso el motor en marcha y salió despacio para no despertar sospechas, los mofles deportivos hacían un ruido un poco más fuerte de lo común. Quería salir volando hacia su casa, pero aún tenía que vérsela con Ricardo. «Aquí no ha pasado nada — iba pensando —, tú tienes una misión que cumplir esta noche; si te muere, pues, te muere ¡Que carajo! ¿A caso vas a vivir para siempre?». Ricardo era el siguiente objetivo, si no lo mataba su vida seguiría enredada como lo estaba esa noche: «¿Y qué fue lo que pasó ahí atrás?» — continuaba cuestionándose a medida que avanzaba —. Recibió una punzada en el corazón acompañada por la imagen del rifle de Carlitos, y de inmediato llamó a Eva por el celular; la mujer no le respondió, y entonces le dejó un mansaje al contestador automático: «Eva, soy yo: Muñeca. Llámame a este número lo más pronto que pueda y a la hora que sea». Llegó al vecindario donde vivía Ricardo en veinte minutos, aún tenía el corazón en la garganta, se detuvo en la esquina suroeste de la calle lateral mirando hacia el norte. La casa de Ricardo era la tercera después de la esquina en el norte de la calle, la cual podía ver con toda claridad en su mano derecha. Mientras intentaba calmarse pensó en la veracidad de un viejo refrán: «Es más fácil llamar al demonio que verlo llegar». Se puso a pensar en el plan que había trazado, no tenía la intención de perder el tiempo; en cuanto entrara en la casa y sin mediar muchas palabras le ibas a disparar en el pecho a Ricardo, luego lo remataria con dos tiros en la frente. A la media hora vio la máquina de Ricardo, la cual entró con toda rapidez en el garaje de la casa, y el timbre de su teléfono celular sonó al minuto. Lo dejó sonar varias veces, dizque para darse importancia:

— Hola — dijo luego de un par de segundos adicionales.

— ¡Hola! — dijo la conocida voz ronca del hombre — Ya estoy en casa ¿Te falta mucho por llegar?

— ¿Que tal, muñeco? Ya estoy llegando ¿Estas solo? Yo no quiero recibir una sorpresa, porque ahí mismo doy media vuelta y regreso a casa, luego vemos cómo resolver el asunto del encargo.

— Estoy solo como habíamos quedado, nadie se vas a enterar que pasamos la noche juntos. Debe sentirte agotada, has estado conduciendo casi toda la noche.

— No importa, así es que son las cosas cuando se quiere algo de verdad, pero no creas que vas a cantar victoria fácilmente, yo me recupero luego de una ducha caliente.

— Yo tengo un hambre de locos, mi amor; ahora de verdad creo en dios, aun sabe hacer milagros.

— ¿Te veo dentro de un rato, entonces?

Con el corazón acelerado, ya se disponía para ir al encuentro del hombre, cuando en eso escuchó de nuevo el timbre de su teléfono celular.

— ¡Qué bueno que doy contigo, estoy asustada y no sé qué hacer! — le dijo una voz de mujer.

— ¿Qué sucedió, mi amor?

—Yo creo que mataron al Gacho.

— ¡No! ¿Cómo, cuándo, quién lo mató?

— Yo no sé, pero no me cabe la menor duda que lo acaban de matar.

— ¿Y cómo tú lo sabes?

— El Gacho me vino a dejar a la casa, ya te dije que me da un «empujón» cuanto salgo del trabajo tarde. Subió al departamento a usar el baño, y cuando se marchó, a los pocos minutos oí unas detonaciones como si fueran tiros; en este vecindario no es algo novedoso, después que los tragos se le suben a la cabeza, los hombres salen a los patios y hacen varios disparos al aire. Entré al cuarto de baño a darme una ducha, luego fui a la cocina y me hice un emparedado, ya estaba viendo televisión en el aposento, cuando escuché sirenas de carros de policías y ambulancias; tampoco me inmutó porque no era conmigo, me puse de pie y fui a correr las continas, las luces de los coches de policía penetraban través de las ventanas; entonces fue cuando vi la calle copada por vehículos policiales, ambulancias por todas partes, policías por donde quiera, y ahí fue cuando el corazón me dio un vuelco tan grande que por poco se me sale por la boca.

— ¿Y... eso por qué?

— Yo te lo digo la verdad, el corazón se me quería salir, todavía lo tengo en la garganta. La camioneta del Gacho está en el mismo lugar que la dejó cuando subió a mear ¡Es el Gacho, es el Gacho, no me cabe la menor duda! Parece que se defendió, creo que hay otro cuerpo en los arbustos frente a la casa en el otro lado en la calle, ahí veo a un grupo de policías y una ambulancia en la otra calzada. No es posible distinguirlo con mucha claridad, aun así, me atreverías a jurar que también hay otro cuerpo ahí. Me van a meter en el rollo, fui la última persona que lo vio con vida ¿Qué hago?

— Ese no es tu problema, di lo que me acabas de contar si te preguntan ¿Y Carlitos, está trabajando?

— No sé, ya Carlitos no está conmigo. Estaba insoportable desde hacía un tiempo acá, la última vez que discutimos casi me pega; él quería que yo dejara el trabajo en el club, se le metió en la cabeza que yo me cojo con el Gacho; yo le dije que debía irse de la casa, y que si se calma quizás podíamos hablar sobre qué hacer en lo adelante; pero la verdad es que ya no quiero seguir con él, he venido pensando mucho en tu oferta, un cambio de vida en otra ciudad me hará mucho bien. Ya no quiero seguir con Carlitos, trajo demasiados traumas de la guerra y no quiero seguir aguantando sus majaderías.

— No lo pienses demasiado, el hombre celoso tiene al diablo por dentro, tú no vas a poder controlar a Carlitos ¿Tú tenías algo que ver con el Gacho?

— ¿Qué te crees? A mi ese Gacho no me gustaba, parecía un Hurón ¡Ay, dios que me perdone! Ya él está en la Gloria.

— ¡Que cosas dices, muchacha! Ese mal parido ahora mismo está dándole cuentas al Diablo en el infierno, acerca de todos los muertos que se llevó encima del hombro.

— ¿No te acuerdas? Yo te dije que zoila estaba saliendo con el Gacho. El caso es que no hubo manera de convencer al Carlitos, de que Zoila es la novia del Gacho y no yo. Él se fue, pero no me deja vivir la vida en paz. Me acecha y adonde quiera se me aparece, como si fuera un muerto en pena realizando asomos. Zoila se vino a vivir conmigo para compartir la renta, ahora mismo está con su hermana que dio a luz la otra noche a una niña, no tiene quien la cuide mientras tanto se la pasa la cuarentena; su esposo es marino, está en Afganistán dizque luchando por la bandera y la libertad.

— No le ofrezcas a nadie información que no te han pedido, contesta lo que te pregunten únicamente, no dejes de ir a tu trabajo mañana. Tú no sabes que mataron al Gacho, deja que te lo cuenten.

— Yo no trabajo los domingos.

— Todavía mucho mejor, así te da tiempo de tranquilizarte y pensar bien en lo que debes de hacer y decir. Recuérdalo, no lo comentes con nadie, ni siquiera con Zoila. Tú no sabes nada. Llámame a la hora que sea si tienes cualquier otra novedad, y para lo que sea que me puedas necesitar. Ve recogiendo tus cosas, lárgate de ahí lo más pronto que pueda.

Salió del coche y ejecutó con las llaves la misma operación de hacía casi una hora, ya estaba empezando a caminar en dirección a la vivienda, cuando una explosión fuerte sacudió al vecindario, de inmediato las alarmas de los coches empezaron a sonar. Poco faltó, para que le diera un ataque de alferecía del susto. Volvió al auto a la carrera, y con ambas manos en el volante, atónita, vio como la casa de Ricardo fue consumida en tan solo un tris. No podía separar sus ojos de las llamas: «¡Santo cielos! — pensó con sus ojos fijos en el fuego — ¡Qué será lo que pasa esta noche! Esto parece una cosa de locos, debe ser el mismo demonio que anda suelto». A los pocos minutos llegaron camiones de bomberos, ambulancias y carros de policías por montones, todos envueltos en un alboroto ensordecedor. Desconocía que, por debajo de la oscuridad, invisibles a sus ojos, siniestras fuerzas corrían paralelas impregnadas con la muerte. Al cabo de una hora viendo el espectáculo de la casa de Ricardo arder, con la zona llena de policías, de bomberos y ambulancias, hizo un viraje hacia la izquierda y emprendió su camino de regreso a casa. Una hora después salió de la carretera en un lugar desconocido, descompuso las armas y la dispersó en zafacones de basuras en distintas calles, se le complicaría la vida si le revisaban el coche al entrar a la ciudad; echó gasolina, y a las cuatro de la mañana estacionó el coche no muy lejos de su posición original. A las cuatro y media estaba en la bañera sumergida en una tina de agua caliente, pensando en la horrible noche que ahora estaba casi llegando a su fin, buscándole una explicación a todos los misterios que vio. Llegó a la taberna como a las once de la mañana, envuelta en un manto de circunspección; a los cinco minutos la Tula subió a la oficina con la taza de té acostumbrada, por lo regular con sabor a canela y manzana:

— Buenos días, mi vi
da; bienvenida, que alegría verte aquí otra vez ¿Cómo te fue?
Ello no le dijo nada, se limitó a encogerse hombros.

— ¡Huy! ¿Así de bien? Se te nota un amargue feo por encima de la ropa, tú no eres así. Yo te lo dije, antes de profundizar en algo tienes que hablar con la China, ella puede ver de ante manos quien te puede o no sacudir de verdad.
Ella la miró fijamente por unos segundos, dejó escapar una sonrisa leve y luego le dijo:

— No es eso, es que no dormí bien anoche.

La Boxeadora la llamó a eso de las diez de la mañana:

— ¡Mi amor! ¿Todavía sigues viva? ¿Cómo te fue?

— Bien, porque vine viva. Los dos pájaros se murieron, pero no por cuenta mía.

— ¿Y quién los mato?

— No sé, todo estuvo envuelto en un misterio. Te lo cuento cuando te vea. No lo vas a creer.

— ¿Cuándo viene por mi casa?

— Mañana por la noche, todavía estoy molida por el viaje y los sustos que me dieron. Y, además, la China regresa hoy y mañana voy a estar libre por la noche.

Luego, Eva la llamó por teléfono al medio día:

— Estoy desesperada, la situación se me ha puesto color de hormiga — fue lo primero que le dijo cuando Muñeca respondió a su llamada.

— Cálmate, cuéntame qué te sucedes ahora.

Después de un rato, balbuceando palabras que no tenían sentido, al fin le pudo contar el motivo de su aflicción.

— Ya tu sabe que mataron al Gacho y que, al otro lado en la calle, había lo que a mí me pareció ser otro cuerpo tirado en el piso.
— Si, lo recuerdo ¿Qué pudiste averiguar? — ya se imaginaba la respuesta.

— ¡Dios mío...! — dijo Eva con voz entrecortada.

— ¡Mi amor! ¿Qué tú puedes hacer si ya todo el mundo está muerto? — dijo Muñeca.

— Es que la situación se acaba de complicar, el otro cuerpo al cruzar la calle era... era el cuerpo de Carlitos ¡No lo puedo creer! Estalló en otro llanto incontrolable, y pasaron dos minutos antes de que pudiera continuar.

— ¡Como! — dijo Muñeca fingiendo sorpresa — ¿Y cómo pudo pasar eso? A esa distancia en la oscuridad de la noche, a mí no me parece que pudiera el Gacho montar una defensa, no me cabe la menor duda que ni siquiera escuchó el tiro que lo mató. Tú tienes mucha razón, todo eso es un misterio.

— Y eso no es todo — dijo Eva un poco más calmada —. Zoila me llamó anoche y me dijo que hasta el «Club de Ricardo» está cerrado, también lo mataron esa misma anoche y le prendieron fuego a la casa.

— ¡Qué horror! El que a hierro mata, jamás muere tranquilo.

— A mí me da mucha pena con el hermano de Carlitos y con su madre, Carlitos era el único paño de lagrima que tenían.

— Tú no puedes hacer nada, no fuiste quien hizo las vidas de toda esa gente; debes alejarte cuanto antes de la ciudad, ahí solo te quedan malos recuerdos.

Muñeca se puso a pensar, y concluyó que a lo mejor tenía un santo que te cuidaba: le quitó del medio a Rolando para que no se manchara las manos, y ahora le quitó al Gacho y a Ricardo.

INICIOS

Muñeca fue a recoger a la China en el aeropuerto, algo que no era su costumbre, se quería cerciorar si ella sospechaba que tenía secretos escondidos a sus espaldas, por ejemplo: su aventura con Humberto, la paliza que Ricardo le propinó a Virginia, y el negro secreto de su cita con la muerte del sábado pasado. Había una gran afinidad entre las dos, podían presentir sus estados de ánimo, y no se dejaban tranquilas cuando una presentía una inquietud en la otra:

— ¿Tú te sientes bien? — podía preguntar una.

— Pues, yo... sí, me siento bien ¿Y tú?

— ¡No sé, yo como que no me siento bien ¿Y tú?

— Ya te lo dije, yo me siento bien ¿Tú me ves algo diferente?
En esta ocasión, cada una tenía preocupaciones y detalles que ocultarle a la otra. Por su parte, la China quería irse a vivir a Orlando con Francisco, pero no hallaba la hora

ni cómo se lo ibas a comunicar. Se habían jurado estar juntas, cuidarse y defenderse mutuamente hasta que la muerte arreglara cuentas con una de las dos. La China pensaba que sus lazos quedaron amarrados aún más por la muerte del Sapo, ahora estaban unidas por algo más que una simple amistad: estaban unidas por secreto de sangre.

La China le dijo en cuanto la vio en el aeropuerto:

— ¿Y esa oscuridad, a quien enterramos esta vez?

Tenía puesto un vestido negro, un sombrero de alas anchas del mismo color y unas gafas oscuras. Muñeca le dijo, al tiempo en que le daba un abrazo y un beso en cada mejilla:
— Acabas de llegar, y ya comienzas a jalarme los dedos ¿Por qué no me retuerce la pepita?, el momento me lo puede hacer más interesante.

La China la observó de pies a cabeza:

— ¡Huy, también tenemos sabor a limón! Entonces, si eso es lo que te hace falta, le damos machete a eso cuanto lleguemos a casa.

— ¡Pariguaya, tu solo sabe chupar huesos! — le dijo.

La China la miraba disimuladamente mientras caminaban en dirección del automóvil, le quitó el sombrero y le pasó la mano por la cabeza:

— ¿Y eso, a que se debe? La tía Pocha me dijo que te habías cortado los cabellos y yo no se lo creí, tenía que verte para creerlo ¿Cuál es la causa del cambio?

— No es bueno ser la misma de siempre, leer el mismo libro, tener los mismos amigos ni creer las mismas zanganadas: una debe caminar y talarse nuevos senderos.

— ¿Alguna otra novedad? — le preguntó ya en el coche.

— Nada, excepto que las zorras en la «Iglesia de Jesús Salvador» no se aguantan ni ellas mismas, ya saben quién es que manda en el edificio de la esquina, el mismo que deseaban obtener para la iglesia y luego sacarnos a patatas.

— ¿Y con quién se lo mandaste a decir?, ya era hora de que supieran quien es la dueña.

— El miércoles pasado cuando me fui a cortar el cabello en el salón, Nancy me felicitó por la compra que le hicimos a Mr. Cohen, y por lo bien que nos quedaron las remodelaciones que le hicimos al edificio; yo la llamé para que me pusiera el tema frente a una de las chismosas, a quien vi desde la ventana de la oficina subir al salón.

Se pasaron los días que siguieron ocupadas en los pormenores de la fiesta del sábado, estaban inaugurando el fin de los arreglos del edificio adquirido el año pasado más o menos por esa misma fecha. La China le observaba, llegó a la conclusión de que no era la misma persona jocosa, neurótica, impetuosa, y ese corte de cabello no le gustó ni un poquito; ya no tenía dudas de que algo sospechaba y no le había reclamado, esperando que fuera ella quien le dijera la verdad. Ya la conocía. Cuando llegó el sábado y estaban preparadas para salir de su departamento hacia el negocio, mientras esperaban la limusina la China le dijo:

— Hoy es uno de los días más especiales que tú y yo hemos vivido, desde la primera vez que nos vimos en Santo Domingo ¿Te acuerdas? Yo te quiero agradecer lo que has hecho por mí todos estos años, por cuenta propia yo hubiera sido pasto de leña vieja para fuego, la verdad es que no tengo como pagártelo.

— Ya tú me pagaste lo que yo te presté para el negocio, ¿qué más te puedo pedir? Dicen que las manos que dan esperan, como si hacer favores fuera un negocio.

La China Intentó sonsacarle qué cosa la venia molestando, y al cabo de las evasivas de Muñeca, le dijo:

— ¿Ya no confías en mí? Entre tú y yo no han existido secretos, y tu sabe que yo me las huelo: aunque tu no me lo digas, yo sé que algo te molesta. Te noto callada, pensativa, y tu espíritu alegre ha desaparecido por completo.

— ¿A qué se deben todas esas preguntas? — dijo Muñeca — ¡Eso es lo que yo quiero saber! A mí me da la impresión, de que tú eres quien tienes algo que decirme.

— Ya te dije que te veo diferente. Pocha tenía razón, y el moche del cabello me lo dice todo. La Tula piensa que ya tu no desea ser el pajón loco de siempre, pero a mí no me convence.

— Yo nada más tengo un solo Pajón, y no está loco ¡Ven, muérdelo para que tu vea!

Posó las nalgas encima del escaparate del espejo y abrió ligeramente las piernas, la china se le acercó y la tomó por la cintura, le acercó la cabeza al vientre y ella la empujó suavemente por los hombros:

— ¡Ay, quítate de ahí: payasa! Tu no sabe cómo es que se muerde un pajón.
Al cabo de unos minutos, esquivando las preguntas y las indirectas de la China, Muñeca le dijo:

— ¡Ya déjate de tantas preguntas! No me pasa nada, ya te lo dije. No me vas a estropear la fiesta con disparates que no vienen al caso ahora, mañana temprano hablaremos después de que me traigas el desayuno a la cama, yo no puedo hablar con el estómago vacío.

— Tú no te desayuna, tan solo prepara un menjurje y te lo bebe con un puño de pastillas.

— Tu sabe cómo es que yo lo preparo, esa es tu tarea mañana cuando te levante.

Muñeca le cambio la conversación, se pusieron a recordar la noche cuando celebraban la compra el año pasado, la vida era menos complicada entonces. Regresaban a su departamento en un taxi a las tres de la mañana, con algunas botellas de vino dándole vueltas por dentro; bailaban moviendo sus torsos en el asiento de atrás, cantaban y le jugaban bromas pesadas al chofer; este no les apeaba el ojo por el retrovisor, al tiempo que de reojo miraba una funda plástica posicionada estratégicamente a su mano derecha; la experiencia le había dicho que vomitar en la sentadera del pasajero en los taxis, era una gracia favorita de borrachos después de las dos de la mañana. En una pausa del festejo que se traían entre manos, Muñeca dijo:

— ¿Sabes? Me pasé la noche pensando, no te dije nada porque te vi dando brincos igual que una chiva. Yo no sé si tú me viste riéndome sola.

— Eso de reírte sola no es raro en ti, las mujeres de tu familia se ríen solas en las calles, es por lo que la gente dice que ustedes tienen guayabitos en el caballete; yo también te vi, a todos y a todas les pellizcaba las nalgas cuando te pasaban por el frente.

— ¡Tu está muy equivocada, yo sé por dónde tu viene! Lo del pellizco en las nalgas no es una cosa de calenturas, eso es camaradería ¿Tú no te has fijado en los peloteros? Tienen por costumbre darse palmadas en las nalgas, cada vez que alguien realiza una buena jugada.

— ¿Y en qué pensabas, si se puede saber?

— Me la pasé rumiando en mi mente a la «Iglesia de Jesús Salvador», a mí eso me daba mucha risa.

— ¿Y eso por qué?

— ¡Oh! La gente que le pasa por el frente no se imagina que así se llama la iglesia, no por el «salvador» que buscan sino por el pastor: él se llama Jesús Manuel Salvador Carroña. También me la pasé pensando en las zorras que van a la iglesia, ya tu sabe a quienes me refiero; a estas horas deben estar revocándose de unos dolores de barrigas horrendos, los tiros se les fueron todos por la culata.

— A pesar de todo tu debe de amarlas demasiado, para que una noche tan importante como esta, la pase pensando en culebras que tienen las lenguas podridas.

— Tú sabes bien que yo soy multifacética.

— Tu querrás decir, polifacética.

— ¿Y no es lo mismo?

— ¡Ah, yo no sé! — dijo la China.

— El caso es que yo, para que lo entiendas mejor, puedo masticar chicle y correr a la milla del rayo a un mismo tiempo.

— ¡Huy, entonces tú eres supermana! ¿Verdad que sí?

— Pues, así como lo oyes ¿Cómo te suena?

— ¡Oh, miren a esta! ¡Agárrame que me caigo del susto! ¿Y qué pensabas de las cucarachas religiosas, viven todo el tiempo escarbando basuras en las vidas ajenas?

— ¿Y no le cogimos gabela con la compra del edificio?, tú sabes que lo querían comprar para luego sacarnos a patadas.

— ¡Coño, Muñeca! ¡Tú eres una mujercita chismosa! Te parece mucho a las zorras fanáticas religiosas que tanto criticas ¿Ya se los mandaste a decir por trasmano?, quedamos en que íbamos a guardar el secreto hasta la inauguración el próximo año.

— Yo no he dicho nada, con saber que no van a poder adquirir el edificio, y que no nos van a poder sacar es suficiente. Su fracaso comenzó cuando cometieron el error de regatear con el pesetero, «Mr. Cohen», ahí yo me aproveché y le hice una oferta que no podía reusar. El corredor era mi espía, me comunicaba todo lo que se tramaba en la compra; tu bien sabe que siempre me lo ha querido meter — se pone a «echarme los perros» cada vez que me ve —, él fue quien me sugirió la oferta que yo le hice al viejo ¡Si tú lo hubiera visto! Se les pusieron los ojos como dos lunas llenas, porque además le hice pensar que me lo podías coger. Yo sé que nos engañó, le pagamos el precio previo a la devaluación de bienes raíces, pero eso a mí no me importa, yo no podía permitir que todas esas cuervas fanáticas me robaran el inmueble.

— A mí me dio mucha pena con «Mr. Cohen», cuando lo invitamos a la oficina en el sótano para negociar la compra — dijo la China —. Estaba que babeaba y no te perdía ni pie ni pisada con la vista, parecía un niño velando su caramelo favorito ¿A quién se le ocurre presentarse a una reunión de negocios, con unas faldas negras tan cortas que se te podían ver los pantis? Yo no quería mirarle a la cara, cuando tú te subiste al escritorio y abriste las piernas en sus narices ¿Y la blusa casi transparente, con los botones sueltos hasta el centro del seno sin nada por debajo? Eso no es una mujer de negocios, sino, de una golfa ¿Es que tú eres loca? ¡Ahora sí yo creo que tú eres loca! Ese viejo pudo sufrir un infarto, antes de que pudiera firmar los papeles del cierre ¿Tú no viste mi ajuar? ¡Yo sí parecía una ejecutiva!

— Si, yo te vi; a mi parece que me hacían cosquillas, no sé cómo fue que yo me pude contener. Te veías muy bien — no te lo voy a negar —, con tus faldas y tu chaqueta de color verde claro, la blusa blanca y la corbata negra; pero el maletín lo tenía vacío, eso era lo que a mí me hacía cosquillas. Tengo para decirte un secreto, yo sé que no te diste cuenta: no solo no tenía el brasier, lo que tu viste atreves de mis piernas no eran unos pantis negros. Yo creo que «Mr. Cohen» me llegó a ver el «moño», cuando yo le abrí las piernas en las narices sentada sobre la mesa. No disimulaba su interés de mirar entre mis piernas, como si estuvieras incrédulo de lo que sus ojos veían.

— ¡Tú eres una mujer abusadora, carajo! Ese pobre viejo se pudo caer muerto ahí mismo en la oficina, y yo me atrevo a jurar que se lo hubiera puesto en las manos para convencerlo de que te vendiera el edificio.

— ¡Ese viejo! Hubiera sido como no hacer nada, yo le podía matar el abejón con tres movimientos nada más: uno hacia la izquierda, uno a la derecha y otro hacia el centro.

La mujer ejecutaba los movimientos con el torso, mientras permanecía sentada en el coche.

— No te fíes por lo de viejo, porque de cualquier yagua vieja te puede sorprender cualquier araña peluda. Te pongo por ejemplo a don Benito allá en Santo Domingo, cuando yo tenía diecinueve años bailando en el «Club Caprichos de Hombre». Cualquiera que lo veía tan viejo, tan manso, y tan tímido como que no rompía ni un plato el día que vino al club por primera vez; y, sin embargo, por poco me desuella con eso tan largo, tan gordo, tan duro y prieto; me dolían las caderas, y el cuerpo lo tenía como si me hubieran dado una paliza la noche siguiente que me tocó bailar en el club. Esa noche don Benito estaba sentado en primera fila, con los ojos y la boca bien abiertos y una sonrisa boba dibujada en el rostro. Así se pasó la función entera.

— A ti parece que no te dolió, porque no fue la única vez que saliste con él.

— Yo le pude coger la pifia la segunda vez que lo cogí, de ahí en lo adelante yo se lo tumbaba en un dos por tres, así mismo como tú dice: «Un golpe hacia la izquierda, uno a la derecha y el último hacia el frente». Don Benito me amaba, me cuidaba y me trató como si yo hubiera sido una reina; el viejo no era pijotero y yo estaba en la inopia en esos tiempos, él me decía que yo era la otra hija que le hubiera gustado tener, hasta me pidió me quedara en la capital para que fuera su mujer; te juro que yo lo pensé por un rato, hubiera sido la heredera si me casaba con él.

Muñeca no se pudo contener, lanzó al aire otra de sus famosas carcajadas.

— ¡Vaya con la hija! Tú y don Benito estaban locos.

— Hacia dos años que había enviudado, la única hija vivía en Nueva York y hacía mucho tiempo que no la veía.

— Hubieras enviudado si hubiera sido su mujer, se murió a los tres años después de que fuiste de la capital.

— ¡El pobre don Benito! Por lo menos hubiera muerto feliz, yo le hacía lo que las criollas no le hicieron nunca ¡Si tú lo hubiera visto! Gritaba como un niño cuando yo lo cogía, eso era lo que las criollas no sabían hacer.

— Yo te lo creo, no todas las mujeres saben cómo es que a un hombre se le coge, ellas tan solo se dejan coger, muchas veces el pobre hombre tiene que hacerlo casi solo; lo peor del caso es que luego pelean cuando el macho se les va con otra, que sí sabe cómo es que se zarandean los hombres en una cama.

— Tú no puedes hablar de viejos, el Mayor Isabelo de la Cruz no era un niño, tú apenas habías cumplido los dieciocho años.

— El Mayor solo tenía cuarenta y cinco años, comparado con don Benito era un bebé — dijo Muñeca — ¿Cuántos años era que tenía don Benito?

—Don Benito solo tenía setenta y tres años; pero no lo aparentaba, y estaba duro como un garrote; para mí fue una sorpresa.

— ¿Solo tenía setenta y tres años? ¡Qué bella, oye como lo dice!: «Solo tenía setenta y tres años», como si no fueran nada; eso es aplicable a los veinte y no a los setenta y tres ¿Tu no has oído el famoso refrán popular?: «Veinte años no son nada».

Dejaron la conversación de un momento a otro, permanecieron en silencio por algunos segundos, al cabo de lo cual estallaron al unísono con un chirrido estridente, seguido por unas carcajadas que hasta la respiración les cortó por un momento. La brisa de la madrugada y el zangoloteo del coche, acabaron por subirles a la cabeza todo el vino que se habían tomado y a esas alturas ya estaban borrachas; el taxista les notó el cambio, y de inmediato agarró en sus manos la funda plástica.

— No me hagas reír, tu bien sabe que se me salen los orines cuando yo me rio sin parar — dijo Muñeca en cuanto pudo respirar.

— ¿Yo te hago reír?, tú eres la que me mira y te ríe ¿De qué tú te ríes?

— ¡Oh! ¿Y tú no te ríes también? — dijo Muñeca.

— Eso es porque tú te ríe, y eso a mí me da mucha risa.

— ¡Ah! Pues aquí entonces tú eres la loca, te ríe sin saber de lo que yo me rio ¿Y si yo me rio de ti?

— ¿De mí? Eso sí que me daría mucha más risa todavía, porque tú ere más fea que yo ¿Tú nunca te ha visto en un espejo? ¡Espérate, yo creo que tengo uno en mi cartera!

La China sacó un espejito redondo y se lo colocó en la frente.

— Tu no quiere que yo vea lo bella que soy, tienes que ponérmelo frente a mis ojos y no en la frente.

El taxista, quien no entendía nada — venían hablando en sus lenguas maternas —, las miraba por el retrovisor y sonreía sin saber lo que decían ni de qué se reían; la China lo miró por el espejo, le sonrió y luego le dijo en el idioma del país:

— ¿Cómo te llamas?

—Yo me llamo, Abdul-Azim.

— ¿Y cuantos años tienes, Abdul-Azim?

— Yo tengo 24 años.

— ¡Ay! ¿Oíste cuantos años tiene, Muñeca? ¿Esa no es tú edad favorita?

— Tú siempre me quieres achacar todos los muertos a mí, porque yo soy la mala de la trama y tú eres una santa, ¿verdad que sí? A ti no te gusta que pasen de los veinte y cinco, disque para enseñarles cómo es que se coge a una mujer, para que luego no vayan a pasar una vergüenza por ahí.

— Dime una cosa, Abdul-Azim — continuó la China — ¿Eres casado?

— Si, soy casado. Me casé a los vente años con mi novia de la infancia, ya tengo dos niñas. Eso fue un contrato entre mi familia y la familia de mi esposa, cuando los dos teníamos cinco años; yo vine a este país a los quince años, regresé a los 20 para contraer matrimonio .

— ¡Qué historia de amor tan bella! ¿No te parece, Muñeca? — dijo la China.

— Yo prefiero escogerlos por cuenta propia, mis gustos pueden ser diferentes a los de mis padres.

— ¡No me joda, tú siempre aguando la fiesta! Dime una cosa, Abdul-Azim — continuó la China ninguneando al chofer — ¿Cómo son los hombres de tu raza? ¿Son buenos en la cama? He oído comentar que los árabes lo tienen grande, pero creo que no les gusta bajar al pozo ¿Eso es verdad?

— Ahora le vas a decir al pobre muchacho que nunca te has tragado uno de su raza — dijo muñeca en su propio idioma.

— ¡Te dije que no me joda! — dijo la China.

El chofer del taxi le dijo:

— Yo nunca he cogido uno, yo solo sé que soy bueno en la cama, y me puedo beber toda el agua del pozo toda el agua que sea necesaria. Las dos primeras preguntas son ciertas, pero no la tercera.

— ¡Huy, qué pena que seas casado! — dijo la China.

Cuando llegaron a su destino, antes de salir del coche la China se volvió a dirigir al chofer, lo tocó en el hombro y le dijo:

— Te voy a dar un consejo, Abdul-Azim; en este lado las cosas son diferentes, cuando una mujer te pregunta si eres casado, tienes que decir que no así tangas un harem; por no aprender a guardar secretos acabas de perder lo que pudo ser para ti, una noche maravillosa en los brazos de dos mujeres ardientes.

Muñeca le dijo sosteniendo la puerta del vehículo:

— Tú si eres una mujercita fastidiosa ¡Ya déjalo que se vaya! Abdul-Azim tiene que trabajar para llevarle pan a su esposa y a sus niñas.

Mientras iban caminando cogidas del brazo para no caerse, tambaleantes por causa del vino que circulaba en sus sistemas, la China le dijo a su amiga
:
— ¡Tú no paras de joder, déjame quieta! Eso es para que Abdul-Azim no duerma, pensando en lo que pudo ser de su vida esta noche.

— ¿Y tú crees que Abdul-Azim se vas a lamentar, de no haberles fajado a dos viejas borrachas?

— ¿Vieja yo? Serás tú la vieja, yo todavía estoy hecha un bombón ¿Tú no ve como yo estoy todavía? ¡Mírame como estoy, tururú, tururú!

La China se zafó del brazo de Muñeca y se adelantó un poco meneando sus nalgas, luego intentó dar una vuelta de tres ciento sesenta y mostrarle a su amiga lo buena que todavía estaba, pero tropezó con sus propios pies y cayó sentada en la calzada. Muñeca no paraba de reír, no había que puncharla mucho para que se le salieran los orines de la risa.

— ¡Deja de reírte y ayúdame a ponerme de pie, babosa! — dijo la China.

Muñeca intentó ayudarla, pero en vez cayó encima de la mujer sin poder contener las carcajadas, mientras la China intentaba quitársela de arriba:

— ¡Apéate, apéate! No quiero que te vayas a mear encima de mí, culo flojo.

El portero del edificio, quien las miraba desde que se apearon del taxi, salió a socorrerlas en cuanto las vio en el suelo, pensó que se habían enfrascado en una pelea; estaban todavía sentadas en la calzada cuando llegó a su lado, Muñeca estaba secándose las piernas con una bufanda; caminaron hacia el interior del edificio cada una sosteniendo el brazo del hombre, la China le dijo cuando llegaron al vestíbulo:

— El taxi que nos trajo a la casa es de tu país, él se llama como tú: Abdul-Azim. Tiene 24 años, es guapísimo, está casado y tiene dos niñas ¿Por qué será que todos los hombres guapos están cogidos?

— No, mi amor; tu querrás decir que los están cogiendo — dijo Muñeca.

— Yo me llamo Abu-Fkr — interrumpió el portero —, no es lo mimo; Abu-Fkr quiere decir el amigo de Mahoma, Abdul-Azim es el servidor del Todopoderoso.

— ¿Oíste, Muñeca? — dijo la China —: «El amigo de Mahoma, y el servidor del Todopoderoso».
Las dos mujeres reían sin parar.

— Ahora no te vayas a mear en el vestíbulo, vas a tener que recogerlos con la lengua — dijo la China.

Después de fastidiar al portero por unos minutos entraron en el elevador cantando y bailando, muñeca le voceó al portero quien las observada divertido:

— ¡Guay, que viva el romo, carajo! Abu-Fkr, el amigo de Mahoma, ¡que tengas buenas noches!

Muñeca fue la primera en abrir los ojos al día siguiente, la despertó una llamada en el teléfono celular:

— ¿Hola?

— ¡Bueno días! — dijo la Tula — ¿Cómo amanecieron, a qué hora piensan venir por aquí si es que pueden levantar cabeza? Yo aun sigo medio alelada.

— ¡No me lo recuerde! Me di una juma que hasta la orina se me salió en los calzones, amanecimos cruzadas en la cama con la misma ropa que teníamos anoche; debe de haber sido el remeneo del auto y la brisa de la noche, porque yo estaba muy bien cuando salí de la fiesta... ¿Eh? No, la China todavía sigue durmiendo; me voy a bañar para irme a la carrera, porque ahorita se levanta con el ojo izquierdo virado, de mal humor y a cualquiera le da un insulto como si una tuviera la culpa de su mal.

Cuando salió del cuarto de baño la China ya estaba despierta, la miró de pies a cabeza con una actitud soñolienta:

— ¿Para dónde tú va?

— Yo tengo que ir a trabajar.

La China sacudió la cabeza, se arregló el cabello y le hizo una segunda pregunta:

— ¿Cómo me veo?
— El ojo izquierdo está en su lugar; pero no te fíes, tienes un ojo demasiado caprichoso, usa tus gafas oscuras si tienes que salir a la calle.

La China le lanzó una almohada, y Muñeca salió corriendo de la estancia.

Después de recordar los eventos del pasado año, repasaron los inicios del del negocio. Estaban sentadas en un banco en el parque a las orillas del rio Hudson, habían ido a pasar el fin de semana donde la tía Pocha, y el domingo se fueron a tomar fresco a la orilla del rio. Les daban compotas a las niñas — tenían un año de nacidas — después que se durmieron comenzaron a echarle arroz a las palomas. Cuando a Muñeca se les acabaron los granos sacudió su falda, se frotó las manos y le dijo a la China:

— ¡Ven acá!, dame tus manos y mírame fijamente a los ojos, yo te quiero hacer una proposición para sellar una vez más nuestro cariño.

La China, igualmente aventurera, impulsiva y traviesa ejecutó el mismo ritual, extendió los brazos y le ofreció las palmas de sus manos bocarriba.

— Nuestra relación lleva de vida, más de lo que han durado algunos matrimonios que yo conozco ¡Vamos a estar juntas para siempre! ¿Si, o no?

— ¿Tú lo dudas?

— No es que tenga dudas, una siempre le gusta que se lo recuerden ya sea con palaras o acciones; yo prefiero las acciones, las palabras se las lleva el viento y no me gustan las tarjetas en de los días festivos, la mayoría de las veces no pasan de ser cumplidos; por lo tanto, yo quiero hacerte una proposición ¿La quieres oír?

— ¡Suéltala, sí es que no hay otro remedio! La China le retiró sus manos, se frotó una con la otra como señal de una gran expectativa, luego las volvió a colocar entre las manos de su amiga:

— Lo que te quiero pedir es que seas mi socia en un negocio que vengo tramando, no te lo había dicho esperando a estar segura de lo que yo quiero. No tenemos el temperamento para ser esclavas de recalcitrantes burgueses, a quienes hay que soportarle todo tipo de majaderías, incluyendo sus insinuaciones sexuales porque también creen ser el irresistible don Juan; yo sé que un día cualquiera vamos a terminar peleándonos con don Jacobo, tal vez con cualquier otro borrego de oro que se crea ser gente.

— ¿Y qué clase de negocio tienes en mente?

— Estoy pensando en un establecimiento, así como el «*Wáter Moose*» que a ti te gusta mucho. Lo están vendiendo, pero si no lo conseguimos podemos construir el nuestro; les pedimos a los primos de la Pava que nos hagan el trabajo, una compañía de construcción con todo el caché del mundo puede que tenga un precio prohibido para nosotras. Visualiza las paredes aforradas con una felpa roja, que le ponemos una bola multicolor giratoria en el mismo centro del salón en el techo; el mostrador lo hacemos en la forma de un círculo en el centro del salón, luego lo llenamos con mujeres con el trasero grandes para que bailen desnudas; yo sé bien que a ti te gusta eso, que tan solo espera una oportunidad.

— Esa era la decoración del bar de «Caprichos de Hombre», pero se te fue la «guagua» con eso de mujeres de ancas grandes bailando en el bar.

— No te hagas, yo sé que añoras mover las nalgas en el tubo frente a un grupo de machos.

¿Quién, Yo? ¡Eso no es verdad! Yo no quiero volver ahí a menos que sea una necesidad, además ya estoy vieja para esos menesteres — tengo veintiséis años —, yo los he oído como hablan cuando las bailarinas pasan de los veinticinco.

— No te asuste, lo digo nada más para fuñir el parto.

— Cuenta conmigo para lo que sea, excepto para mover las nalgas encima del mostrador en el bar ¿Y cómo lo haremos? Yo estoy seca y más pelada que una mazorca de maíz.

— Papabuelo me dejó un «chorrito» cuando se murió hace dos años, el año previo a la muerte de abuelo mi tía Mila me dejo todo lo que tenía incluyendo su casa, la cual ya vendí; Mamabuela dice que le quiere repartir a cada quién lo suyo antes de morir, nada más somos la tía Pocha y yo y alguna obra de caridad que se le ocurra ejecutar. Al paso que va yo creo que vas a durar cien años — es algo típico en las «Leonas» —, yo no quiero que se muera para heredarla. Puedo pedirle un préstamo, un adelanto, lo que sea, la cuestión es que nos «moje» las manos de modo que podamos comenzar el asunto; yo te presto lo que a ti te correspondería poner para el inicio, me puedes comienzas a pagar según el negocio vaya caminando, y no me debes nada si fracasamos ¿Te parece bien?

— ¡La idea es genial, vamos a darle machete a ese proyecto! ¿Y qué nombre le vamos a poner al negocio?

— Dime cómo te suena este: «Zapatos rojos, taberna y parrilla. Ya tengo las cocineras.

— ¿Es por lo de tu diario?

— Si.

— ¡Oh, me gusta! Podemos colocar un zapato rojo de neón en las vitrinas ahumadas para que no se pueda ver el interior desde afuera, más abajo le ponemos en letras en el mismo etilo de color azul: «Taberna y parrilla». Ahora vamos a ser dos ejecutivas.

Durante todo el tiempo tuvieron cogidas de las manos mirándose a los ojos, la China estaba tan emocionada que le dio un beso en la boca y un a brazo. Muñeca le dijo en medio del abrazo:

— ¡No mires todavía, disimula! En tus espaldas un poco hacia tu mano derecha, veo a un grupo de curiosas muy interesadas en nosotras: tú las conoces.

Dicho y hecho, la China rompió el abrazo y miró en dirección del grupo de personas.

— ¿Es que tú eres bruta? — dijo Muñeca — ¡Te digo que no mire, y es lo primero que haces!

La China empleó entonces un viejo truco, dejó caer la cartera y se inclinó a recogerla con la mano izquierda, mientras se colocaba el puño de la mano derecha en la boca y dejaba salir un bostezo, al tiempo en que miraba en dirección del grupo de personas. A Muñeca parecía como si le hicieran cosquillas:

— Eso no te lo cree ni tú misma y, de todos modos, ya no se vale: te pescaron mirando.

— ¡Ah, es una boda! Un gesto romántico, a mí me parece bonito.

— ¡Tú eres una hipócrita! ¿Te fijaste bien en las personas?

— Esa es la plana mayor de las boas religiosas, que desde Santo Domingo nos han venido persiguiendo. El mismo diablo pudiera casar a sus diablitos en el parque, y no por eso dejan de ser diablos.

— Esa unión no vas a durar mucho tiempo — dijo Muñeca —, las mujeres en la familia de la novia carecen de los dientes necesarios en las nalgas, y no pueden amarrar a los hombre como es debido; el novio se lo puede perdonar mientras permanezca la ilusión inicial, y vámonos de aquí lo más rápido que sea posible, ahorita comienzan a llover burros aparejados; el «señor» está presente bendiciendo esa boda, ya tu sabe cómo es que se pone cuando le violan sus leyes ¿Te acuerda lo que le hizo a los Egipcios?

— Y yo estuve ahí?

— ¡Boba!

— ¿Y por qué van a caer burros aparejados del cielo? ¿Qué tiene que ver el «señor» con nosotras?

— ¡Oh! ¿Tú no te pusiste de fresca y me diste un beso en la boca en público? Ya tu sabe lo que van a decir.

— ¡Tú eres dramática! Eso no fue un beso negro mojado, sino un beso seco de amigos.
— Así no es que lo van a tomar.

— Te importa mucho lo que digan o piensen?

Nely, la hermana de la novia las miraba con odio, la creía culpable de su desgracia, quedó incapacitada por el asalto perpetrado por dos personas en el segundo piso a donde vivía, y pensaba que las dos enemigas tuvieron algo que ver con eso.

— ¡Que hacen esas dos putas aquí? — le dijo a una sobrina —, yo no las quiero ver en la boda.

— ¡Cálmese, tía! — dijo la joven — Estamos en un lugar público y no las podemos sacar.

CONFESIONES

Mientras tanto, a esa misma hora cuando esperaban la limusina que las llevarías a la fiesta, eran el centro de atención de un grupo de hombres y dos viejos amigos casi en el otro extremo del país:

— ¡Buenas noches caballero! ¿Está en casa el señor Dañillo Almonte? — dijo el recién llegado en cuanto Danilo abrió la puerta; Ya lo estaba esperando, el portero le anunció la visita por el intercomunicador y habían conversado por teléfono.

— ¡Buenas noches, viejo! — dijo Danilo — ¡Qué sorpresa tan agradable, cuantos años! El tiempo vuela, me parece que fue ayer que nos vimos en Rio ¿Hace cuantos? ¿Cinco años en la boda de tu cuñada, Tita?

Los dos amigos se abrazaron, visiblemente contentos de volverse a ver.

— Ven, pasa, tenemos tanto de qué hablar; el tiempo se va, todo cambia, pero jamás el cariño de los viejos y buenos amigos.

Danilo condujo a Renato a la sala, y se lo presentó a los invitados.

— Aquí tienes a Eliseo, mi hermano — ya tú lo conoces —, a Pepe, Daniel y César.
— ¡Mucho gusto, caballeros! — Dijo Renato.

Eliseo levantó su mano derecha en señal de saludo, mientras los demás elevaron sus manos cada uno sosteniendo una cerveza, o un vaso con güisque, hielo y soda. Danilo prosiguió con su presentación:

— Estamos aquí compartiendo unos tragos mientras las mujeres se divierten en el quinto piso, están haciendo de las suyas en un cumpleaños de niños: Una excusa para pasarla bien, los niños se van a jugar y los demás forman un can ¿Que te sirvo? Tengo cerveza, vino seco, vino mojado, tequila, Juancito corre caminos y anís.

— Tú sabes lo que a mí me gusta, nunca he cambiado mi trago favorito.

— ¡Mi viejo, el de siempre! — dijo Danilo.

Se dirigió al bar, terciado en un rincón de la sala y preparó un vaso con güisque, hielo, club soda y una mica de limón; entregó el vaso a su amigo, agarró el suyo, tomó de nuevo su asiento y brindaron por los viejos y buenos amigos.

— Renato es un amigo de la infancia, crecimos juntos en Caracas y nos dejamos de ver a los dieciséis; nos volvimos a encontrar nueve años más tarde un domingo a la una de la madrugada, en un bar en las Villas de Nueva York, yo lo reconocí al instante a pesar del jumo que tenía. Él es mismo de siempre, no se pone viejo ¡Mírenlo como está: ¡igualito! A los dos años se casó, poco después Melissa lo secuestró y se lo llevó a la «Ciudad Maravillosa», pero jamás volvimos a perder el contacto. Melissa estaba residiendo en la ciudad temporalmente, asignada como secretaria por su país a la misión en las Naciones Unidas, yo me vine a Miami dos años después y aquí me tienen todavía. Cuéntame, viejo, ¿a dónde has dejado a Melissa? ¿Llegaste solo, en viajes de negocios o de placer?

— Se quedó en el bautizo de un sobrino, partimos mañana por la tarde hacia Nueva York donde vamos a permanecer una semana; la hermana menor de Melissa contrae matrimonio el próximo sábado por segunda vez, luego regresaremos a pasar unos días con la familia. Yo tenía que venir a saludarte antes de partir.

— Yo tengo que ir a ver a Melissa, ¿tienes quién te lleve al aeropuerto?

— No, tengo pensado tomar un taxi.
— Que no se hable más del asunto, de paso le doy un fuerte apretón a Melissa.

— Muchas gracias, yo también tengo muchos deseos de ver a Preciosa; es una mujer excepcional, tienes mucha suerte.

— Después de la tormenta que atravesamos, creo merecíamos el refugio de corazones bondadosos.

Al cabo de una hora, cuando el güisque y las cervezas ya los tenían aposados en sus cabezas, comenzaron a desvariar y a recordar cosas de hombres. Cuando le llegó el turno a Renato, absorbió una porción de su bebida, se rasgó la garganta y comenzó su relato:

— Pues, yo... A mí la experiencia que más me impactó, fue una que viví al momento de volver a ver a Danilo; fue como un ángel que me vino a rescatar, los recuerdos agradables que me trajo alegraron mi espíritu, por un momento pude olvidar todas las heridas que laceraban mi alma. Yo necesitaba un amigo en quien pudiera confiar, los que tenía eran superficiales y se reían de mi tragedia; yo acababa de ser engañado en una situación que valía menos que un grano de maní. Al poco tiempo descubrí que no era la mujer ni la persona que buscaba, me quedé porque yo creí que ayudaba con una serie de migrañas. Salí traumatizado, juré jamás volverme a preocupar por los problemas del prójimo, a nadie les importaban los míos, hasta se reían de mi porque yo tenía problemas. En esos días me cayó en las manos un libro titulado, «Las virtudes del egoísmo», el cual me dijo que no es una obligación moral ayudar al prójimo; Melissa me rescató, pero aun prefiero una situación en la que yo pueda socorrer al prójimo, en vez de ser yo quien necesite ayuda.

— Lo peor es que algunas veces uno hace sacrificios por quienes no se lo merecen, y por quienes no harían lo mismo si los del problema fuéramos nosotros — agregó Danilo. Yo no la pasé mejor ¿Te acuerdas de la Muñeca?

— ¡Como la voy a olvidad! Recuerdo que pasábamos horas tomando, recapitulando nuestras respectivas decepciones ya fuera en un bar, o en el pequeño cuarto alquilado al que fui a parar después de que me dejaron en la calle: solo, con mucho frio, como si hubiera sido un perro viejo que a nadie le importaba.

—Los muchachos aquí no conocen esa etapa de mi vida, nunca he tenido el coraje de referirla con nadie, ahora ya pasó y no tiene importancia para mí.

— Eso es una sorpresa para mí, creí que no había secretos entre los dos — dijo Eliseo.

— Ella era una muñeca del color de la canela clara — continuó Danilo —, con unos ojos de un jade profundo, una cabellera del color de una manzana roja, que por la espalda les bajaban hasta la misma punta del trasero, el cual era una maravilla ¿La recuerdas? — le preguntó a Renato.

— Era una mujer encantadora, risueña: reía por todo— Se reía con todos, pero ya eso no importa; conocer a preciosa me ayudó a olvidarla, luego el nacimiento de Jesusita fue mortal para mis penas. La madrugada en que Renato y yo nos volvimos ver, además de ajumado yo estaba enamorado como un barraco; yo la esperaba en el bar esa noche y ella me dejó plantado, luego me salió con un cuento que yo le creí ciegamente, su belleza me tenía con los ojos vendados, era el mejor polvo que yo había probado en todos mis años. Ahí, en ese mismo bar, fue a donde nos conocimos hacia tan solo tres meses. Ella tenía veintidós años, parecía un capullo recién convertido en una rosa.

Tomó un largo sorbo de su vaso, el cual se apresuró a rellenar, y cuando se dispuso a continuar con el relato, la cerradura giró y Danilo hizo una señal para que todos guardaran silencio; la puerta se abrió de par en par, Preciosa había regresado en busca de unos regalos que dejó encima de la cama.

— ¿Y por qué se callaron a un mismo tiempo? — dijo la mujer —.
Después de saludar a Renato se fue al aposento, recogió los regalos y se marchó.

— ¿Vieron los bríos con que abrió la puerta? — dijo Danilo —. Ya debe ir por la segunda cerveza, es lo que necesita para estar borracha; mañana se levanta resacada con dolores de cabeza, entonces pasa el día tomando sopita de pollo con fideo.
Danilo guardó silencio por un momento, volvió a tomar otro largo trago de su vaso, y con el semblante un poco sombrío le preguntó a Renato:

— ¿Te acuerdas de la China?

— La recuerdo como si hubiera sido ayer, exótica y hermosa igual que la Muñeca, y al mismo tiempo tan distinta físicamente como el día y la noche; a mí esa China me gustaba un montón, era el tipo de mujer con la que yo había soñado: bella, fina, exótica, parecía como si fuera de otro mundo; me dio la impresión de que no le caímos bien, probablemente debido a un poco de celos por su amiga.

— La muñeca no era menos bella.

— Es cierto; pero era más afable, amigable y mucho más franca — agregó Renato.

— En realidad, la China era de otro «mundo»; aunque sus rasgos eran fuertemente orientales y un poco mongoles, su abuela era rusa.

— Era un poco Huraña, retraída, como que nada ni nadie le importaba — dijo Renato.

— Muñeca me dijo en una ocasión que no le hiciera mucho caso, era un poco tímida y que solo se transformaba en una fiera bailando; yo lo tomé como una broma, tu sabe cómo era de jocosa, tenía un par de rabos graciosos para todo. Un poco más adelante fue bien claro para mí lo que me quiso decir. Yo estaba celoso por la relación que había entre las dos, desaparecerían misteriosamente durante los fines de semanas, cuando yo más quería estar con la Muñeca. La China fue quien la introdujo en su propio mundo, fue quien tuvo la culpa de que la Muñeca se perdiera; ella era de buen corazón, no creo que hubieras tenido el mismo atrevimiento por cuenta propia.

— Mano, ¿qué fue lo que sucedió por fin con la Muñeca esa, la cual me parece todavía la llevas clavada en el pecho? — dijo Eliseo — Me tienes en ascuas esperando la historia.

— Una noche, tal vez hastiada por mis celos, me confesó el motivo de las intermisiones que había en nuestra relación los fines de semanas, no se dejaba ver hasta los domingos por la madrugada o el lunes por la tarde:

— Yo estaba esperando a conocerte un poco mejor, porque no sé cómo tú vas a tomar lo que te voy a decir — me dijo —, y antes de que te lo diga tenemos que dejarnos de ver por un tiempo; yo he comenzado una carrera nueva, no quiero distraerme hasta no estar segura sobre lo que yo quiero alcanzar.

Me confesó que su carrera consistía en unas presentaciones exóticas, que bailaba en el tubo los últimos tres días de la semana desde la cinco de la tarde hasta la una de la madrugada. Yo no creo que comenzase a bailar en esos días, ya eso venia de no sé desde cuándo. Eso fue un golpe terrible para mí, y como todo un idiota, le pregunté a qué se refería con todo eso; a pesar de lo macho y parrandero que me creía ser, no había cruzado nunca el umbral de un burlesco, ni de uno de los bares a donde bailaban mujeres desnudas o semi desnudas; intentó convencerme de que no había nada malo en eso, que se trataba de un arte como cualquier otro, más yo estaba furioso y no escuché ni comprendí ninguno de sus argumentos. Para mí era inconcebible, que mi mujer se desnudara frente un grupo de machos. Todo ese drama por poco termina en tragedia — tomó un sorbo de su vaso y luego continuó —. Yo me puse violento, la empujé y ella sacó un pequeño revólver de su cartera, lo amartilló, me apuntó al pecho y me dijo:

— ¡Lárgate de aquí buen hijo de la gran puta! — es el insulto favorito de su pueblo — Yo no te quiero volver a ver jamás en la vida, la próxima vez que tú me amenaces te voy a matar como a un perro sucio.

Yo creo que cambie de color de la sorpresa que me dio, te juro que no hay palabras con que lo pueda expresar. La muchachita ingenua, risueña, de temperamento jocoso y juguetona, de repente se me transformó en una fiera. Me alejé refunfuñando, insultándole al mismo tiempo usando cuantos improperios me vinieron a la mente: «Cuero, puta, descarada, sinvergüenza; te juro por mi madre que me la vas a pagar, te vas a doler, te vas a recordar de mí por todo el resto de tu vida». Todo eso fue mientras yo habría con prisa la puerta de mi coche, no sea que se arrepintiera o se le zafara un tiro. Yo no sabía lo que decía, estaba como loco. Yo no soy de peleas, nunca he participado en una situación en la que debía de sentir miedo, esa noche te confieso que por poco me cago del susto. Yo quería matarla, también sabía que no tenía el coraje. Me arrepentí de todo lo que le dije a la siguiente mañana, le hubiera permitido hasta lo más inverosímil si ella me perdonaba, pero no la pude volver a ver. A la semana de mudó sin dejar ni un solo rastro, recorrí casi todos los burlescos y los bares a donde bailaban mujeres desnudas o medio desnudas. Una vecina suya me dijo que le oyó decir a la China una vez, que le hubiera gustado irse a vivir a Las Vegas. Me vino a la cabeza salir corriendo hacia esa ciudad — yo tenía conocidos allá —, quizás me podía quedar por un tiempo buscándola. Después de pensarlo mejor decidí que la idea era una locura, no era seguro que se fueran a vivir a las vegas.

Renato estaba pensativo mirando al humo del cigarrillo, el cual tenía en los primeros dedos en su mano derecha, mientras escuchaba la historia que ya conocía de memoria.

— ¿Qué piensa? — le preguntó Danilo —. Todavía te impacta escuchar el cuento, igual que la noche aquella que te lo relaté por primera vez.

— No me impresiona tanto, de verdad que no: son cosas de hombres, yo lo entiendo perfectamente. Es una historia interesante, no te lo puedo negar, estoy pensativo desde hace un rato rumiando las vueltas que da el mundo, y en cómo son los misterios de la vida; yo tengo algo que decirte que tal vez te llene de sorpresa o de alegría, no sé cómo lo vas a tomar.

— ¿Otra confesión? — preguntó Danilo.

— Una noticia — dijo Renato —, no lo vas a creer; además de que tenía muchos deseos de verte otra vez, quería compartirlo contigo cuanto antes.

— ¡La Muñeca! ¿La encontraste?

Danilo rodó las nalgas a la orilla del sofá, inclinando a un mismo tiempo el torso en dirección de su amigo.

— Si, la vi hace poco. Un dato curioso es que nunca supe cuál era su verdadero nombre, ella me lo reveló ahora cuando la vi ¿Sabes cómo se llama?

— Si: Salome Altagracia Marilú Reyes D'Leon. Lo de Muñeca fue una idea de su bisabuela, cuando la fue a conocer a los ocho meses de haber nacido.

— Ya veo que la recuerda muy bien, yo no me acuerdo como se llaman algunas novias que tuve.

— Es una mujer difícil de olvidar, y no tanto por su belleza, nunca sentí otra igual antes ni después ¿Y a dónde la viste? ¡No, mejor... no me lo digas!
— Yo no lo podía creer, todo lo suyo es igual: la sonrisa, el tono de su voz, la forma de ser de una niña traviesa.

— ¿Y cuál fue la causa de tu duda, no la pudiste reconocer de inmediato? — preguntó Danilo.

— No se le puede prender en el collar de la blusa, ni siquiera unas horas por encima de los veintiocho años... Quizás treinta. Pensé que a lo mejor se trataba de una hermana o de alguna prima; dijo la noche que me la presentaste, que casi todas las mujeres de su familia se parecen unas a las otras. Si no hubiera sido por el lunar de medialuna en seno izquierdo, podía pensar que se trataba de alguna prima de menos edad.

— ¿Y A dónde la viste, por fin? — preguntó Danilo.

— ¿Quiere, o no lo quiere saber? — dijo Renato dejando ver una sonrisa pícara.

— Es cuestión de curiosidad.

— Hace algunas semanas con motivo de su cumpleaños, unos compañeros en la oficina sacamos a cenar a un amigo, le pusimos punto final a la parranda en un lugar llamado «Medias Finas» en Sao Paulo.

— ¿Y todavía sigue bailando?

— ¡Ya lo puedes ver! Cantó en dos idiomas, bailó, le dio vueltas al tubo, se fue despojando una por una de las diminutas prendas que cubrían su cuerpo; al final del acto, desnuda en medio del escenario y con un micrófono en sus manos, dio un discurso despidiéndose de sus «amigos». Parece una estatua de bronce tallada perfectamente: «Por algún tiempo he llevado mi arte a un club diferente cada cinco semanas, en las ciudades más exóticas del mundo tales como Paris, Roma, Madrid, Canadá, Rio de Janeiro y Sao Paulo, entre otras; pero como nada es para siempre, la presentación de ahora constituye el final de una gira, la cual empecé hace un año atrás para despedirme de todos mis amigos…». La concurrencia irrumpió en un aplauso y durante unos momentos gritaron, silbaron, y cantaron al unísono haciéndose acompañar con las palmas de las manos: «¡Que se quede, que se quede, que se quede!». Ella tenía lágrimas en sus ojos, todas las bailarinas salieron a consolarla.

— ¿Y no te reconoció entre la multitud, pudiste hablar con ella? ¿Qué te dijo?

— Estábamos sentados en un lugar cerca del escenario, hubo un momento en que yo me puse de pie, levanté mi mano derecha en señal de saludo y le grité: «¡Muñeca, soy yo, Renato, Danilo, Nueva York ¿Te acuerdas?». Ella me miró como intentando recordarme — estoy más viejo —, me dio la impresión de que buscaba esperando verte haciéndome compañía; convencí a uno de los guardas espaldas para que le diera una nota de mi parte, le dije que ser un amigo suyo de muchos años. Eso fue un domingo a las diez de la noche, al día siguiente me llamó a la oficina, y a las siete de la noche estábamos cenando en mi casa. Le acompañaba una joven como de unos veintidós años, me dijo que residía en Nueva York. Melissa y yo notamos que barajaba en dar detalles, por lo que no quisimos insistir al respecto. Melissa le hizo unas mil preguntas en tan solo unos momentos, le reprochó que nos abandonara por el hecho de haber terminado contigo:

— Yo no quería estorbar una relación de tantos años como la que había entre Danilo y Renato — dijo —, además decidí que debía de permanecer sola por un tiempo en lo que se me aclaraba un poco la mente.

— ¿Te lo imaginas? ¡Aun te recuerda!

— ¡Pero nosotros éramos tus amigos!, insistía Melissa.

Nos llamó el sábado por la mañana del aeropuerto, prometió llamarnos cuando estuviera de regreso en el país; dijo que Río de Janeiro era uno de sus lugares favoritos, al cual regresaba con mucha frecuencia y no solo cuando ibas a trabajar. Es difícil creer que sea la misma persona, luce como si los años no hubieran transcurrido ¡Tienes que verla para creerlo!

— ¿Y a dónde? — preguntó Danilo.

— Vamos a esperar que se ponga en contacto conmigo si es que lo hace, y ya veré como la convenzo.

Renato no le confesó a Danilo que la mujer le había dado su número de teléfono, con la expresa condición de mantenerlo en secreto, al día siguiente la llamó y le dejó un mensaje: «Hola, mi amor; soy yo, Renato ¿Te acuerdas?: el esposo de Melissa, Sao Paulo, "Medias Finas"; acabamos de llegar a Miami y la próxima semana viajamos a estar en Nueva York, quisiéramos pasar a saludarte antes regresar a casa. Aquí tienes mi número de teléfono».

Renato la llamó varias veces cuando llegó a Nueva York, sin ningún resultado.

TRIUNFO

Llegaron dos horas antes a la función, estaba programada para las ocho, pero ya un gentío esperaba frente a la puerta del bar; la entrada era por invitación, el precio cubría las bebidas gaseosas, las cervezas, los tragos sencillos hasta las once, y el bufete; de ahí en adelante hasta el cierre a las dos de la mañana, todo tenía un descuento de un diez por ciento. El edificio contaba con nuevos colores: blanco para el segundo piso, el primer piso estaba cubierto por mosaicos rosados con brillantina incrustada; cada ventana en el segundo piso contaba con un canapé del color del primer piso, el restaurante y la taberna también tenían nuevos diseños, los toldos ahora eran color vino con letras arabescas en blanco: «Bar para uno y Restaurante para el otro». Los establecimientos estaban conectados en el fondo por una puerta en forma de arco, cubierta con una cortina multicolor de cuencas de cristal, la cual después de la doce de la noche era condenada y muchas veces por motivo de alguna fiesta privada en el bar. En el segundo piso funcionaba un salón de belleza unisex llamado Salomé, propiedad de la tía Pocha entre otros inquilinos adicionales. La noche se aproximaba tranquila, excepto por la excitación de los comensales en la puerta del bar; las expectativas eran elevadas, una inserción en las invitaciones daba la impresión de que las dueñas bailarían en el tubo como en los viejos tiempos, un regalo para los clientes por su apoyo a través de los años: «Dejen los niños en casa — decía —, vamos a tener a doce de la madrugada una danza especial, queremos agradecer a todos los que nos han apoyado a través de los años». Todos querían ver a Muñeca bailando en paños menores, quizás desnuda. Era una visión que nadie se quería perder. Las dos mujeres habían dado las ordenes que la bola corriera extraoficialmente, rumores que llegaron a oídos de Nely, Sarita y Gloria en la «Iglesia de Jesús Salvador». Hubo lágrimas de rabia, la feligresía entera se alborotó y comenzó a prepararse para vengar el oprobio, la moral herida y la fe pisoteada; unos querían organizar un piquete, otros ir a la policía para impedir el evento, el pastor propuso una demanda judicial para clausurar la taberna cuando la noticia le pasó por las orejas; las mujeres en la iglesia se las calentaban a cada momento, usando alguna pillería nueva de las dueñas del bar en la esquina. Jesucristo le recomendó cuando lo visitó en la cárcel organizar las vidas ajenas, dirigirlas en como debían de vivir y velar por que no violaran las reglas su padre. Mientras la gente aguardaba entrar al inmueble, un grupo de religiosas de la iglesia estaba reunido en la esquina opuesta predicando «la palabra», usaban altoparlantes alimentados por una pequeña planta eléctrica portátil, acompañadas por algunos cuantos hombres: en la taberna les llamaban alcahuetes. Era una costumbre predicar en la misma esquina una vez al mes, y cada vez que había actividades espaciales en la taberna mientras las personas esperaban ser admitidas. Cantaban glorias al altísimo haciéndose acompañar por güiras, panderetas y maracas. Divina Concepción —micrófono mano —, estaba eufórica; la boda de su hermana, Mimi, había concluido en la iglesia y la recepción había comenzado, pero ella tenía una misión más importante que llevar a cabo. La joven daba saltos, caminaba de un lado para el otro, se daba con el puño en el pecho, se arrodillaba glorificando al «señor» al tiempo que decía entre otras letanías: «Túúú, que ya te preparas para entrar al infierno, yo te conjuro en nombre del Señor; ven aquí a la casa de dios, aquí hay vida eterna para ti, en el infierno solo vas a encontrar la muerte para tu alma; aléjate del infierno, del romo y deja de fornicar». En la iglesia le llamaban el infierno a la taberna, los domingos no se sabía con certeza, si el pastor hacia referencias al infierno tradicional o al bar en la esquina. Al momento en que Divina Concepción vio a las dueñas del bar salir de una limusina, todo el grupo de inmediato comenzó a rezongar lo siguiente: «¡Yo te conjuro en nombre del señor, yo te conjuro en nombre del señor, yo te conjuro en nombre del señor!». Hubo un momento en medio de la cantinela y el bullicio que tenían en la esquina, en que Gloria no se pudo contener y le gritó a Muñeca, por motivo de la muerte de su marido de la cual pensaba fue la culpable: «¡Asesinááá!». Las dos mujeres no le hicieron caso al grupo, mientras a mano derecha en la esquina sureste, dos carros de la policía vigilaban las conmociones en ambas esquinas. Cuando por fin Muñeca y la China entraron al bar, las predicadoras le pusieron sello a su melopea con una ovación, se felicitaban mutuamente por el buen trabajo realizado: aplaudieron, se abrazaron unas y otras, silbaron y rieron a grandes carcajadas. Comenzaron a recoger sus féferes, ya no había nada más que hacer ahí, la misión era hostigar a las dueñas del negocio cuando la vieran llegar. En ese preciso momento Zoraida, su novio y Virginia se apearon de un taxi privado. El novio de Zoraida era un negro gigante que sobrepasaba los seis pies, era una estrella tomando impulso en el cielo del baloncesto. Virginia vestía de negro, ahora era una mujer diferente a la que las religiosas conocían; se había dado el mismo corte de cabello de su madre, previo a noche de la muerte del Gacho y de Ricardo; había desaparecido la sonrisa de caballo de carrusel de las «Leonas», y su personalidad ya no era la misma. De inmediato en que se apeó del taxi miró hacia la esquina opuesta, allí estaban Divina Concepción, Nely, Gloria y Sarita recogiendo sus trastes asistidos por los tres «alcahuetes». Todas las mujeres se miraron a un mismo tiempo, hubo un ligero suspenso, Virginia en ese momento le dijo a su hermana: «Estas zorras fanáticas no podían faltar con su mierda en un día como hoy, no me asustaría si un día cualquiera la iglesia les coge fuego». Hablaba sin dejar de mirar a las enemigas en la esquina, en eso extrajo el dedo medio de su mano derecha y se lo mostró, luego se dirigió hacia el interior del bar. Al momento llegaron la Boxeadora y su mujer, la boxeadora no perdió tiempo y cuanto se apeó del taxi, también les mostró a las religiosas el dedo medio de su mano derecha, y al instante entraron en el negocio sin demora. El grupo emprendió el camino de regreso a la iglesia, seguidas por los «lambones» cargando el equipo. A las ocho de la noche después de que Muñeca y la China finalizaron sus discursos, Muñeca dijo a toda voz, encaramada en una pequeña tarima que había sido improvisada para el «disc-jockey»: «¡A beber, esta noche tenemos rabo caliente!».

Hablaba de un chivito guisado picante, un rabo de vaca, arroz blanco, tostones y aguacate que había incluido en el bufete; sin embargo, todos allí le oyeron decir: «¡A beber, esta noche tenemos el rabo caliente!». Al instante se apagaron las luces, y a una voz de mujer se le oyó decir: «¡Qué pasó aquí, carajo!». La voz del «disc-jockey» apareció en los altoparlantes contando del uno al tres, un globo compuesto de luces multicolor comenzó a girar en el centro del salón en el techo, unas luces tenues de color azul fueron encendidas en cada esquina, mientras que al mismo tiempo la música disco estallaba como un trueno. Muñeca y la China se ausentaron un poco después de inaugurar el evento, no lejos de allí estaban celebrando una despedida de soltera, le tenían a la novia una sorpresa con un bombero y un policía de juguetes. Regresaron al bar, justo al momento cuando la despedida de soltero del novio estaba comenzando, era el evento anunciado en las invitaciones para las doce de la madrugada. Renzo — hermano mayor de Mario — fue quien primero tomó la palabra: «¡Querido Mario, te acompañamos en tus sentimientos! De vera que lo sentimos mucho, esta es la última noche de tu libertad incondicional. Di lo que tu quiera, canta, llora, grita, patalea, será la última vez que lo haga sin pedir permiso por el resto de tus días. Tus amigos hemos venido a despedirte, dentro de poco te vamos a perder para siempre, sabemos que no tardarán mucho sin que digan lo siguiente: «Mira Mario, ya tu está crecidito, tienes un mundo de responsabilidades por delante, no es para que sigas jugando con tus amigos por ahí; yo no quiero que regreses a esos malos caminos, ni que tus amigos vayan a echar a perder la clase de hombre que yo estoy construyendo contigo». Pensar que tantos mártires a través de la historia, han ofrendado sus vidas con arrojo en nombre de la libertad, mientras que otros se apresuran por el mismo camino a ponerse los grillos ¡Esto es increíble! Nunca lo esperé de un hermano mío».

Todos sus amigos le tomaron el pelo cada uno de manera diferente, pero el discurso de Renzo causó una mayor impresión, el cual a una hermana y su madre no les agradó ni un poquito. Sentaron a Mario en una silla en medio del salón, le pusieron al frente un bizcocho gigante plástico, Renzo añadió con un micrófono en sus manos: «Esto es para que te harte, es la última oportunidad que vas a tener en tu vida, para que por lo menos disfrute con los ojos un buen bizcocho». Una canción llamada, «Bailando a la luz de la luna» empezó a sonar, y dos hermosas mujeres jóvenes salieron por una puerta del bizcocho remeneándose al compás de la melodía; la segunda fue de unos acordes más lentos y sensuales, con la cual empezaron despojarse de sus prendas, al final se quedaron con unos diminutos bikinis. Le bailaron hasta que la canción finalizó, con la tercera estrujaron sus nalgas en el rostro de Mario y en el cotizado baile de piernas. Eso fue lo menos provocativo por lo que hicieron pasar al pobre hombre, quien estaba rojo como un tomate y no paraba de sudar. Al día siguiente muñeca salía del cuarto de baño en su habitación con la cabeza envuelta en una toalla, en ese momento la China entraba portando en sus manos una bandeja del color de la plata, y con voz ronca de lo mucho que voceó la noche anterior le preguntó:

— ¿Para dónde vas tan temprano, cariño?

— Voy a trabajar ¿Qué hora es?

— ¡A penas son las diez de la mañana!

— No, mi amor; no es que apenas son las diez, el problema es que ya son las diez de la mañana, lo que significa que ya se me hizo tarde para salir. Tú siempre miras el vaso medio vacío, tengo que ir a ver cómo recogieron todo el reguero que tu hiciste anoche.

— Claro, échame a mi culpa de todo — como dice una vieja canción —, porque tú no rompe ni siquiera un plato. La Tula sabe qué hacer, tu no vas a componer nada en la taberna excepto a dar órdenes y entorpecer el trabajo de las niñas. Dime una cosa mi malo amor, ¿no se te olvida nada, tu no me debes nada?

— Pues...que yo recuerde, la verdad es que... no. Yo no te debo nada.

— Tú te hace la loca para que te cojan pena ¡Mírame! Aquí tienes tu desayuno, lo prometido es deuda. Te traje tu menjurje, dos tostadas de pan integral, un huevo duro como te gustan a ti, y un vaso de jugo de naranja recién exprimido ¡Ahora, yo quiero lo mío!

— ¡Toma, ven cógelo! — dijo Muñeca posando la palma de su mano izquierda en la pelvis —; pero, ya te dije el otro día que tu no sabe cómo es que lame un plato así, a ti solo te gusta chuparte los huesos.

— ¡Que graciosa! — dijo la China — Me dijiste ayer por la tarde que tenías algo que decirme después de que yo te hiciera el desayuno ¿Te acuerdas?

— ¡Ah, verdad que sí! Eso será cuando yo regrese por la noche, o ven conmigo y te lo cuento por el camino ¡Apúrate, chica, ponte la ropa y déjate de tanto pajareo! No me digas que te quieres pasar el día durmiendo con la excusa de que pasaste una mala noche, porque si mal no recuerdo, yo vi que la pasaste bien.

Camino al negocio Muñeca le reveló los pormenores del informe que le trajo Bruno acerca de Ricardo, le dijo ser el motivo por el que la vio tan preocupada; sin embargo, no le dijo nada sobre la pelea del hombre con Virginia, su aventura con Humberto, mucho menos los acontecimientos del sábado pasado por la noche. Quince días más adelante después de la fiesta, el grupo de amigas estaba reunido en el departamento de Muñeca, estuvieron presentes Muñeca, la China, Socorro, Virginia, Zoraida, la Boxeadora, la Pava, Juliana, la tía Pocha; y Eva, quien se había mudado con Muñeca y la China en lo que acotejaba su propia vida; fue una noche de confesiones y anécdotas, todo el tiempo se lo pasaron ninguneándose una y otra. La China, quien le había confiado a Muñeca sus amores con Francisco, se convirtió en la mayor víctima de la reunión; la separación de bienes ya estaba en camino, Muñeca le dijo cuando le dio la noticia: «Tienes que llevarte lo tuyo, no es verdad que yo voy a trabajar para un viejo largo, flaco y encorvado por los años: así debe de tener las espuelas, dobladas por la malicia. Las anécdotas más intensas pertenecían a Muñeca y la China, revivieron la etapa de cuando se conocieron y comenzaron a bailar en el tubo; despellejaron a don Homero, a Maribel, a todas sus enemigas y se destapó el secreto de a quién era que don Homero cogía. Esa noche Muñeca reveló a Virginia y a Zoraida la historia de quien era su padre, las hermanas fingieron ser blanco de una enorme sorpresa. Eva era la única del grupo en desconocer la verdad. A la media noche, cuando el vino a cada una les había copado el sistema, la China se rasgó la garganta y le dijo al grupo:

— Yo tengo algo que necesito confesar, ya que todas están revelando secretos... recónditos.

— ¡Coño, por poco le da un infarto con esa palabra! — dijo Muñeca.

— ¿Y por qué? — preguntó Zoraida.

— Esa palabra es muy fina para ella ¿No la viste? Hasta el color de las mejillas le cambió.

Zoraida se puso de pie, y con una cerveza en la mano dijo en voz alta:

— ¡Cállense, carajo, parecen un gallinero! Mi mamá se vas a confesar y yo quiero escuchar con atención.

— A ver, yo también quiero escuchar ¿Qué tú tienes que decir? Este cuento sí que yo no me lo quiero perder — dijo Muñeca.

— ¡Déjala qué hable, mami! — dijo Virginia.

— Yo la dejo quieta, lo suyo a mí ya se me resbala — dijo la China —. Volvió a carraspear, se bebió un sorbo de su copa de vino y luego prosiguió —. Yo le dije a Muñeca la pasada semana, que me quería ir a vivir a Miami con un hombre maravilloso que yo conocí hace unos meses: él se llama Francisco.

Muñeca no paraba de reír.

— ¿De qué te ríes? — le preguntó Virginia, yo creo que tú ya está borracha.

— Así es todo lo suyo ¿Todavía tu no la conoces? — dijo la China.
— Es que yo sé lo que vas a decir, ustedes no la conocen tanto como yo — dijo Muñeca —,

yo sé hasta lo que vas a pensar mañana por esta misma hora.

— ¡Tú no sabes nada! — dijo la China —. Por eso no te quería presentar a Francisco, todo es un relajo para ti.

— ¡Sigue, sigue, China! — dijo Virginia —, déjala que siga sola con su can en esa esquina.

— Bueno — prosiguió la China —, el caso es que... no resultó lo que yo pensaba y ya no me caso, descubrí algunos detalles que no me convencen.

Muñeca se puso de pie, colocó su mano derecha en la cintura, y con una expresión de sorpresa le dijo:

— ¿Cómo, que fue todo eso? Tu no me hablaste a mí de matrimonio, yo tenía entendido que solo te ibas a ir a vivir con francisco ¿Tú me quieres a mi decir ahora, que le ibas a entregar todo lo tuyo a un viejo largo, flaco, encorvado, canoso y lleno de malicias que acabas de conocer?

— Es tan solo un decir eso de casarse, yo no me referí a un matrimonio con todo lo de la ley ¡Y Francisco no es viejo, tú no lo conoces!

— A lo mejor lo conozco más de lo que tú puedes imaginar — dijo Muñeca —. ¡Júrame que no es largo, flaco, con la cabeza llena de canas y que de lo viejo ya está encorvado! Así debes de tener las espuelas, como los gallos viejos: largas y gurbias.

— Él no es viejo — insistía la China —, es tan solo un hombre maduro y elegante.

— ¡Viejo, viejo, viejo; viejo, viejo, viejo! Esto ha sido una sorpresa para mí ¡Tiene que ser muy bueno en la cama!

Muñeca repetía las palabras en forma de cántico, de pie con las manos en las cinturas y moviendo sus caderas a izquierda y derecha.

— ¡Y dale con el viejo! — dijo la China — ¡Francisco no es viejo, ya te lo dije!

— ¿Y qué pasó, si se puede saber? — dijo Zoraida.

— Lo que siempre le sucede: se aburrió ¿No te dije que yo la conozco? — dijo Muñeca.

— ¡Tu si fuñe, mami! — dijo Virginia — ¿Ya tu esta borracha? ¡Deja que diga lo que siente!

— La verdad es que… como ya te dije, me di cuenta de algunas… cositas que no me gustaron sobre lo que no quiero hablar por ahora. Hemos decidido pausar la relación.

Virginia miró a su madre, y esta le dijo.

— ¡A mí no me mire, yo no sé nada! ¿No te dije que yo la conozco? No es la primera vez que anda enamorada y cree haber encontrado la tusa de su culo, después se decepciona de los hombres, del amor, de la vida, todo le hiede y se pasa un tiempo con un amargue del carajo.

— Ustedes dos son igualitas, yo nunca he visto una cosa igual en dos personas, a cada rato yo te oigo a ti con el mismo can — dijo Zoraida.

— ¡Oh no, yo no soy así! — dijo Muñeca —. Yo me puedo enamorar como una gata, pero nadie puede asegurar que yo haya cerrado mis ojos — ella lo sabe —; yo sé lo que hago y cuánto me vas a durar la ilusión, cuando todo se acaba sigo moviendo mi cola por ahí como si nada hubiera sucedido: chan, chan, chan. Así es que yo soy, y no como esta que se amarga la vida por gusto. Cuando cumplió los cuarenta conoció a un muchachito de veinte seis, luego se pasó casi seis meses amargada. Yo se lo dije: «comete a cualquier bizcochito que se ponga fácil, pero no vayas a cerrar los ojos como tú siempre hace; haz como yo: les exprimo la juventud, y luego los descartó para que no se den el postín de abandonar a la «vieja».

El único secreto que no se habló esa noche fueron las muertes de Ricardo y el Gacho, la muerte del sapo ni tampoco se habló de Humberto. A la siguiente semana, Virginia le preguntó a Eva:

— Cuando a ti llamaron a declarar sobre la muerte del Gacho, ¿tu mencionaste mi nombre?

— Ellos no me lo preguntaron, y yo no les proporcioné información que no me pidieron ¿Por qué lo dices?

— El detective que investiga el caso me llamó, no sé cómo consiguió mi teléfono y yo no le pregunté; hablamos por espacio de media hora, quiere seguir conversando conmigo dado el caso en que requiera más información.

— Eso es porque tu era su novia, todos lo sabían en el club, tu teléfono debe de haber estado entre algunos de sus cachivaches que no se quemaron ¡Oh, ahora me acuerdo! El Sable quedó vivo, era el más bruto de los tres y no lo tenían al tanto de todos los trueques, era como el muchacho que hacia los mandados en el negocio. Zoila me dijo que anda regando una bola, dice que Ricardo tenía esa noche que lo mataron una cita con una mujer en su casa, cuya identidad él desconoce; el Gacho no se lo dijo, le hizo saber solo que tenía en mente desplumar una «gallina» vieja, algo extraño porque a él le gustaban las «pollitas» de veinte años.

— Hacía dos meses que nos habíamos dejado, para él momento ya tenía otra sardina friendo en el fogón: una mujer demasiado joven para él, dando vueltas como un trompo, loca, sin idea y sin una pista de cómo el mundo funciona. Yo pasé por ahí.
Mientras tanto, Humberto había descubierto el misterio de la mujer que pensaba era su hermana, su tío Jacinto le despejó las dudas:

— ¡Qué bien se le ve, tío! Me tenía preocupado — le dijo cuando lo fue a ver al hospital.

— La vieja guardia es difícil de tumbar, no es como la guardia de agua dulce de hoy: mucha tecnología, ideales baratos y un

603

corazón de papel. Irasema visitaba su marido esa mañana, después de un rato le dijo a Umberto:

— Quédate con tu tío en lo que yo voy a comer y a darme un baño, estoy aquí desde las ocho ¿Quieres algo de comer, mi amor? — le preguntó al viejo.

— Tráeme una sopa de pescado con fideo y papa, de la que hace «La Casa del Bruñas» en la esquina.

Cuando iba saliendo, al pasar por el frente de Humberto la doña le obsequió una sonrisa de complicidad, estuvieron majando casi hasta el amanecer la noche anterior. Humberto se apresuró a cuestionar a su tío antes de que Irasema pudiera volver, no vivía muy lejos y era celosa, le tenía montada una pequeña dictadura.

— Tío, yo le quiero mostrar unas fotos para que me saque de unas dudas que tengo ¡Mire usted a esta mujer!

El señor observó la fotografía.

— ¿Quién es, y de dónde la sacaste?

— ¿La recuerda?

— Me parece familiar.

— Ahora mire usted estas otras, el parecido es enorme y si no son la misma persona puede que sean familia.

El tío se vio a si mismo con la mujer, la otra foto era del padre de Umberto con la misma pelirroja debajo de unos elevados edificios y con un embarazo avanzado. El señor fingió que se le había refrescado la memoria:

— ¡Ah, ya la recuerdo! Esta otra fotografía es reciente, mientras que las otras tienen más de veinte años.

— ¿Es la misma mujer? — Preguntó Humberto.

— El parecido es enorme, ya tú lo dijiste, a pesar de algunas diferencias entre las dos.

— ¿Y en qué se diferencian las dos mujeres, o la misma mujer en ambas instancias?

— ¡Caramba, Umberto! ¿No es obvio?: una está encinta... ¡Es una broma, muchacho! ¡Míralas bien! La mujer encinta cuenta con unos ojos de ángel, tal vez por la espera del que tenía en el vientre; a la otra se le nota que tiene alas de avispas o quizás de murciélagos, en su mirada se refleja una mujer de más experiencia.

Umberto insistió en la pregunta:

— ¿Es la misma mujer?

— No es posible que sean la misma, la mujer encinta debe ser a estas alturas una señora de cuarenta y cinco años, ya tu sabe cómo se ponen a esa edad ¿De dónde sacaste la nueva fotografía, conoces a la mujer, fuiste quien realizó la toma?

— Ella vino desde Nueva York a bailar en el «Club Cebo Vivo», nos vimos por casualidad en una incursión que yo dirigía en el «Cisne Blanco» ¿Qué relación tubo mi padre con la mujer encinta, el embarazo era suyo? ¿Es ella la mujer a la que mi madre siempre se refería, cuando hablaba de la hija que tuvo mi padre con una bailarina? Si no es la hija debe de ser la misma mujer.

— Fue su novia y quería casarse con ella, pero sus alas eran del tamaño de una montaña y su destino era volar; Rosendo lo sabía y no le importó que una mujer así, lo podía lanzar al abismo desde lo más alto de una montaña en cualquier momento.

— ¿Y qué sucedió en la relación, que pasó con la criatura, era de mi padre? ¿Quiere decir eso que mi madre tenía razón, esa mujer es mi hermana?

— La mujer desapareció sin dejar un solo rastro, y la criatura no era de tu padre, ella me lo confesó; yo la vi en Acapulco una vez cuando la niña tenía trece años, no había envejecido ni una sola hora, la niña parecía ser más hija de su amiga que suya, le decían la China y siempre andaban juntas. La chiquita es rubia con el cabello del color del algodón, con el mismo cuerpo de su madre y con los ojos azules, en mi familia no hay una sola persona que tenga señas iguales a esas.

La vida siguió su curso normal en la taberna y en la «Cocina de la vieja Caridad», las religiosas continuaban acosando al prójimo en la misma esquina, la «Enfermera» con el deseo de comerle su caramelo a Muñeca, el siguiente mes por fin le dio una cita para un masaje. Por otro lado, Virginia guardaba un horrible secreto, y lo peor era que no tenía cabida para desahogarse con nadie, ni siquiera con Socorro y Zoraida quienes eran sus confidentes más cercanas. Su madre, era quizás la única en quien podía confiar su historia. Cuando su madre llegó al vecindario con la negra intención de matar al Gacho, ella estaba escondida entre la chimenea y el ventilador del aire acondicionado, en el caballete de la estructura de una planta frente al edificio en la esquina. Tenía puesto un traje impermeable de color negro para protegerse de las inclemencias del tiempo, para confundirse con la oscuridad de la noche, y un rifle de alto poder en sus manos. Reconoció la camioneta del Gacho cuando llegó, el plan original era dispararle cuando le pasara por el frente, luego de apear a Eva de la maquina un poco más arriba de su posición. Se sorprendió cuando el hombre salió de la camioneta y se dirigió con la mujer al interior del edificio, conocía cuales eran los tejemanejes cuando le dejaba en su casa. Decidió esperar, se imaginó que Carlitos no estaba en casa, que todo se trataba de un polvo echado a la carrera, en cualquier momento regresaría más liviano que una pluma camino a la camioneta. Mientras esperaba el retorno del hombre, vio llegar a una figura envuelta en un camuflaje similar al suyo, entonces dijo en un susurro como si la figura hubiera podido escuchar cundo la vio: «Mami, ¿qué carajos tú haces aquí?» Ella podía reconocer a su madre, sin importar el disfraz que la pudiera ocultar. Su porte, la forma de caminar y los ademanes de la figura, no podían ser otros que los de su propia madre. No le costó mucho pensamiento adivinar, que la mujer andaba con las mismas negras intenciones que tenía ella esa noche. La siguió y la revisó de pies a cabeza con el telescopio especial de su rifle, con el cual podía ver en la oscuridad; lo había tomado hacía tiempo del sótano de la casa de Ricardo, con la intención de practicar el tiro al blanco, desde temprano su madre la inició en el deporte de las armas de fuego. Por encima del precio que Ricardo le había puesto a su cabeza, a la cabeza de su familia, al negocio de su madre, la paliza que recibió de sus manos y la violación que recibió en Aruba bajo las Órdenes de Ricardo — no le quedaba la menor duda —; también pensaba en la desagradable sensación que sintió al despertar en el sótano de la casa de Ricardo, lo cual le dolió más que la golpiza recibida esa madruga: ¡Estaba mojada!, y pudo ser otro que no fuera el Gacho, era quien tenía el tiempo suficiente esa noche para moverse a través dela casa. Ricardo estaba más muerto que vivo, el Doctor lo estaba curando y no creía que tuvieras el corazón para violarla mientras permanencia inconsciente. Lo peor de todo era que la regla no le había corrido, ahora no sabía si la criatura era producto de la violación en Aruba o del Gacho. Cuando vio al Gacho salir del edificio en la esquina, le apuntó a la cabeza y lo siguió con mucho cuidado; afortunadamente la llovizna se había detenido, lo cual hizo al hombre optar el uso de la sombrilla y venir con la cabeza descubierta camino a su camioneta. Llevaba un mes practicando con el rifle. Apretó el gatillo, y dos plomos salieron de la boca del fusil dejando en el aire unas finas hilazas de fuego que desaparecieron al instante; al mismo tiempo escuchó unos disparos y vio con la esquina del ojo los mismos hilos fugaces, junto a una ligera llamarada en unos arbustos a nivel de la calle a su mano derecha. Estaba en la orilla y en la misma esquina del caballete. Pensó en su madre, no era un secreto que Ricardo y el Gacho muchas veces andaban con un guardaespaldas encubierto; apuntó de inmediato al lugar y dejó salir del rifle automático tres proyectiles en esa dirección, luego miró con mucho cuidado detrás del matorral y no percibió que hubiera movimiento alguno; acto seguido buscó a su madre, la vio correr agachada por detrás de la hilera de autos estacionados, luego buscó al Gacho y no dudó que ya estaba muerto. Desarmó el fusil en tan solo un instante, lo metió en una funda de vinil, se lo enganchó en la espalda y bajó el edificio por donde mismo subió en la parte de atrás. Sus planes para esa noche no culminaban con la muerte del Gacho, se montó en su escarabajo que ahora era de color negro, y se dirigió a toda prisa en dirección de la casa de Ricardo. Hace mucho les había sacado copias a las llaves sin el conocimiento del hombre, su esperanza era que no hubiera cambiado las chapas ni la combinación del sistema de seguridad; de todos modos, sabia como abrir la puerta del sótano por la cual había escapado, a última hora escogió entrar por ese mismo lugar. Inspeccionó de palmo a palmo el interior alumbrándose con una linterna, empuñaba en su mano derecha el revólver que le había robado a Ricardo. Estaba enfrascada en su plan, cuando escuchó abrirse la puerta del garaje y el motor de un coche accediendo al lugar. No podía ser otro qué Ricardo: «¿Y qué haces aquí tan temprano? — se preguntó —. Rearmó el rifle a la carrera, se apostó detrás del sofá y apuntó con mucho cuidado hacia la puerta de la casa; ya en el interior el hombre desactivó el sistema de seguridad, y cuando encendió las luces de la sala, en ese momento virginia le hizo dos disparos en la caja del cuerpo; Ricardo cayó fulminado en el piso, como a lo mejor podía vestir un chaleco antibalas — era su costumbre andar prevenido —, se le aproximó a la velocidad del rayo y le metió dos tiros en la frente con el revólver. Pensó esperar para ver si abría los ojos mientras corría con la intención de rematarlo, para que viera quien lo ibas a mandar al infierno esa noche; cuando llegó a su lado cambio de parecer y metió dos tiros en la frente, no tenía toda la noche a su disposición debía regresar al domicilio antes de las dos y media; a esa hora su amiga venia llegando a la casa, no quería que supiera que andaba hecha una lechuza esa noche, le dijo que le dolía la cabeza y prefería descansar. Roció en la sala dos galones de gasolina que llevó en un envase, colocó varias velas en la cocina, en la sala y en el sótano; encendió las velas y luego abrió las llaves del gas en la cocina, fue al sótano y desconectó la tubería principal la cual aflojó de antemano cuando llegó. Salió a la carrera por donde mismo entró, dejó tirado en la sala el revolver y el rifle, había tomado todas las precauciones para no dejar huellas en la casa ni en las armas. El plan original consistía en matar al Gacho, quemar la casa de Ricardo, perseguirlo en su refugio cuando saliera corriendo a esconderse, aterrorizarlo quemando el escondite y luego matarlo. Llegó a la otra calle detrás de la casa por el patio de la siguiente vivienda, los dueños tenían la costumbre de ausentarse los fines de semanas; los vio cuando se fueron el viernes a las cinco de la tarde, cuando llegó la casa estaba en completa oscuridad. Era un peligro, residentes armados patrullaban las calles del barrio periódicamente. Trepó la pared que dividía los patios por medio de una soga que dejó preparada cuando llegó, caminó por la orilla de la otra pared que iba desde ahí hasta la calle, y se apeó a través de las ramas de un árbol que había en el final. Subió a su escarabajo en la siguiente calle, luego fue a estacionarse calle y media más arriba de la casa de Ricardo. Esperó pacientemente la explosión de la casa, y una hora después, con mucha calma, se marchó a su escondite al tiempo en que su madre hacia lo mismo al otro extremo en la misma calle. Tenía que hablar con alguien, su diario era la única opción y tal vez su madre.

ULTIMA CARTA

Estaba perdida en estos pensamientos, cuando recibió el mensaje de que don Manolo quería verla dentro de tres días en Medellín. Titubeó por un momento, no tenía el ánimo para irse a divertir con don Manolo, no se olvidaba que por culpa suya Ricardo le dio una tunda; sin embargo, su espíritu aventurero fue más fuerte, al día siguiente compró un vuelo con el dinero que don Manolo transfirió a su cuenta, y al tercer día llegó a Medellín a las diez de la mañana. Como siempre, Roberto la fue a buscar al aeropuerto, y ya dentro del suburbano de color negro, mientras esquivaba el tráfico Roberto le dio una terrible noticia:

— Tengo una mala noticia, señorita: mataron a don Manolo esta mañana camino a la ciudad.

Virginia palideció considerablemente:

— ¿Y cómo pudo suceder esa tragedia? Yo hablé con él la pasada noche a las diez.

— Yo también hablé con él a las cuatro de la mañana, me llamó en cuanto se despertó para que la recogiera en el aeropuerto, mi primo me llamó hace media hora y me dio la triste noticia. Él viajaba entre dos vehículos que lo acompañaban, todos vieron descender a un cohete como un rayo encima de su coche; los tres automóviles fueron afectados por el impacto, pero solo murió don Manolo, el chofer y dos acompañantes gringos que lo acompañaban, quienes salían del aeropuerto a las diez de la mañana. Solo existe un poder con esa tecnología interesado en matar a don Manolo, y aunque no podemos hacer nada en su contra de manera directa, conocemos a unos agentes y algunos alcahuetes criollos que actúan como espías bajo las nóminas del imperio.

— ¡Qué horror! Yo no me puedo quedar en la ciudad, llévame de regreso al aeropuerto, necesito salir cuanto antes.

— Eso no es necesario, señorita. Se puede quedar en el departamento de don Manolo, don Víctor quiere conocerla, es el hermano menor de don Manolo y ha quedado al frente de la empresa. Es la persona más generosa que usted pueda conocer, construye parques de recreo para los niños pobres, les ha construido escuelas, les regala pupitres, el desayuno y el almuerzo en las escuelas. Roberto se detuvo a un lado en la carretera en espera de la decisión de la joven, cuya mente daba vueltas vertiginosamente intentando decidir si le convenía la propuesta del chofer.

— Está bien — le dijo —, llévame al departamento.

Se pasó todo el trayecto con el corazón acelerado, no sabía quiénes eran los enemigos y creía estar en un peligro de muerte, pero ya que vino de tan lejos no ibas a desperdiciar el viaje. Un nuevo aliado con poder y dinero no era un juego de niños, y no debía ser despreciado. Roberto se detuvo a medio camino y le compró para el desayuno pan de bono, arepa con queso blanco, dos pasteles de poyo y chocolate caliente: «Aquí tiene las llaves — le dijo cuando llegaron —, no salgas a deambular sola por la ciudad, yo le voy a traer el almuerzo a la una de la tarde». Le llevó desayuno el día siguiente a las nueve de la mañana, más tarde almorzaron juntos y a las tres emprendieron el viaje hacia la «Gaviota», el rancho que había visitado con Ricardo hacía unos meses atrás. Poco antes de salir de la ciudad un ciclomotor le dio alcance a mano derecha, le pareció extraño que los dos personajes viajaran dándose las espaldas uno al otro, casi al instante recibió respuesta para su curiosidad; la maquina se detuvo a unos cien metros al frente del coche a mano derecha, el segundo pasajero apuntó un lanzador de granadas manual a un grupo de hombres en la esquina izquierda en la calle, los cuales junto a dos coches saltaron por los aires por el impacto del proyectil; a Virginia el corazón le dio más de mil vuelcos en un segundo, y se arrepintió de no haber salido la pasada mañana de la ciudad: «No se asuste señorita, los de la moto son de los nuestros» — dijo Roberto —, el grupo en la esquina estaba compuesto por algunos alcahuetes de los que le hable ayer. La moto dobló a mano derecha en la esquina, y a la siguiente se introdujo en la cabina de carga de un camión que la esperaba con la rampa extendida, la cual se retrajo cuando la moto subió al camión; Virginia observó la operación, en ese preciso momento Roberto hacia el mismo viraje a la derecha en el suburbano de color negro. Una hora más tarde llegaban a la «Gaviota», fue instalada en la misma pieza que ocupara la vez que visitó ese lugar con Ricardo: «No salga de la pieza — le dijo Roberto —, don Víctor viene más tarde a la hora de la cena». Ella sacó una botella de vino de una pequeña nevera en una esquina, y se puso a escuchar música en su iPad. Don Víctor llegó a las siete de la noche acompañado por una empleada, la señora empujaba una pequeña mesa con ruedas sobre la que traía cena y champaña para dos, la mujer la miró a los ojos y sonrió pícaramente y virginia comprendió el mensaje: «Buenos noches, me da mucho gusto conocerla — dijo don Víctor, mientras que al mismo tiempo la examinaba cuidadosamente de pies a cabeza. Ella tenía puesto un vestido blanco, el ruedo alcanzaba un poco más arriba de la media pierna, y daba la impresión de haber sido tejido con hebras de seda mezcladas con brillantina de oro y de plata, se había pasado casi una hora buscando el vestido que la hiciera ver más hermosa, quería causarle una buena impresión. Ella también lo revisaba cuidadosamente, calculo que debía de tener unos treinta y dos años. Durante la cena se contaron sus historias, don Víctor había vivido y estudiado en Oklahoma, regresó hacia cinco años a trabajar en la empresa de la familia, la cual le recordó consistía en la exportación de cacao y café. Al cabo de unas copas de vino después de la cena, Víctor se puso de pie:

— Muchas gracias por aceptar la invitación para cenar conmigo, yo hubiera deseado pasar más tiempo con usted, conocerla mejor, pero tengo que ausentarme temprano en la mañana, todavía no ha finalizado el funeral de mi hermano, puede quedarse en la «Gaviota» el tiempo que usted quiera; en esta casa había siempre un ambiente de fiesta, vamos a estar de luto por algunos días y no queremos recibir a nuevos invitados, lamento que su estadía quizás le pueda ser un poco aburrida esta vez, pero puede usted regresar cuando quiera; comuníquese con Roberto cuando quiera regresar.

Ella se quedó pasmada, no era lo que había pensado.

— Yo quisiera marcharme temprano por la mañana, necesito hacer las diligencias para cambiar el vuelo, yo pensaba quedarme por lo menos una semana en Medellín.

— Muy bien, le diré a Roberto que se comunique con usted antes de las diez de la mañana. Como le dije, ha sido un verdadero placer conocerla.

Él se marchó, y ella quedó extremadamente confundida. No pudo conciliar bien el sueño durante la noche, a las cinco de la mañana estaba despierta, y a las seis ya estaba completamente vestida esperando con gran nerviosismo a Roberto, quería salir corriendo de tan «horrendo lugar».

— ¿Qué pasó con la barbie gringa? — le preguntó Roberto a don Víctor luego de que la dejó en el aeropuerto —, creí que te ibas a quedar con ella por lo menos una semana.

— Precisamente, es una barbie: plástica, egoísta, no es muy inteligente y no tiene sentimientos. Ni mencionó a Manolo, y ni siquiera me dio el pésame. No se merece las atenciones que mi hermano le ofreció. En su país le llaman «bimbo» a ese tipo de mujer: una mujer atractiva, pero con la cabeza hueca. Mi hermano y yo estábamos acostumbrados a compartir muchas de las perras que traíamos a la Gaviota, pero ahora, sin su consentimiento, hubiera sido como coger a Rosario: la esposa de mi hermano. Ella debe ser un polvo malísimo, tiene semblante de que puede coger a cualquier perro sin ningún tipo de pudor; ese tipo de mujer coge aire y emite sonidos horribles, algo así como las mariposas de medianoche que pueden ser cazadas por aquí. Yo escojo a mis mujeres cuidadosamente, deben ser jovencitas que no hayan chapaleado mucho, las cuales deben sentirse como coche nuevo de lujo: apretadas, suaves, silenciosas, con un agradable aroma de coche nuevo. Y, no sé, es un misterio: las culebras están impregnadas con un horrible aroma de macho cabrío y cebolla cruda machacada con ajo, y no importa el tipo de perfume que usen.

A las tres y media de la tarde, Virginia salía en un avión con escala en Santo Domingo de Guzmán; todavía estaba confusa, el desprecio de Víctor fue como la punta de un chuchillo en el corazón de su orgullo ¿Por qué la invitó a un viaje tan penoso hacia la gaviota si no tenía pensado hacerla suya, y quedarse con ella por lo menos una semana en el rancho? Ella no sabía que todo fue una idea de Roberto, buscaba congraciarse con su jefe llevándole una mujer hermosa para matar tiempo. Roberto era su maipiolo. A las seis de la tarde, cuando el avión tocó tierra en el «Aeropuerto Internacional de las Américas», todavía no estaba segura si lo que sentía era despecho, contrición, rabia o rencor; se pasó el trayecto con un volcán en el pecho buscando eructar en cualquier momento, en más de una ocasión enjugó una que otra lágrima en sus mejillas. Ella era una mujer de acero, y tenía superpoderes. Una vez le dijo a su madre, cuando la señora intentaba ponerla sobre aviso acerca de... las cosas de la vida: «No te preocupes por mí, mami; la vida no tiene sorpresas y atajos que yo no pueda vadear. Yo soy invencible». Sin embargo, el menosprecio de que fuera objeto a manos de don Víctor le bajó la guardia y la desmoralizó. Aunque las había superado — las muertes de Ricardo y del Gacho cerraron sus heridas —, las malas experiencias de los pasados meses ahora les dolían más que nunca, y todas les caían encima como una tromba. Pensaba en la madrugada que fue secuestrada por cuatro individuos en un miniván de color negro en Aruba, en la manera brutal en que fue violada — dos de los individuos prefirieron entrar por la puerta del patio trasero —, y en la zurra que al final le propinaron con una correa de cuero mojada, creía sentir el ardor de los ramalazos en la espalda y en los glúteos. Luego estaba la golpiza que su novio le dio para cobrarse una perfidia, y la violación sufrida por el Gacho en el sótano de la casa mientras permanecía inconsciente. Por lo menos, el susto del embarazo fue alarma falsa, la regla solo se le había retrasado con toda esa conmoción. No tenía dudas de que la mano de su novio estaba detrás de los asaltos, y de que buscaba profundizar su venganza no solo por los cuernos que les puso con don Manolo, sino que, aun siendo su novia, solía escaparse por varios días con algún cliente. Ricardo lo sabía todo, a última hora decidió investigarla.

No era propio de una mujer de tan alto calibre como ella sentirse abatida, por el hecho de que don Víctor la tratara como si hubiera sido basura. Los hombres habían sido siempre un juego, y no hubo uno que no fuera un alcahuete con ella, don Víctor no era un hombre normal. Lo acabó de conocer esa misma noche, pero ya esperaba que la hiciera suya. De vez en cuando esbozaba una leve sonrisa durante la cena, pensaba en las picardías que a don Víctor le pasarían por la mente; lo notaba nervioso, se imaginaba que no veía la hora para despojarla de su vestido, a pesar de que ni por un momento le hizo una sola insinuación. Quizás su propia mente le jugaba trucos, ella fue quien se pasó la noche un poco inquieta, siempre sentía lo mismo frente a los hombres que le gustaban mucho, algo que nunca le sucedía con su novio. Su fascinación con Ricardo se debió a su personalidad suntuosa, y a los lujos que disfrutaba siendo su novia, tales como pasearse montada en coches importados de lujo; Ricardo era dueño de un Ferrari, un suburbano de la Mercedes y un BMW, y usualmente alquilaba una limosina con su chofer cada vez que salían a cenar en fechas importantes, si asistían a una boda o iban al teatro. Le fascinaban las vacaciones en lugares exóticos, y ni se diga de los regalos de ropa y perfumes finos diseñados para personas que son exclusivas. Ricardo tenía por costumbre darle tratos de reinas a sus novias, disque para que sintieran la ausencia de los beneficios de ser sus mujeres cuando las abandonara, pensaba que no iban a tener dos veces la dicha de conocer a un hombre como él. Nunca pasaba más de algunos meses con una mujer, porque «un toro no se puede comer siempre la misma vaca en el corral», y a Virginia ya se le había cumplido su fecha para el momento en que ocurrieron sus tragedias. Cuando empezó a sospechar de su verdadera personalidad, le propuso que bailara encuera en el espectáculo que presentaba dos veces al mes en el «Club de Ricardo» — un restaurante de su propiedad —, y ella no titubeo para decirle que sería un verdadero placer ayudarlo con eso. Ricardo le hizo la misma proposición a Mireyita, la joven lo acusó de una falta de respeto y no lo quiso ver durante un mes. El nerviosismo que Virginia sentía durante la cena con don Víctor era el mismo, de cuando se acostó con don Manolo en ese mismo lugar, la vez que visitó la mansión con su novio hacía ya unos meses. Era excitante silgar a los dos hermanos en el mismo cuarto y en la misma cama, por momentos fantaseaba con la maravilla que sería si los dos la cogían a un mismo tiempo; una joven del servicio le dijo en uno de sus viajes, que los hermanos acostumbraban a formar semejante cuadro con muchas de las mujeres que llevaban a la mansión, creyó que le hacía un favor poniéndola sobre a viso acerca de semejante peligro: «¿Y cómo es don Víctor?, le preguntó a la muchacha en ese momento». La experiencia no era extraña para ella, no hubiera sido la primera vez. Virginia pensaba que ahora no le ponía los cuernos a don Manolo con su hermano, don Manolo estaba muerto. Por lo que había visto y escuchado, estaba segura de que los hermanos eran capos de la coca, los investigadores federales que la visitaron unos meses atrás ya se lo habían avisado, pero eso no le importaba: el peligro aumentaba su excitación. Su mamá quería casarla con Mario — hijo de un viejo amigo de la familia —, pero Mario era un bobo, su salario era promedio, y su rutina del trabajo a la casa era muy aburrida; con Mario se pasaría la vida cuidando niños en su casa, con algunos viajes ocasionales al parque a tomar fresco y a comer helados. Contrario a las esperanzas que abrigaba, don Víctor se despidió amablemente luego de una breve conversación al fin de la cena, y ella le creyó percibir en la mirada un ligero desdén. Quizás su mente seguía jugando con ella. Cambió de vuelo, y a las siete de la noche despegaba con destino a Nueva York, con el corazón todavía en vilo y la maleta vacía; la traía cargada con dólares, cada vez que ibas a Medellín para verse con don Manolo. Esa oscura etapa de su vida concluía según empezó el año pasado, dio inicio con los negros augurios de su madre, a los cuales no les hizo mucho caso, pero ahora ya estaba segura de que la doña tenía «boca de chivo». Para su mamá ella era una caja de contradicciones, creía que su fortaleza y su actitud de mujer despierta eran falsas; no creía que saliera ilesa en caso de toparse con una verdadera emergencia, y que no tardaría en salir corriendo para que mami le salve la vida: «Hablar caca sin sentido como un loro es fácil, le decía la señora; pero, cuando llegan los halones de cabellos, ahí es adonde la puerca se le quema el rabo y se ponen a prueba los valores». Se la bandeó ella sola durante los amargos momentos de los pasados meses, ahora no veía el momento de llegar a casa y refugiarse en los brazos de su madre, comprendía que su espíritu fuerte fue siempre inconscientemente su inspiración. Se fue de la casa huyéndole a las restricciones de su madre, ahora comprendía su error, regresaba con la intención de no abandonarla jamás. Si tenía suerte, buscaría un marido y le daría los nietos que la señora les había pedido, quería dedicarse a trabajar en el negocio de su madre. Con un poco de suerte, quizás pudiera casarse y darle a su madre los nietos que tanto ansiabas....

www.ingramcontent.com/pod-product-compliance
Lightning Source LLC
Chambersburg PA
CBHW072007020726
47501CB00006B/1716